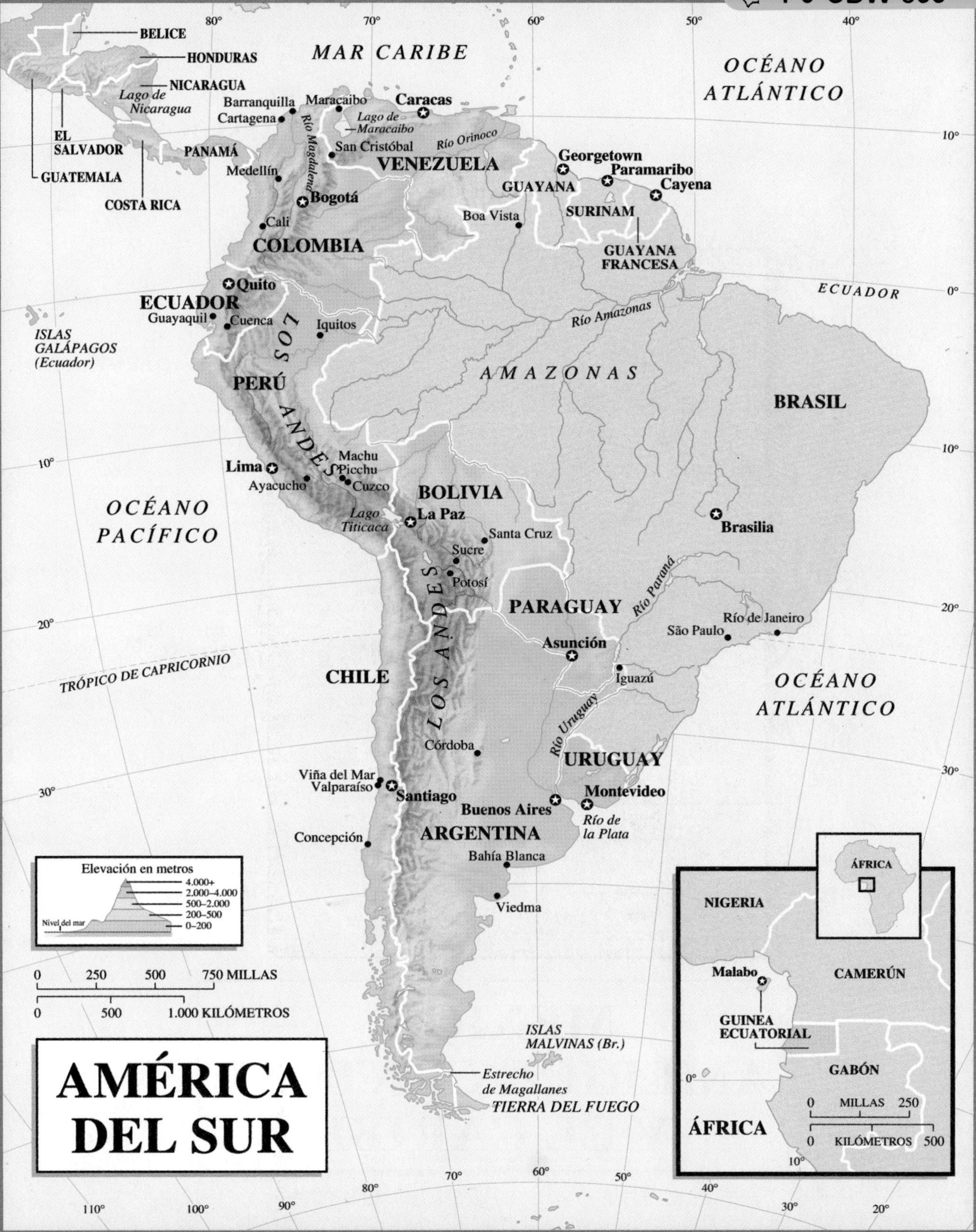
AMÉRICA DEL SUR
MAR CARIBE
OCÉANO ATLÁNTICO
OCÉANO PACÍFICO
BELICE
HONDURAS
NICARAGUA
Lago de Nicaragua
EL SALVADOR
GUATEMALA
COSTA RICA
PANAMÁ
Barranquilla
Cartagena
Maracaibo
Lago de Maracaibo
Caracas
Río Magdalena
San Cristóbal
Río Orinoco
VENEZUELA
Medellín
Bogotá
Cali
COLOMBIA
Georgetown
Paramaribo
Cayena
GUAYANA
SURINAM
GUAYANA FRANCESA
Boa Vista
Quito
ECUADOR
Guayaquil
Cuenca
Iquitos
ISLAS GALÁPAGOS (Ecuador)
ECUADOR
Río Amazonas
AMAZONAS
BRASIL
PERÚ
LOS ANDES
Lima
Ayacucho
Machu Picchu
Cuzco
BOLIVIA
Lago Titicaca
La Paz
Santa Cruz
Sucre
Potosí
Brasilia
PARAGUAY
Río Paraná
Asunción
Río de Janeiro
São Paulo
Iguazú
TRÓPICO DE CAPRICORNIO
CHILE
Río Uruguay
URUGUAY
Córdoba
Viña del Mar
Valparaíso
Santiago
Buenos Aires
Montevideo
Río de la Plata
ARGENTINA
Concepción
Bahía Blanca
Viedma
ISLAS MALVINAS (Br.)
Estrecho de Magallanes
TIERRA DEL FUEGO
Elevación en metros
4.000+
2.000–4.000
500–2.000
200–500
0–200
Nivel del mar
0 250 500 750 MILLAS
0 500 1.000 KILÓMETROS
ÁFRICA
NIGERIA
CAMERÚN
Malabo
GUINEA ECUATORIAL
GABÓN
0 MILLAS 250
0 KILÓMETROS 500
80° 70° 60° 50° 40° 10° 0° 20° 30° 110° 100° 90°

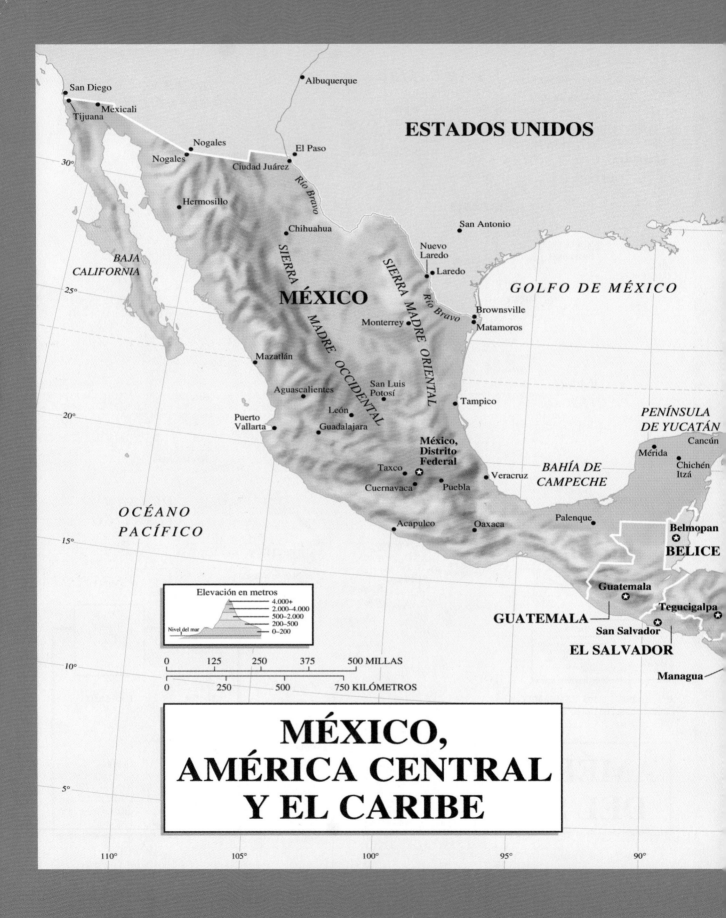

# MÉXICO, AMÉRICA CENTRAL Y EL CARIBE

ESTADOS UNIDOS

San Diego
Albuquerque
Mexicali
Tijuana
Nogales
Nogales
El Paso
Ciudad Juárez
30°
Hermosillo
Río Bravo
Chihuahua
San Antonio
Nuevo
Laredo
BAJA
CALIFORNIA
Laredo
GOLFO DE MÉXICO
25°
MÉXICO
SIERRA
SIERRA MADRE ORIENTAL
Río Bravo
Brownsville
Monterrey
Matamoros
MADRE OCCIDENTAL
Mazatlán
Aguascalientes
San Luis
Potosí
Tampico
PENÍNSULA
DE YUCATÁN
20°
Puerto
Vallarta
León
Guadalajara
Cancún
Mérida
México,
Distrito
Federal
BAHÍA DE
CAMPECHE
Chichén
Itzá
Taxco
Cuernavaca
Puebla
Veracruz
OCÉANO
PACÍFICO
Acapulco
Oaxaca
Palenque
Belmopan
15°
BELICE
GUATEMALA
Guatemala
Tegucigalpa
San Salvador
EL SALVADOR
Managua

Elevación en metros
4.000+
2.000–4.000
500–2.000
200–500
Nivel del mar
0–200

0    125    250    375    500 MILLAS

0    250    500    750 KILÓMETROS

10°

5°

110°        105°        100°        95°        90°

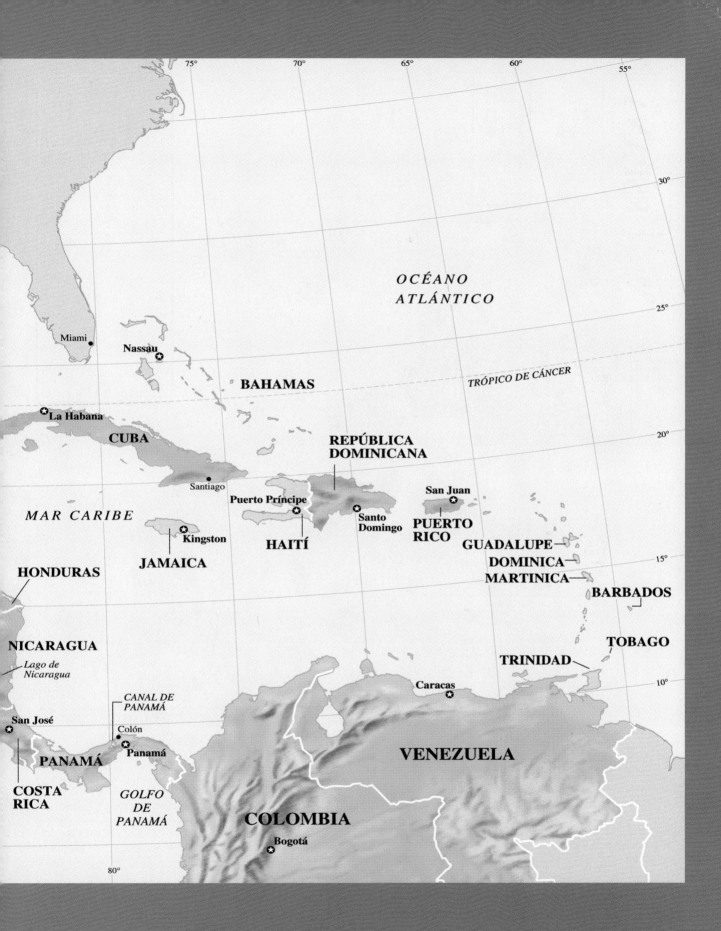

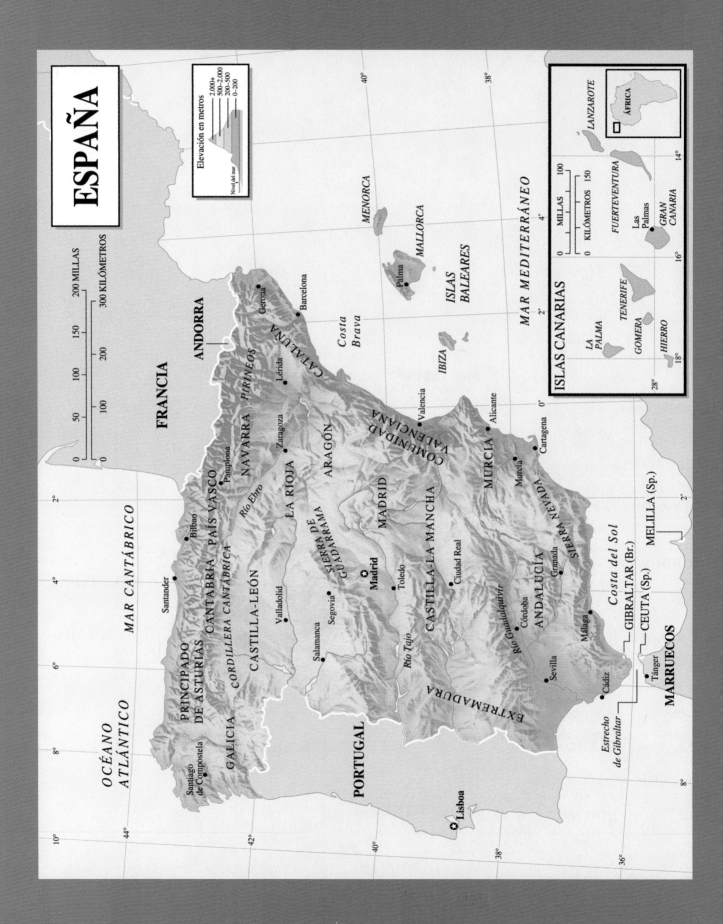

# ESPAÑA

Elevación en metros

2.000+
500–2.000
200–500
0–200

Nivel del mar

200 MILLAS
300 KILÓMETROS

0   50   100   150   200

0   100   200   300

OCÉANO ATLÁNTICO

MAR CANTÁBRICO

FRANCIA

ANDORRA

FRANCIA

GALICIA

Santiago de Compostela

PRINCIPADO DE ASTURIAS

Santander

CANTABRIA   PAÍS VASCO

Bilbao

CORDILLERA CANTÁBRICA

CASTILLA-LEÓN

NAVARRA

Pamplona

PIRINEOS

Gerona

Barcelona

CATALUÑA

Lérida

Zaragoza

LA RIOJA

Río Ebro

ARAGÓN

SIERRA DE GUADARRAMA

Valladolid

Segovia

Salamanca

Madrid

MADRID

Toledo

COMUNIDAD VALENCIANA

Valencia

Costa Brava

IBIZA

ISLAS BALEARES

MALLORCA

Palma

MENORCA

MAR MEDITERRÁNEO

Alicante

Cartagena

MURCIA

Murcia

SIERRA NEVADA

Ciudad Real

CASTILLA-LA MANCHA

Río Tajo

Río Guadalquivir

Córdoba

Granada

ANDALUCÍA

Málaga

Costa del Sol

GIBRALTAR (Br.)

CEUTA (Sp.)

MELILLA (Sp.)

Sevilla

Cádiz

Tánger

Estrecho de Gibraltar

MARRUECOS

EXTREMADURA

PORTUGAL

Lisboa

ISLAS CANARIAS

LA PALMA

GOMERA

HIERRO

TENERIFE

GRAN CANARIA

Las Palmas

FUERTEVENTURA

LANZAROTE

ÁFRICA

MILLAS
KILÓMETROS

0   50   100
0   150

# LITERATURA Y ARTE

## EIGHTH EDITION

## INTERMEDIATE SPANISH

**Lynn Sandstedt**

*Professor Emeritus*
University of Northern Colorado

**Ralph Kite**

**John G. Copeland**
Late, of the University of Colorado

THOMSON

HEINLE

Australia | Canada | Mexico | Singapore | Spain | United Kingdom | United States

**THOMSON** ™

**HEINLE**

**Intermediate Spanish**
**Literatura y arte**
Eighth Edition
Sandstedt / Kite / Copeland

**Publisher:** Janet Dracksdorf
**Acquisitions Editor:** Helen A. Richardson
**Managing Editor:** Glenn A. Wilson
**Development Editor:** Viki Kellar
**Senior Production Editor:** Esther Marshall
**Marketing Manager:** Jill Garrett
**Manufacturing Manager:** Marcia Locke

**Compositor:** Greg Johnson, Art Directions
**Project Manager:** Dan Y. Ben Dror
**Photo Research Manager:** Sheri Blaney
**Text Designer:** Circa 86
**Cover Designer:** Ha Nguyen
**Cover Photo:** © Dan Gair Photographic/Index Stock Imagery
**Printer:** Transcontinental Interglobe Printing

For permission to use material from this text or product contact us:

| Tel | 1-800-730-2214 |
| Fax | 1-800-730-2215 |
| Web | www.thomsonrights.com |

**ISBN 0-8384-5781-9**

Library of Congress Cataloging-in-Publication Data
Sandstedt, Lynn A.
  Intermediate Spanish. Literatura y arte / Lynn A. Sandstedt, Ralph Kite, John G. Copeland. — 8th ed.
    p. cm.
  Copeland's name appears first on the earlier ed.
  ISBN 0-8384-5781-9
    1. Spanish language—Readers. I. Title: Literatura y arte. II. Kite, Ralph. III. Copeland, John G. IV. Title.

PC4117.C59 2003
468.6'421—dc21                                          2003053725

This Eighth Edition of the **Intermediate Spanish Series**
is dedicated to the memory of John G. "Pete" Copeland,
an inspirational teacher and an equally inspired
friend and colleague.

*Ralph Kite and Lynn A. Sandstedt*

# Índice

# Preface

With the publication of the **Intermediate Spanish Series,** the materials available for use at the intermediate level took a step in a new direction. We had long believed that it would be desirable to have a "package" of materials, unified in content but varied in the possibilities for use in the classroom, that would be flexible enough that the instructor could easily adapt them to his or her own teaching style and particular interests.

With this in mind, we devised the three highly successful textbooks that made up our intermediate level program. *Conversación y repaso* reviews and expands upon the essential points of grammar covered in the first year and also includes dialogues for listening and reading practice, listening exercises, abundant personalized exercises, speaking strategies, and a variety of activities intended to stimulate conversation. *Civilización y cultura* presents a variety of topics related to Hispanic culture. The approach in this reader is thematic rather than purely historical, and the topics have been chosen both for the insights that they offer into Hispanic culture and for their interest to students. The exercises are designed to reinforce the development of reading, writing, and speaking skills, to build vocabulary, and to stimulate class discussion. *Literatura y arte* introduces the student to literary works by both Spanish and Spanish-American writers and to the rich and diverse contributions of Hispanic artists to the fine arts. The accompanying exercises also stress the development of reading, writing, and speaking skills and include vocabulary-building and conversational activities.

One of the unique features of the program is the thematic unity of the texts. Each unit of each textbook has the same theme as the corresponding unit of the others. For example, Unit 7 of the grammar textbook deals with the subject of poverty and the problem of the migration of workers in Hispanic culture in its dialogues and conversational activities. The same theme "Aspectos económicos de Hispanoamérica," is treated in the seventh unit of the civilization and culture reader, and further explored in Unit 7 of the literature and art reader in the short story "Es que somos muy pobres" and in the essay on the murals of Diego Rivera.

We have found that this thematic unity offers several advantages to the teacher and student: (1) the teacher may combine the basic grammar and conversation book with either or both of the readers and be assured that essentially the same cultural and linguistic information will be presented to the students; (2) the amount of material to be covered may be adjusted through the choice of one textbook or more, making it possible to balance the quantity of material and the amount of classroom contact available; (3) if one book is used in the classroom, another may be used for outside work by those students who wish additional contact with the language; (4) for individualized programs, only those units may be assigned that are relevant to the student's particular interests. Learning also may be reinforced by using the workbook and Student Audio CD Program that accompanies the series. If several books are used, the students will absorb a considerable amount of vocabulary related to the theme, and by the end of their study of the topic, they will have overcome, at least in part, their reluctance to express their own ideas in Spanish. We have tested this "saturation" method in our own classrooms and have found it to be quite effective. We suggest that if several books are used, the grammar and initial dialogue should be studied first, followed by one or more of the other textbooks, and finally, the conversation stimulus section of the grammar and conversation text.

Like the earlier editions, this Eighth Edition of the the **Intermediate Spanish Series** contains materials that will be of interest to students of different disciplines. Throughout, our goal has been to present materials that will enable students to develop effective communicative skills in Spanish and motivate them to want to know more about the culture they are studying.

We would like to thank the following colleagues for their valuable comments and suggestions:

Lisa Barboun, *Coastal Carolina University*
Mara-Lee Bierman, *Rockland Community College*
Kathleen Boykin, *Slippery Rock University*
Roberto Bravo, *Texas Tech University*
John Chaston, *University of New Hampshire*
An Chung Cheng, *University of Toledo*
William Deaver, *Armstrong Atlantic State University*
Susana Durán, *Gulf Coast Community College*
Lynda Durham, *Casper College*
Noble Goss, *Harding University*
Elena Grajeda, *Pima Community College*
Manuel J. Gutiérrez, *University of Houston*
Peggy Hartley, *Appalachian State University*
Steve Hunsaker, *Brigham Young University–Idaho*
Magali Jerez, *Bergen Community College*
Kathleen Johnson, *North Carolina Central University*
Richard Klein, *Clemson University*
Iraida López, *Ramapo College of New Jersey*
Anita McCollester, *Indiana University South Bend*
Luis Clay-Méndez, *Eastern Illinois University*
Oralia Preble-Niemi, *University of Tennessee at Chattanooga*
Margarita Nodarse, *Barry University*
Carmen Sualdea Pérez, *Florida State University*
John Reed, *Saint Mary's University of Minnesota*
Sharon Robinson, *Lynchburg College*
David Rock, *Huntingdon College*
Christina Sanicky, *California State University–Chico*
Anthony J. Vetrano, *Le Moyne College*
Jaime Zambrano, *University of Central Arkansas*

Furthermore, we express our deepest appreciation to the great team at Heinle for their support and collaboration in every phase of this project. Throughout the development and the production of this program, the team at Heinle has provided invaluable guidance and expertise, and in particular to Viki (Vasiliki) Kellar, Esther Marshall, Helen Richardson, Glenn Wilson, Sheri Blaney. Our thanks also go to all the other people at Heinle involved with this project and to the freelancers: Luz Galante, Susan Lake, Greg Johnson, Peggy Hines, Patrice Titterington, Ha Nguyen, and Susan Van Etten.

# The Intermediate Spanish Series and the Standards

The material found in each of the three texts that make up the **Intermediate Spanish Series** has been developed in the following way which will enable the student to achieve the five C's which are the goals of the National Student Standards.

## Communication

The pair and group activities and tasks included in each of the three texts provide a variety of opportunities for the student to be actively engaged in the **interpersonal, interpretive,** and **presentational** aspects that constitute real communication. Through a series of activities the student has ample opportunities to develop the four language skills and then integrate them in authentic everyday, communicative activities.

## Culture

Cultural themes related to the **perspectives, practices,** and **products** of the Spanish-speaking world are approached in a different way in each of the texts. In *Conversación y repaso,* the students encounter the **perspectives** of people from the Spanish-speaking world through a series of dialogues and listening exercises. The **practices** found in the Spanish-speaking world which are the results of how the people of those regions perceive their own reality are discussed in greater depth in the *Civilización y cultura* text. Authentic material from newspapers and magazines give an accurate view of the various cultures and people of the Spanish-speaking world. A sampling of the major **products** of the Spanish-speaking world are presented in the *Literatura y arte* text via a selection of short stories and poetry written by well-known Hispanic writers. Representative examples of art of the Spanish-speaking are also found at the end of each unit. This combination of literature and art provides students with a broader view of the cultures of the Spanish-speaking world which allows them to develop a greater understanding and appreciation of those cultures.

## Connection

Through the material found in each unit of each of the three texts, students come in contact with other disciplines through their study of geography, religion, literature, art, and history of the Spanish-speaking world. The activities found in each text ask the student to access the Internet to find additional material that relates to some of the themes under study. Much of this material is only written in Spanish which helps the students to realize the importance of knowing a second language if they wish to research information found on the Internet that may only appear in Spanish.

## Comparisons

As a student progresses through the material of the program, he or she cannot help but compare his or her language and cultures to those of the Spanish-speaking world. Through this comparison, the student not only learns to better appreciate and understand the cultures and language of other countries, but it also helps them to develop a better insight into the nature of their own culture and language.

## Communities

The last two units of each text deal with the themes of "La presencia hispánica en los Estados Unidos" y "Los Estados Unidos y lo hispánico." Students readily see that it is essential to know other languages if they wish to function effectively outside the classroom in a multicultural world. With the growing Spanish-speaking population in this country, the students gain an understanding how a functional knowledge of this language will help them secure jobs that are only open to individuals that have a specific skill coupled with a high level of proficiency in Spanish.

# The Intermediate Spanish Series and Heritage Language Speakers of Spanish

The material in the **Intermediate Spanish Series** is designed not only to meet the educational needs of the traditional students of the language, but also the needs of the heritage language speakers of Spanish who enter the Spanish program with some or all of the four language skills developed to varying degrees.

Depending on their home language background and their educational and life experiences, the heritage language student will demonstrate varying abilities and proficiencies in Spanish. Some will have minimally developed the listening and speaking skills while others will be fluent in these areas. The majority of heritage speakers, however, will need more instruction developing their ability to read and write. It is generally accepted that most heritage language speakers will need to continue the study of the language in order to maintain and further perfect the four language skills, which in turn will enable them to communicate more effectively in Spanish.

Each of the three texts in the series and the accompanying workbook, interactive multimedia CD-ROM, and audio program provides a wide variety of opportunities and activities in which the student can explore and further develop his or her language skills. The communicative focus of the series allows the student to practice the interpersonal, interpretive, and presentational modes of communication through a wide variety of authentic tasks and activities. The student will also examine various cultural aspects of the Spanish-speaking world, which will provide the heritage language speaker with a better understanding and appreciation of his or her own heritage language and culture. One of the major goals in the series is to teach the student when to use the language appropriately and strategically depending upon the situation in which the student finds himself or herself and the status of the individual (child, adult, person in authority) with whom he or she wishes to communicate.

# Introduction

**I**ntermediate Spanish: *Literatura y arte* is a reader designed for use in second-year college courses. It is intended to be used with the authors' **Intermediate Spanish:** *Conversación y repaso,* but it may also be used with any second-year grammar review. The purpose of the book is to develop the students' reading skills and to introduce them to certain literary and cultural concepts that will enhance their comprehension of the unique qualities of Hispanic civilization.

Each unit of the reader focuses on a particular topic, which is explored through two kinds of writing: a literary text, chosen for its relevancy to the topic, its level of difficulty, and, especially, its interest to the student; and an essay on some aspect of Hispanic art, again related to the central topic. Introductory essays present the theme of the unit and provide a context, either historical or critical, for the selection to be read. Notes following the literary selection provide insights into unique aspects of Spanish-speaking cultures reflected in the reading.

It should be noted that most difficult words or phrases of the literary selections are glossed. The thematic essays (called **Enfoque**) and the essays on art are unglossed and may, therefore, be used for "extensive" reading in order to develop the student's ability to comprehend without the use of a dictionary. All words and phrases of the literary readings and of the unglossed essays are included in the end vocabulary.

The exercises preceding each literary reading are designed to introduce the student to new vocabulary, to develop his or her skill in reading, and to lead the student into the theme of the selection. Following the reading selection is an exercise to check the student's comprehension. Additional exercises, labeled **Expansión,** also follow each text. They introduce the student to literary analysis and encourage the development of his or her writing and oral skills. A variety of exercises is provided, and the instructor may wish to pick and choose those which are most appropriate for his/her class. Similarly, the **Para comentar** section at the end of the unit offers a variety of exercises from which the student or instructor may choose. Many of the prereading and postreading activities utilize strategies inspired by ideas presented by Alice C. Omaggio in her book *Teaching Language in Context* (Heinle and Heinle Publishers, Inc., 1986) and we wish to acknowledge our indebtedness to her for her excellent work.

In order to introduce the student to a variety of literary genres and styles, the literary selections included range from the short story and chronicle to the one-act play and poetry. Our main goal has been to choose materials that will interest students and that will lead them to want to know more about a rich and complex culture.

## About the Eighth Edition of *Literatura y arte*

In response to suggestions made by users of the previous editions as well as reviewers, the following changes have been implemented in the Eighth Edition of the *Literatura y arte* program.

- Readings have been heavily revised to include a greater variety of voices, including women authors, such as Elena Poniatowska, and US Hispanic authors, such as Sabine Ulibarri.

- New unit openers now include more detailed content and a chapter map to make information more accessible and easier to review.

- Internet activities have been expanded to include more searchable links exposing students to a greater variety of artistic and cultural elements.

- A new Instructor's Resource CD-ROM contains a testbank with new test items specific to the content found in *Literatura y arte.*

UNIDAD

# 1

# Orígenes de la cultura hispánica: Europa

**Literatura**

*El Conde Lucanor,* don Juan Manuel

**Arte**

La Alhambra
- Patio de la Acequia, Generalife
- Patio de los Leones
- Los baños reales

◄ La Alhambra en Granada fue construida durante el reino moro. Describa lo que ves en the foto. ¿Dónde está situada? ¿Por qué?

3

# Literatura: *El Conde Lucanor*

## Enfoque

Para apreciar la riqueza de la cultura española es necesario recordar que toda ella es el producto de la asimilación de varias culturas, cuyas tradiciones y contribuciones todavía pueden observarse en España hoy día. La cultura romana aporta el idioma, la religión, el concepto de gobierno y una serie de costumbres y tradiciones. La cultura visigoda aporta el feudalismo. Y por último, la cultura árabe, durante ocho siglos de convivencia, divulga los conocimientos de la cultura griega antigua, comparte sus conocimientos en las ciencias y las matemáticas y deja profundas huellas en la cultura española, especialmente en la música, la arquitectura y la literatura. Esta cultura se nota más en el sur de España, zona reconquistada entre el siglo XIII y el siglo XV, que tiene un marcado carácter africano, además de rasgos europeos. Todas las influencias culturales mencionadas influyen en el carácter de todo el país y hacen que la cultura de España sea única en su tipo.

Desde sus orígenes, la asimilación de esas culturas explica también la extraordinaria riqueza de la literatura española. Gracias a las culturas griega, romana y árabe, los españoles llegan a conocer el mito clásico, la fábula y otros géneros literarios. Los árabes también dan a conocer su poesía amorosa y sus cuentos, que se hacen muy populares. De todas estas fuentes los peninsulares absorben conceptos, ideas y formas y los hacen suyos, logrando una expresión y un sabor únicos.

En esta unidad se presentan dos ejemplos de la vitalidad y de la riqueza de la cultura de la España medieval. Los dos reflejan la profunda influencia de la cultura árabe en España, influencia que todavía puede observarse hoy día.

○ **Trabajen en grupos pequeños.**

¿Cuáles son algunas influencias en la cultura de los Estados Unidos? Piense en el arte, la arquitectura, la literatura, la música popular y sobre todo las palabras prestadas de otros idiomas que usamos en inglés, como, por ejemplo *patio* o *déjà vu*. ¿Hay más o menos influencias distintas que en la cultura española descrita en el **Enfoque?** Después compare su lista con las de los otros grupos de la clase.

## Vocabulario útil

Estudie Ud. estas palabras.

**Verbos**

acontecer *to happen*
arreglar *to arrange*
asombrarse *to be surprised*
despedazar *to cut or tear to pieces*
enojarse *to become angry; to get mad*

**Sustantivos**

el casamiento *marriage*
la cena *supper*
el consejo *piece of advice*
la espada *sword*
el gallo *rooster*
el gato *cat*
el mancebo *youth*

la novia *bride*
el novio *groom*
el pariente / la parienta *relative*
el pedazo *piece*
la pobreza *poverty*
la saña *wrath*
la suegra *mother-in-law*
el suegro *father-in-law*

**Adjetivos**

bravo(a) *ill-tempered, ferocious*
ensangrentado(a) *bloody*
grosero(a) *coarse, rude*
honrado(a) *honorable, of high rank*
sañudo(a) *wrathful, angry*

## Para practicar

Complete Ud. las oraciones con la forma correcta de una palabra apropiada del **Vocabulario útil**.

asombrarse   casamiento   consejo   novio   pobreza
bravo        cena         gato      pariente suegro

1. Esa mujer no sabe controlarse; es muy _____.
2. No sé qué hacer. Voy a buscar _____ de mis padres.
3. La madre de mi esposa es mi_____.
4. Algunos dicen que hoy día los _____ por amor son menos populares que antes.
5. Mis tíos, mis abuelos y mis primos son _____ míos.
6. Una _____ es una mujer recién casada.
7. Lo opuesto de riqueza es _____.
8. A veces yo _____ cuando veo algo inesperado.
9. El enemigo tradicional de los ratones es el _____.
10. La última comida del día es la _____.

Escriba Ud. las oraciones del diálogo siguiente otra vez, usando palabras del **Vocabulario útil** en vez de las palabras en letra cursiva *(italics)*.

PEPE    ¿Qué le *pasó* al *joven?*

JULIA   Pues, quería casarse con una mujer muy *feroz,* aunque su padre no quería que lo hiciera.

PEPE    Y entonces, ¿qué hizo?

JULIA   Al estar solo con ella, fingió *irritarse* mucho. Luego usó su espada y *cortó un perro en pedazos.* Cuando la mujer lo vio *cubierto de sangre,* tuvo mucho miedo.

PEPE    ¿Y después?

JULIA   Hombre, ¡vas a tener que leer el cuento para saberlo!

## Preparación para la lectura

**1-1** Antes de leer el cuento «De lo que aconteció a un mancebo que se casó con una mujer muy fuerte y muy brava», dé Ud. su propia opinión sobre las siguientes afirmaciones. Escriba «sí» si está de acuerdo *(if you agree)* y «no» si no está de acuerdo con cada observación y explique por qué opina así. Después, lea el cuento e indique cómo reaccionaría don Juan Manuel ante las siguientes afirmaciones y por qué reaccionaría él así.

| | La opinión de Ud. | La opinión de don Juan Manuel |
|---|---|---|
| **1.** Los jóvenes, y no los padres, deben decidir con quien se van a casar. | _____ | _____ |
| **2.** Para que una pareja *(couple)* sea feliz, la mujer debe serle obediente a su marido después de casarse. | _____ | _____ |
| **3.** Las parejas pueden cambiar su relación en cualquier momento de su vida. | _____ | _____ |

**1-2** Es más fácil leer un cuento o un ensayo si uno anticipa el tema principal de la obra. A veces ese tema aparece en los primeros párrafos de la obra. Lea Ud. estos párrafos e indique la mejor frase para contestar cada oración.

*Otra vez hablaba el Conde Lucanor con Patronio y le dijo:*

*—Patronio, mi criado me ha dicho que piensan casarle con una mujer muy rica que es más honrada que él. Sólo hay un problema y el problema es éste: le han dicho que ella es la cosa más brava y más fuerte del mundo. ¿Debo mandarle casarse con ella, sabiendo cómo es, o mandarle no hacerlo?*

*—Señor conde —dijo Patronio—, si él es como el hijo de un hombre bueno que era moro, mándele casarse con ella; pero si no es como él, dígale que no se case con ella.*

*El conde le pidió que se lo explicara.*

1. En el caso del criado…
   **a.** la mujer con quien quiere casarse es más rica y honrada que él.
   **b.** él y la mujer con quien quiere casarse son de la misma clase social y económica.
   **c.** él es más rico y honrado que la mujer con quien quiere casarse.

2. La mujer con quien el criado quiere casarse es…
   **a.** muy feroz.
   **b.** muy tímida.
   **c.** muy débil.

3. Patronio dice que si el criado es como el hijo del moro…
   **a.** no debe casarse con ella.
   **b.** debe casarse con ella.
   **c.** debe buscar a otra mujer.

4. Uno puede imaginarse que en su cuento, Patronio va a describir…
   **a.** las relaciones entre el moro joven y la mujer brava.
   **b.** las relaciones entre el moro joven y el Conde Lucanor.
   **c.** cómo se puede resolver el único problema que tiene el criado: la diferencia entre su rango social y el de la mujer.

5. Parece que el tema principal del cuento va a ser…
   **a.** los problemas políticos de la clase baja.
   **b.** lo que debe hacer el hombre que se casa con una mujer brava.
   **c.** las relaciones entre personas de diferentes edades.

# El Conde Lucanor

**Don Juan Manuel** (1282–1349?), sobrino del rey Alfonso X el Sabio, fue el primer prosista castellano que, consciente de la importancia de su estilo, supo transformar lo tradicional y lo popular por medio de su arte. Aunque escribió varias obras, esa cualidad artística se nota más en *El Conde Lucanor o Libro de Patronio,* terminado en 1335.

La estructura de la obra es sencilla. El Conde Lucanor le pide consejos a su servidor Patronio para resolver un problema que tiene. Éste le contesta mediante un cuento o ejemplo, que sirve para sugerir una solución al problema. La moraleja se resume al final en dos versos brevísimos.

Los cincuenta «ejemplos» que componen el libro son de diversos orígenes: algunos son originales y a veces tienen elementos autobiográficos o históricos; otros son de origen oriental o clásico o de tradición popular. El autor conocía los cuentos de varias colecciones árabes que circulaban por España, y su contacto personal con los musulmanes españoles se revela no sólo en las tramas de varios cuentos, sino también en muchas alusiones a dichos, costumbres y actitudes árabes. El aspecto castellano —cristiano y occidental— de su obra se nota en la sobriedad y austeridad de su estilo y en su preocupación por la política y la religión, motivos esenciales del castellano noble de su época.

En el cuento «De lo que aconteció a un mancebo que se casó con una mujer muy fuerte y muy brava» podemos observar algunos rasgos del arte de don Juan Manuel. El autor emplea el lenguaje ordinario del pueblo y busca expresarse sencillamente y con claridad. Nos comunica el castellano de su época, pero ya transformado en instrumento artístico. En cuanto al tema, es probable que la actitud que se expresa hacia la mujer refleje la percepción de algunos hombres de la época en vez de reflejar la verdadera condición de la mujer. Al final del cuento, don Juan Manuel parece comentar esa percepción masculina al describir lo que pasa cuando el suegro trata de imitar a su yerno. Finalmente, aunque el cuento del mancebo es breve, como todos los cuentos del autor, nos sorprende y deleita la capacidad extraordinaria del autor para motivar las acciones de sus personajes, para revelar el detalle pintoresco o significativo y para crear una representación armoniosa.

# De lo que aconteció a un mancebo que se casó con una mujer muy fuerte y muy brava

Otra vez hablaba el Conde Lucanor con Patronio y le dijo:

—Patronio, mi criado me ha dicho que piensan casarle con una mujer muy rica que es más honrada que él.[1] Sólo hay un problema y el problema es éste: le han dicho que ella es la cosa más brava y más fuerte del mundo.
5  ¿Debo mandarle casarse con ella, sabiendo cómo es, o mandarle no hacerlo?

—Señor conde —dijo Patronio—, si él es como el hijo de un hombre bueno que era moro, mándele casarse con ella; pero si no es como él, dígale que no se case° con ella.

El conde le pidió que se lo explicara°.

10  Patronio le dijo que en un pueblito había un hombre que tenía el mejor hijo que se podía desear, pero por ser pobres, el hijo no podía emprender° las grandes hazañas° que tanto deseaba realizar. Y en el mismo pueblito había otro hombre que era más honrado y más rico que el padre del mancebo, y ese hombre sólo tenía una hija y ella era todo lo contrario del° mancebo.
15  Mientras él era de muy buenas maneras, las de ella eran malas y groseras. ¡Nadie quería casarse con aquel diablo!

Y un día el buen mancebo vino a su padre y le dijo que en vez de vivir en la pobreza o salir de su pueblo, él preferiría casarse con alguna mujer rica. El padre estuvo de acuerdo°. Y entonces el hijo le propuso casarse con la hija
20  mala de aquel hombre rico. Cuando el padre oyó esto, se asombró mucho y le dijo que no debía pensar en eso: que no había nadie, por pobre que fuese°, que quería casarse con ella. El hijo le pidió que, por favor, arreglase° aquel casamiento. Y tanto insistió que por fin su padre consintió, aunque le parecía extraño°.

25  Y él fue a ver al buen hombre que era muy amigo suyo, y le dijo todo lo que había pasado entre él y su hijo y le rogó que pues su hijo se atrevía a casarse con su hija, que se la diese° para él. Y cuando el hombre bueno oyó esto, le dijo:

—Por Dios, amigo, si yo hago tal cosa seré amigo muy falso, porque Ud.
30  tiene muy buen hijo y no debo permitir ni su mal° ni su muerte. Y estoy seguro de que si se casa con mi hija, o morirá o le parecerá mejor la muerte que la vida. Y no crea que se lo digo por no satisfacer su deseo: porque si Ud. lo quiere, se la daré a su hijo o a quienquiera que me la saque de casa°.

Y su amigo se lo agradeció mucho y como su hijo quería aquel
35  casamiento, le pidió que lo arreglara°.

Y el casamiento se efectuó° y llevaron a la novia a casa de su marido. Los moros tienen costumbre de preparar la cena a los novios y ponerles la mesa° y dejarlos solos en su casa hasta el día siguiente.[2] Así lo hicieron, pero los padres y los parientes del novio y de la novia temían que al día
40  siguiente hallarían al novio muerto o muy maltrecho°.

Y luego que los jóvenes se quedaron solos en casa, se sentaron a la mesa, pero antes que ella dijera° algo, el novio miró alrededor de la mesa y vio un perro y le dijo con enojo°:

**Glosses (left margin):**
- *not to marry*
- *to explain it to him*
- *to undertake*
- *deeds, feats*
- *quite the opposite of the*
- *agreed*
- *however poor he was*
- *to arrange*
- *strange, odd*
- *to give her to him*
- *harm to him*
- *gets her out of the house*
- *to arrange it*
- *took place*
- *set the table for them*
- *badly off, battered*
- *said*
- *anger*

—¡Perro, danos agua para las manos!

Pero el perro no lo hizo. Y él comenzó a enojarse y le dijo más
bravamente que les diese° agua para las manos. Pero el perro no lo hizo. Y
cuando vio que no lo iba a hacer, se levantó muy enojado de la mesa y sacó
45 su espada y se dirigió al perro. Cuando el perro lo vio venir, huyó y los dos
saltaban° por la mesa y por el fuego hasta que el mancebo lo alcanzó° y le
cortó la cabeza y las piernas y le hizo pedazos y ensangrentó° toda la casa y
toda la mesa y la ropa.

Y así, muy enojado y todo ensangrentado, se sentó otra vez a la mesa y
50 miró alrededor° y vio un gato y le dijo que le diese agua para las manos. Y
cuando no lo hizo, le dijo:

—¡Cómo, don falso traidor! ¿No viste lo que hice al perro porque no
quiso hacer lo que le mandé yo? Prometo a Dios que si no haces lo que te
mando, te haré lo mismo que al perro.

55 El gato no lo hizo porque no es costumbre ni de los perros ni de los gatos
dar agua para las manos. Y ya que° no lo hizo, el mancebo se levantó y le
tomó por las piernas y lo estrelló° contra la pared, rompiéndolo en más de
cien pedazos y enojándose más con él que con el perro.

Y así, muy bravo y sañudo y haciendo gestos° muy feroces, volvió a
60 sentarse y miró por todas partes°. La mujer, que le vio hacer todo esto, creyó
que estaba loco y no dijo nada. Y cuando había mirado el novio por todas
partes, vio a su caballo, que estaba en casa y era el único° que tenía, y le dijo
muy bravamente que les diese agua para las manos, pero el caballo no lo
hizo. Cuando vio que no lo hizo, le dijo:

65 —¡Cómo, don caballo! ¿Piensas que porque no tengo otro caballo que
por eso no haré nada si no haces lo que yo te mando? Ten cuidado, porque si
no haces lo que mando, yo juro° a Dios que haré lo mismo a ti como a los
otros, porque lo mismo haré a quienquiera que no haga lo que yo le mande°.

El caballo no se movió. Y cuando vio que no hacía lo que le mandó, fue a
70 él y le cortó la cabeza con la mayor saña que podía mostrar y lo despedazó.

Y cuando la mujer vio que mataba el único caballo que tenía y que decía
que lo haría a quienquiera que no lo obedeciese°, se dio cuenta° que el joven
no jugaba y tuvo tanto miedo que no sabía si estaba muerta o viva.

Y él, bravo, sañudo y ensangrentado, volvió a la mesa, jurando que si
75 hubiera en casa mil caballos y hombres y mujeres que no le obedeciesen,
que mataría a todos. Y se sentó y miró por todas partes, teniendo la espada
ensangrentada en el regazo. Y después que miró en una parte y otra y no vio
cosa viva°, volvió los ojos a su mujer muy bravamente y le dijo con gran
saña, con la espada en la mano:

80 —¡Levántate y dame agua para las manos!
La mujer, que estaba segura de que él la despedazaría, se levantó muy
aprisa° y le dio agua para las manos. Y él le dijo:

—¡Ah, cuánto agradezco a Dios que hiciste lo que te mandé, que si no,
por el enojo que me dieron esos locos, te habría hecho igual que a ellos!

85 Y después le mandó que le diese de comer° y ella lo hizo.

Y siempre que decía algo, se lo decía con tal tono que ella creía que le
iba a cortar la cabeza.

Y así pasó aquella noche: ella nunca habló y hacía lo que él le mandaba.
Y cuando habían dormido un rato, él dijo:

awaken

wounded

were surprised; highly esteemed

from then on

even if you kill

to tame

you would like to

90 —Con la saña que he tenido esta noche, no he podido dormir bien. No dejes que nadie me despierte° mañana y prepárame una buena comida.

Y por la mañana los padres y los parientes llegaron a la puerta y como nadie hablaba, pensaron que el novio estaba muerto o herido°. Y lo creyeron aún más cuando vieron en la puerta a la novia y no al novio.

95 Y cuando ella los vio a la puerta, se acercó muy despacio y con mucho miedo les dijo:

—¡Locos, traidores! ¿Qué hacen? ¿Cómo se atreven a hablar aquí? ¡Cállense, que si no, todos moriremos!

Al oír esto, ellos se sorprendieron° y apreciaron° mucho al mancebo que 100 tan bien sabía mandar en su casa.

Y de ahí en adelante° su mujer era muy obediente y vivieron muy felices. Pocos días después su suegro quiso hacer lo que había hecho el mancebo, y mató un gallo de la misma manera, pero su mujer le dijo:

—¡A la fe, don Fulano, lo hiciste demasiado tarde! Ya no te valdría nada 105 aunque matares° cien caballos, porque ya nos conocemos.[3]

—Y por eso —le dijo Patronio al conde—, si su criado quiere casarse con tal mujer, sólo lo debe hacer si es como aquel mancebo que sabía domar° a la mujer brava y gobernar en su casa.

El conde aceptó los consejos de Patronio y todo resultó bien.

110 Y a don Juan le gustó este ejemplo y lo incluyó en este libro. También compuso estos versos:

Si al comienzo no muestras quien eres, nunca podrás después, cuando quisieres°.

Don Juan Manuel, *El Conde Lucanor.*

## Notas culturales

[1] *La costumbre de arreglar los casamientos no sólo era común entre los árabes, sino también entre los europeos de la época. A veces se arreglaban para unir dos familias importantes y otras veces por razones económicas (como se ve en el cuento de don Juan Manuel). El casamiento por amor o la idea de que los jóvenes, y no los padres, deben decidir con quienes se van a casar, es algo relativamente moderno.*

[2] *La descripción de esta costumbre de los árabes es típica de la técnica de don Juan Manuel. Incluye en sus cuentos alusiones a costumbres y actitudes de los árabes, que muestran el contacto personal que tenía con ellos.*

[3] *Aunque el cuento refleja la actitud general de que el hombre debe gobernar en su casa, y de que la mujer debe ser sumisa y obediente —actitud típica de algunos hombres de la Edad Media— don Juan Manuel, con ironía y tal vez con realismo, sugiere que esto no siempre es así.*

## Comprensión

**1-3** Conteste las siguientes preguntas.

1. ¿Cuál es el problema que tiene un criado del conde?
2. ¿Por qué no puede hacer el joven del cuento las cosas que desea hacer?
3. ¿Cómo es el padre de la joven?
4. ¿Por qué no quiere casarse nadie con la joven?
5. ¿Cómo piensa el mancebo escapar de la pobreza?
6. ¿Cómo reacciona el padre del joven cuando oye lo que propone su hijo?
7. ¿Cómo reacciona el padre de la joven ante lo que se le propone?
8. ¿Cuál es la costumbre mora que se presenta en el cuento?
9. ¿Qué es lo que temen los padres y los parientes del novio y de la novia?
10. ¿Qué le manda hacer el joven al perro?
11. ¿Qué hace cuando el perro no lo obedece?
12. ¿Qué pasa con el gato? ¿y con el caballo?
13. ¿Cómo reacciona la novia cuando ve lo que hace el joven con los animales?
14. ¿Qué hace cuando su marido le pide agua para las manos?
15. ¿Cómo cambia la novia como resultado de sus experiencias?
16. ¿Por qué se sorprenden los padres y los parientes al llegar a la casa y ver cómo se porta la novia?
17. ¿Por qué no producen las acciones del suegro el mismo resultado?

## Expansión

**1-4 Análisis literario.** Conteste Ud. las siguientes preguntas.

1. ¿Qué actitudes y costumbres medievales se presentan en el cuento?
2. ¿Cuál es un ejemplo de ironía en la obra?
3. Describa Ud. lo que pasa en el cuento desde el punto de vista de la joven.

**1-5 Resumen.** Refiriéndose al cuento, complete Ud. las siguientes oraciones. Al terminar, Ud. habrá escrito un resumen breve del cuento.

1. El joven quería casarse con…
2. Para que la mujer fuera obediente, el joven mandó…
3. Cuando el joven le mandaba hacer varias cosas, la novia…
4. Al llegar los parientes y los padres a la mañana siguiente, la novia les dijo que debían…
5. Los parientes apreciaron al joven porque él…
6. De ahí en adelante…

**1-6 Minidrama.** Presenten Ud. y otra(s) persona(s) de la clase un breve drama sobre el tema del cuento. El drama puede tratar de un aspecto del cuento o Ud. puede usar la imaginación y presentar una idea que se relacione con el tema. Algunas ideas podrían ser:

- Lo que pasa entre el suegro y su mujer cuando el suegro trata de imitar las acciones del joven.
- Los mismos jóvenes diez años después.
- Lo que pasaría si un joven moderno quisiera imitar las acciones del joven del cuento.

**1-7 Opiniones y actitudes.** Escriba Ud. un párrafo sobre uno de los temas siguientes o explíqueselo a la clase.

1. Cómo reaccionaría o qué haría una mujer moderna en la misma situación de la mujer del cuento.
2. La moraleja del cuento: ¿todavía es válida hoy día? ¿Por qué sí? ¿Por qué no?
3. Las ventajas y las desventajas de la costumbre de arreglar los casamientos entre jóvenes.

**1-8 Situación.** Con un(a) compañero(a) de clase, presente Ud. un diálogo entre dos personas. Las dos personas son muy amigas, pero hay un problema: una de ellas nunca quiere hacer lo que la otra sugiere. En el diálogo, Ud. saluda a su compañero(a) y sugiere que los dos vayan a un baile (a un cine, a un restaurante) esta noche. La otra persona dice por qué no quiere ir. Ud. ofrece otra posibilidad y la otra persona presenta otra idea. Los dos tratan del problema y por fin llegan a una solución. Después, se despiden.

## Arte

## La Alhambra

En el año 711, una fuerza militar de moros dirigida por Tarik conquistó el peñón que todavía lleva su nombre —Jebel-al-Tarik (Monte de Tarik) o Gibraltar. Luego invadieron el resto de España y, después de siete años, lograron conquistar casi toda la península. Aunque en los siglos siguientes los cristianos gradualmente pudieron reconquistar los reinos del norte y una gran parte del sur, no lograron completar la reconquista hasta 1492, año en que Fernando e Isabel tomaron a Granada, el último reino moro.

Durante casi ocho siglos, Granada fue una ciudad mora y llegó a ser conocida como centro comercial y cultural. Entre sus habitantes había poetas, científicos, artistas y arquitectos. En 1238, el rey moro Ibn Alhamar ordenó comenzar la construcción de la Alhambra (cuyo nombre significa «fortaleza roja»). Los reyes Abul Hachach Yusuf I y su hijo Mohamed V continuaron la obra, y a estos tres reyes les debemos las magníficas construcciones que han llegado hasta nosotros y que constituyen la máxima expresión del arte árabe.

Alhamar hizo construir la Alhambra sobre una colina, lugar que ofrecía protección contra sus enemigos. Desde afuera, sus murallas, torres y palacios, que se acomodan a los distintos niveles de terreno, impresionan al observador como un monumento austero, una fortaleza sin aspecto decorativo. Pero una vez adentro, todo es distinto. Desde las torres hay vistas espléndidas de la sierra y de las partes antiguas y modernas de la ciudad. Pero lo que es más impresionante es la exquisita arquitectura de los varios edificios. En el Patio de los Leones, por ejemplo, las columnillas esbeltas de mármol sostienen bóvedas cuya decoración se parece al follaje de algún palmar de la imaginación. También son notables los complejos diseños geométricos —de cerámica o de estuco— que han fascinado igualmente a los artistas y a los matemáticos de nuestros días. Y esta geometría se repite en los jardines del Generalife (el palacio de verano) donde uno puede gozar del olor de naranjos y de flores. Es importante recordar que los moros eran gente del desierto. Tal vez sea por eso que incorporaban albercas y fuentes como elementos esenciales en muchas partes de la Alhambra, de modo que allí siempre se oye el sonido refrescante y musical del agua.

Tal vez el que mejor supo resumir la hermosura de Granada y de la Alhambra fue el poeta Francisco de Icaza. Después de visitar la Alhambra, el poeta vio un mendigo ciego (*blind beggar*). Esa experiencia lo inspiró para escribir:

*Dale limosna, mujer,*
*que no hay en la vida nada*
*como la pena de ser ciego en Granada.*

### ◄ Patio de la Acequia, Generalife

Como podemos ver en esta foto del Patio de la Acequia, el agua es un elemento esencial en el plan de la Alhambra. Los árabes sabían utilizar la fuerza de gravedad para hacer funcionar todas las fuentes y para proveer agua para los baños y los estanques. Aquí todo tiene aspecto de oasis. El agua no sólo les gustaba por razones estéticas, sino que les servía para usarla cinco veces al día en sus abluciones religiosas.

### ▲ Patio de los Leones

Este patio y las salas que dan a él formaban la residencia del rey, el lugar donde vivían sus mujeres. Cada sala tenía agua corriente que pasaba por canales estrechos hasta llegar a la base de la fuente. El encanto del patio, la música del agua y la elegante decoración de las salas producían un ambiente íntimo y seductor que todavía impresiona al visitante.

### ▲ Los baños reales

La elegancia de los baños reales es testimonio de la importancia que los moros le daban al aseo personal. Hay que recordar que en la misma época los cristianos casi nunca se bañaban, ya que creían que el bañarse causaba debilidad.

En esta foto se puede ver cómo los árabes usaban diseños geométricos, especialmente en el diseño que se ve al fondo, donde el juego de cerámicas blancas y de colores produce una ilusión óptica.

## Para comentar

**1-9** Haga las siguientes actividades.

1. Refiriéndose a las fotos, describa Ud. la parte de la Alhambra que más le guste y le atraiga.

2. En las iglesias y los palacios cristianos normalmente se encuentran representaciones de seres humanos. ¿Sabe Ud. por qué estas representaciones están ausentes en edificios moros como los de la Alhambra?

3. ¿Qué aspectos de la arquitectura mora pueden encontrarse en la arquitectura moderna de nuestro país, especialmente en la arquitectura del suroeste?

4. Escriba Ud. un ensayo breve sobre uno de los temas siguientes:
   a. El papel del hombre y el de la mujer en nuestra sociedad hoy día.
   b. El contraste entre el papel de la mujer en nuestra sociedad y su papel en Irán o en otra sociedad musulmana.

# Orígenes de la cultura hispánica: América

### Literatura

*Los naufragios,* Álvar Núñez Cabeza de Vaca

### Arte

El arte de los aztecas

- Guerrero vestido de águila
- Cerámica con la figura de Tezcatlipoca
- Quetzalcóatl, la serpiente emplumada
- Coyolxauhqui, diosa de la luna

◄ Interpretación de un artista del Templo Mayor dentro del recinto sagrado de Tenochtitlán. ¿Cómo describiría Ud. el templo? ¿Cómo reaccionaría un español al verlo por primera vez en 1519?

# Literatura: *Los naufragios*

## Enfoque

En el siglo XVII ocurrió un encuentro, muchas veces violento, entre la cultura española, aún en el proceso de librarse de los límites intelectuales de la Edad Media, y las varias culturas indígenas de la tierra que vino a llamarse el «Nuevo Mundo», nombre tan erróneo como el alternativo «las Indias». Éste resultó en el uso de «indios» para referirse a los habitantes para quienes el mundo no era nada «nuevo». Y terminaron con otro nombre algo caprichoso —América— del hombre que creó el primer mapa de este continente.

Los españoles se enfrentaron con dos civilizaciones avanzadas que ocupaban centros establecidos —los aztecas en Tenochtitlán en el lugar que es la moderna Ciudad de México y los incas en Cuzco que es aún el centro simbólico de esa cultura. Aprovechando la oportunidad, se convirtieron en personajes históricos varios hombres atrevidos como Hernán Cortés, conquistador del imperio azteca, y Francisco Pizarro, quien tomó posesión del imperio inca del Perú. Otros como Atahualpa y Tupac Amaru, líderes de los incas, y Moctezuma y Cuauhtémoc, emperadores aztecas, desdichados todos, ganaron renombre como símbolos de los que murieron defendiendo sus imperios perdidos.

A los españoles los movía un triple motivo: difundir la cultura española en el Nuevo Mundo, lo cual incluía sobre todo la conversión de los indígenas al catolicismo; aumentar la riqueza nacional con el oro y la plata, y hacerse ricos con la adquisición de tierra y el derecho de convertir a los indígenas en trabajadores.

No sorprende que los muchos cronistas de la época hayan dado énfasis a las grandes hazañas de los conquistadores como Pizarro y Cortés. Aquél era analfabeto pero éste escribió su propia crónica en la que reveló su admiración por la grandeza de la civilización azteca.

Algunas crónicas, sin embargo, fueron escritas para contar la historia desde el punto de vista de los otros hombres, de menos renombre, que realizaron la exploración y experimentaron la interacción con los otros pueblos indígenas. Éstos a veces eran pueblos que remontaban a la Edad de Piedra. Siendo participantes de la acción estos cronistas pudieron informar sobre las costumbres y la vida diaria de los indígenas de un modo más detallado que los observadores más alejados de la acción y cuya interacción era sólo con los jefes o emperadores indígenas. Una de las más notables de estas crónicas es *Los naufragios* (su título moderno) del explorador Álvar Núñez Cabeza de Vaca.

Nótese que en 1991 salió una película en español basada en *Los naufragios*, dirigida por Nicolás Echevarría y presentada por *American Playhouse* en el canal de televisión pública de *CPB*. Lleva por título *Cabeza de Vaca*.

○ **Trabajen en grupos pequeños.**

Pensando en lo que dice el **Enfoque** y lo que ya saben de las colonias inglesas, hagan un lista de algunas de las diferencias entre el carácter de la empresa colonial de los españoles en «Nueva España» y la de los ingleses y holandeses en «Nueva Inglaterra». ¿Por qué se les llama a los españoles «conquistadores» y a los ingleses y holandeses «descubridores»? ¿Cómo eran diferentes los motivos de los dos grupos? Comenten las listas con los otros grupos de la clase.

# Vocabulario útil

Estudie Ud. estas palabras.

### Verbos

curar *to cure*
encomendar (ie) *to commend, entrust to*
ofrecer *to offer*
partir *to leave*
quedar(se) *to remain, stay; to turn out; to have left*
rogar (ue) *to beg; to pray*
sanarse *to get well*
santiguar(se) *to make the sign of the cross*
señalar *to signal, indicate*
suplicar *to beseech, beg*

### Sustantivos

el (la) enfermo(a) *sick person*
la misericordia *mercy, pity*

el pecado *sin*
la salud *health*
la señal *sign, signal*

### Adjetivos

recio(a) *strong, forceful*
sano(a) *healthy, well*
temeroso(a) *timid*

### Otras palabras y expresiones

al cabo de *at the end of*
en busca de *in search of*
puesta del sol *sunset*
según *according to*

## Para practicar

Aquí hay unas oraciones que describen algunos aspectos de la lectura. Complételas con palabras de la lista.

1. Los indígenas pensaban que los españoles sabían _____ a los enfermos.
2. Los españoles le _____ a Dios que sanara a los indígenas.
3. Los españoles santiguaban a los indígenas y estos siempre se quedaban _____.
4. Álvar Núñez decidió _____ con los indígenas porque llegaba el invierno.
5. Núñez tuvo esperanza de que Dios en su _____ lo sacara de su situación miserable.
6. _____ Núñez, los indígenas tenían confianza en que iban a _____ si los españoles los curaran.

## Preparación para la lectura

**2-1** Una estrategia útil para mejorar la comprensión de la lectura consiste en utilizar los títulos, las fotos y cualquier otro elemento disponible (como el **Vocabulario útil** en estas unidades) para predecir el contenido de la lectura. Con un(a) compañero(a) de clase, sigan Uds. los siguientes pasos y contesten las preguntas.

1. Lean el título principal y mire el dibujo en la primera página de la unidad. ¿Qué tema sugieren?
2. ¿Qué información aporta el **Enfoque** sobre el tema?
3. Examinen la lista de palabras del **Vocabulario útil** y pónganlas en grupos temáticos. ¿Qué temas sugieren los grupos?
4. ¿Cuál de los temas también aparece en el título y los subtítulos de las secciones?
5. Escriban un párrafo con sus conclusiones acerca del contenido de la lectura. Después de leer el trozo de *Los naufragios* vuelvan a leer el párrafo y corríjanlo si es necesario.

**2-2 Estrategia de repaso.** Ya vio que es útil anticipar el contenido de la lectura, pensando en lo que Ud. ya sabe sobre el tema. Trabaje con un(a) compañero(a) para hacer la siguiente actividad.

Álvar Núñez Cabeza de Vaca hace un viaje de diez años a pie desde la Florida hasta el Golfo de California al oeste de México. Con un(a) compañero(a) hagan Uds. una lista de elementos de la vida que habrían sido distintos para los españoles, como la comida, por ejemplo. Después de terminar la lectura, corrijan la lista si es necesario.

## Los naufragios (trozo)

Álvar Núñez Cabeza de Vaca nació en Jerez de la Frontera, lugar de origen del licor del mismo nombre, en 1490. Era hijo de una familia española ilustre y sirvió con valor en el ejército. Después de ocupar varios cargos administrativos, fue nombrado tesorero real en una expedición
5 desastrosa al Nuevo Mundo encabezada por Pánfilo de Narváez en 1527. Debido a varios ejemplos de incompetencia de Narváez y de mala fortuna, habían de pasar diez años antes de su regreso a España. Después sirvió con distinción como gobernador de la provincia del Río de la Plata que incluía lo que es hoy el Paraguay, el Uruguay y la Argentina. Ganó la fama de ser
10 protector de los indígenas del Paraguay. Como frecuentemente ocurría, la misma fama le trajo la enemistad de los otros españoles. En 1545 lo llevaron a España en cadenas. Murió entre 1556 y 1564.

Su descripción de los diez años de expedición a pie por la región entre la Florida y el noroeste de México[1] constituye una de las crónicas más
15 impresionantes de la época. Fue publicada por primera vez en España en 1542.

La expedición salió de Cuba hacia la Florida en 1528. En medio del viaje Narváez abandonó la mitad de su grupo en el área cerca de Tallahassee. Los que quedaron abandonados decidieron partir para México en algunas barcas que construyeron, ignorantes de la gran distancia que les quedaba para llegar
20 a Nueva España. Naufragaron en la isla que hoy se llama *Galveston Island* y perdieron la gran mayoría del grupo.

Pasó unos seis años en lo que es hoy Texas. Parte del tiempo lo pasó como esclavo en manos de indígenas y otra parte del tiempo la pasó como vendedor ambulante entre los varios pueblos. Cuando decidió seguir adelante

25  hacia México quedaban sólo Núñez y tres otros del grupo original: Dorantes, Castillo, el médico, y Estebanico, un marroquí. Son los acontecimientos de esta época (1535) que se describen en el trozo a continuación.

Los indígenas les ofrecieron su ayuda a causa de la fama de Núñez como curandero o médico popular. Sus métodos inventados consistían en
30  santiguar a los pacientes y encomendarlos a Dios, y luego rogar a Dios que los sanara. El hecho de que los indígenas enfermos quedaran sanos y recios, ganaba su buena voluntad. Esto permitió seguir por el área de Nuevo México y Arizona. Al cabo de otro año más (1536) se reunieron con otros españoles en la ciudad llamada Culiacán en el norte de México cerca del Golfo de
35  California. Causaron mucho asombro entre los españoles al llegar al lugar totalmente desnudos.

### Capítulo 21: De cómo curamos aquí unos enfermos

Aquella misma noche que llegamos vinieron unos indios a Castillo, y le
40  dijeron que estaban muy malos de la cabeza, rogándole que los curase.[2] Después que los hubo santiguado y encomendado a Dios, en aquel punto los indios dijeron que todo el mal° se les había quitado; y fueron a sus casas y trajeron muchas tunas[3] y un pedazo de carne de venado°; cosa que no sabíamos qué cosa era°. Como esto entre ellos se publicó°, vinieron otros
45  muchos enfermos en aquella noche a que los sanase. Cada uno traía un pedazo de venado; y tantos eran, que no sabíamos a dónde poner la carne. Dimos muchas gracias a Dios porque cada día iba creciendo su misericordia y mercedes°. Después que se acabaron las curas comenzaron a bailar y hacer sus areítos° y fiestas, hasta otro día que el sol salió. Duró la fiesta tres días
50  por haber nosotros venido, y al cabo de ellos les preguntamos por la tierra de adelante°, y por la gente que en ella hallaríamos, y los mantenimientos° que en ella había. Nos respondieron que por toda aquella tierra había muchas tunas, mas que ya eran acabadas, y que ninguna gente había, porque todos eran idos a sus casas, con haber ya cogido las tunas°; y que la tierra era muy
55  fría y en ella había muy pocos cueros°. Nosotros viendo esto, que ya el invierno y tiempo frío entraba, acordamos de pasarlo con éstos…

### Capítulo 22: Cómo otro día nos trajeron otros enfermos

Otro día de mañana vinieron allí muchos indios y traían cinco enfermos que
60  estaban tullidos y muy malos°, y venían en busca de Castillo para que los curase. Cada uno de los enfermos ofreció sus arcos y flechas°, y él los recibió, y a puesta del sol los santiguó y encomendó a Dios nuestro Señor, y todos le suplicamos con la mejor manera que podíamos les enviase salud, pues él veía que no había otro remedio para que aquella gente nos ayudase, y
65  saliésemos de tan miserable vida; y él lo hizo con tanta misericordia que venida° la mañana todos amanecieron tan buenos y sanos y se fueron tan recios como si nunca hubieran tenido mal ninguno. Esto causó entre ellos muy gran admiración y a nosotros hizo que diésemos muchas gracias a nuestro Señor… Y a mí sé decir que siempre tuve esperanza en su

*illness*
*deer*
*what it was; was made known*

*favor*
*songs and dances*

*land up ahead; provisions*

*since they had picked the prickly pears; hides*

*crippled and sick*
*bows and arrows*

*having come*

misericordia que me había de sacar de aquella cautividad y así yo lo hablé
siempre a mis compañeros.

Como los indios se habían ido y habían llevado sus indios sanos, partimos
hacia donde estaban otros comiendo tunas, y éstos indios se llaman *Cutalches*
y *Malicones*,[4] que son otras lenguas, y junto con ellos había otros que se
75 llamaban *Coayos* y *Susolas*, y de otra parte otros llamados *Atayos*, y éstos
tenían guerra con los *Susolas*, con quien se flechaban° cada día. Y como por
toda la tierra no se hablase sino de los misterios que Dios nuestro Señor con
nosotros obraba°, venían de muchas partes a buscarnos para que los
curásemos. A cabo de dos días que allí llegaron, vinieron a nosotros unos
80 indios de los *Susolas* y rogaron a Castillo que fuese a curar un herido° y otros
enfermos. Dijeron que entre ellos quedaba uno que estaba muy al cabo.
Castillo era médico muy temeroso, principalmente cuando las curas eran muy
temerosas y peligrosas, y creía que sus pecados habían de estorbar que no
todas veces sucediese bien el curar°. Los indios me dijeron que yo fuese a
85 curarlos, porque ellos me querían bien y se acordaban que les había curado en
las nueces° y por aquello nos habían dado nueces y cueros, y esto había
pasado cuando yo vine a juntarme con los cristianos,[5] y así hube de irme con
ellos, y fueron conmigo Dorantes y Estebanico. Cuando llegué cerca de los
ranchos° que ellos tenían, yo vi el enfermo que íbamos a curar que estaba
90 muerto, porque estaba mucha gente al derredor de° él llorando y su casa
deshecha°, que es señal que el dueño estaba muerto. Así, cuando yo llegué
hallé el indio los ojos vueltos° y sin ningún pulso, y con todas señales de
muerto, según a mí me pareció, y lo mismo dijo Dorantes. Yo le quité una
estera° que tenía encima, con que estaba cubierto, y lo mejor que pude
95 supliqué a nuestro Señor fuese servido° de dar salud a aquel y a todos los
otros que de ella tenían necesidad. Después de santiguado y soplado° muchas
veces, me trajeron su arco y me lo dieron, y una sera° de tunas molidas°, y me
llevaron a curar otros muchos que estaban malos de modorra°, y me dieron
otras dos seras de tunas, las cuales di a nuestros indios, que con nosotros
100 habían venido. Hecho esto nos volvimos a nuestro aposento°, y nuestros
indios a quienes di las tunas, se quedaron allá; y a la noche se volvieron a sus
casas, y dijeron que aquel que estaba muerto y yo había curado en presencia
de ellos, se había levantado bueno° y se había paseado, y comido y hablado
con ellos, y que todos cuantos° había curado quedaban sanos y muy alegres.
105 Esto causó gran admiración y espanto, y en toda la tierra no se hablaba en otra
cosa. Todos aquellos a quien esta fama llegaba nos venían a buscar para que
los curásemos y santiguásemos sus hijos. Y cuando los indios que estaban en
compañía de los nuestros, que eran los *Cutalchiches,* se tenían que ir a su
tierra, antes que se partiesen nos ofrecieron todas las tunas que para su
110 camino° tenían, sin que ninguna les quedase, y nos dieron pedernales° tan
largos como palmo y medio, con que ellos cortan, y es entre ellos cosa de muy
gran estima.

Nos rogaron que nos acordásemos de ellos y rogásemos a Dios que siempre
estuviesen buenos, y nosotros se lo prometimos; y con esto partieron los más
115 contentos hombres del mundo, habiéndonos dado todo lo mejor que tenían.

Nosotros estuvimos con aquellos indios *Avavares* ocho meses y esta
cuenta° hacíamos por las fases lunares. En todo este tiempo nos venían de
muchas partes a buscar y decían que verdaderamente nosotros éramos hijos

*shot arrows*

*worked*

*wounded man*

*that the cure wouldn't always work*

*pecans*

*huts*
*around*
*taken apart*
*turned up*

*mat*
*if He would please*
*blown on*
*basket; ground*
*sleeping sickness*

*houses*

*well*
*all those who*

*for their trip; flints*

*count*

del sol. Dorantes y el negro hasta allí no habían curado; mas por la mucha
120 importunidad que teníamos viniéndonos de muchas partes a buscar, venimos
todos a ser médicos, aunque en atrevimiento° y osar acometer° cualquier
cura era yo más señalado entre ellos, y ninguno jamás curamos que no nos
dijese que quedaba sano y tanta confianza tenían que habían de sanar si
nosotros los curásemos, que creían que en tanto° que nosotros allí
125 estuviésemos ninguno de ellos había de morir°.[6]

*daring; boldness to try* (margin, lines ~119-121)
*while* (margin, line 124)
*would die* (margin, line 125)

Núñez Cabeza de Vaca, *Los naufragios.*

### Notas culturales

[1] *No se sabe con seguridad la ruta exacta de Cabeza de Vaca. Los estudios científicos de los indígenas, la flora y fauna sugieren ciertas conclusiones. En el trozo incluido aquí se cree que estaban en la región central de Texas, por las modernas ciudades de Austin y San Antonio.*

[2] *El autor emplea siempre el imperfecto del subjuntivo que se forma con -se (curase) en vez de la forma que Ud. habrá aprendido con -ra (curara). Tiene el mismo significado.*

[3] *Las tunas se llaman en inglés «prickly pears», la fruta de un cacto común en el desierto del sudoeste de los Estados Unidos y el norte de México.*

[4] *Esta relación de todas las tribus responde al deseo renacentista de informar a los Europeos sobre lo que hay en el Nuevo Mundo. Incluye muchos detalles.*

[5] *La diferencia básica que veían los españoles entre ellos y los indígenas era su fe cristiana. Así se refiere a los españoles como «los cristianos» para distinguirlos de los indígenas.*

[6] *Aquí expresa el autor una idea bien avanzada: los métodos de los cristianos al curar a los indígenas dependían de la confianza que tenían éstos en esos métodos. Dice que se curaban porque se lo suplican a Dios, pero reconoce que en gran medida era debido a aspectos psicológicos.*

## Comprensión

**2-3** Conteste las siguientes preguntas.

1. ¿Qué tenían los primeros indígenas enfermos?
2. ¿Qué hicieron los españoles?
3. ¿Y cómo quedaron los indígenas?
4. ¿Qué comestibles les ofrecieron los indígenas a los españoles?
5. ¿Qué pasó cuando se publicó el acontecimiento?
6. ¿Cuánto duró la fiesta que celebraron a causa de las curas?
7. ¿Por qué no había mucha gente en la tierra de adelante?
8. ¿Por qué decidieron los españoles quedarse con estos indígenas?
9. En el segundo capítulo, ¿qué le ofrecieron a Castillo los indígenas para que los curara?
10. ¿Cómo amanecieron los enfermos?
11. ¿Qué quería el narrador que hiciera Dios?
12. ¿Qué les regalaron a los españoles los indígenas *Susolas*?
13. ¿De qué es señal cuando la casa de alguien está deshecha?
14. ¿De qué sufría el indígena que parecía estar muerto?
15. ¿Cómo quedaron los indígenas después de la visita de los cristianos?
16. ¿Qué les ofrecían a los españoles los indígenas que tenían que ir a su tierra?
17. ¿Qué creían los indígenas que pasaría si se quedaran los españoles entre ellos?

## Expansión

**2-4 Análisis literario.** Conteste Ud. las siguientes preguntas.

1. ¿Cuáles de estas palabras mejor describen el tono de la historia? Marque las adecuadas.

   **a.** objetivo   **b.** personal   **c.** conversacional   **d.** dramático   **e.** seco

2. ¿Qué aspectos de estos capítulos sugieren que los españoles ya han pasado mucho tiempo con los indígenas?
3. ¿A qué atribuían los españoles su poder de curar a los enfermos?
4. ¿Qué concepto sobre el poder de los curanderos (o los médicos modernos) sugiere Álvar Núñez al final del trozo?
5. ¿Qué elementos sugieren que un propósito del autor era proveer información a los europeos sobre los habitantes de las regiones que atravesaba?

**2-5 Resumen.** Complete estas oraciones para crear un resumen de la interacción médica entre los indígenas y los españoles.

1. Después de que los españoles los hubo santiguado y encomendado a Dios…
2. Como esto entre ellos se publicó…
3. A la puesta del sol Castillo los santiguó y encomendó a Dios nuestro Señor, y todos…
4. La próxima vez, cuando llegó cerca de los ranchos que ellos tenían, él vio…
5. Después de curar a otros muchos enfermos de modorra, los indígenas le dieron…
6. Los indígenas les pidieron que rogasen a Dios que siempre estuviesen buenos y ellos se lo prometieron; y con esto ellos…

**2-6 Minidrama.** Trabaje con otros compañeros de clase para crear un breve drama sobre uno de los encuentros a continuación entre los indígenas enfermos y los españoles.

1. Curan a los indígenas y éstos les traen tunas y carne de venado. Luego hay una fiesta de tres días.
2. Les traen cinco enfermos y les ofrecen sus arcos y flechas.
3. Los llevan a sus ranchos a curar a uno que parecía muerto.

**2-7 Opiniones y actitudes.** Exprese su opinión sobre uno de estos temas en forma oral o escrita, según lo indique su profesor(a).

1. Los europeos (españoles, ingleses, holandeses, portugueses) deberían haber dejado en paz *(leave alone)* a los pueblos indígenas que encontraron.
2. ¿Cuál es la solución más prometedora para la situación en que se encuentran los indígenas en los Estados Unidos: asimilarse a la sociedad mayoritaria o seguir en sus «reservaciones»? ¿Cuáles son las ventajas y desventajas de cada posición?
3. ¿Cree Ud. que la actitud mental le ayuda al enfermo a sanarse? Explique su opinión.

**2-8 Situación.** Trabaje con uno o más compañeros de clase y escojan Uds. un conflicto cultural de la actualidad, a nivel nacional o internacional, e inventen *(make up)* una situación en que ese conflicto se manifieste. Cada estudiante debe hacer el papel de una persona de una de las diferentes culturas, y expresar las opiniones como si fueran suyas.

# Arte

## El arte de los aztecas

Según una leyenda antigua, los aztecas salieron de Aztlán, el «lugar de las garzas» en el norte de México, más o menos en el año 1000 después de Cristo. Durante doscientos años migraron al sur hasta llegar al valle de México en 1193. La región ya estaba bien poblada y había varias ciudades cerca de los lagos del valle. Durante unos cien años los aztecas convivieron con sus vecinos más poderosos, sirviéndoles de criados y guerreros mientras buscaban un lugar permanente donde construir su propia ciudad. Mientras tanto, absorbían las costumbres y las tradiciones de sus vecinos más avanzados y sofisticados.

Según la leyenda, el dios de los aztecas, Huitzilopochtli, les había indicado que debían construir su propia ciudad en un lugar donde hubiera un águila posada encima de un nopal. El águila simbolizaba el sol y Huitzilopochtli era el dios del sol y de la guerra. La fruta roja del nopal representaba los corazones que se le ofrecían al dios durante los sacrificios humanos. Por fin, en 1325, apareció ese signo, en una pequeña isla en el lago de Texcoco. En ese año los aztecas construyeron un templo dedicado a Huitzilopochtli y empezaron a construir la ciudad de Tenochtitlán, el «Lugar de la Fruta del Nopal».

Entre 1325 y la llegada de los españoles en 1519, los aztecas ya habían establecido un imperio muy grande, ya por medio de la conquista militar, o ya por varias alianzas con otros grupos. Durante esos años Tenochtitlán llegó a ser una de las ciudades más grandes y poderosas del mundo.

En el centro de Tenochtitlán había un recinto ceremonial que en 1519 incluía unos 78 edificios. Dominaba el recinto el Templo Mayor, que representaba el centro real y era simbólico del mundo azteca. El Templo Mayor, como el resto de Tenochtitlán, fue destruido durante la conquista de Tenochtitlán por los españoles. Estos usaron las piedras de las estructuras aztecas para construir sus propios edificios, y así crearon la moderna capital de México. Tenochtitlán desapareció.

Aunque se sabía que el recinto ceremonial y el Templo Mayor estaban situados cerca de la actual plaza central de México (el Zócalo), las ruinas estaban cubiertas de construcciones modernas. Así no se sabía exactamente dónde estaban, hasta que en el año 1978 unos obreros que excavaban en el Zócalo descubrieron un pedazo de una escultura. Informaron a los del Instituto Nacional de Antropología e Historia de México. Así empezó una de las excavaciones arqueológicas más grandes de México. Entre 1978 y 1982 excavaron las ruinas del Templo Mayor y descubrieron miles de artefactos. Llegaron a saber que el Templo Mayor fue reconstruido siete veces, empezando con el primitivo templo de Huitzilopochtli, construido en 1325 y terminando con una impresionante pirámide encima de la cual había dos templos, uno dedicado a Huitzilopochtli y el otro dedicado a Tláloc, el dios de la lluvia y del sustento.

La escultura descubierta por los obreros resultó ser parte de una enorme piedra redonda, tallada con la imagen del cuerpo despedazado de Coyolxauhqui, diosa de la luna y hermana de Huitzilopochtli. Esta piedra se refiere a una leyenda antigua de los aztecas que tenía que ver con el nacimiento de Huitzilopochtli. La leyenda indica cómo Huitzilopochtli derrotó a 400 hermanos suyos (que representaban las estrellas) y a su hermana (la luna), en la cima del cerro de Coatepetl. Huitzilopochtli le cortó la cabeza a su hermana y el cadáver de ella se despedazó al caer por el cerro. La pirámide representaba el cerro, y la batalla entre el sol y la luna se celebraba en ceremonias especiales donde la sangre del sacrificado era ofrecida al sol como sustento, y su cadáver era tirado por el cerro hasta caer en la piedra de Coyolxauhqui.

Durante la excavación del Templo Mayor se descubrió una gran variedad de objetos que se les habían ofrecido a los dioses. Algunos objetos fueron ofrecidos como tributo de regiones conquistadas por los aztecas y otros fueron creados por los aztecas mismos. Son objetos de extraordinario valor artístico y nos permiten apreciar la enorme contribución de los aztecas al patrimonio de los mexicanos modernos. Aquí sólo presentamos unos pocos ejemplos del arte azteca. Para conocer otros ejemplos y para saber más sobre la historia, la cultura y la sociedad de los aztecas, le recomendamos el excelente libro de Jane S. Day, *Aztec: The World of Moctezuma* (Roberts Rinehart Publishers, 1992).

## ▲ Guerrero vestido de águila

Ya que el águila simbolizaba el sol y también al dios
Huitzilopochtli (dios de la guerra y del sol), los guerreros
que estaban autorizados a vestirse como águilas gozaban
de un alto rango social. Entre nosotros, ¿hay militares
que se visten de un modo especial para indicar su rango o
su capacidad especial?

## ▲ Cerámica con la figura de Tezcatlipoca

Tezcatlipoca era el dios de los reyes aztecas, el «Dios de
los Dioses». Su espejo le permitía ver todas las cosas en
todos los lugares del mundo. Ante él, todos se hallaban
indefensos. Aquí lo vemos con sus armas y detrás de él
se ve una serpiente.

## ▲ Quetzalcóatl, la serpiente emplumada

El muy conocido dios tolteca, Quetzalcóatl fue adoptado por los aztecas. Ya que incorporaba características de serpiente y de águila, Quetzalcóatl se sentía igualmente cómodo en la tierra y en el cielo. Era un gran héroe cultural y el dios de la sabiduría, la cultura y la civilización. ¿Conoce Ud. otra religión donde la serpiente tenga un papel importante?

## ▲ Coyolxauhqui, diosa de la luna

Esta magnífica escultura representa el cuerpo despedazado de Coyolxauhqui. En la cabeza tiene plumas y lleva aretes en las orejas. Alrededor de la cintura tiene un cinturón hecho de dos serpientes y atada al cinturón hay una calavera. En las sandalias, los codos y las rodillas se ven máscaras de monstruos que tienen unos colmillos grandes. Pensando en la luna, ¿qué simbolismo se puede encontrar en la leyenda de Coyolxauhqui?

## Para comentar

**2-9** Haga las siguientes actividades.

1. Entre los aztecas, las ofrendas que ofrecían a cierto dios simbolizaban alguna característica de ese dios. Por ejemplo, una escultura de un pez simbolizaba el dios Tláloc, dios de la lluvia, o un águila simbolizaba el dios Huitzilopochtli. En nuestra sociedad también hay cosas que se asocian con un concepto religioso o lo mágico *(magical things)*. Por ejemplo, todos reconocemos a cierto señor gordo, de barba blanca y muy larga, que lleva un traje rojo y botas negras. Sabemos cuál es la función de ese señor, cómo se relaciona con los niños y en qué estación del año aparece. ¿Cuáles son algunas otras cosas que tienen valor simbólico o tradicional en la cultura estadounidense?

2. En muchas culturas se asocian ciertas cualidades con ciertos animales. Así, por ejemplo, el búho con frecuencia simboliza la sabiduría. En la cultura estadounidense, ¿qué cualidades se asocian con el león? ¿el zorro? ¿el toro? ¿Hay otros animales que tengan valor simbólico para Ud.? ¿Cuáles son?

3. Escriba Ud. un ensayo breve sobre una obra de arte europea o norteamericana que tenga valor simbólico. Describa la obra (incluya una foto si es posible) y después, explique los símbolos que se presentan en la obra.

# La religión en el mundo hispánico

## Literatura

*Poema nahua,* Anónimo
*Coplas por la muerte de su padre* (trozo),
   Jorge Manrique
*Soneto,* Anónimo
*Sonetos,* Sor Juana
*Lo fatal,* Rubén Darío
*Salmo I,* Miguel de Unamuno

## Arte

El Greco
• El entierro del Conde de Orgaz
• Vista de Toledo
• El espolio

◄ Aquí se ve la procesión del Viernes Santo en Antigua, Guatemala, donde caminan sobre imágenes de arena y flores de muchos colores. En estas procesiones frecuentemente hay elementos de dos tradiciones religiosas. ¿Cuáles son las dos religiones?

# Literatura: «Poema nahua», «Coplas por la muerte de su padre», «Soneto», «Sonetos», «Lo fatal», «Salmo I»

## Enfoque

En los países hispánicos, muchos aspectos de la vida diaria revelan la importancia de la religión católica. La Iglesia participa en los momentos más importantes de la vida del individuo: el bautismo, el matrimonio y la muerte. La mayoría de las fiestas populares son religiosas. Aun los que no creen en Dios usan expresiones como «Dios mío» o «Por Dios». Mucha gente se declara como católica aunque no practiquen la religión. Esto a veces se llama el «catolicismo cultural».

En España, el catolicismo llegó en la época romana y cobró fuerza durante la Reconquista, aquella lucha entre cristianos y moros (musulmanes) en la península que duró casi ocho siglos. La importancia de la Iglesia durante ese período se revela de muchas maneras: en la arquitectura, la pintura, la escultura y la literatura. Para el hombre medieval —tanto en España como en el resto de Europa— la religión era el elemento más importante de su vida. La vida para tal individuo era el camino para llegar al cielo, y por eso era importante vivir moralmente para merecer la vida eterna, la cual, por ser eterna, era mucho más importante que la vida breve de la tierra. Aun en el Renacimiento, cuando se ponía más énfasis en el aspecto mundano de la vida, las artes y la literatura españolas de la época revelan que la religión seguía siendo trascendental.

Por medio de la conquista de América se extendió el catolicismo al continente. En las regiones donde había grandes civilizaciones indígenas, las funciones de los dioses indígenas fueron absorbidas por santos cristianos que tenían funciones parecidas. Se desarrolló un sincretismo en que ciertas costumbres y actitudes de los indígenas se mezclaban con el catolicismo. Es interesante notar, por ejemplo, que en la poesía española del siglo XV se expresa la idea de que la vida terrenal es transitoria y frágil, actitud que también se manifiesta en la poesía azteca del mismo siglo, aunque esa observación universal los lleva a conclusiones diferentes.

○ **Trabajen en grupos pequeños.**

Aunque la constitución de los Estados Unidos prohíbe que el gobierno haga leyes que afecten la religión, ésta tiene mucha influencia en el país. Hagan una lista de influencias religiosas en el gobierno y la vida política de los Estados Unidos.

# Vocabulario útil

Estudie Ud. estas palabras.

**Verbos**

acabar *to end, to finish*
alegrarse (de) *to be glad (about)*
dejar de *to cease, to stop*
durar *to last*
engañar(se) *to deceive (oneself)*
juzgar *to judge*
mover (ue) *to move*
prestar *to lend*
ser *to be; to exist*
sospechar *to suspect*
temer *to fear*

**Sustantivos**

la cruz *cross*
el dolor *pain*
el infierno *hell*
nahua *(adj; n, m) Nahuatl (Aztec language)*
el placer *pleasure*
el préstamo *loan*
la voluntad *will, willpower*

**Adjetivos**

dichoso(a) *blessed*
duro(a) *hard*

## Para practicar

Complete Ud. el párrafo con la forma correcta de la palabra apropiada del **Vocabulario útil.**

*Ayer tuve que ir al dentista porque tenía un _____ de muela* (molar) *muy terrible. Para mí, ir al dentista no es un _____, el ir allí requiere mucha _____. Dicen que ningún dolor _____ mucho, pero siempre _____ que el dentista es indiferente a mi sufrimiento. Como siempre, el dentista me dijo que no había nada que _____. Tal vez para distraerme me dediqué a pensar en los santos _____, pero terminé pensando en el sufrimiento de Cristo en la _____ y en las almas que sufrían en el _____. ¡Cuánto _____ cuando el dentista anunció que había _____ su tarea!*

Antes de continuar con las siguientes actividades, note Ud. que el artículo neutro **lo** se usa en muchas expresiones. Es común usar **lo que** o **lo cual** para referirse a un antecedente no específico que exprese una idea o una situación.

No me habló, lo cual *(which)* me sorprendió.
Allí vimos a mis padres, lo que *(which)* me alegró bastante.

**Lo que** también se usa con el sentido de *what* cuando no se indica el antecedente.

Lo que *(what)* van a hacer es un secreto.
¿Quieres decirme lo que *(what)* piensas hacer?

También se usa **lo** con la forma neutra de un adjetivo para expresar un concepto abstracto.

Lo bueno *(the good thing, the good part)* fue lo que pasó después.
Él siempre buscaba lo nuevo y lo perfecto *(the new and the perfect)*.

Pensando en los varios usos de **lo,** traduzca Ud. estas oraciones.

1. Lo que vio era extraño.
2. Quiero hacer lo mismo.
3. ¿Crees tú que Dios es todo lo que existe?
4. ¿Tienes miedo de lo que no conoces?
5. Lo único que hizo fue salir sin decir nada.
6. Ella no se quedó, lo cual nos sorprendió.
7. En las pinturas de El Greco se presentan simultáneamente lo divino y lo humano.

Si Ud. no está de acuerdo con las siguientes afirmaciones, cámbielas para expresar su opinión personal.

1. Me parece que la vida hoy es más dura que en otras épocas.
2. La vida es breve y por eso debemos gozar de ella y no pensar en otra cosa.
3. Creo que existen el cielo y el infierno.
4. No puedo ni negar ni afirmar la existencia de Dios.
5. Es evidente que Dios controla lo que pasa en nuestra vida.

## Preparación para la lectura

**3-1 Temas y versos.** Es frecuentemente útil leer un poema sin fijarse en todas las palabras. Es mejor fijarse en algunas palabras y/o versos claves para comprender lo esencial de un poema. En la poesía lírica hay generalmente uno o dos versos que contengan mucha información sobre el tema del poema.

Aquí tiene unos versos de los poemas de esta unidad y una lista de temas expresados en prosa. Trate de descubrir qué tema va con cada verso.

| | |
|---|---|
| _____ 1. No es nuestra casa definitiva la tierra | **a.** Dice que la imagen de Cristo es lo que afecta al poeta. |
| _____ 2. Tú me mueves, Señor; muéveme el verte clavado en esa cruz | **b.** La vida terrenal no es permanente. |
| _____ 3. Es cadáver, es polvo, es sombra, es nada | **c.** El poeta no quiere morir sin saber si existe Dios. |
| _____ 4. Y el espanto seguro de estar mañana muerto | **d.** Describe algo que no tiene ningún valor. |
| _____ 5. Quiero verte, Señor, y morir luego | **e.** La muerte segura le da miedo al poeta. |

**3-2 Estrategia de repaso.** No se olvide de utilizar todas las claves posibles como las fotos, los títulos, etcétera, para anticipar el contenido de la lectura. Con un(a) compañero(a) de clase lean Uds. los títulos de los poemas y traten de anticipar su contenido.

# Siete poemas religiosos o filosóficos

En casi todas las culturas del mundo (si no en todas), los seres humanos han querido saber el porqué de nuestra existencia. Ciertos temas se repiten a través del tiempo y del espacio: la vida es breve; la existencia es fugaz y frágil; debe existir alguna divinidad que le dé sentido a la vida. Esos
5 temas aparecen en las culturas indígenas precolombinas y también, por supuesto, en las varias culturas hispánicas después de la conquista. Aquí presentamos siete momentos de la poesía religiosa y filosófica en América y en España donde también aparecen esos temas.

El primer poema es un poema nahua, coleccionado por Juan Bautista
10 Pomar. Pomar vivía en Texcoco, una de las principales ciudades que se establecieron cerca del lago de Texcoco en la época del imperio azteca. Se cree que Pomar nació allí en 1535, quince años después de la destrucción de Tenochtitlán y la desolación de Texcoco. Por su madre, Pomar era bisnieto de Nezahualcóyotl, famoso rey de Texcoco en el siglo XV. Como Pomar
15 sabía hablar nahuatl, pudo coleccionar poemas de los aztecas.

El trozo que se presenta del segundo poema, «Coplas por la muerte de su padre», de **Jorge Manrique**, tiene un tema parecido al tema del poema nahua. Como muchos nobles de su época, Manrique (1440?–1479) se dedicó a las armas y las letras. Murió en una batalla durante el reinado de los Reyes
20 Católicos. Aunque las ideas y los conceptos de las coplas son tradicionales, por su belleza y su perfección este poema es considerado como la elegía más perfecta que se haya escrito en español.

El soneto «No me mueve, mi Dios… » es de un autor desconocido del siglo XVI. Sin duda es el soneto más famoso de inspiración religiosa que se
25 haya escrito en español. Hay muchos sonetos dedicados a Cristo en la cruz, pero la sinceridad de este poema y su lirismo son extraordinarios.

La próxima sección tiene dos ejemplos de la poesía barroca de Juana de Asbaje, más conocida por su nombre de monja, **Sor Juana Inés de la Cruz** (México, 1648–1695). Entró al convento porque sólo así podía satisfacer su
30 sed de saber, llevando una vida dedicada a los estudios y a la escritura. Antes de entrar al convento había tratado de convencer a su madre para que le permitiera asistir a la universidad vestida de hombre puesto que no se admitían las mujeres. Los escritores barrocos lamentaban la transitoriedad y fragilidad de la vida en la tierra y manifestaban un sentido de desesperación ante la
35 muerte inevitable.

En las últimas décadas del siglo XIX, la poesía en Hispanoamérica goza de un florecimiento no conocido anteriormente en el continente. La producción de obras líricas de gran calidad es extraordinaria. Aún más, es una poesía cosmopolita que incorpora elementos extranjeros (especialmente
40 franceses) y elementos americanos, tanto modernos como antiguos. El movimiento literario que resulta se llama Modernismo, y los escritores modernistas se consideran héroes del arte y rebeldes contra el mundo burgués que los rodea. Logran renovar la forma y el lenguaje de la poesía e influyen en la sensibilidad y la manera de pensar de los intelectuales de su época.
45 En esta sección se presenta un ejemplo de poesía modernista: «Lo fatal» de **Rubén Darío**. Darío (1867–1916) era nicaragüense y se dedicó totalmente a la literatura. Es sin duda el poeta más importante del Modernismo,

tanto por su propia producción literaria como por su influencia en otros poetas. Tal vez los libros más conocidos de él son *Azul* (1888), *Prosas profanas*
50 (1896) y *Cantos de vida y esperanza* (1905). «Lo fatal» pertenece a *Cantos de vida y esperanza* que, según muchos críticos, es su mejor libro, no sólo por la perfección de los varios poemas que en él se incluyen, sino también por su profundidad filosófica.

La «generación del 98» se refiere a un grupo de escritores que
55 aparecieron en España al final del siglo XIX. Desilusionados por la derrota de España en la guerra con los Estados Unidos y por lo que les parecía ser la decadencia de la patria, esos escritores expresaron sus inquietudes y su deseo de penetrar en la esencia del alma española. **Miguel de Unamuno** (1864–1936) fue uno de los escritores más conocidos de esa generación.
60 Novelista, cuentista, poeta, filósofo, ensayista y dramaturgo, Unamuno expresó su angustia por España y su deseo de calmar sus profundas dudas religiosas. Entre sus ficciones se destacan obras como *Paz en la guerra*, *Niebla*, *San Manuel Bueno, mártir* y *Abel Sánchez*.

# Poema nahua

No vivimos en nuestra casa
aquí en la tierra.
Así solamente por breve tiempo
la tomamos en préstamo.
5 ¡Adornaos°, príncipes!
Solamente aquí
nuestro corazón se alegra:
por breve tiempo, amigos, estamos prestados unos a otros:
No es nuestra casa definitiva la tierra:
10 ¡Adornaos príncipes!

*Anónimo*

*Adorn yourselves*

## Nota cultural

*Un tema que aparece con frecuencia en la literatura medieval europea es que la vida es breve y que por eso debemos gozar de cada momento de ella. Es interesante notar que ese concepto también aparece en muchos poemas nahuas escritos antes del descubrimiento de América.*

## Comprensión

**3-3** Conteste Ud. las siguientes preguntas.

1. Según el poeta, ¿por cuánto tiempo es nuestra la tierra?
2. Ya que la vida es transitoria, ¿qué debemos hacer?
3. ¿Dónde podemos sentir la alegría?
4. ¿Son permanentes las amistades?

# Coplas por la muerte de su padre (trozo)

Recuerde el alma dormida,
avive el seso° y despierte
   contemplando
cómo se pasa la vida,
5  cómo se viene la muerte
   tan callando°;
cuán presto° se va el placer;
cómo, después de acordado°,
   da dolor;
10 cómo, a nuestro parecer°,
cualquiera tiempo pasado
   fue mejor.

Pues si vemos lo presente
15 cómo en un punto° se es ido
   e acabado,
si juzgamos sabiamente,
daremos lo non venido
   por pasado°.
20 Non se engañe nadie, no,
pensando que ha de durar
   lo que espera
más que duró lo que vio,
pues que todo ha de pasar
25    por tal manera°.

Nuestras vidas son los ríos
que van a dar° en la mar,
   que es el morir;
30 allí van los señoríos°
derechos a se acabar
   e consumir°;
allí los ríos caudales°,
allí los otros medianos°,
35    e más chicos,
allegados°, son iguales
los que viven por sus manos
   e los ricos.

Jorge Manrique, *Coplas por la muerte de su padre (trozo)*.

*(fig.) be alert* [2]

*so silently* [6]
*quickly* [7]
*once it is remembered* [8]

*opinion* [10]

*in a flash* [15]

*we will regard the future as already past* [19]

*in the same way* [25]

*flow into* [27]

*great lordships* [30]

*straight to be ended and consumed* [32]
*large, powerful* [33]
*middling* [34]

*upon arriving* [36]

## Comprensión

**3-4** Conteste Ud. las siguientes preguntas.

1. Según Manrique, ¿es breve o larga la vida?
2. ¿Cuál es mejor según Manrique: el pasado, el presente o el futuro?
3. El poeta indica que el presente pasa rápidamente. ¿Dura más tiempo el futuro?
4. ¿Con qué compara el poeta nuestras vidas?
5. ¿Qué simboliza la mar?
6. ¿Cuándo son iguales los ricos y los pobres?

# Soneto

No me mueve, mi Dios, para quererte
el cielo que me tienes prometido,
ni me mueve el infierno tan temido
para dejar por eso de ofenderte.

5 Tú me mueves, Señor; muéveme el verte
clavado° en esa cruz y escarnecido°;
muéveme el ver tu cuerpo tan herido;
muévenme tus afrentas° y tu muerte.

10 Muéveme, en fin, tu amor de tal manera
que, aunque no hubiera cielo, yo te amara,
y, aunque no hubiera infierno, te temiera.

No me tienes que dar porque te quiera;
15 que, aunque cuanto espero no esperara,
lo mismo que te quiero te quisiera.

*Anónimo*

*nailed; mocked*

*the outrages done to you*

## Nota cultural

*El hombre medieval creía que era necesario vivir bien porque esta vida sólo tenía importancia como medio de ganar la vida eterna después de la muerte: el que se comportaba bien se iba al cielo y el que se comportaba mal podía irse al infierno. La actitud que se presenta en este soneto del Renacimiento es mucho más íntima, ya que su autor sólo está movido por su amor a Cristo, por el sufrimiento de Cristo y por el amor de Cristo hacia los seres humanos.*

## Comprensión

**3-5** Conteste Ud. las siguientes preguntas.

1. ¿Qué es lo que motiva al poeta para querer a Dios?
2. ¿Qué momento de la vida de Cristo le conmueve especialmente?
3. ¿Pone el poeta condiciones para su amor?
4. ¿Qué pasaría si no existieran ni el infierno ni el cielo?

# Sonetos

**1.**

    Éste que ves, engaño colorido,[1]
que del arte ostentando los primores°,   *beauties*
con falsos silogismos de colores
5 es cauteloso° engaño del sentido:   *careful*
    éste en quien la lisonja° ha pretendido   *flattery*
excusar de los años los horrores,
y, venciendo del tiempo los rigores,
triunfar de la vejez y del olvido:
10     es un vano artificio del cuidado;
es una flor al viento delicada;
es un resguardo° inútil para el hado°;   *refuge; fate*
    es una necia diligencia errada°;   *a foolish, mistaken labor*
es un afán caduco°; y bien mirado,   *ancient urge*
15 es cadáver, es polvo, es sombra°, es nada.   *ghost*

**2.**

    Rosa divina que en gentil cultura[2]
eres con tu fragante sutileza
20 magisterio° purpúreo en la belleza,   *mastery*
enseñanza nevada° a la hermosura;   *white*
    amago° de la humana arquitectura,   *sign*
ejemplo de la vana gentileza
en cuyo ser unió naturaleza
25 la cuna° alegre y triste sepultura°:   *cradle; grave*
    ¡cuán altiva° en tu pompa, presumida,   *arrogant*
soberbia, el riesgo de morir desdeñas;
y luego, desmayada y encogida°,   *shrunken*
    de tu caduco ser das mustias señas°!   *signs of withering*
30 ¡Con que, con docta muerte° y necia vida,   *wise death*
viviendo engañas y muriendo enseñas!

Juana de Asbaje (Sor Juana Inés de la Cruz), *Sonetos.*

## Notas culturales

[1] **Colorful deceit that you behold** *se refiere a un retrato de la poeta. Para los poetas barrocos toda la vida es un engaño, una apariencia.*

[2] *Las flores se emplean frecuentemente como símbolos de la fragilidad de la vida.*

## Comprensión

**3-6** Conteste Ud. las siguientes preguntas.

1. ¿Qué ostentan los primores del arte?
2. ¿Qué ha pretendido la lisonja?
3. ¿Qué tienen en común los seis últimos versos del primer poema que comparan el retrato con otras cosas?
4. ¿Cuáles son algunas características positivas en el segundo soneto?
5. ¿Qué cambio se nota en el verso que dice «la cuna alegre y triste sepultura»?
6. ¿Qué es lo que nos enseña la rosa al morir?

# Lo fatal

Dichoso el árbol, que es apenas sensitivo,
y más la piedra dura, porque ésa ya no siente,
pues no hay dolor más grande que el dolor de ser vivo,
ni mayor pesadumbre° que la vida consciente.

5   Ser, y no saber nada, y ser sin rumbo° cierto
y el temor de haber sido, y un futuro terror…
Y el espanto° seguro de estar mañana muerto,
y sufrir por la vida, y por la sombra, y por
lo que no conocemos y apenas sospechamos.
10  Y la carne que tienta° con sus frescos racimos°,
y la tumba que aguarda con sus fúnebres ramos°
¡y no saber a dónde vamos,
ni de dónde venimos…!

Rubén Darío, *Lo fatal.*

*grief* — pesadumbre
*direction* — rumbo
*horror* — espanto
*tempt; bunches of grapes* — tienta; racimos
*awaits with its funeral bouquets*

## Comprensión

**3-7** Conteste Ud. las siguientes preguntas.

1. ¿Por qué es especialmente dichosa la piedra?
2. ¿Qué cosas producen dolor?
3. ¿Qué dudas expresa Rubén Darío en cuanto a lo que significa la vida?
4. ¿Cree el poeta que él sabe lo que nos espera después de la muerte?

# Salmo I (trozo)

Quiero verte, Señor, y morir luego,
morir del todo;
pero verte, Señor, verte la cara,
¡saber que eres!
5  ¡Saber que vives!
Mírame con tus ojos,
ojos que abrasan;
¡mírame y que te vea!
¡que te vea, Señor, y morir luego!
10  Si hay un Dios de los hombres,
¿el más allá qué nos importa, hermanos?
¡Morir para que Él viva,
para que Él sea!
¡Pero, Señor, «yo soy» dinos tan sólo,
15  dinos «yo soy» para que en paz muramos,
no en soledad terrible,
sino en tus brazos!

Miguel de Unamuno, *Salmo I (trozo).*

## Comprensión

**3-8** Conteste Ud. las siguientes preguntas.

1. ¿Por qué quiere Unamuno que el Señor le diga «yo soy»?
2. ¿Puede Ud. aceptar la existencia de Dios sin las pruebas de su existencia que busca Unamuno?

## Expansión

**3-9 Análisis literario.** Conteste Ud. las siguientes preguntas.

1. El uso de la repetición es una característica de la poesía nahua. ¿Cuál es un ejemplo de repetición en el poema nahua que Ud. ha leído?
2. En el poema nahua, en las «Coplas» de Jorge Manrique y en los sonetos de Sor Juana se indica que la vida es breve. Sin embargo, las conclusiones de los tres poetas son diferentes. ¿Qué diferencia hay?
3. ¿Se puede decir que la última estrofa del poema de Manrique tiene un comentario social? ¿Cuál es?
4. ¿Cómo se usa la repetición en el soneto anónimo que Ud. ha leído? ¿Cuáles son algunas de las palabras que se repiten? ¿Cuál es el efecto de la repetición?
5. El cristiano medieval sabía exactamente cómo era la relación entre él y Dios. ¿Cómo se pueden contrastar las creencias de un hombre como Jorge Manrique con las de Rubén Darío? ¿Y cómo pueden compararse las de Sor Juana y Jorge Manrique?
6. ¿Cómo se puede contrastar la angustia que Darío expresa en su poema «Lo fatal» con la que expresa Unamuno en el «Salmo I»?

**3-10 Entrevista.** Hágale Ud. algunas preguntas a otra persona de la clase sobre sus creencias religiosas o filosóficas. Después, escriba Ud. un párrafo para indicar lo que Ud. ha aprendido. Algunas preguntas podrían ser:

1. ¿Cree Ud. en alguna divinidad? ¿Cómo es?
2. ¿Es necesario asistir a la iglesia o al templo para ser religioso? ¿Por qué sí o por qué no?
3. ¿Influye la religión en las decisiones que toma Ud.? ¿Cómo?
4. ¿Cuáles son dos valores que le parecen ser muy importantes en la vida?
5. ¿?

**3-11 Minidrama.** Presenten Ud. y otra(s) persona(s) de la clase un breve drama sobre el tema de la religión. Algunas situaciones podrían ser:

1. Una persona que siempre ha hecho lo que le place *(whatever he or she fancies)* se muere. Después, se encuentra ante San Pedro en la puerta del cielo.
2. Un individuo viejo y otro joven discuten cuáles son los aspectos más importantes de la vida.
3. Dos jóvenes quieren casarse, pero son de diferentes religiones. Los dos hablan de los problemas que van a tener que enfrentar.

**3-12 Opiniones y actitudes.** Escriba Ud. un párrafo sobre uno de los temas siguientes o explíqueselo a la clase.

1. La religión y la educación pública
2. Conceptos religiosos que se deben incorporar en la vida diaria
3. La religión y la política

**3-13 Situación.** Con un(a) compañero(a) de clase, presenten Uds. un diálogo entre dos personas que tienen diferentes actitudes hacia la vida. Una de ellas cree que todo tiene explicación científica, mientras que la otra cree que algunas cosas no se pueden explicar así. En el diálogo, uno de Uds. le pregunta al otro sobre su actitud hacia la religión. Éste contesta que no cree en la religión: cree que todo tiene explicación científica. El primero hace una serie de preguntas sobre las creencias «científicas» del otro y después expresa su propia opinión sobre la importancia de la fe religiosa.

 **Arte**

## El Greco

La Reforma, iniciada en Alemania en la primera mitad del siglo XVI, produjo en España la Contrarreforma, un nuevo despertar del sentimiento religioso y un retorno al misticismo y a la espiritualidad de la Edad Media. La influencia de la nueva actitud sobre el arte fue notable. Tal vez el que mejor supo expresar ese misticismo fue el pintor barroco **El Greco** (1541–1614).

El Greco nació en la isla de Creta —que pertenecía a Grecia en aquellos tiempos— y su nombre verdadero era Domenico Theotocopuli. De su vida no se sabe mucho. Aparentemente pasó su juventud en Venecia, donde posiblemente estudió con Ticiano y fue influenciado por las pinturas de Tintoreto. Después visitó Roma, pero no le impresionaron ni el orden ni la armonía del verdadero arte renacentista. A la edad de treinta y cuatro años viajó a España donde esperaba trabajar en la decoración de El Escorial, el gran palacio que hizo construir Felipe II —el enérgico monarca que encabezó la Contrarreforma. Pero a Felipe no le gustó el estilo de El Greco y rehusó darle la comisión. Así se produjo una de las grandes paradojas de la vida: el pintor más religioso fue rechazado por el monarca más religioso. Fue entonces El Greco a Toledo, una ciudad-isla a orillas del río Tajo. Como la percibió El Greco, era ésta una ciudad gris, oscura, en cuyo cielo se movían nubes verduscas; una ciudad cosmopolita, de grandes mezquitas, sinagogas e iglesias. Era el lugar que siempre había buscado el genio nada común de El Greco y allí se quedó el resto de su vida.

En Toledo, El Greco creó un arte propio, único, que armonizaba perfectamente con el carácter y el alma españoles. Nos presenta un mundo místico. Sus figuras alargadas, con caras blancas y extenuadas, siempre parecen anhelar subir al cielo. Todo en ellas es rítmico y reflejan un éxtasis espiritual. Nadie como El Greco ha podido captar el misterio del fervor religioso.

La pintura de El Greco goza actualmente de gran popularidad y sus cuadros pueden verse en los mejores museos del mundo. Por ejemplo, hay siete obras suyas en el Museo Metropolitano de Nueva York, inclusive su *Vista de Toledo,* uno de los primeros ejemplos de la pintura paisajista occidental. En España, su famosa pintura *El espolio* todavía se halla en la catedral de Toledo y *El entierro del Conde de Orgaz* también puede verse en esa ciudad, en la iglesia de Santo Tomé.

*Art Resource*

## ◀ El entierro del Conde de Orgaz

En los cuadros religiosos de El Greco siempre hay una mezcla de lo humano y lo divino. Para el pintor, lo que está ocurriendo en la parte superior del cuadro es tan real como lo que está pasando en la tierra, y no separa los dos niveles. El pintor se identifica aquí con esta expresión de su fe al incluirse a sí mismo en el cuadro (la séptima cabeza, empezando desde la izquierda, es el autorretrato del pintor). ¿Quiénes son las personas que se ven en el centro de la parte superior del cuadro? ¿Qué hace el ángel en el centro del cuadro? ¿Hacia dónde mira la mayoría de la gente que rodea al Conde? ¿Cuál parece ser la actitud de los vivos hacia la muerte?

*The Bettmann Archive*

## ◀ El espolio

En este cuadro también se aprecia la mezcla de lo humano y lo divino. En la figura de Cristo hay cierta paz y resignación que contrastan con la violencia y el ritmo agitado de las figuras que lo rodean. ¿Qué contraste hay entre la expresión de la cara de Cristo y la de las otras figuras del cuadro? ¿Quiénes son las mujeres a la izquierda de Cristo? ¿Qué hace el hombre a la derecha? ¿Son de tamaño normal las figuras?

## ◄ Vista de Toledo

En este famoso cuadro El Greco no sólo nos presenta uno de los primeros ejemplos de la pintura de paisaje en el arte occidental, sino que logra indicar la cualidad espiritual y religiosa que se asocia con la ciudad de Toledo. Lo hace mediante el uso de luz y de color —matices de verde y de gris— y el movimiento rítmico tanto de la tierra como de las nubes. Aunque la ciudad ha cambiado mucho en los últimos siglos, todavía pueden verse allí el río, los cerros y las cúspides de la catedral que se ven en la pintura. ¿Por qué puede describirse Toledo como una *ciudad-isla*? ¿Hay alargamiento de formas en esta pintura? ¿Qué efecto produce el juego de la luz y de la sombra? ¿Le parece a Ud. que esta pintura tiene valor espiritual?

## Para comentar

**3-14** Conteste Ud. las siguientes preguntas.

1. ¿Se puede comparar una de las pinturas de El Greco con uno de los poemas que Ud. ha leído en esta unidad? Indique cuáles son algunas comparaciones que se pueden hacer.

2. ¿Cómo reflejan las pinturas religiosas de El Greco el aspecto dramático de la espiritualidad hispana?

3. En Internet, busque Ud. otros ejemplos del arte de El Greco y prepare un informe para la clase, describiendo lo que ha descubierto.

4. Por lo general, en la Edad Media los grandes escritores y artistas pertenecían a la clase adinerada, o eran patrocinados por el estado o la Iglesia. ¿Cree Ud. que el estado debe patrocinar las artes en nuestros tiempos? ¿Por qué sí o por qué no?

5. Escriba Ud. un ensayo breve sobre uno de los temas siguientes.
   a. Un ejemplo de la influencia de la arquitectura y el arte modernos en los edificios religiosos (templos o iglesias).
   b. El arte norteamericano del siglo XX como reflejo de nuestros valores culturales.

# Aspectos de la familia en el mundo hispánico

### Literatura

*Don Payasito,* Ana María Matute

### Arte

Pablo Ruiz Picasso
- Familia de saltimbanques
- Los primeros pasos
- Madre e hijo

◄ En esta foto se ven los miembros de una familia puertorriqueña. ¿Quiénes serán todas estas personas? ¿Por qué te imaginas que se reunieron?

# Literatura: *Don Payasito*

## Enfoque

En los países hispánicos no hay institución más importante que la de la familia. La familia típica incluye no sólo a los padres y sus hijos, sino también a los parientes —abuelos, tíos, primos, etc. Es común que varios miembros de la familia extensa vivan en la misma casa. Las estrechas relaciones que se mantienen entre varias generaciones de la familia se reflejan en las ocasiones sociales —en las que participan todos— y también en la unidad de la familia frente a la sociedad.

Para el niño, este concepto de la unidad es muy importante. Desde muy pequeño, él participa en las actividades sociales de la familia, y así aprende a portarse con personas de varias generaciones. No depende tanto de sus padres y hermanos, ya que en su vida diaria hay otros parientes que lo pueden cuidar y guiar. Los adultos tienen mucho contacto personal con los niños y los jóvenes y les ofrecen su protección, cariño y ejemplo.

El interés por el niño en el mundo hispánico ha resultado en una copiosa literatura acerca del mundo del niño y del adolescente. Esta literatura sólo puede apreciarla completamente quien ha experimentado los aspectos cómicos y trágicos, crueles y tiernos, de esa época de la vida. Ya en el siglo XVI se publica *La vida del Lazarillo de Tormes,* obra anónima muy popular. Trata de las aventuras de un muchacho pobre que tiene que usar su inteligencia y su astucia para no morirse de hambre. En el siglo XX, también, los niños y los jóvenes son el tema de una literatura rica y variada. En España, este tema se encuentra en obras tan distintas como *Platero y yo* de Juan Ramón Jiménez y la novela *Juego de manos* de Juan Goytisolo. En Hispanoamérica, Gabriela Mistral, poeta chilena que ganó el Premio Nobel en 1945, ha sabido expresar el mundo infantil con sus poemas sobre el amor materno y el sufrimiento del niño.

En esta unidad se presenta un cuento de Ana María Matute, donde la autora española revela el fantástico mundo de la imaginación de los niños. También se presentan unas pinturas de Picasso en las que el gran pintor logra expresar la relación íntima que existe entre el niño y el adulto.

○ **Trabajen en grupos pequeños.**

La familia es una institución importante en todas las culturas pero esta importancia se manifiesta de modos distintos. Hagan una lista de las diferencias que sugiere el *Enfoque* entre la familia hispana y la anglosajona de los Estados Unidos. Compare su lista con las del resto de la clase.

## Vocabulario útil

Estudie Ud. estas palabras.

**Verbos**

acabar de *to have just*
  acababa de comer *I had just eaten*
acercarse *to approach*
callarse *to be quiet*
cocinar *to cook*
correr *to run*
llorar *to cry, to weep*
mentir (ie) *to lie*
saltar *to jump, to leap*

**Sustantivos**

la cara *face*
la cebolla *onion*
la cuchara *spoon (tablespoon)*
el dedo *finger, toe*
la finca *property; farm*
la frente *forehead*

la garganta *throat*
el labio *lip*
la mejilla *cheek*
la negrura *blackness*
la patata *potato (in Spain)*
el payaso *clown*
el pecho *chest*
la voz *voice*

**Adjetivos**

negro(a) *black*
verde *green*
verdoso(a) *greenish*

**Otras palabras y expresiones**

ponerse de pie *to stand up*
en voz alta *aloud*
en voz baja *in a whisper*

## Para practicar

Complete Ud. el párrafo con la palabra o expresión en español equivalente a la indicada entre paréntesis.

*Cuando yo tenía cuatro años, mi familia y yo fuimos a un circo. Nunca había visto un circo y por eso no sabía cómo eran los* (clowns) _____*. (We had just sat down)* _____ *cuando se nos acercó un hombre. Me miró e indicó con el* (finger) _____ *que yo debía* (be quiet) _____*. Pero no era un hombre ordinario: mientras hablaba* (he would jump) _____*. Además, tenía el cabello azul, los* (lips) _____ *eran verdosos y la* (forehead) _____ *y las* (cheeks) _____ *eran muy blancas. Empecé a* (cry) _____ *y* (I stood up) _____ *porque quería escaparme. Desde entonces no puedo ver a los payasos sin sentir miedo.*

Ud. ya sabe que se usa el imperfecto del verbo para indicar acciones que se repetían en el pasado o que eran habituales. También se usa ese tiempo verbal para describir una condición que existía en el pasado y para indicar el estado mental, emocional o físico de una persona en el pasado. Pensando en esos usos, complete Ud. el párrafo siguiente, usando la forma correcta de los verbos entre paréntesis.

*En aquellos tiempos nosotros (ser)* _____ *niños. En el verano (vivir)* _____ *en el campo en la casa de mi abuelo. Allí conocimos al hombre que, para nosotros, (ser)* _____ *el hombre más extraordinario del mundo. Las personas mayores (creer)* _____ *que don Pedro no (ser)* _____ *más que un simple campesino, pero nosotros (saber)* _____ *que en realidad (ser)* _____ *un tipo mágico. Nos (acompañar)* _____ *cuando (ir)* _____ *al bosque y allí, entre los árboles misteriosos, nos (contar)* _____ *historias terribles: de monstruos, de seres de otros mundos, de animales que (devorar)* _____ *a los niños. Don Pedro murió hace muchos años, pero todavía me acuerdo del maravilloso miedo que (sentir)* _____ *en aquellas ocasiones.*

## Preparación para la lectura

**4-1** Al leer un cuento en español hay que recordar que se usa el guión para indicar que cambia la persona que habla. Es importante notar este uso para seguir un diálogo en prosa. Un guión abre la oración y otro la cierra excepto cuando termina la oración. Por ejemplo:

1. —**Queremos ver a don Payasito** —decíamos en voz baja.
2. —**Ojitos de farolito** —decía—. **¿Qué me venís a buscar?**

Lea las siguientes oraciones e indique la parte hablada en cada caso y quién la ha dicho.

1. Juan sugirió —¿Por qué no vamos a la finca mañana?
2. —¡Lucas, Lucas! —gritamos todos.
3. —Claro —dije—, lea el poema en voz alta.
4. Le dijeron a Carlitos —¡Sal de aquí! —a gritos.
5. —¿Por qué me mientes? —le preguntó el hermano. Y el chico se fue.

**4-2 Estrategia de repaso: Anticipación y predicción.** Recuerde que como preparación para leer un cuento es útil primero descubrir lo esencial del texto y luego pensar en su propia opinión del asunto y, después de hacer la lectura, comparar su opinión con la del cuento.

El cuento «Don Payasito» de Ana María Matute tiene que ver con las actitudes de los niños. Antes de leer el cuento, indique qué opina Ud. de las siguientes observaciones. Escriba «sí» si está de acuerdo y «no» si no está de acuerdo con cada observación y explique por qué opina así. Después, lea el cuento e indique cómo reaccionaría la autora ante las siguientes observaciones y por qué reaccionaría ella así.

|  | La reacción de Ud. | La reacción de Matute |
|---|---|---|
| 1. A los niños les gustan los payasos, pero también sienten cierto temor cuando están cerca de ellos. | _____ | _____ |
| 2. Casi todos los niños, en algún momento, creen que los mayores pueden adivinarles el pensamiento. | _____ | _____ |
| 3. Por instinto, los niños tienen miedo de las cosas muertas. | _____ | _____ |
| 4. La imaginación de los niños es más fuerte que la de las personas mayores. | _____ | _____ |

# Don Payasito

**A**na María Matute (n. 1926). Después de la Guerra Civil (1936–1939), apareció en España una nueva generación de escritores, muchos de los cuales habían sido —de niños— testigos de aquella horrenda época de la historia española. Esa generación, influida por la guerra, se ha preocupado
5 por las cuestiones económicas y sociales que España ha confrontado en las últimas décadas. Dentro de este grupo se hallan algunas novelistas de gran importancia: Carmen Laforet, Dolores Medio, Elena Quiroga y Ana María Matute, para mencionar sólo unas cuantas. Estas mujeres han presentado al mundo una producción literaria de primera calidad y han asegurado la
10 posición femenina dentro de las artes españolas. El valor excepcional de la obra de Matute fue reconocido en 1998 cuando la autora fue incorporada en la Real Academia Española.

Ana María Matute nació en Barcelona. De niña siempre pasaba sus vacaciones en la casa de su madre en Mansilla de la Sierra, un pueblo
15 pequeño situado en las montañas de Castilla. Mansilla, que aparece en su obra bajo el nombre de «Artámila» o «Hegroz», es el escenario de sus obras literarias más importantes. Descripciones de la casa de su madre y del paisaje de esa región aparecen con frecuencia en su ficción. La escritora tenía diez años de edad cuando empezó la Guerra Civil. Llegó a conocer el
20 hambre y fue testigo de la violencia, la crueldad y la muerte. Esta experiencia, sin duda, explica su interés por la pobreza y el sufrimiento, especialmente de los niños, temas muy importantes en su obra.

Publicó Matute su primera novela a los diecisiete años. Entre sus novelas se destacan *Los hijos muertos* (1958), en la que estudia la
25 «generación perdida» que aparece después de la Guerra Civil, y la gran trilogía *Los mercaderes* (*Primera memoria,* 1959; *Los soldados lloran de noche,* 1963; y *La trampa,* 1969), en donde no sólo critica la burguesía, sino que eleva las circunstancias de la Guerra Civil a un nivel universal. También ha publicado más de siete colecciones de cuentos, entre ellas la colección
30 *Historias de la Artámila,* dedicada al mundo adolescente.

El cuento *Don Payasito* tiene lugar en Mansilla de la Sierra (Artámila). Como en todos los cuentos de Matute, la realidad exterior —el mundo físico de los niños, el mundo de don Lucas— lleva a comprender la realidad interior o imaginada de algunos personajes: el mundo de don Payasito[1]
35 percibido por la imaginación de los complejos niños de Ana María Matute.

**E**n la finca del abuelo, entre los jornaleros°, había uno muy viejo llamado Lucas de la Pedrería. Este Lucas de la Pedrería decían todos que era un pícaro° y un marrullero°, pero mi abuelo le tenía gran cariño y siempre
40 contaba cosas suyas, de hacía tiempo°:

—Corrió mucho mundo° —decía—. Se arruinó siempre. Estuvo también en las islas de Java…

Las cosas de Lucas de la Pedrería hacían reír a las personas mayores. No a nosotros, los niños. Porque Lucas era el ser más extraordinario de la
45 tierra. Mi hermano y yo sentíamos hacia él una especie° de amor, admiración y temor, que nunca hemos vuelto a sentir°.

*day laborers*

*rogue; deceiver, wheedler*
*from long ago*
*He traveled a lot*

*kind*
*we never felt again*

Lucas de la Pedrería habitaba la última de las barracas°, ya rozando° los bosques del abuelo. Vivía solo, y él mismo cocinaba sus guisos° de carne, 50 cebollas y patatas, de los que a veces nos daba con su cuchara de hueso°, y él se lavaba su ropa, en el río, dándole grandes golpes° con una pala°. Era tan viejo que decía perdió el último año° y no lo podía encontrar. Siempre que° podíamos nos escapábamos a la casita de Lucas de la Pedrería, porque nadie, hasta entonces, nos habló nunca de las cosas que él nos hablaba.

55 —¡Lucas, Lucas! —le llamábamos, cuando no le veíamos sentado a la puerta de su barraca.

Él nos miraba frotándose° los ojos. El cabello, muy blanco, le caía en mechones° sobre la frente. Era menudo°, encorvado°, y hablaba casi siempre en verso. Unos extraños versos que a veces no rimaban mucho, pero que nos 60 fascinaban:

—Ojitos de farolito° —decía— ¿Qué me venís a buscar… ?[2]

Nosotros nos acercábamos despacio, llenos de aquel dulce temor cosquilleante° que nos invadía a su lado (como rodeados de mariposas° negras, de viento, de las luces verdes que huían sobre la tierra grasienta° del 65 cementerio…).

—Queremos ver a don Payasito —decíamos, en voz baja, para que nadie nos oyera. Nadie que no fuera él°, nuestro mago°.

Él se ponía el dedo, retorcido° y oscuro como un cigarro, a través sobre los labios:

70 —¡A callar°, a bajar la voz, muchachitos malvados° de la isla del mal!

Siempre nos llamaba «muchachitos malvados de la isla del mal». Y esto nos llenaba de placer°. Y decía: «Malos, pecadores°, cuervecillos°», para referirse a nosotros. Y algo se nos hinchaba en el pecho°, como un globo° de colores, oyéndole.

75 Lucas de la Pedrería se sentaba y nos pedía las manos:

—Acá las «vuesas»° manos, acá pa «adivinasus» todito el corazón…°

Tendíamos las manos, con las palmas hacia arriba. Y el corazón nos latía fuerte. Como si realmente allí, en las manos, nos lo pudiera ver: temblando, riendo.

80 Acercaba sus ojos y las miraba y remiraba, por la palma y el envés°, y torcía el gesto°:

—Manitas de «pelandrín°», manitas de cayado°, ¡ay de las tus manitas, cuitado°… !

Así, iba canturreando°, y escupía° al suelo una vez que otra. Nosotros nos 85 mordíamos los labios para no reír.

—¡Tú mentiste tres veces seguidas, como San Pedro! —le decía, a lo mejor°, a mi hermano. Mi hermano se ponía colorado° y se callaba. Tal vez era cierto, tal vez no. Pero, ¿quién iba a discutírselo a Lucas de la Pedrería?

—Tú, golosa°, corazón egoísta°, escondiste pepitas° de oro en el fondo 90 del río, como los malos pescadores de la isla de Java…

Siempre sacaba a cuento° los pescadores de la isla de Java. Yo también callaba, porque ¿quién sabía si realmente había yo escondido pepitas de oro en el lecho° del río? ¿Podría decir acaso que no era verdad? Yo no podía, no.

—Por favor, por favor, Lucas, queremos ver a don Payasito…

95 Lucas se quedaba pensativo, y, al fin, decía:

| | |
|---|---|
| *Jump (up)* | —¡Saltad° y corred, diablos, que allá va don Payasito, camino de la |
| *cavern; overtake; in time* | gruta°… ! ¡Ay de vosotros, si no le alcanzáis° a tiempo°! |
| | Corríamos mi hermano y yo hacia el bosque, y en cuanto nos |
| *we entered, went in* | adentrábamos° entre los troncos nos invadía la negrura verdosa, el silencio, |
| *piercing; We cut through, went* | las altas estrellas del sol acribillando° el ramaje. Hendíamos° el musgo, |
| *through; climbed* | trepábamos° sobre las piedras cubiertas de líquenes, junto al torrente. Allá |
| *little cave* | arriba, estaba la cuevecilla° de don Payasito, el amigo secreto. |
| *panting* | Llegábamos jadeando° a la boca de la cueva. Nos sentábamos, con todo |
| *burned* | el latido de la sangre en la garganta, y esperábamos. Las mejillas nos ardían° |
| | y nos llevábamos las manos al pecho para sentir el galope del corazón. |
| *little slope; wrapped* | Al poco rato, aparecía por la cuestecilla° don Payasito. Venía envuelto° |
| *red* | en su capa encarnada°, con soles amarillos. Llevaba un alto sombrero |
| *pointed; yarn or hemp wig* | puntiagudo° de color azul, el cabello de estopa°, y una hermosa, una |
| *right hand* | maravillosa cara blanca, como la luna. Con la diestra° se apoyaba en un |
| *cane; topped* | largo bastón°, rematado° por flores de papel encarnadas, y en la mano libre |
| *gilded bells* | llevaba unos cascabeles dorados° que hacía sonar. |
| | Mi hermano y yo nos poníamos de pie de un salto y le hacíamos una |
| *bow* | reverencia°. Don Payasito entraba majestuosamente en la gruta, y nosotros le |
| | seguíamos. |
| *like livestock* | Dentro olía fuertemente a ganado°, porque algunas veces los pastores |
| *flocks* | guardaban allí sus rebaños°, durante la noche. Don Payasito encendía |
| *slowly; rusty lamp, lantern; corner,* | parsimoniosamente° el farol enmohecido°, que ocultaba en un recodo° de la |
| *angle; scorched, burned* | gruta. Luego se sentaba en la piedra grande del centro, quemada° por las |
| *fires* | hogueras° de los pastores. |
| *strange; gloomy* | —¿Qué traéis hoy? —nos decía, con una rara° voz, salida de tenebrosas° |
| | profundidades. |
| *We poked; ill-gotten* | Hurgábamos° en los bolsillos y sacábamos las pecadoras° monedas que |
| *we stole* | hurtábamos° para él. Don Payasito amaba las monedillas de plata. Las |
| | examinaba cuidadosamente, y las guardaba en lo profundo de la capa. |
| | Luego, también de aquellas mágicas profundidades, extraía un pequeño |
| | acordeón. |
| *witch* | —¡El baile de la bruja° Timotea! —le pedíamos. Don Payasito bailaba. |
| *sound* | Bailaba de un modo increíble. Saltaba y gritaba, al son° de su música. La |
| *swelled, became inflated; turns,* | capa se inflaba° a sus vueltas° y nosotros nos apretábamos° contra la pared |
| *spins; pressed ourselves; being able* | de la gruta, sin acertar a° reírnos o a salir corriendo. Luego, nos pedía más |
| *to decide whether* | dinero. Y volvía a danzar, a danzar, «el baile del diablo perdido». Sus |
| | músicas eran hermosas y extrañas, y su jadeo nos llegaba como un raro |
| *din, loud noise; making us tremble* | fragor° de río, estremeciéndonos°. Mientras había dinero había bailes y |
| | canciones. Cuando el dinero se acababa don Payasito se echaba en el suelo y |
| *pretended* | fingía° dormir. |
| *Out* | —¡Fuera°, fuera, fuera! —nos gritaba. Y nosotros, llenos de pánico, |
| *we began to run; down through the* | echábamos a correr° bosque abajo°; pálidos, con un escalofrío pegado a la |
| *woods; chill down our backs; snake* | espalda° como una culebra°. |
| | Un día —acababa yo de cumplir ocho años— fuimos escapados° a la |
| *we sneaked away* | cabaña° de Lucas, deseosos de ver a don Payasito. Si Lucas no le llamaba, |
| *hut* | don Payasito no vendría nunca. |
| | La barraca estaba vacía. Fue inútil que llamáramos y llamáramos y le |
| *circle it (go around it); frightened* | diéramos la vuelta°, como pájaros asustados°. Lucas no nos contestaba. Al |
| *bold, daring; pushed* | fin, mi hermano, que era el más atrevido°, empujó° la puertecilla de madera, |

*creaked*
*light, ray of light; half-opened*

*miserable bed*

*It made us laugh hard*
*turn him (move him to and fro)*

*he paid no attention to us; poke;*
*trunk*

*cardboard*
*scattered; remains*

*we burst out crying; tears*

*sobs (hiccups)*

150 que crujió° largamente. Yo, pegada a su espalda, miré también hacia adentro. Un débil resplandor° entraba en la cabaña, por la ventana entornada°. Olía muy mal. Nunca antes estuvimos allí.

Sobre su camastro° estaba Lucas, quieto, mirando raramente al techo. Al principio no lo entendimos. Mi hermano le llamó. Primero muy bajo, luego 155 muy alto. También yo le imité.

—¡Lucas, Lucas, cuervo malo de la isla del mal!…

Nos daba mucha risa° que no nos respondiera.

Mi hermano empezó a zarandearle° de un lado a otro. Estaba rígido, frío, y tocarlo nos dio un miedo vago pero irresistible. Al fin, como no nos 160 hacía caso°, le dejamos. Empezamos a curiosear° y encontramos un baúl° negro, muy viejo. Lo abrimos. Dentro estaba la capa, el gorro y la cara blanca, de cartón° triste, de don Payasito. También las monedas, nuestras pecadoras monedas, esparcidas° como pálidas estrellas por entre los restos°.

Mi hermano y yo nos quedamos callados, mirándonos. De pronto, 165 rompimos a llorar°. Las lágrimas° nos caían por la cara, y salimos corriendo al campo. Llorando, llorando con todo nuestro corazón, subimos la cuesta. Y gritando entre hipos:°

—¡Que se ha muerto don Payasito, ay, que se ha muerto don Payasito… !

Y todos nos miraban y nos oían, pero nadie sabía qué decíamos ni por 170 quién llorábamos.

Ana María Matute, *Don Payasito, de* Cuentos de la Artámila, Ediciones Destino, 1961.

## Notas culturales

[1] *El payaso es el personaje del circo más querido y estimado por los niños —y también por muchas personas mayores. El uso del diminutivo en el título de este cuento ya indica el cariño que le tienen los dos hermanos. El uso del «don» revela la mezcla de admiración, amor y respeto que sienten por el payaso. Ana María Matute, de niña, sentía las mismas emociones, como lo confesó en una entrevista:*

*Siempre pensé en que sería escritora, pero confieso que durante un tiempo mi gran ilusión hubiera sido poder llegar a ser payaso. ¡Cómo influyeron para esto los carros de titiriteros que llegaban al pueblo! Cada vez que oigo la trompeta y el tambor, tal como se anunciaban ellos, siento en la espalda el mismo cosquilleo de entonces. Todos los seres que salen a un escenario, que cuentan historias, que representan algo, me han fascinado.*

[2] *La manera de hablar de Lucas sugiere el lenguaje de los cuentos de hadas* (fairy tales), *en los que siempre existen lo extraordinario y lo mágico. Con frases como «muchachitos malvados de la isla del mal», Lucas les da a entender a los niños que sabe muchas cosas extrañas y que de una manera secreta ha podido penetrar su mente y saber lo que piensan y lo que han hecho.*

## Comprensión

**4-3** Conteste Ud. las siguientes preguntas.

1. ¿Quién era Lucas?
2. ¿Qué sentían los niños por este hombre?
3. ¿Qué expresiones usaba Lucas con los niños?
4. ¿Creían ellos que Lucas sabía adivinar cosas?
5. ¿Adónde corrían para ver a don Payasito?
6. ¿Cómo se vestía don Payasito y cómo tenía la cara?
7. ¿Qué debían traerle a don Payasito los niños?
8. ¿Qué hacía don Payasito después de recibir su pago?
9. ¿Qué encontraron un día los niños al entrar en la barraca de Lucas?
10. ¿Qué hallaron en un baúl?
11. ¿Cómo reaccionaron al ver esas cosas?
12. ¿Cómo reaccionaron al darse cuenta de que Lucas estaba muerto?

## Expansión

**4-4 Análisis literario.** Conteste Ud. las siguientes preguntas.

1. ¿Dónde tiene lugar la primera parte del cuento? ¿la segunda? ¿la conclusión?
2. ¿Con quién estaban los niños en la primera parte del cuento? ¿en la segunda? ¿en la conclusión?
3. Compare Ud. las cualidades de Lucas con las de don Payasito.
4. ¿Cuál de los dos (Lucas o don Payasito) es el más fantástico y mágico? Explique Ud. su respuesta.
5. Para los niños, ¿es más importante la realidad o la fantasía? Explique.

**4-5 Descripción.** El uso de adjetivos, adverbios o de otras expresiones descriptivas añade color y vida a un texto. Por ejemplo, compare Ud. estas versiones de algunas oraciones del texto de Matute que Ud. acaba de leer. La primera versión tiene pocos elementos descriptivos; la segunda es de Matute.

1. Lucas era viejo.
   (Matute) Lucas era «tan viejo que decía perdió el último año y no lo podía encontrar».
2. Al encontrarnos con él sentíamos miedo.
   (Matute) «Nosotros nos acercábamos despacio, llenos de aquel dulce temor cosquilleante que nos invadía a su lado (como rodeados de mariposas negras, de viento, de las luces verdes que huían sobre la tierra grasienta del cementerio...)».

Busque Ud. en el texto el equivalente de estas oraciones.

1. Don Payasito aparecía. Estaba vestido como un payaso.
2. Las músicas y el jadeo de don Payasito nos impresionaban.

Ahora, describa Ud. algún aspecto de una persona. La persona puede ser real o imaginaria. Incluya elementos descriptivos.

**4-6 Minidrama.** Presenten Ud. y otra(s) persona(s) de la clase un breve drama sobre el tema del cuento. El drama puede tratar de un aspecto del cuento, o Ud. puede usar la imaginación y presentar una idea que se relacione con el tema. Algunas ideas podrían ser:

1. Lo que pasaba cuando los niños del cuento iban a la cueva de don Payasito.
2. Dos jóvenes tienen dificultades con el automóvil y tienen que pasar la noche en una casa abandonada.
3. Dos niños encuentran una persona muerta en la playa. Ninguno de los dos sabe nada de la muerte.

**4-7 Opiniones y actitudes.** Escriba Ud. un párrafo sobre uno de los temas siguientes o explíqueselo a la clase.

1. La televisión y los niños
2. El problema de cuidar a los niños en la actualidad
3. La actitud de Ud. sobre el aborto *(abortion)*

**4-8 Situación.** Con un(a) compañero(a) de clase, presente Ud. un diálogo sobre el tema de la literatura para niños. Si quiere, puede incluir algunas de las ideas siguientes. ¿Le contaban sus padres cuentos de hadas cuando era niño(a)? ¿Cómo reaccionaba ante esos cuentos? (¿Había alguno que le asustaba? ¿Por qué?) ¿Leía obras del Dr. Seuss? ¿Cuál de las obras de él le gustaba más? ¿Qué pasa en esa obra? ¿Por qué le gustaba?

## Pablo Ruiz Picasso

**P**ablo Ruiz Picasso (1881–1973), el pintor español más conocido de nuestro siglo, nació en Málaga, España. Picasso visitó París por primera vez a los dieciocho años y después pasó casi toda su larga vida en Francia, visitando España y otros países europeos muy raramente. Entre los dieciocho y los cuarenta años, Picasso estableció su reputación como el pintor más extraordinario de Europa. Su pintura pasó por varias épocas: la época azul, con su énfasis en el conflicto entre la vida y la muerte; la época rosa, una etapa más serena, con un mundo de gente joven, adolescente, frágil, solitaria; y, por último, la del cubismo, con un nuevo concepto estético que le ganó fama mundial. Pero Picasso no se limitó a esos estilos: también hizo obras impresionistas, algunas de tipo puntillista y muchas otras de línea clásica tanto en forma como en expresión.

Aunque vivió en Francia, Picasso nunca perdió su españolismo. Pintaba ambientes y tipos puramente españoles. También fue grande la influencia ejercida sobre su arte por los pintores españoles que más admiraba: El Greco, Velázquez, Goya y otros. Su versión cubista del famoso cuadro *Las Meninas* de Velázquez es un sincero homenaje al gran maestro, y la tremenda pintura *Guernica,* que resume todo el horror de la Guerra Civil de España, expresa la misma tragedia universal que se encuentra en los *Desastres de la Guerra* de Goya.

Picasso dominaba todos los medios de expresión artística, y las obras de su vejez fueron tan revolucionarias e imaginativas como las de su juventud. Aunque famoso y millonario, no dejó de crear nuevos estilos y nuevas técnicas, transformando lo bello y lo feo en una visión personal y penetrante del mundo.

En sus obras pictóricas Picasso nos presenta todo un mundo de seres reales, imaginarios y míticos: desde toreros hasta mendigos, minotauros hasta ninfas, inocentes campesinas hasta prostitutas —todos retratados con las más variadas técnicas y formas. Se presentan aquí tres ejemplos de sus obras que tratan el tema de la familia.

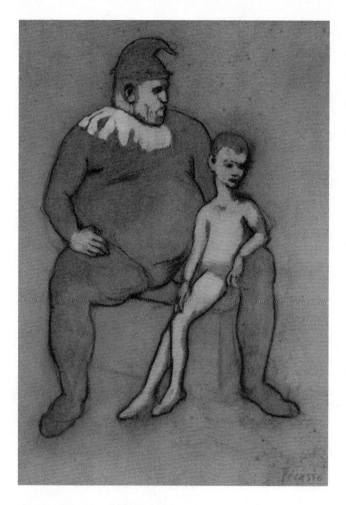

## ▲ Familia de saltimbanques

El cuadro es de la «época rosa», cuando Picasso visitaba con frecuencia el Cirque Medrano en París y cuando pintó los diversos tipos del circo que observó allí. Es importante la relación que existe entre la figura grande, sólida, casi grosera del payaso y la figura frágil, indefensa, etérea del niño. El payaso está vestido de rosa, color que sugiere cariño; el cabello y el vestido del niño son de un azul pálido y ese color da énfasis a su fragilidad. Los dos son del circo y pertenecen al mundo de los artistas, un mundo incierto y, a veces, peligroso. ¿Cuál parece ser la relación entre el niño y el adulto?

*Pablo Picasso. First Steps. Yale University Art Gallery. Gift of Stephen C. Clark, B.A. 1943*

## ▲ Los primeros pasos

El tema de la maternidad siempre le ha interesado a Picasso. La madre, para él, es símbolo de la vida y la fecundidad, y con frecuencia es una figura grande cuyas dimensiones sugieren tanto la percepción que tiene el niño de ella, como la seguridad que siente en su presencia. En este cuadro, ¿qué siente la madre al mirar a su niño? ¿Se comunica la incertidumbre del niño que da sus primeros pasos?

## Madre e hijo ➤

Durante su época neoclásica, Picasso pintó una serie de cuadros cuyo tema era la madre, tal como la percibiría un niño pequeño. En estos cuadros la madre es el símbolo de la vida, de la tierra, de la fecundidad. Es una diosa —enorme, serena, fuerte, cuyas dimensiones sugieren una escultura grande y pesada. En este cuadro, ¿cómo percibe el niño a su madre? ¿No es, para él, como un gigante?

Mother and Child. *Courtesy of The Art Institute of Chicago*

## Para comentar

**4-9** Haga Ud. las siguientes actividades.

1. ¿Cómo reflejan los cuadros el tema de esta unidad?

2. En las tres obras de Picasso se ve al adulto desde el punto de vista del niño. Comente Ud. esta observación, indicando cómo parece percibir el niño a la persona mayor y qué es lo que ésta le ofrece al niño.

3. ¿Qué contraste hay entre el estilo de los tres cuadros?

4. Compare Ud. el cuento de Matute con los cuadros de Picasso. ¿Qué tienen en común?

5. En el arte de Picasso hay una gran variedad de temas. Busque Ud. en el Internet otro tema de Picasso y descríbale a la clase lo que ha podido encontrar.

6. Escriba Ud. un ensayo breve sobre uno de los temas siguientes.
   a. La contribución de Plaza Sésamo a nuestra cultura.
   b. Los juguetes *(toys)* para niños como reflejo de los valores de nuestra cultura.

# 5

# El hombre y la mujer en la sociedad hispánica

**Literatura**

*Mañana de sol,* Hermanos Quintero

**Arte**

Diego Rodríguez de Silva y Velázquez
- La vieja cocinera (1618)
- La meninas (1656)
- Esopo (1937–1640)

◄ Esta pareja madrileña pasa la tarde en un parque. ¿Qué hacen allí? ¿Qué otras actividades puede Ud. hacer en un parque?

# Literatura: *Mañana de sol*

## Enfoque

Esta unidad trata del tema del hombre y de la mujer, junto con el tema de la vejez, época de la vida retratada en el drama *Mañana de sol* que se presenta aquí. Los ideales, los entusiasmos y las pasiones que hemos conocido en la juventud nunca desaparecen del todo en la vejez. Puede ser que la intensidad disminuya, pero los viejos todavía sienten su presencia, con nostalgia o con ironía. Y en la sociedad hispánica, con su énfasis en los lazos familiares, los de la «tercera edad» reciben más respeto. Las «residencias para ancianos» sólo han cobrado importancia últimamente.

La manera en que los viejos recuerdan las ardientes pasiones de la juventud aparece en el breve drama de los hermanos Álvarez Quintero, *Mañana de sol*. Con un realismo fino e irónico, los Álvarez Quintero presentan un conflicto tipo «Romeo y Julieta», así como lo recuerdan los que estaban enamorados en una época de su vida. La solución del conflicto es, a la vez, cómica y realista.

Diego Rodríguez de Silva y Velázquez, famoso pintor español del siglo XVII, también dejó testimonios del efecto de la vejez sobre el individuo en sus retratos de personas humildes o poderosas, pintadas con un realismo intransigente, pero también con una gran comprensión de la condición humana.

○ **Trabajen en grupos pequeños.**

La sociedad norteamericana tiende a poner énfasis en la juventud. La música, la televisión, el cine y las otras diversiones se crean principalmente para los jóvenes. Comenten algunas de las razones posibles para darle este énfasis. Haga una lista de películas o programas de televisión recientes que traten de ancianos y de sus actitudes y compare las listas de los otros grupos.

## Vocabulario útil

Estudie Ud. estas palabras.

**Verbos**
alejarse *to move away, to withdraw*
charlar *to chat*
presentar *to introduce*

**Sustantivos**
el apellido *(family) name, surname*
la arena *sand*
el cura *priest*
la gana *desire*
el gorrión *sparrow*
la marea *tide*
la nariz *nose*
el nombre *(first or given) name*
la ola *wave*
la playa *beach, shore*
el provecho *benefit; profit*
el sol *sun*

la tontería *foolishness; foolish act*
la vez *time; occasion; turn*

**Adjetivos**
junto(a) *united; together*

**Otras palabras y expresiones**
a veces *sometimes, at times*
alguna vez *sometime*
buen provecho *enjoy (yourself; your meal); bon appétit*
dos veces *twice*
en seguida *at once, immediately*
hace sol *it is sunny*
mañana de sol *sunny morning*
no me da la gana *I don't feel like it*
tener ganas de *to feel like*
varias veces *several times*
otra vez *again*

## Para practicar

Complete Ud. el siguiente diálogo. Use palabras o expresiones del **Vocabulario útil** equivalentes a las que aparecen entre paréntesis.

MIGUEL  ¿Qué hacemos hoy?

SUSANA  No sé. Laura y Gonzalo querían que los acompañáramos al teatro, pero *(I don't feel like it)* _____. Ya fuimos al teatro *(twice)* _____ esta semana y me parece que es bastante.

MIGUEL  Yo no *(feel like going)* _____ tampoco. ¿Qué te parece si los invitamos para ir a *(the beach)* _____?

SUSANA  Creo que no van a querer ir. Laura dice que en el teatro van a presentar una obra que se llama *(It's Sunny)* _____ o *(Sunny Morning)* _____ o algo así. Ellos han visto la obra *(several times)* _____, pero les gusta y quieren verla *(again)* _____.

MIGUEL  Bueno. Que vayan ellos. Yo siempre he preferido ir a la playa para ver subir *(the tide)* _____, jugar en *(the waves)* _____ y construir castillos de *(sand)* _____.

SUSANA  De acuerdo. Voy a llamar a Laura y después podemos ir *(at once)* _____.

Lea el siguiente trozo *(excerpt)* del drama que van a leer en esta unidad. Subraye *(Underline)* las palabras o las expresiones que Ud. no conoce o que no entiende. Después, con otras dos personas, discutan Uds. lo subrayado para saber si pueden adivinar *(guess)* lo que quiere decir.

Mi amiga esperó noticias un día, y otro, y otro… y un mes, y un año… y la carta no llegaba nunca. Una tarde, a la puesta del sol, con el primer lucero de la noche, se la vio salir resuelta camino de la playa… de aquella playa donde el predilecto de su corazón se jugó la vida. Escribió su nombre en la arena —el nombre de él,— y se sentó luego en una roca, fija la mirada en el horizonte… Las olas murmuraban su monólogo eterno… e iban poco a poco cubriendo la roca en que estaba la niña… ¿Quiere usted saber más?… Acabó de subir la marea… y la arrastró consigo…

## Preparación para la lectura

**5-1** Al leer un texto es casi siempre el caso que hay algunas palabras nuevas. Es útil aprender a adivinar el significado de algunas de estas palabras, guiándose por el contexto en que aparecen. Lea las siguientes oraciones y adivine el sentido de las palabras indicadas, fijándose en el contexto.

1. Quiero sentarme aquí para darles de comer a los pajaritos. ¿Tú trajiste las **miguitas** de pan?
2. Pienso sentarme aquí en el parque. ¿Hay un **banco** libre por aquí?
3. Levanta mucho polvo cuando camina porque **arrastra** los pies como viejito.
4. ¿Pero es que usted lee sin gafas? Usted tiene una **vista** envidiable.
5. El joven pasaba todas las tardes a caballo. Era un **jinete** magnífico.
6. ¡Qué raro! Se limpia las botas con el pañuelo de la nariz. ¿**Se sonará** usted con un cepillo?

**5-2 Estrategia de repaso.** Recuerde que se puede leer para comprender lo esencial de un texto buscando palabras y frases claves. Lea este trozo fijándose especialmente en las palabras subrayadas. Luego escoja la oración que mejor resuma el contenido del trozo.

DOÑA LAURA    Sí, señor. Cercana a Valencia,
a dos o tres leguas de
camino, <u>había una finca</u> que
si aún existe se acordará de
mí. <u>Pasé en ella algunas
temporadas.</u> De esto <u>hace
muchos años</u>; muchos.
Estaba próxima al mar,
oculta entre naranjos y
limoneros… <u>Le decían</u>…
¿cómo le decían?… *Maricela.*

1. La persona que habla cultiva naranjas y limones cerca del mar.
2. Doña Laura recuerda que en el pasado conocía un lugar llamado Maricela.
3. Laura camina dos o tres leguas a la finca de Valencia donde vive.

# Mañana de sol

Los hermanos **Serafín y Joaquín Álvarez Quintero** nacieron en
Andalucía; Serafín en el año 1871 y Joaquín en 1873. En 1888 cuando
ya era obvio su talento como dramaturgos, se mudaron con su familia a
Madrid. Entre 1888 y 1938 escribieron más de 200 piezas teatrales, de gran
5  variedad. Aunque pasaron casi toda la vida en la capital, nunca olvidaron su
origen andaluz y gran parte de su obra refleja el ambiente y el dialecto
andaluces. Desde jóvenes trabajaron juntos, estableciéndose entre ellos una
armonía intelectual muy distinta. Describieron su método de composición
como una conversación continua: por la mañana discutían sus dramas,
10  formando un plan para la trama y comentando el diálogo y los personajes.
Cuando ya habían desarrollado verbalmente toda la obra, con muchos
detalles, Serafín la escribía. Mientras así lo hacía se la leía a su hermano,
quien la comentaba y corregía. De esta manera, el drama completo parece
ser el producto de un solo hombre, y no el resultado de una colaboración.

15  Aunque escribieron dramas de dos, tres y cuatro actos, son más
conocidos por su obra dentro del «género chico»: el sainete o entremés y el
paso de comedia. Los primeros son breves cuadros dramáticos que describen
costumbres y otros aspectos de la vida entre la clase baja. El paso de
comedia también es una obra breve, pero los personajes no representan a la
20  clase baja, hablan castellano en vez de andaluz, y hay más énfasis en la
psicología de los personajes que en la presentación de las costumbres
regionales.

El paso de comedia más famoso de los Álvarez Quintero es el que se
incluye aquí, *Mañana de sol* (1905). Tiene muchas de las características de
25  los otros pasos de los hermanos: la trama es esencialmente sencilla y no hay
gran conflicto; el diálogo es muy natural y animado; y al dibujar los
personajes principales, doña Laura y don Gonzalo, los cuales representan la
clase cómoda de comienzos del siglo, los hermanos mezclan lo filosófico
con lo humorístico, y lo real con lo poético. Nos presentan un retrato de dos
30  viejos que llegan a simbolizar el eterno amor juvenil.

# Paso de comedia

## Personajes: Doña Laura, Don Gonzalo, Petra, Juanito

Lugar apartado° de un paseo público, en Madrid. Un banco° a la izquierda del actor. Es una mañana de otoño templada° y alegre.

Doña Laura y Petra salen por la derecha. Doña Laura es una viejecita setentona°, muy pulcra°, de cabellos muy blancos y manos muy finas y bien
5 cuidadas. Aunque está en la edad de chochear°, no chochea. Se apoya° de una mano en una sombrilla°, y de la otra en el brazo de Petra, su criada.

| | | |
|---|---|---|
| | DOÑA LAURA | Ya llegamos… Gracias a Dios. Temí que me hubieran quitado el sitio. Hace una mañanita tan templada… |
| 10 | PETRA | Pica° el sol. |
| | DOÑA LAURA | A ti, que tienes veinte años. *(Siéntase en el banco.)* ¡Ay!… Hoy me he cansado más que otros días. *(Pausa. Observando a Petra, que parece impaciente.)* Vete, si quieres, a charlar con tu guarda. |
| 15 | PETRA | Señora, el guarda no es mío; es del jardín. |
| | DOÑA LAURA | Es más tuyo que del jardín. Anda en su busca°, pero no te alejes. |
| | PETRA | Está allí esperándome. |
| | DOÑA LAURA | Diez minutos de conversación, y aquí en seguida. |
| 20 | PETRA | Bueno, señora. |
| | DOÑA LAURA | *(Deteniéndola.)* Pero escucha. |
| | PETRA | ¿Qué quiere usted? |
| | DOÑA LAURA | ¡Que te llevas las miguitas° de pan! |
| | PETRA | Es verdad; ni sé dónde tengo la cabeza. |
| 25 | DOÑA LAURA | En la escarapela° del guarda. |
| | PETRA | Tome usted. *(Le da un cartucho de papel pequeñito y se va por la izquierda.)* |
| | DOÑA LAURA | Anda con Dios. *(Mirando hacia los árboles de la derecha.)* Ya están llegando los tunantes°. ¡Cómo me han cogido la |
| 30 | | hora°!… *(Se levanta, va hacia la derecha y arroja° adentro, en tres puñaditos°, las migas de pan.)* Éstas, para los más atrevidos… Éstas, para los más glotones… Y éstas, para los más granujas°, que son los más chicos… Je… *(Vuelve a su banco y desde él observa complacida el festín de los pájaros.)* Pero, hombre, que siempre has de bajar tú |
| 35 | | el primero. Porque eres el mismo: te conozco. Cabeza gorda, boqueras° grandes… Igual a mi administrador. Ya baja otro. Y otro. Ahora dos juntos. Ahora tres. Ese chico va a llegar hasta aquí. Bien; muy bien; aquél coge su miga |
| 40 | | y se va a una rama a comérsela. Es un filósofo. Pero ¡qué nube! ¿De dónde salen tantos? Se conoce que ha corrido la voz°… Je, je… Gorrión habrá que venga desde la Guindalera°. Je, je… Vaya, no pelearse°, que hay para todos. Mañana traigo más. |

| | | |
|---|---|---|
| *back of the stage* | 45 | (*Salen don Gonzalo y Juanito por la izquierda del foro°. Don Gonzalo es un viejo contemporáneo de doña Laura, un poco cascarrabias°. Al andar arrastra° los pies. Viene de mal temple°, del brazo de Juanito, su criado.*) |
| *irritable; drags* | | |
| *in a bad humor* | | |
| *Loafers* | | DON GONZALO   Vagos°, más que vagos… Más valía que estuvieran dicien- |
| | 50 | do misa… |
| | | JUANITO   Aquí se puede usted sentar: no hay más que una señora. |
| | | (*Doña Laura vuelve la cabeza y escucha el diálogo.*) |
| | | DON GONZALO   No me da la gana, Juanito. Yo quiero un banco solo. |
| | | JUANITO   ¡Si no lo hay! |
| | 55 | DON GONZALO   ¡Es que aquél es mío! |
| | | JUANITO   Pero si se han sentado tres curas… |
| | | DON GONZALO   ¡Pues que se levanten!… ¿Se levantan, Juanito? |
| *Of course they haven't gotten up!* | | JUANITO   ¡Qué se han de levantar°! Allí están de charla. |
| | | DON GONZALO   Como si los hubieran pegado al banco… No; si cuando los |
| *no one can throw them out!* | 60 | curas cogen un sitio… ¡cualquiera los echa°! Ven por aquí, Juanito, ven por aquí. |
| | | (*Se encamina hacia la derecha resueltamente. Juanito lo sigue.*) |
| | | DOÑA LAURA   (*Indignada.*) ¡Hombre de Dios! |
| | 65 | DON GONZALO   (*Volviéndose.*) ¿Es a mí? |
| | | DOÑA LAURA   Sí señor; a usted. |
| | | DON GONZALO   ¿Qué pasa? |
| *frightened* | | DOÑA LAURA   ¡Que me ha espantado° usted los gorriones, que estaban comiendo miguitas de pan! |
| *And what do I have to do with?* | 70 | DON GONZALO   ¿Y yo qué tengo que ver con° los gorriones? |
| | | DOÑA LAURA   ¡Tengo yo! |
| | | DON GONZALO   ¡El paseo es público! |
| *don't complain* | | DOÑA LAURA   Entonces no se queje usted° de que le quiten el asiento los curas. |
| *we haven't been introduced* | 75 | DON GONZALO   Señora, no estamos presentados°. No sé por qué se toma usted la libertad de dirigirme la palabra. Sígueme, Juanito. |
| | | (*Se van los dos por la derecha.*) |
| *There's nothing like* | | DOÑA LAURA   ¡El demonio del viejo! No hay como° llegar a cierta edad para ponerse impertinente. (*Pausa.*) Me alegro; le han |
| | 80 | quitado aquel banco también. ¡Anda! para que me espante |
| *serves him right for frightening my birds; But unless you sit on your hat* | | los pajaritos°. Está furioso… Sí, sí; busca, busca. Como no te sientes en el sombrero°… ¡Pobrecillo! Se limpia el sudor… Ya viene, ya viene… Con los pies levanta más |
| *dust* | | polvo° que un coche. |
| | 85 | DON GONZALO   (*Saliendo por donde se fue y encaminándose a la izquier- da.*) ¿Se habrán ido los curas, Juanito? |
| | | JUANITO   No sueñe usted con eso, señor. Allí siguen. |
| | | DON GONZALO   ¡Por vida… ! (*Mirando a todas partes perplejo.*) Este |
| *city government* | | Ayuntamiento°, que no pone más bancos para estas |
| | 90 | mañanas de sol… Nada, que me tengo que conformar con |
| *Grumbling* | | el de la vieja. (*Refunfuñando°, siéntase al otro extremo que doña Laura, y la mira con indignación.*) Buenos días. |
| | | DOÑA LAURA   ¡Hola! ¿Usted por aquí? |

| | | |
|---|---|---|
| | DON GONZALO | Insisto en que no estamos presentados. |
| 95 | DOÑA LAURA | Como me saluda usted, le contesto. |
| | DON GONZALO | A los buenos días se contesta con los buenos días, que es lo que ha debido usted hacer. |
| | DOÑA LAURA | También usted ha debido pedirme permiso para sentarse en este banco que es mío. |
| 100 | DON GONZALO | Aquí no hay bancos de nadie. |
| | DOÑA LAURA | Pues usted decía que el de los curas era suyo. |
| | DON GONZALO | Bueno, bueno, bueno… se concluyó. *(Entre dientes°.)* Vieja chocha°… Podía estar haciendo calceta°… |
| | DOÑA LAURA | No gruña usted°, porque no me voy. |
| 105 | DON GONZALO | *(Sacudiéndose las botas con el pañuelo.)* Si regaran° un poco más, tampoco perderíamos nada. |
| | DOÑA LAURA | Ocurrencia es°: limpiarse las botas con el pañuelo de la nariz. |
| | DON GONZALO | ¿Eh? |
| 110 | DOÑA LAURA | ¿Se sonará usted° con un cepillo°? |
| | DON GONZALO | ¿Eh? Pero, señora, ¿con qué derecho… ? |
| | DOÑA LAURA | Con el de vecindad. |
| | DON GONZALO | *(Cortando por lo sano°.)* Mira, Juanito, dame el libro; que no tengo ganas de oír más tonterías. |
| 115 | DOÑA LAURA | Es usted muy amable. |
| | DON GONZALO | Si no fuera usted tan entremetida°… |
| | DOÑA LAURA | Tengo el defecto de decir todo lo que pienso. |
| | DON GONZALO | Y el de hablar más de lo que conviene°. Dame el libro, Juanito. |
| 120 | JUANITO | Vaya°, señor. *(Saca del bolsillo un libro y se lo entrega°. Paseando luego por el foro, se aleja hacia la derecha y desaparece.* |
| | | *Don Gonzalo, mirando a doña Laura siempre con rabia°, se pone unas gafas° prehistóricas, saca una gran lente°, y con el auxilio de toda esa cristalería° se dispone a leer.)* |
| 125 | | |
| | DOÑA LAURA | Creí que iba usted a sacar ahora un telescopio. |
| | DON GONZALO | ¡Oiga usted! |
| | DOÑA LAURA | Debe usted de tener muy buena vista. |
| | DON GONZALO | Como cuatro veces mejor que usted. |
| 130 | DOÑA LAURA | Ya, ya se conoce. |
| | DON GONZALO | Algunas liebres° y algunas perdices° lo pudieran atestiguar°. |
| | DOÑA LAURA | ¿Es usted cazador°? |
| | DON GONZALO | Lo he sido… Y aún… aún… |
| 135 | DOÑA LAURA | ¿Ah, sí? |
| | DON GONZALO | Sí, señora. Todos los domingos, ¿sabe usted? cojo mi escopeta° y mi perro, ¿sabe usted? y me voy a una finca de mi propiedad, cerca de Aravaca… A matar el tiempo, ¿sabe usted? |
| 140 | DOÑA LAURA | Sí, como no mate usted el tiempo… ¡lo que es otra cosa°! |
| | DON GONZALO | ¿Conque no? Ya le enseñaría yo a usted una cabeza de jabalí° que tengo en mi despacho. |

Marginal glosses:
- Muttering
- senile; knitting
- Don't growl
- they would water
- That's a new idea
- I suppose you blow your nose; brush
- Getting on safe ground
- nosy, meddlesome
- is proper
- Here it is; hands over
- rage, fury
- spectacles; magnifying glass
- glassware
- hares, rabbits; partridges
- bear witness
- hunter
- shotgun
- if you don't kill time, you won't kill anything
- wild boar

| | | |
|---|---|---|
| | DOÑA LAURA | ¡Toma! y yo a usted una piel de tigre que tengo en mi sala. ¡Vaya un argumento°! |
| 145 | DON GONZALO | Bien está, señora. Déjeme usted leer. No estoy por darle a usted más palique°. |
| | DOÑA LAURA | Pues con callar, hace usted su gusto. |
| | DON GONZALO | Antes voy a tomar un polvito°. *(Saca una caja de rapé°.)* De esto sí le doy. ¿Quiere usted? |
| 150 | DOÑA LAURA | Según°. ¿Es fino? |
| | DON GONZALO | No lo hay mejor. Le agradará. |
| | DOÑA LAURA | A mí me descarga mucho la cabeza°. |
| | DON GONZALO | Y a mí. |
| | DOÑA LAURA | ¿Usted estornuda°? |
| 155 | DON GONZALO | Sí, señora: tres veces. |
| | DOÑA LAURA | Hombre, y yo otras tres: ¡qué casualidad°! |
| | | *(Después de tomar cada uno su polvito, aguardan los estornudos haciendo visajes°, y estornudan alternativamente.)* |
| | DOÑA LAURA | ¡Ah… chis! |
| 160 | DON GONZALO | ¡Ah… chis! |
| | DOÑA LAURA | ¡Ah… chis! |
| | DON GONZALO | ¡Ah… chis! |
| | DOÑA LAURA | ¡Ah… chis! |
| | DON GONZALO | ¡Ah… chis! |
| 165 | DOÑA LAURA | ¡Jesús! |
| | DON GONZALO | Gracias. Buen provechito. |
| | DOÑA LAURA | Igualmente. (Nos ha reconciliado el rapé.) |
| | DON GONZALO | Ahora me va usted a dispensar que lea en voz alta. |
| | DOÑA LAURA | Lea usted como guste: no me incomoda. |
| 170 | DON GONZALO | *(Leyendo.)* «Todo en amor es triste; mas°, triste y todo, es lo mejor° que existe.» De Campoamor[1], es de Campoamor. |
| | DOÑA LAURA | ¡Ah! |
| | DON GONZALO | *(Leyendo.)* «Las niñas de las madres que amé tanto, me besan ya como se besa a un santo». Éstas son humoradas°. |
| 185 | DOÑA LAURA | Humoradas, sí. |
| | DON GONZALO | Prefiero las doloras°. |
| | DOÑA LAURA | Y yo. |
| | DON GONZALO | También hay algunas en este tomo. *(Busca las doloras y lee.)* Escuche usted ésta: «Pasan veinte años: vuelve él… » |
| 190 | DOÑA LAURA | No sé qué me da° verlo a usted leer con tantos cristales°… |
| | DON GONZALO | ¿Pero es que usted, por ventura°, lee sin gafas? |
| | DOÑA LAURA | ¡Claro! |
| | DON GONZALO | ¿A su edad?… Me permito dudarlo. |
| | DOÑA LAURA | Deme usted el libro. *(Lo toma de mano de don Gonzalo y* |
| 195 | | *lee:)* «Pasan veinte años; vuelve él, y al verse, exclaman él y ella: (—¡Santo Dios! ¿y éste es aquél?…) (—Dios mío ¿y ésta es aquélla?…).» *(Le devuelve el libro.)* |
| | DON GONZALO | En efecto: tiene usted una vista envidiable. |
| | DOÑA LAURA | (¡Como que me sé los versos de memoria!) |
| 200 | DON GONZALO | Yo soy muy aficionado a los buenos versos… Mucho. Y hasta los compuse° en mi mocedad°. |

Margin glosses (left column):

*What a story!*

*I don't feel like going on with the conversation (chit-chat)*

*pinch of snuff; snuff*

*It depends*

*It clears my head a lot.*

*Do you sneeze?*

*coincidence*

*faces*

*yet*
*sad as it is, it's the best thing*

*humorous poems*

*sad poems*

*I can't tell you what it does to me; glasses; by any chance*

*And I even composed them; youth*

| | DOÑA LAURA | ¿Buenos? |
|---|---|---|
| *There were all kinds* | DON GONZALO | De todo había°. Fui amigo de Espronceda, de Zorrilla, de Bécquer[2]… A Zorrilla lo conocí en América. |
| 205 | DOÑA LAURA | ¿Ha estado usted en América? |
| | DON GONZALO | Varias veces. La primera vez fui de seis años. |
| *caravel (sailing vessel, especially the type of the 15th and 16th centuries)* | DOÑA LAURA | ¿Lo llevaría a usted Colón en una carabela°? |
| | DON GONZALO | (*Riéndose.*) No tanto, no tanto… Viejo soy, pero no conocí a los Reyes Católicos… |
| 210 | DOÑA LAURA | Je, je… |
| | DON GONZALO | También fui gran amigo de éste: de Campoamor. En Valencia nos conocimos… Yo soy valenciano. |
| | DOÑA LAURA | ¿Sí? |
| *grew up; youth* | DON GONZALO | Allí me crié°; allí pasé mi primera juventud°… ¿Conoce |
| *that region* | 215 | usted aquello°? |
| | DOÑA LAURA | Sí, señor. Cercana a Valencia, a dos o tres leguas de camino, había una finca que si aún existe se acordará de |
| *some length of time* | | mí. Pasé en ella algunas temporadas°. De esto hace |
| *Many years ago now* | | muchos años°; muchos. Estaba próxima al mar, oculta |
| *orange trees; lemon trees; They called it* | 220 | entre naranjos° y limoneros°… Le decían°… ¿cómo le decían?… *Maricela.* |
| | DON GONZALO | *¿Maricela?* |
| *Does the name sound familiar to you?; mistaken (forgetful)* | DOÑA LAURA | *Maricela.* ¿Le suena a usted el nombre°? |
| | DON GONZALO | ¡Ya lo creo! Como si yo no estoy trascordado° —con los |
| | 225 | años se va la cabeza,— allí vivió la mujer más preciosa que nunca he visto. ¡Y ya he visto algunas en mi vida!… |
| *Wait* | | Deje usted°, deje usted… Su nombre era Laura. El apellido |
| *Searching his memory.* | | no lo recuerdo… (*Haciendo memoria°.*) Laura… ¡Laura Llorente! |
| 230 | DOÑA LAURA | Laura Llorente… |
| | DON GONZALO | ¿Qué? |
| | | (*Se miran con atracción misteriosa.*) |
| | DOÑA LAURA | Nada… Me está usted recordando a mi mejor amiga. |
| | DON GONZALO | ¡Es casualidad! |
| *strange* | 235 | DOÑA LAURA | Sí que es peregrina° casualidad. La *Niña de Plata.* |
| *farmers* | DON GONZALO | La *Niña de Plata*… Así le decían los huertanos° y los pescadores. ¿Querrá usted creer que la veo ahora mismo, como si la tuviera presente, en aquella ventana de las |
| *bluebells* | | campanillas azules°?… ¿Se acuerda usted de aquella ven- |
| | 240 | tana?… |
| | DOÑA LAURA | Me acuerdo. Era la de su cuarto. Me acuerdo. |
| *I mean* | DON GONZALO | En ella se pasaba horas enteras… En mis tiempos, digo°. |
| | DOÑA LAURA | (*Suspirando.*) Y en los míos también. |
| | DON GONZALO | Era ideal, ideal… Blanca como la nieve… Los cabellos |
| 245 | | muy negros… Los ojos muy negros y muy dulces… De su |
| *flowed* | | frente parecía que brotaba° luz… Su cuerpo era fino, esbel- |
| *slender* | | to, de curvas muy suaves°… |
| *sovereign* | | «¡Qué formas de belleza soberana° modela Dios en la escultura humana!» Era un sueño, era un sueño… |

| | | |
|---|---|---|
| | 250 | **DOÑA LAURA** (¡Si supieras que la tienes al lado, ya verías lo que los sueños valen!) Yo la quise de veras, muy de veras. Fue |
| *unlucky, unfortunate* | | muy desgraciada°. Tuvo unos amores muy tristes. |
| | | **DON GONZALO** Muy tristes. |
| *again* | | *(Se miran de nuevo°.)* |
| | 255 | **DOÑA LAURA** ¿Usted lo sabe? |
| | | **DON GONZALO** Sí. |
| | | **DOÑA LAURA** (¡Qué cosas hace Dios! Este hombre es aquél.) |
| | | **DON GONZALO** Precisamente el enamorado galán, si es que nos referimos los dos al mismo caso… |
| *To the one in the duel?* | 260 | **DOÑA LAURA** ¿Al del duelo°? |
| *Just so (exactly)* | | **DON GONZALO** Justo°: al del duelo. El enamorado galán era… era un |
| *of whom I was very fond* | | pariente mío, un muchacho de toda mi predilección°. |
| *To be sure* | | **DOÑA LAURA** Ya° vamos, ya. Un pariente… A mí me contó ella en una de sus últimas cartas, la historia de aquellos amores, ver- |
| | 265 | daderamente románticos. |
| | | **DON GONZALO** Platónicos. No se hablaron nunca. |
| | | **DOÑA LAURA** Él, su pariente de usted, pasaba todas las mañanas a caba- |
| *path; rosebushes* | | llo por la veredilla° de los rosales°, y arrojaba a la ventana |
| *bouquet* | | un ramo° de flores, que ella cogía. |
| *horseman* | 270 | **DON GONZALO** Y luego, a la tarde, volvía a pasar el gallardo jinete°, y recogía un ramo de flores que ella le echaba. ¿No es esto? |
| | | **DOÑA LAURA** Eso es. A ella querían casarla con un comerciante… un |
| *a nobody* | | cualquiera°, sin más títulos que el de enamorado. |
| *was making the rounds of* | | **DON GONZALO** Y una noche que mi pariente rondaba° la finca para oírla |
| *unexpectedly* | 275 | cantar, se presentó de improviso° aquel hombre. |
| | | **DOÑA LAURA** Y le provocó. |
| *they quarreled* | | **DON GONZALO** Y se enzarzaron°. |
| *challenge* | | **DOÑA LAURA** Y hubo desafío°. |
| | | **DON GONZALO** Al amanecer: en la playa. Y allí se quedó malamente heri- |
| *wounded* | 280 | do° el provocador. Mi pariente tuvo que esconderse primero, y luego que huir. |
| *perfectly, down to the last detail* | | **DOÑA LAURA** Conoce usted al dedillo° la historia. |
| | | **DON GONZALO** Y usted también. |
| | | **DOÑA LAURA** Ya le he dicho a usted que ella me la contó. |
| | 285 | **DON GONZALO** Y mi pariente a mí… (Esta mujer es Laura… ¡Qué cosas hace Dios!) |
| | | **DOÑA LAURA** (No sospecha quién soy: ¿para qué decírselo? Que conserve aquella ilusión…) |
| | | **DON GONZALO** (No presume que habla con el galán… ¿Qué ha de pre- |
| | 290 | sumirlo?… Callaré.) |
| | | *(Pausa.)* |
| | | **DOÑA LAURA** ¿Y fue usted, acaso, quien le aconsejó a su pariente que no |
| *Take that!* | | volviera a pensar en Laura? (¡Anda con ésa°!) |
| | | **DON GONZALO** ¿Yo? ¡Pero si mi pariente no la olvidó un segundo! |
| | 295 | **DOÑA LAURA** Pues ¿cómo se explica su conducta? |
| | | **DON GONZALO** ¿Usted sabe?… Mire usted, señora: el muchacho se refugió |
| | | primero en mi casa —temeroso° de las consecuencias del |
| *fearful* | | duelo con aquel hombre, muy querido allá;— luego se |

| | | |
|---|---|---|
| *he moved* | 300 | trasladó° a Sevilla; después vino a Madrid… Le escribió a Laura ¡qué sé yo el número de cartas! —algunas en verso, |
| *I happen to know* | | me consta°…— Pero sin duda las debieron de interceptar |
| | | los padres de ella, porque Laura no contestó… Gonzalo, |
| *disillusioned* | | entonces, desesperado, desengañado°, se incorporó al |
| *army; trench* | | ejército° de África, y allí, en una trinchera°, encontró la |
| *flag* | 305 | muerte, abrazado a la bandera° española y repitiendo el |
| | | nombre de su amor: Laura… Laura… Laura… |

DOÑA LAURA    (¡Qué embustero°!)

*faker, cheat*

DON GONZALO    (No me he podido matar de un modo más gallardo.)

DOÑA LAURA    ¿Sentiría usted a par del alma° esa desgracia?

*to the bottom of your heart*

310    DON GONZALO    Igual que si se tratase de mi persona. En cambio°, la ingra-

*On the other hand*

   ta, quién sabe si estaría a los dos meses cazando mariposas
   en su jardín, indiferente a todo…

DOÑA LAURA    Ah, no señor; no, señor…

DON GONZALO    Pues es condición de mujeres°…

*women are like that*

315    DOÑA LAURA    Pues aunque sea condición de mujeres, la *Niña de Plata* no
   era así. Mi amiga esperó noticias un día, y otro, y otro… y
   un mes, y un año… y la carta no llegaba nunca. Una tarde,

*sunset; star*    a la puesta del sol°, con el primer lucero° de la noche, se la
*resolutely; in the direction of*    vio salir resuelta° camino de° la playa… de aquella playa
*favorite; gambled his life*    320    donde el predilecto° de su corazón se jugó la vida°.
   Escribió su nombre en la arena —el nombre de él,— y se
   sentó luego en una roca, fija la mirada en el horizonte…
   Las olas murmuraban su monólogo eterno… e iban poco a

*little by little*    poco° cubriendo la roca en que estaba la niña… ¿Quiere
   325    usted saber más?… Acabó de subir la marea… y la arras-
*dragged away*    tró° consigo…

DON GONZALO    ¡Jesús!

DOÑA LAURA    Cuentan los pescadores de la playa que en mucho tiempo
*erase*    no pudieron borrar° las olas aquel nombre escrito en la
*You can't beat me in poetic endings!*    330    arena. (¡A mí no me ganas tú a finales poéticos°!)

DON GONZALO    (¡Miente más que yo!)

   *(Pausa.)*

DOÑA LAURA    ¡Pobre Laura!

DON GONZALO    ¡Pobre Gonzalo!

*two years later*    335    DOÑA LAURA    (¡Yo no le digo que a los dos años° me casé con un fabri-
*brewer*    cante de cervezas°!)

*I went off to*    DON GONZALO    (¡Yo no le digo que a los tres meses me largué a° París con
   una bailarina!)

DOÑA LAURA    Pero, ¿ha visto usted cómo nos ha unido la casualidad, y
*ancient*    340    cómo una aventura añeja° ha hecho que hablemos lo
   mismo que si fuéramos amigos antiguos?

*in spite of the fact that*    DON GONZALO    Y eso que° empezamos riñendo.

DOÑA LAURA    Porque usted me espantó los gorriones.

DON GONZALO    Venía muy mal templado.

345    DOÑA LAURA    Ya, ya lo vi. ¿Va usted a volver mañana?

DON GONZALO    Si hace sol, desde luego. Y no sólo no espantaré los
   gorriones, sino que también les traeré miguitas…

| | | |
|---|---|---|
| | DOÑA LAURA | Muchas gracias, señor… Son buena gente; se lo merecen todo. Por cierto que no sé dónde anda mi chica… *(Se levanta.)* ¿Qué hora será ya? |

*rascal*

350

| | | |
|---|---|---|
| | DON GONZALO | *(Levantándose.)* Cerca de las doce. También ese bribón° de Juanito… *(Va hacia la derecha.)* |

*signals*

355

DOÑA LAURA *(Desde la izquierda del foro, mirando hacia dentro.)* Allí la diviso con su guarda… *(Hace señas° con la mano para que se acerque.)*

*I won't reveal myself; I have become such an old scarecrow*

DON GONZALO *(Contemplando mientras a la señora.)* (No… no me descubro°… Estoy hecho un mamarracho tan grande°… Que recuerde siempre al mozo que pasaba al galope y le echaba las flores a la ventana de las campanillas azules…)

360 DOÑA LAURA ¡Qué trabajo le ha costado despedirse! Ya viene.

*involved; nursemaid*

DON GONZALO Juanito, en cambio… ¿Dónde estará Juanito? Se habrá engolfado° con alguna niñera°. *(Mirando hacia la derecha primero, y haciendo señas como Doña Laura después.)* Diablo de muchacho…

365 DOÑA LAURA *(Contemplando al viejo.)* (No… no me descubro… Estoy hecha una estantigua°… Vale más que recuerde siempre a la niña de los ojos negros, que le arrojaba las flores cuando él pasaba por la veredilla de los rosales…)

*old witch, spook*

*(Juanito sale por la derecha y Petra por la izquierda. Petra trae un manojo° de violetas.)*

*bunch*

370

DOÑA LAURA Vamos, mujer; creí que no llegabas nunca.

*it's so late*

DON GONZALO Pero, Juanito, ¡por Dios! que son las tantas°…

PETRA Estas violetas me ha dado mi novio para usted.

DOÑA LAURA Mira qué fino… Las agradezco mucho… *(Al cogerlas se le caen dos o tres al suelo.)* Son muy hermosas…

375

DON GONZALO *(Despidiéndose.)* Pues, señora mía, yo he tenido un honor muy grande… un placer inmenso…

DOÑA LAURA *(Lo mismo.)* Y yo una verdadera satisfacción…

DON GONZALO ¿Hasta mañana?

380 DOÑA LAURA Hasta mañana.

DON GONZALO Si hace sol…

DOÑA LAURA Si hace sol… ¿Irá usted a su banco?

DON GONZALO No, señora; que vendré a éste.

DOÑA LAURA Este banco es muy de usted.

385

*(Se ríen.)*

DON GONZALO Y repito que traeré miga para los gorriones.

*(Vuelven a reírse.)*

DOÑA LAURA Hasta mañana.

DON GONZALO Hasta mañana.

390

*(Doña Laura se encamina con Petra hacia la derecha. Don Gonzalo, antes de irse con Juanito hacia la izquierda, tembloroso y con gran esfuerzo se agacha° a coger las violetas caídas. Doña Laura vuelve naturalmente el rostro y lo ve.)*

*stoops*

395 JUANITO ¿Qué hace usted, señor?

DON GONZALO Espera, hombre, espera…

*I have no doubt*

*I'm sure*

| DOÑA LAURA | (No me cabe duda°: es él…) |
| DON GONZALO | (Estoy en lo firme°: es ella…) |
| | *(Después de hacerse un nuevo saludo de despedida.)* |
| 400 DOÑA LAURA | (¡Santo Dios! ¿y éste es aquél?…) |
| DON GONZALO | (¡Dios mío! ¿Y ésta es aquélla?…) |
| | *(Se van, apoyado cada uno en el brazo de su servidor y volviendo la cara sonrientes, como si él pasara por la veredilla de los rosales y ella estuviera en la ventana de* |
| 405 | *las campanillas azules.)* |

Hermanos Quintero (pieza teatral), *Mañana de sol,* 1905.

### Notas culturales

[1] *Ramón del Campoamor (1871–1901) era un famoso poeta español cuya poesía favorecía «el arte por la idea». Es decir, las ideas son el elemento más importante del arte y todo lo demás debe ser secundario. Según la definición de Campoamor, la humorada es «en rasgo intencionado» y la dolora es «una humorada convertida en drama».*

[2] *José de Espronceda (1808–1842), José Zorrilla y Moral (1817–1893) y Gustavo Adolfo Bécquer (1836–1870) eran otros famosos poetas españoles del siglo XIX.*

## Comprensión

**5-3** Conteste Ud. las siguientes preguntas.

1. ¿Por qué trae doña Laura unas miguitas de pan al parque?
2. ¿Qué hace Petra mientras se divierte su señora?
3. ¿Por qué se enoja don Gonzalo?
4. ¿Dónde se sienta don Gonzalo por fin?
5. ¿Cómo se sabe que don Gonzalo no puede ver bien?
6. ¿Es buena la vista de doña Laura? (¿Cómo engaña ella a don Gonzalo?)
7. ¿Cuál de los dos menciona primero el nombre de un lugar que ambos habían conocido en la juventud?
8. ¿Qué clase de amores existían entre Laura y don Gonzalo cuando eran jóvenes?
9. Al darse cuenta de lo que ha pasado, ¿por qué no quieren confesárselo el uno al otro?
10. Según don Gonzalo, ¿qué le pasó al joven galán? ¿Qué le pasó en realidad?
11. Según doña Laura, ¿qué hizo la joven cuando no recibió noticias del galán? ¿Qué hizo ella en realidad?
12. ¿Qué piensan hacer los viejos al día siguiente?
13. ¿Existe todavía un eco de sus antiguos amores? (¿Cómo se sabe?)

## Expansión

**5-4 Análisis literario.** Conteste Ud. las siguientes preguntas.

1. Los dos últimos versos del poema de Campoamor son paralelos:
   —*¡Santo Dios! ¿y éste es aquél?...*
   —*¡Dios mío! ¿y ésta es aquélla?...*
   Indique Ud. tres ejemplos de acciones o comentarios paralelos en el drama.
2. ¿Son paralelas las acciones de los criados?
3. Para Ud., ¿cuál de los viejos es más inteligente y astuto?
4. Según lo que se percibe en el drama, ¿es verdad que el concepto del amor sentimental sólo puede existir entre jóvenes?
5. Se puede definir la ironía como el dar a entender lo contrario de lo que se dice. Cite y comente Ud. un ejemplo del uso de ironía en este drama.

**5-5 Descripción.** A continuación se presenta una serie de oraciones cortas que describen a doña Laura. Después se combinan esas oraciones para hacer una sola oración larga que tiene el mismo sentido. Por el momento, vea Ud. este ejemplo:

Doña Laura es viejecita.
Tiene unos setenta años.
Es muy pulcra.
Tiene los cabellos blancos.
Sus manos son muy finas.
También son bien cuidadas.

*La combinación: Doña Laura es una viejecita setentona, muy pulcra, de cabellos blancos y manos muy finas y bien cuidadas.*

Ahora, combine Ud. estas oraciones para hacer una sola oración que describa a don Gonzalo.

Don Gonzalo es viejo.
Es contemporáneo de doña Laura.
Es un poco cascarrabias.

*La combinación: ¿?*

Finalmente, haga lo mismo con estas oraciones. Después, Ud. puede comparar sus oraciones con las del texto del drama.

Don Gonzalo mira a doña Laura.
Lo hace siempre con rabia.
Se pone unas gafas prehistóricas.
Saca una gran lente.
Con el auxilio de toda esa cristalería se dispone a leer.

*La combinación: ¿?*

**5-6 Minidrama.** Presenten Ud. y otra(s) persona(s) de la clase un breve drama sobre algún aspecto o concepto del drama de los Álvarez Quintero. Algunos temas podrían ser:

1. Petra y Juanito observan y comentan lo que hacen los viejos.
2. Volvemos al pasado para ver lo que pasó la noche del desafío *(challenge, duel).*
3. Llegamos a saber lo que hacían y decían Petra y Juanito mientras los viejos conversaban.

**5-7 Opiniones y actitudes.** Escriba Ud. un párrafo sobre uno de los temas siguientes o explíqueselo a la clase.

1. El problema de las relaciones entre hombres y mujeres en el trabajo.
2. El problema más grande de los de mi generación.
3. Lo que se debe hacer en los casos de violación *(rape).*

**5-8 Situación.** Con un(a) compañero(a) de clase, presente Ud. un diálogo entre dos personas que discuten un caso de acoso *(harassment)* sexual en la oficina o en la universidad. Algunas de las cosas que pueden comentar en el diálogo son: ¿Qué pasó entre las dos personas (la víctima y su jefe)? ¿Debe la víctima informarles lo que pasó a las autoridades? ¿Por qué sí o por qué no? ¿Qué recursos existen para ayudar a las víctimas de acoso sexual? ¿Por qué no quieren muchas personas informar que han sido víctimas de acoso? ¿Es más difícil que un hombre informe que ha sido víctima de acoso sexual? ¿Por qué?

# Arte

## Diego Rodríguez de Silva y Velázquez

El famoso pintor **Diego Rodríguez de Silva y Velázquez** nació en Sevilla en 1599. Su padre era portugués y su madre sevillana, y ambos pertenecían a la aristocracia, hecho de bastante importancia puesto que Velázquez iba a ser no sólo pintor, sino también persona de mucha influencia en la corte de Felipe IV. A los once años Velázquez fue aprendiz de Francisco Pacheco, famoso profesor de pintura en Sevilla y consejero para la Inquisición en materia de arte. Aprendió mucho de su maestro, quien le impuso una disciplina severa aunque también dejó que el joven manifestara su originalidad y talento. Al terminar su aprendizaje, Diego se casó con Juana, la hija de Pacheco, y se estableció en Sevilla como padre de familia y pintor de retratos y de cuadros religiosos.

En aquella época ocurrieron hechos históricos que influyeron radicalmente en la vida de Velázquez. Llegó al trono Felipe IV, quien, como su padre, prefería dejar el gobierno del país en manos de otro. Así llegó al poder un noble sevillano, Don Gaspar de Guzmán, Conde-Duque de Olivares, y en poco tiempo se estableció en Madrid un grupo de sevillanos, muchos de los cuales eran amigos de Pacheco. Éste supo aprovechar la situación: en 1622 su yerno visitó Madrid por primera vez, llegó a conocer a algunos amigos de Olivares y pintó un retrato del famoso poeta Luis de Góngora. Un año más tarde, Olivares le mandó volver a la corte, lo presentó al Rey y le hizo pintar un retrato del soberano. De ahí en adelante, durante más de treinta y un años, Velázquez gozó de la protección y de la amistad del Rey, quien no sólo lo empleó como pintor, sino también como diplomático, y le confirió grandes honores. Aunque Velázquez recibió muchos favores reales durante su vida, nunca se envaneció por eso. El testimonio de sus contemporáneos confirma que era un amigo leal, buen padre de familia y un hombre noble, orgulloso, generoso y que sabía gozar de la vida. Cuando murió en 1660, a los sesenta y un años, el Rey escribió que se sentía abrumado por la pérdida de tan fiel vasallo y amigo.

Si las pinturas de El Greco reflejan su fervor místico y su pasión religiosa, las de Velázquez revelan su interés por el instante, la realidad inmediata y su deseo de fijarlos para siempre. Fiel a su concepto del realismo, el artista no lisonjea a sus modelos, ya sean nobles o humildes. Sin embargo, todos tienen una dignidad que hace que sus retratos sean una afirmación de la vida. Al captarlos en el instante, Velázquez los inmortaliza, así como al pintar las cosas más humildes y reales, las eleva al nivel de lo perdurable y eterno.

## La vieja cocinera (1618) ➤

Una de las contribuciones originales de Velázquez al arte fue su manera de darles énfasis a las cosas que están en el primer plano de un cuadro al presentarlas desde una perspectiva en la que se las ve desde arriba. En esta pintura, por ejemplo, se ven desde arriba los objetos que están en la mesa o cerca de la cocinera, mientras lo demás —las dos figuras y lo que está detrás— se ven desde otra perspectiva. ¿Cómo describiría Ud. a la cocinera? ¿Cuál sería la actitud del pintor hacia ella? ¿Qué es lo que queda mejor definido en el cuadro, las cosas o los seres humanos? ¿Puede nombrar algunas de las cosas que Ud. ve en el retrato?

The National Galleries of Scotland

## Las Meninas (1656) ➤

Sin duda *Las Meninas* es la pintura más famosa de Velázquez. Esta obra maestra presenta a la infanta Margarita rodeada de las meninas (las jóvenes nobles que la acompañaban), criadas y otras personas. Velázquez mismo aparece a la izquierda, delante de un lienzo grande, y parece mirar al espectador, aunque en realidad está mirando a los reyes, cuyos retratos aparecen en un espejo en el fondo. Es una pintura compleja y enigmática y es más real que la realidad misma. Con razón se ha dicho que tal vez es la obra maestra de toda la pintura de todos los tiempos.

Scala/Art Resource

Art Resource

## ◄ Esopo (1637–1640)

Según fuentes antiguas, el creador de las *Fábulas* era esclavo. También se decía que era feo y algo deforme. Según Vico en su *Scienza Nuova* (1725), Esopo representaba a los que eran compañeros y ayudantes de los héroes.

En la pintura se ve a la izquierda el cubo que se usaba para curtir pieles, una alusión a una de las fábulas en la que un rico llega a aceptar con ecuanimidad algo que le molesta —el olor de una curtiduría que se encuentra al lado de su casa. El libro que tiene Esopo en la mano es un ejemplar de las *Fábulas*.

En esta pintura Velázquez usa los matices de tres colores: el gris, el verde y el café. El rostro de Esopo es asimétrico, pero esto aumenta el interés cuando examinamos la magnífica ejecución del artista: es como si Velázquez quisiera definir el espíritu del personaje en la honestidad brutal de su retrato. El rostro de Esopo revela su sufrimiento, su nobleza y, sobre todo, su dignidad.

¿Cómo compararía Ud. la cara de Esopo con la de la vieja cocinera? ¿Qué cualidades tienen en común?

## Para comentar

**5-9** Responde Ud. a las siguientes preguntas.

1. ¿Cuál de las pinturas de Velázquez le gusta más? ¿Por qué? (Describa lo que significa esa pintura para Ud.)

2. Muchos artistas han preferido pintar personas mayores. ¿Por qué les ha interesado pintar personas de edad?

3. ¿Puede Ud. comparar las pinturas de Velázquez con las que hemos visto de El Greco?

4. Busque Ud. en el Internet otro ejemplo del arte de Velázquez. Si es posible, traiga una fotocopia de la pintura a la clase y presente un comentario sobre ella.

5. Escriba Ud. un ensayo sobre uno de los temas siguientes.
    a. El problema de la barrera generacional *(generation gap)*.
    b. El uso de fondos públicos para apoyar las artes.

# Costumbres y creencias

### Literatura

*El Evangelio según Marcos,* Jorge Luis Borges

### Arte

Francisco de Goya y Lucientes
- La familia de Carlos IV (1800)
- Los fusilamientos del 3 de mayo de 1808 en Madrid (*circa* 1814)
- Saturno devorando a uno de sus hijos (1819–1823)

◄ En México es costumbre decorar las tumbas para honrar a los difuntos, especialmente el 2 de noviembre, el Día de los Muertos. Aquí vemos una foto de una vigilia en México. Describa Ud. lo que se ve en la foto.

# Literatura: *El Evangelio según Marcos*

## Enfoque

Es probable que no haya tema tan fascinante para la mente y la imaginación del hombre como el de la muerte. Tanto en las tribus primitivas como en las sociedades más complejas se hallan explicaciones y teorías sobre el significado del fin de la vida. Los ritos, las supersticiones, las costumbres y las prácticas que se asocian con la muerte son tan innumerables como las canciones, las poesías y otras expresiones verbales que se dedican a ella.

En algunas sociedades se percibe la muerte como parte de un ciclo vinculado a la vida. Así la entendieron los aztecas, cuya cosmología y teología eran bastante complejas. En otras sociedades, como en la anglosajona, se trata de esconder o negar la muerte. Se emplean eufemismos de todo tipo para evitar enfrentar la realidad. (Se dice, por ejemplo, que una persona muerta «ya no está con nosotros», que «se ha ido».) En general, se puede decir que aunque todos los países cristianos comparten ciertos conceptos relacionados con la muerte (el concepto de la inmortalidad del alma, la esperanza de la redención por Cristo, etc.), la presencia de la muerte como cosa tangible y real en la vida es mucho más notable en los países hispánicos que en los anglosajones. A veces, en aquellos países, se hace presente la muerte en la vida diaria de una forma directa y simple. Por ejemplo, en México en el Día de los Muertos (el 2 de noviembre), se ven dulces, pan y juguetes en forma de calaveras o esqueletos. Los niños tienden a tener más contacto con la muerte, al experimentar la pérdida de parientes tales como los abuelos que muchas veces viven con ellos. No hay interés en evitar ese contacto.

Como tema literario, la muerte y la inmortalidad son de suma importancia en el mundo hispánico. Aquí se incluyen dos ejemplos ilustrativos de la vitalidad de ese tema: algunas pinturas del gran pintor español Francisco de Goya y Lucientes y un cuento de Jorge Luis Borges, uno de los prosistas más brillantes de la América hispana.

○ **Trabajen en grupos pequeños.**

Comente con los compañeros de clase las actitudes anglosajones hacia la muerte. Hagan Uds. una lista de algunas diferencias entre las dos culturas y su opinión acerca de cada una. Comparen su lista con las de los otros grupos de la clase.

## Vocabulario útil

Estudie Ud. estas palabras.

### Verbos

cerrar (ie) *to close*
graduarse *to graduate*
hallar *to find*
instruir *to instruct*
jugar (ue) *to play*
veranear *to spend the summer*

### Sustantivos

el atardecer *dusk, twilight*
el azúcar *sugar*
el calor *heat*
el capítulo *chapter*
el colegio *school (usually a private school)*
la cruz *cross*

el (la) estudiante *student*
el hallazgo *discovery*
la huelga *strike*
el juego *game; gambling*
el jugador *player*
el lugar *place*
la tarea *task, job*
la taza *cup*
   la tacita *little cup*
el techo *roof*
el trueno *thunder*
el verano *summer*

### Otras palabras y expresiones

cerrar con llave *to lock*

## Para practicar

Complete Ud. el párrafo con la forma correcta de la palabra apropiada del **Vocabulario útil.**

*En los años cuando estaba en el _____, Baltasar era muy buen _____. Mientras los otros jóvenes _____ al fútbol, él _____ su puerta con llave y se preparaba una _____ de café con _____. No lo visitábamos mientras estaba en ese _____ porque sabíamos que estaba preparando sus _____ para el día siguiente. A pesar del calor del _____, no salía hasta el _____. No sé por qué no participó en los deportes: decían que era buen _____, pero no le gustaban los _____. Ya que se dedicó totalmente a sus estudios, _____ cuando sólo tenía quince años.*

## Preparación para la lectura

**6-1 La estructura de los párrafos.** A continuación hay dos párrafos. Cada uno contiene una oración que no se relaciona directamente con el tema del párrafo. Elimine Ud. la oración que no sea necesaria, para que todas las oraciones sean coherentes y relacionadas con el tema. Después, indique por qué ha eliminado la oración.

1. Espinosa expresaba ideas contradictorias. Veneraba a Francia, pero no le gustaban los franceses. Hablaba mal de los Estados Unidos y admiraba los rascacielos *(sky-scrapers)* de Buenos Aires. No conocía otro país, pero eso no le importaba. Criticaba a la Argentina, pero no quería que otros hicieran lo mismo.

2. Los Gómez vivían en un rancho y estaban tan aislados del resto del mundo que no tenían concepto ni de la geografía, de la historia o del tiempo. Además, eran analfabetos y por eso no podían aprender nada de los libros. Con frecuencia los viejos pierden la memoria o sólo tienen un concepto vago de las fechas. Los Gómez no sabían el año en que nacieron ni la distancia entre el rancho y la capital del país. Tampoco sabían nada del gobierno ni de la historia de su región.

**6-2 Estrategia de repaso.** Recuerde que es útil pensar en su propia opinión sobre el tema antes de hacer la lectura.

Si Ud. no está de acuerdo con las siguientes afirmaciones, cámbielas para expresar su opinión personal. Vuelva a este ejercicio después de leer el cuento para decidir si ha cambiado sus opiniones.

1. Mucho de lo que dice la Biblia no está escrito en lenguaje figurado: se debe aceptar al pie de la letra *(literally)*.
2. Algunas ideas están en la sangre de uno: no son parte de la cultura, sino parte de la herencia biológica.
3. Si existe el cielo, uno lo gana con las buenas obras, no simplemente con la fe.
4. Lo que comunica un libro no depende del (de la) lector(a) ni de otros factores exteriores: un libro es una cosa absoluta.
5. A veces lo mágico y lo milagroso tienen una base científica.

# El Evangelio según Marcos

**J**orge Luis Borges (1899–1987), escritor argentino que ha sido comparado con Kafka, Poe y Wells, crea en sus obras literarias un mundo fantástico e imaginario, independiente de un tiempo o un espacio específicos. Borges dijo que necesitaba alejar sus cuentos, situarlos en tiempos y espacios algo
5 lejanos para liberar su imaginación y obrar con mayor libertad. Era un hombre sumamente intelectual para quien las ideas tenían vida y eran capaces de provocar el asombro y el deleite del lector a través de sus ficciones.

Borges nació en Buenos Aires, de padres intelectuales de clase media.
10 Educado en la capital y en Ginebra, pasó luego tres años en España antes de regresar a Buenos Aires en 1921. En los años siguientes se distinguió como poeta, pero es probable que la verdadera originalidad de Borges no esté ni en las poesías ni en la crítica literaria que publicó en esos años, sino en las breves narraciones que aparecieron en los años siguientes —entre 1930 y
15 1955—, especialmente en dos colecciones: *Ficciones* y *El Aleph.* Aunque en aquellos años los dos tomos no atrajeron mucha atención, después gozaron de fama mundial y situaron a Borges entre los escritores más importantes de nuestro tiempo.

En los cuentos de esa época Borges explora los temas que, según él,
20 son básicos en toda literatura fantástica: la obra dentro de la obra, la contaminación de la realidad por el sueño, el viaje a través del tiempo y el concepto del doble. En ellos el orden se encuentra en la mente humana, mientras que la realidad exterior tiene cualidades caóticas y peligrosas. También se manifiesta, en esos cuentos, la condición absurda y tal vez
25 heroica del hombre que lucha por imponer orden sobre el caos del mundo físico que lo rodea.

En este capítulo se presenta *El Evangelio según Marcos,* cuento que, según Borges, se debe a un sueño y, como toda literatura, es un «sueño dirigido». En este caso, el sueño se basa en un pasaje de la Biblia, y en la
30 narración que allí se hace del sacrificio de Cristo en la cruz, acto que asegura la salvación del alma del creyente y que se ha establecido como parte de la «intrahistoria» de los pueblos occidentales. Es un cuento que debe leerse con cuidado. Sólo el lector cuidadoso y detallista tendrá el placer de anticipar el fin dramático e inevitable que el autor ha preparado mediante la acumulación
35 de indicios.

**E**l hecho sucedió° en la estancia La Colorada, en el partido° de Junín, hacia el sur, en los últimos días del mes de marzo de 1928. Su protagonista fue un estudiante de medicina, Baltasar Espinosa. Podemos
40 definirlo por ahora como uno de tantos muchachos porteños°, sin otros rasgos° dignos de nota que esa facultad oratoria que le había hecho merecer más de un premio en el colegio inglés de Ramos Mejía y que una casi ilimitada bondad. No le gustaba discutir°; prefería que el interlocutor tuviera razón y no él. Aunque los azares° del juego le interesaban, era un mal
45 jugador, porque le desagradaba ganar. Su abierta inteligencia era perezosa°; a los treinta y tres años le faltaba rendir una materia° para graduarse, la que más lo atraía. Su padre, que era librepensador, como todos los señores de su

*took place; township*

*from Buenos Aires*
*characteristics*

*to argue*
*risks*
*lazy (undirected)*
*to pass a course*

He was not lacking in courage

anger; punches


He was full of; questionable


we wear feathers (we are Indians);
he scorned; he despised, thought
little of

riders; mountains




main house

quarters; foreman

uncouth

bony, big-boned

which had a reddish tinge; Indian-
looking




cry, call



deal; At most

tired, fed up; good fortune (with
women); men's fashions

was opressive

respite, relief

shook the Australian pines

suddenly; the Salado ("Salty")
River; overflowed



flooded; compares




deck

let up; city men

herd; drowned




tool shed; The move brought them
closer together



held, kept; Indian raids

frontier command

época, lo había instruido en la doctrina de Herbert Spencer,[1] pero su madre, antes de un viaje a Montevideo, le pidió que todas las noches rezara el Padrenuestro e hiciera la señal de la cruz. A lo largo de los años no había quebrado nunca esa promesa. No carecía de coraje°; una mañana había cambiado, con más indiferencia que ira°, dos o tres puñetazos° con un grupo de compañeros que querían forzarlo a participar en una huelga universitaria. Abundaba, por espíritu de aquiescencia, en° opiniones o hábitos discutibles°; el país le importaba menos que el riesgo de que en otras partes creyeran que usamos plumas°; veneraba a Francia pero menospreciaba° a los franceses; tenía en poco° a los americanos, pero aprobaba el hecho de que hubiera rascacielos en Buenos Aires; creía que los gauchos de la llanura son mejores jinetes° que los de las cuchillas° o los cerros. Cuando Daniel, su primo, le propuso veranear en La Colorada, dijo inmediatamente que sí, no porque le gustara el campo sino por natural complacencia y porque no buscó razones válidas para decir que no.[2]

El casco° de la estancia era grande y un poco abandonado; las dependencias° del capataz°, que se llamaba Gutre, estaban muy cerca. Los Gutres eran tres: el padre, el hijo, que era singularmente tosco°, y una muchacha de incierta paternidad. Eran altos, fuertes, huesudos°, de pelo que tiraba a rojizo° y de caras aindiadas°. Casi no hablaban. La mujer del capataz había muerto hace años.

Espinosa, en el campo, fue aprendiendo cosas que no sabía y que no sospechaba. Por ejemplo, que no hay que galopar cuando uno se está acercando a las casas y que nadie sale a andar a caballo sino para cumplir con una tarea. Con el tiempo llegaría a distinguir los pájaros por el grito°.

A los pocos días, Daniel tuvo que ausentarse a la capital para cerrar una operación° de animales. A lo sumo°, el negocio le tomaría una semana. Espinosa, que ya estaba un poco harto° de las *bonnes fortunes*° de su primo y de su infatigable interés por las variaciones de la sastrería°, prefirió quedarse en la estancia, con sus libros de texto. El calor apretaba° y ni siquiera la noche traía un alivio°. En el alba, los truenos lo despertaron. El viento zamarreaba las casuarinas°. Espinosa oyó las primeras gotas y dio gracias a Dios. El aire frío vino de golpe°. Esa tarde, el Salado° se desbordó°.

Al otro día, Baltasar Espinosa, mirando desde la galería los campos anegados°, pensó que la metáfora que equipara° la pampa[3] con el mar no era por lo menos esa mañana, del todo falsa, aunque Hudson[4] había dejado escrito que el mar nos parece más grande, porque lo vemos desde la cubierta° del barco y no desde el caballo o desde nuestra altura. La lluvia no cejaba°; los Gutres, ayudados o incomodados por el pueblero°, salvaron buena parte de la hacienda°, aunque hubo muchos animales ahogados°. Los caminos para llegar a La Colorada eran cuatro: a todos los cubrieron las aguas. Al tercer día, una gotera amenazó la casa del capataz; Espinosa les dio una habitación que quedaba en el fondo, al lado del galpón de las herramientas°. La mudanza los fue acercando°; comían juntos en el gran comedor. El diálogo resultaba difícil; los Gutres, que sabían tantas cosas en materia de campo, no sabían explicarlas. Una noche, Espinosa les preguntó si la gente guardaba° algún recuerdo de los malones°, cuando la comandancia° estaba en Junín. Le dijeron que sí, pero lo mismo hubieran

contestado a una pregunta sobre la ejecución de Carlos Primero. Espinosa recordó que su padre solía decir que casi todos los casos de longevidad que se dan en el campo son casos de mala memoria o de un concepto vago de las
100 fechas. Los gauchos suelen ignorar por igual el año en que nacieron y el nombre de quien los engendró.

En toda la casa no había otros libros que una serie de la revista *La Chacra*°, un manual de veterinaria, un ejemplar de lujo° de *Tabaré,* una *Historia del Shorthorn en la Argentina,* unos cuantos relatos eróticos o
105 policiales y una novela reciente: *Don Segundo Sombra.*[5] Espinosa, para distraer de algún modo la sobremesa° inevitable, leyó un par de capítulos a los Gutres, que eran analfabetos°. Desgraciadamente, el capataz había sido tropero° y no le podían importar las andanzas° de otro. Dijo que ese trabajo era liviano, que llevaban siempre un carguero° con todo lo que se precisa y
110 que, de no haber sido tropero, no habría llegado nunca hasta la Laguna de Gómez, hasta el Bragado y hasta los campos de los Núñez, en Chacabuco. En la cocina había una guitarra; los peones, antes de los hechos que narro, se sentaban en rueda°; alguien la templaba° y no llegaba nunca a tocar. Esto se llamaba una guitarreada°.

115 Espinosa, que se había dejado crecer la barba, solía demorarse° ante el espejo para mirar su cara cambiada y sonreía al pensar que en Buenos Aires aburriría a los muchachos con el relato de la inundación del Salado. Curiosamente, extrañaba lugares a los que no iba nunca y no iría: una esquina de la calle Cabrera en la que hay un buzón, unos leones de
120 mampostería° en un portón° de la calle Jujuy, a unas cuadras del Once, un almacén° con piso de baldosa° que no sabía muy bien dónde estaba. En cuanto a sus hermanos y a su padre, ya sabrían por Daniel que estaba aislado —la palabra, etimológicamente, era justa[6]— por la creciente°.

Explorando la casa, siempre cercada por las aguas, dio con° una Biblia
125 en inglés. En las páginas finales los Guthrie —tal era su nombre genuino— habían dejado escrita su historia. Eran oriundos° de Inverness, habían arribado a este continente, sin duda como peones, a principios del siglo diecinueve, y se habían cruzado con indios. La crónica cesaba hacia mil ochocientos setenta y tantos; ya no sabían escribir. Al cabo de° unas pocas
130 generaciones habían olvidado el inglés; el castellano, cuando Espinosa los conoció, les daba trabajo. Carecían de fe, pero en su sangre perduraban°, como rastros oscuros, el duro fanatismo del calvinista[7] y las supersticiones del pampa°. Espinosa les habló de su hallazgo y casi no escucharon.

Hojeó° el volumen y sus dedos lo abrieron en el comienzo del Evangelio
135 según Marcos. Para ejercitarse en la traducción y acaso para ver si entendían algo, decidió leerles ese texto después de la comida. Le sorprendió que lo escucharan con atención y luego con callado interés. Acaso la presencia de las letras de oro en la tapa° le diera más autoridad. Lo llevan en la sangre, pensó. También se le ocurrió que los hombres, a lo largo del° tiempo, han
140 repetido siempre dos historias: la de un bajel° perdido que busca por los mares mediterráneos una isla querida, y la de un dios que se hace crucificar en Gólgota.[8] Recordó las clases de elocución en Ramos Mejía y se ponía de pie para predicar las parábolas°.

Los Gutres despachaban° la carne asada y las sardinas para no demorar
145 el Evangelio.

---

*Margin glosses (left column):*

farm; deluxe

after-dinner conversation
illiterate
cattle driver; doings, activities
packhorse

in a circle; tuned
guitarfest
linger, stop

concrete; gateway
store; tile

floodwaters
he came across

natives

After

survived, remained

pampa Indian
He leafed through

cover
throughout
ship

preach the parables
gulped down, dispatched

| | |
|---|---|
| *lamb; pampered* | 150 |
| *light blue little ribbon; strand of barbed wire; cobweb; pills* | |
| *distrusted* | |
| *obeyed* | |
| *crumbs* | |
| *the (biblical) Flood; is not surprising; hammer blows; maybe* | |
| *let up; fall harder* | |
| *fixed; beams* | |
| *stranger* | |
| *(they) heaped with* | |
| *awakened* | |
| *footsteps* | |
| *back (of the house)* | |
| *Motivated* | |
| *souls; will burn* | |
| *hammered in the nails* | |
| *would demand an accounting from him of what had taken place* | |
| *It won't be long now.* | |

Una corderita° que la muchacha mimaba° y adornaba con una cintita celeste° se lastimó con un alambrado de púa°. Para parar la sangre, querían ponerle una telaraña°; Espinosa la curó con unas pastillas°. La gratitud que esa curación despertó no dejó de asombrarlo. Al principio, había desconfiado° de los Gutres y había escondido en uno de sus libros los doscientos cuarenta pesos que llevaba consigo; ahora, ausente el patrón, él había tomado su lugar y daba órdenes tímidas, que eran inmediatamente acatadas°. Los Gutres lo seguían por las piezas y por el corredor, como si anduvieran perdidos. Mientras leía, notó que le retiraban las migas° que él había dejado sobre la mesa. Una tarde los sorprendió hablando de él con respeto y pocas palabras. Concluido el Evangelio según Marcos, quiso leer otro de los tres que faltaban; el padre le pidió que repitiera el que ya había leído, para entenderlo bien. Espinosa sintió que eran como niños, a quienes la repetición les agrada más que la variación o la novedad. Una noche soñó con el Diluvio°, lo cual no es de extrañar°; los martillazos° de la fabricación del area lo despertaron y pensó que acaso° eran truenos. En efecto, la lluvia, que había amainado°, volvió a recrudecer°. El frío era intenso. Le dijeron que el temporal había roto el techo del galpón de las herramientas y que iban a mostrárselo cuando estuvieran arregladas° las vigas°. Ya no era un forastero° y todos lo trataban con atención y casi lo mimaban. A ninguno le gustaba el café, pero había siempre una tacita para él, que colmaban de° azúcar.

El temporal ocurrió un martes. El jueves a la noche lo recordó° un golpecito suave en la puerta que, por las dudas, él siempre cerraba con llave. Se levantó y abrió: era la muchacha. En la oscuridad no la vio, pero por los pasos° notó que estaba descalza y después, en el lecho, que había venido desde el fondo°, desnuda. No lo abrazó, no dijo una sola palabra; se tendió junto a él y estaba temblando. Era la primera vez que conocía a un hombre. Cuando se fue, no le dio un beso; Espinosa pensó que ni siquiera sabía cómo se llamaba. Urgido° por una íntima razón que no trató de averiguar, juró que en Buenos Aires no le contaría a nadie esa historia.

El día siguiente comenzó como los anteriores, salvo que el padre habló con Espinosa y le preguntó si Cristo se dejó matar para salvar a todos los hombres. Espinosa, que era librepensador pero que se vio obligado a justificar lo que les había leído, le contestó:

—Sí. Para salvar a todos del infierno.

Gutre le dijo entonces:

—¿Qué es el infierno?

—Un lugar bajo tierra donde las ánimas° arderán° y arderán.

—¿Y también se salvaron los que le clavaron los clavos°?

—Sí —replicó Espinosa, cuya teología era incierta.

Había temido que el capataz le exigiera cuentas de lo ocurrido° anoche con su hija. Después del almuerzo, le pidieron que releyera los últimos capítulos.

Espinosa durmió una siesta larga, un leve sueño interrumpido por persistentes martillos y por vagas premoniciones. Hacia el atardecer se levantó y salió al corredor. Dijo como si pensara en voz alta:

—Las aguas están bajas. Ya falta poco°.

—Ya falta poco —repitió Gutre, como un eco.

*Kneeling*

*they cursed him, spat on him, and shoved him*

*goldfinch; shed; pulled down*

Los tres lo habían seguido. Hincados° en el piso de piedra le pidieron la bendición. Después lo maldijeron, lo escupieron y lo empujaron° hasta el 200 fondo. La muchacha lloraba. Espinosa entendió lo que le esperaba del otro lado de la puerta. Cuando la abrieron, vio el firmamento. Un pájaro gritó; pensó: Es un jilguero°. El galpón° estaba sin techo; habían arrancado° las vigas para construir la Cruz.

Jorge Luis Borges, *El Evangelio según Marcos, (cuento) El informe de Brody,*
Emecé Editores, 1970, Buenos Aires, Argentina.

## Notas culturales

[1] *Herbert Spencer (1820–1903), filósofo inglés, fundador de la filosofía evolucionista. Postuló el concepto del darwinismo social, la sobrevivencia del más apto. Influido por Spencer, el filósofo francés Henri Bergson sugirió que ciertos mitos o ideas pueden perdurar en la sangre, en la raza. El hecho de que el fanatismo calvinista perdura en la sangre de los Gutres confirma las ideas de Bergson.*

[2] *Normalmente los dueños de las grandes estancias viven en Buenos Aires y visitan sus estancias sólo de vez en cuando. Aparentemente Daniel y Baltasar tenían esa costumbre.*

[3] *La pampa es un llano enorme, parecida a los «Great Plains» de los Estados Unidos. El gaucho se parece al «cowboy» norteamericano.*

[4] *William Henry Hudson (1840–1922) escribió su obra en inglés, pero es famoso en la Argentina por la evocación nostálgica de la pampa bonaerense, escenario de los relatos y las obras autobiográficas del autor. Hudson nació en la pampa y pasó su infancia y su adolescencia allí.*

[5] *Esta lista de obras es típica de la técnica de Borges de vincular la «realidad» de la trama con la del mundo de las ideas. Cinco de las obras se relacionan con el ambiente de la pampa y la estancia, y reflejan varias actitudes hacia ese ambiente: la revista* La Chacra *refleja las actitudes y preocupaciones del estanciero; el manual de veterinaria, las actitudes de los científicos;* Tabaré *de Juan Zorrilla de San Martín, el punto de vista romántico, con su característico fatalismo; la* Historia del Shorthorn en la Argentina, *la perspectiva de los historiadores; y* Don Segundo Sombra *de Ricardo Güiraldes, la evocación del gaucho ideal.*

[6] *La etimología de «aislado» sugiere la idea de «isla» y describe el estado del casco de la estancia después del diluvio.*

[7] *Calvinista es el que acepta la teología de Jean Calvin (1509–1564), teólogo francés que mantuvo que la Biblia es la única fuente verdadera de la ley de Dios y que el deber del hombre es interpretarla y mantener el orden en el mundo. Según Calvin, sólo los elegidos de Dios pueden redimirse: la redención no puede ganarse por buenas obras. En el cuento, los Gutres aceptan al pie de la letra lo que dice la Biblia y creen que Espinosa es un elegido de Dios.*

[8] *Las dos historias son: la* Odisea *de Homero, modelo de toda la poesía épica posterior, que sugiere la idea de la búsqueda del hombre; y la historia de Cristo, que se hace crucificar en el monte Gólgota para redimir a la humanidad, y que constituye, desde entonces, el ejemplo y prototipo ideal del hombre que se sacrifica por los demás.*

## Comprensión

**6-3** Conteste Ud. las siguientes preguntas.

1. ¿Dónde y cuándo tienen lugar los sucesos del cuento?
2. ¿Qué actitudes básicas de los padres de Baltasar Espinosa influyeron en su formación intelectual?
3. ¿Por qué viajó Espinosa a la estancia?
4. ¿Cómo eran los Gutres?
5. ¿Cómo llegó a aislarse la estancia?
6. ¿Por qué se mudaron los Gutres a la habitación que quedaba al lado del galpón de las herramientas?
7. ¿Qué sabían los Gutres de su pasado?
8. ¿Qué clase de libros y revistas había en la casa?
9. ¿Qué encontró Espinosa en las páginas finales de la Biblia de los Guthrie?
10. ¿Qué clase de creencia religiosa tenían los Gutres?
11. ¿Cómo reaccionaron los Gutres cuando Espinosa les leyó el Evangelio según Marcos?
12. ¿Cómo cambió la relación entre los Gutres y Espinosa?
13. ¿Qué pasó el jueves por la noche?
14. ¿Qué preguntas le hizo el padre de los Gutres a Espinosa al día siguiente?
15. ¿Qué le hicieron los Gutres a Espinosa cuando salió después de dormir la siesta?
16. ¿Qué le esperaba a Espinosa en el galpón?

## Expansión

**6-4 Análisis literario.** Conteste Ud. las siguientes preguntas.

1. Con frecuencia, Borges indica en sus cuentos que las ideas que se expresan en un libro son capaces de cambiar el mundo real. ¿Refleja este cuento tal concepto?
2. ¿Cómo influyeron en las acciones de los Gutres los rastros del «duro fanatismo del calvinista y las supersticiones del pampa» que perduraban en su sangre?
3. Comente Ud. los paralelos que pueden establecerse entre la vida de Espinosa y la de Cristo.
4. Contraste Ud. la actitud religiosa de Espinosa con la de los Gutres.
5. ¿Cuál es el tema principal del cuento?

**6-5 Reportaje.** Ud. es periodista de Buenos Aires. Acaba de entrevistar a los Gutres sobre la muerte de Espinosa. Escriba un reportaje sobre lo que pasó, incluyendo:

1. una descripción de los Gutres.
2. cómo reaccionaron los Gutres al comienzo, cuando conocieron a Espinosa por primera vez.
3. por qué llegaron a respetar a Espinosa.
4. el «milagro» que vieron.
5. qué hicieron después de ver el milagro.
6. por qué el padre le hizo a Espinosa la pregunta sobre los que le clavaron los clavos a Cristo.
7. qué hicieron después de la siesta el día de la muerte de Espinosa.
8. cómo reaccionó Ud., como periodista y como ciudadano (citizen) frente a los hechos que acaba de describir.

**6-6 Minidrama.** Presenten Ud. y otra(s) persona(s) de la clase un breve drama que se relacione con el tema del cuento de Borges. Algunos temas podrían ser:

1. En vez de decir que «sí», Espinosa contesta «no» cuando el padre de los Gutres le pregunta si los que le clavaron los clavos a Cristo también se salvaron. ¿Qué pasará después?
2. El primo de Espinosa, Daniel, vuelve inesperadamente en el momento cuando van a crucificar a Espinosa.
3. Una familia que siempre ha vivido en un lugar remotísimo de Alaska, sin ninguna comunicación con el mundo exterior, toma al pie de la letra algo que un explorador le cuenta.

**6-7 Opiniones y actitudes.** Escriba Ud. un párrafo sobre uno de los temas siguientes o explíqueselo a la clase.

1. El libro que más le ha gustado o que más ha influido en Ud.
2. Una idea que ha cambiado el mundo.
3. Un fenómeno psicológico que le interesa.

**6-8 Situación.** Con un(a) compañero(a) de clase, presenten Uds. un diálogo. Una de las personas tiene un(a) hermano(a) gemelo(a) *(twin),* o conoce unos gemelos. La otra persona le hace preguntas sobre ciertos fenómenos psicológicos que se han asociado con hermanos gemelos. Algunas preguntas podrían ser: ¿Son idénticos(as) físicamente? ¿Tienen igual capacidad intelectual? ¿Se interesan por las mismas cosas o por cosas distintas? ¿Ha habido alguna clase de comunicación telepática entre Uds. o entre ellos? ¿Qué pasó en esas ocasiones? ¿Cree que los dos comparten *(share)* ciertas ideas o preferencias? Es decir, ¿cree que esas ideas o preferencias están en la sangre?

# Francisco de Goya y Lucientes

Algunos creadores —músicos, pintores, escritores— producen sus mejores obras en su juventud y después repiten lo ya expresado o presentan obras de calidad inferior. Otros, en cambio, crean sus mejores obras en los últimos años de su vida: Shakespeare, Goethe, Beethoven, Verdi y El Greco, para citar sólo algunos ejemplos. A este grupo pertenece uno de los artistas más extraordinarios de todos los tiempos: **Francisco de Goya y Lucientes** (1746–1828).

Las primeras décadas de la vida de Goya son años de aprendizaje. Estudia con artistas conocidos, copia la obra de grandes pintores del pasado, viaja a Madrid y a Roma, se hace conocer entre la gente más influyente de la capital y recibe algunas comisiones que lo establecen como pintor de cierta importancia. En esta época su obra es esencialmente convencional y armoniza con la perspectiva de la realidad del siglo XVIII. Sin embargo, su continuo esfuerzo le hace ganar una competencia ante el rey, y Goya se convierte en el retratista de las personas más importantes de la corte. Aunque llega a recibir todos los favores de la corte real, no se deja intimidar por el rango social de las personas que pinta: las retrata así como las ve su ojo penetrante y agudo. Lo curioso es que sus protectores no se dan por ofendidos y nunca le niegan su amparo, tal vez porque reconocen su genio.

Durante algunos años Goya vive como un típico cortesano, pero luego dos acontecimientos le transforman la vida: estalla la Revolución Francesa en 1789, y en 1792 una enfermedad inesperada por poco lo mata y lo deja sordo. Su obra, entonces, refleja el cambio producido por estos sucesos: en el futuro ya no será el pintor burgués de la corte sino el pintor del pueblo español. Así, ha sabido representar mejor que nadie los mitos y supersticiones y también comunicar la decadencia de una sociedad junto al tremendo sufrimiento del pueblo. Goya vuelve a sus raíces campesinas aragonesas para pintar lo español y lo universal.

En los últimos años de su vida Goya produce las obras que han de asegurarle su inmortalidad. En 1799 publica los famosos *Caprichos,* una serie de grabados cuyos temas son las supersticiones, la brujería, la corrupción y las pasiones diabólicas del pueblo. Cuando ya tiene más de setenta años, el artista da a conocer otra serie de grabados igualmente fuertes, los *Disparates.* En varias pinturas y en otra serie de grabados, *Los desastres de la guerra,* publicados en 1820, Goya muestra su reacción hacia la invasión de España por Napoleón en 1808. Su denuncia de la guerra, de un realismo horripilante, es la mejor expresión de la crueldad y del sufrimiento humanos. En los mismos años de su vida, su angustia personal le hace pintar en su casa del campo (Quinta del Sordo) una serie de «pinturas negras» en las que expresa todo el pesimismo, el nihilismo y lo absurdo en la vida del hombre. En todas estas obras, fruto de su vejez, Goya mejora su técnica y logra expresarse con una fuerza y originalidad incomparables.

## ◄ La familia de Carlos IV (1800)

En esta pintura Goya logra captar la esencia de la personalidad de cada uno de los miembros de la familia real. Por ejemplo, la reina María Luisa domina la pintura, así como supo dominar a su familia y a su país durante su vida. El rey, al contrario, se presenta como un hombre banal y su retrato casi es una caricatura. Como Velázquez en su pintura *Las Meninas,* Goya se incluye a sí mismo, a la izquierda del cuadro. El autorretrato del artista está en la sombra, para que los espectadores no lo confundan con la familia real. La pintura es extraordinaria, no sólo por su composición, sino también por la brillantez y la armonía de los colores.

## Los fusilamientos del 3 de mayo de 1808 en Madrid (*circa* 1814) ►

Tal vez no existe mayor protesta contra la crueldad de la guerra que esta pintura de Goya. El 2 de mayo hubo rebelión en Madrid contra las tropas de Murat, y la noche del 3 de mayo las fuerzas francesas ejecutaron a muchos prisioneros rebeldes. Se cree que Goya fue testigo de lo que pasó el 3 de mayo. En la pintura se presentan varias reacciones y movimientos de los rebeldes que están para morir. El horror es aumentado por las expresiones de los que esperan su turno y por la presencia de los cadáveres de los ya ejecutados. Al no mostrar la cara de los soldados franceses y al unificar el ritmo de sus cuerpos, Goya hace que el horror sea más impersonal e inhumano.

## ▲ Saturno devorando a uno de sus hijos (1819–1823)

Esta pintura representa el mito romano de Saturno que devora a sus hijos. Saturno simboliza el Tiempo. En este cuadro su crueldad es obvia. ¿A quién devora el Tiempo? ¿Se puede decir que la pintura tiene valor alegórico? ¿Cuál sería la actitud del viejo Goya hacia el tiempo y hacia la muerte?

## Para comentar

**6-9** Haga Ud. las siguientes actividades.

1. Refiriéndose a la pintura *Las fusilamientos del 3 de mayo de 1808 en Madrid,* describa Ud. la diferencia entre las reacciones de las personas que están para morir o que esperan su turno. ¿Cómo reaccionaría Ud. en tales circunstancias?

2. Picasso admiraba mucho la pintura *Las fusilamientos del 3 de mayo de 1808 en Madrid.* Busque Ud. una foto de la pintura *Guernica* de Picasso y compárela con la pintura de Goya. Por ejemplo, ¿cómo logra Picasso mostrar el horror impersonal de la guerra?

3. Escriba Ud. un ensayo breve sobre uno de los temas siguientes.
   a. La crueldad y el horror de la guerra en los grabados *(engravings)* de *Los desastres de la guerra* de Goya. Busque ejemplos de esos grabados en la biblioteca o en Internet e incluya fotocopias de los grabados que Ud. va a comentar.
   b. Como lo hizo Goya, muchos artistas y escritores han criticado la sociedad y han tratado de reformarla o cambiarla por medio de sus obras. ¿Conoce Ud. a un artista o escritor que haya hecho algo así? ¿Qué criticó?

# Aspectos económicos de Hispanoamérica

## Literatura

*Es que somos muy pobres,* Juan Rulfo

## Arte

Diego Rivera
* Florecimiento de la Revolución
* El triunfo de la Revolución
* Escuela al aire libre

◄ Los habitantes de muchos barrios pobres de Lima, Perú, son campesinos que se han mudado a la capital en busca de mejores condiciones económicas. Con frecuencia no encuentran trabajo y se ven forzados a vivir en barrios donde no hay ni electricidad ni agua. Pensando en este hecho, describa Ud. lo que hace la niña de la carretilla *(wheelbarrow)* de la foto.

# Literatura: *Es que somos muy pobres*

## Enfoque

Hispanoamérica es riquísima en materias primas. Sin embargo, por varias razones históricas, hay muchos problemas económicos que todavía no se han resuelto y que siguen amenazando la estabilidad de muchas regiones.

Uno de los problemas más obvios es el de la pobreza. Este problema se manifiesta en lo que el antropólogo Oscar Lewis ha descrito como la «cultura de la pobreza», cultura que tiene ciertas características comunes y que se encuentra en todo el mundo.

Los factores que pueden explicar la pobreza de la gente del campo son diversos: la falta de tierra cultivable, la concentración de la tierra en manos de unos pocos propietarios, las adversas condiciones climáticas, la falta de educación de los campesinos, la poca variedad agrícola, la falta de capital para comprar maquinarias, los malos gobiernos, etc. El hecho es que, con pocas excepciones, el campesino todavía sufre la misma pobreza que sus padres y sus bisabuelos y su situación de miseria provee campo fértil para los que proponen soluciones revolucionarias.

En México, el problema de la pobreza rural se hizo evidente en la Revolución de 1910, cuando los campesinos, especialmente los peones que siguieron a Emiliano Zapata, se rebelaron en favor de «pan y tierra». Esta lucha no terminó con la Revolución: todavía se presentan nuevos planes para distribuir la tierra y mejorar la condición de los hombres que viven en ella. El movimiento «Zapatista» reciente de Chiapas se presenta como extensión de los ideales del héroe original. Muchos campesinos, desilusionados ante la miseria que caracteriza la vida rural, han abandonado sus campos para ir a la ciudad (en donde, irónicamente, muchos han encontrado condiciones aun peores). Así es que la creación de una política que pueda aliviar la pobreza del campesino todavía es uno de los problemas que afrontan México y otros países de la América Hispana.

En México, primer país que en este siglo produjo una verdadera revolución social, los intelectuales se han dedicado a la investigación de las raíces de los problemas económicos y sociales y a la representación literaria y pictórica de las condiciones actuales. Buscan en el pasado la explicación del presente. El resultado ha sido la creación de una literatura y un arte principalmente dedicados al mejoramiento de la condición del obrero y del campesino. Su gran calidad y originalidad han merecido el aplauso universal.

Como ejemplos de esta labor extraordinaria se han seleccionado un cuento de Juan Rulfo que trata del tema de la pobreza y varios ejemplos de las pinturas murales de Diego Rivera, fecundo creador de la conciencia nacional mexicana.

○ **Trabajen en grupos pequeños.**

Los Estados Unidos no se considera un país pobre pero evidentemente hay cierto nivel de pobreza. Según el **Enfoque,** ¿cuáles son algunas diferencias entre la pobreza de México y la de los Estados Unidos? Compare su lista con las de los otros grupos de la clase.

# Vocabulario útil

Estudie Ud. estas palabras.

## Verbos

abrazar *to embrace, to hug*
despertarse (ie) *to wake up, to awaken*
entretenerse *to entertain oneself*
llevarse *to carry away, to carry off*
regalar *to give (a present)*

## Sustantivos

la cama *bed*
la cuenta *account*
el cuerno *horn (of an animal)*
la gallina *hen*
la inundación *flood*
la madrugada *dawn*
la oreja *ear*

lo orilla *bank (of a river, sea)*
la pata *foot (of an animal)*
la raíz *root*
el ruido *noise*
el seno *breast*
el sonido *sound*
el sueño *sleep*
el vestido *dress*

## Otras palabras y expresiones

cumplir… años *to turn . . . (years old)*
darse cuenta de *to realize*
de repente *suddenly*
poco a poco *little by little*

## Para practicar

Complete Ud. el siguiente diálogo, usando la forma correcta de palabras del **Vocabulario útil.**

PEPE    ¿Y cuándo supiste que hubo una inundación?

TACHA   Acababa de _____ diez años. Muy temprano por la mañana, a la _____, algo me despertó. También _____ a mi hermano.

PEPE    ¿Qué te despertó?

TACHA   Era el _____ del agua del río. Mi hermano y yo _____ de que no era el sonido de siempre.

PEPE    ¿Qué hicieron Uds.?

TACHA   Saltamos de la _____ y nos fuimos a la _____ del río. Las _____ de mi tía habían desaparecido y desde la orilla vi las _____ de un animal que era llevado por la corriente. No le vi los _____ ni las _____ ni ninguna otra parte de la cabeza: solamente las _____. Mañana _____ doce años y creo que mi padre me va a _____ una vaca. ¡Ojalá que a ella no le pase lo mismo!

En el siguiente párrafo las palabras subrayadas indican el orden de los acontecimientos. Sin entender lo que significan esas palabras, sería difícil comprender correctamente lo que pasa. Lea Ud. el párrafo y después de la lista que se presenta a continuación, sustituya con un sinónimo cada palabra subrayada.

**Sinónimos**

| | | |
|---|---|---|
| de pronto | inmediatamente | primero |
| después | luego | un rato después |
| en aquel momento | mientras | tan pronto como |
| finalmente | por un rato | |

*Me desperté a las cinco de la mañana. <u>En aquel instante</u> (1) estaba soñando con mi tía, que murió la semana pasada. <u>Unos minutos después</u> (2) salí a la calle. Estaba oscuro; no se veía nada. <u>Luego que</u> (3) se me acostumbraron los ojos a la oscuridad, vi a algunos hombres que parecían buscar algo. <u>Al mismo tiempo que</u> (4) los miraba, me di cuenta de que alguien me hablaba. Reconocí la voz <u>en seguida</u> (5): era mi hermana. Me dijo que había desaparecido la vaca que mi padre le regaló para su cumpleaños. <u>Al comienzo</u> (6), no sabíamos qué hacer. <u>Entonces</u> (7) empezamos a buscarla en todas partes. <u>Por último</u> (8) llegamos a la orilla del río. <u>De repente</u> (9) mi hermana se puso a gritar: había visto la vaca en las aguas del río. Estaba muerta. <u>Por algún tiempo</u> (10) nos quedamos allí, abrazados, mirando las aguas sucias. <u>Más tarde</u> (11) volvimos a casa.*

| | | |
|---|---|---|
| 1. _____ | 5. _____ | 9. _____ |
| 2. _____ | 6. _____ | 10. _____ |
| 3. _____ | 7. _____ | 11. _____ |
| 4. _____ | 8. _____ | |

## Preparación para la lectura

**7-1 La estructura de los párrafos.** Hay por lo general una oración principal —frecuentemente la primera— que expresa el tema y luego otras oraciones que añaden detalles sobre ese tema. Si el (la) lector(a) puede reconocer la oración principal, será más fácil comprender el resto.

Lea el primer párrafo del cuento de esta unidad y complete los siguientes espacios en blanco. No tiene que escribir oraciones completas ni tienen que ser citas del texto. Puede parafrasear con frases.

1. El tema principal: _____
2. Una ilustración del tema: _____
3. Un resultado de los acontecimientos: _____
4. Una reacción ante los acontecimientos relatados: _____

**7-2 Estrategia de repaso.** Anticipe el contenido del cuento completando o contestando estas oraciones o preguntas. Vuelva a esta actividad después de terminar la lectura para ver si necesita cambiar alguna respuesta.

1. La relación de los pobres con la naturaleza se caracteriza por…
2. La reacción típica del pobre hispano, ¿es la rebelión o la resignación?
3. ¿Por qué será tan importante la pérdida de la vaca de Tacha, que acaba de cumplir los doce años?

# Es que somos muy pobres[1]

**J**uan Rulfo (1918–1986) nació durante la Revolución Mexicana, y de niño vivió en el pueblo de San Gabriel, estado de Jalisco. En la época colonial San Gabriel había gozado de alguna prosperidad, pero después empezó a decaer. Este proceso, visible también en muchos pueblos de la misma región,
5 se aceleró después de la Revolución. Rulfo indica que la región en que está San Gabriel es árida y desolada. La mayoría de la gente de esa región ha emigrado y la que todavía vive en los pequeños pueblos es gente pobre que se ha quedado para acompañar a sus muertos.

Uno de sus primeros recuerdos de niño fue una rebelión campesina
10 (1926–1928) en la que murió su padre. Habían mandado al niño a Guadalajara para hacer sus estudios primarios. Seis años después, cuando murió su madre, lo enviaron a un orfanato donde pasó varios años. Después de terminar sus estudios primarios, Rulfo estudió contabilidad, pero su progreso en esta carrera quedó interrumpido por una huelga general que
15 clausuró las escuelas. Entonces, Rulfo tuvo que trasladarse a México (1933) para continuar sus estudios. Los dos años siguientes fueron difíciles. Sin dinero y sin nadie que lo ayudara, Rulfo vivía en la pobreza. Manteniéndose lo mejor que podía, estudió jurisprudencia y literatura. Finalmente, consiguió un empleo en el Departamento de Inmigración, puesto que ocupó hasta 1947,
20 cuando pasó a la oficina de ventas de Goodrich Rubber. Después Rulfo trabajó para el gobierno, la televisión y el cine, hasta conseguir empleo en el Instituto Nacional Indigenista.

La obra literaria de Rulfo empezó en 1940, cuando escribió una novela extensa sobre la vida en la capital. El lenguaje retórico de la novela no le
25 gustó y resolvió destruirla. Entonces se dedicó a crear un estilo simple, libre de afectación literaria. El resultado fue la colección de cuentos que publicó en 1953, *El llano en llamas.* El escenario de los cuentos es Jalisco, con todo su calor, aridez y soledad. Los personajes son la gente que recuerda Rulfo de su niñez, gente que conocía el sufrimiento, el amor, la violencia y la pobreza.
30 Rulfo describe con profunda comprensión y compasión su lucha perpetua contra la pobreza y la humillación.

**A**quí todo va de mal en peor°. La semana pasada se murió mi tía Jacinta, y el sábado, cuando ya la habíamos enterrado y comenzaba a bajársenos la
35 tristeza, comenzó a llover° como nunca. A mi papá eso le dio coraje°, porque toda la cosecha de cebada estaba asoleándose en el solar. Y el aguacero llegó de repente, en grandes olas de agua, sin darnos tiempo ni siquiera a esconder aunque fuera un manojo°; lo único que pudimos hacer, todos los de mi casa, fue estarnos arrimados° debajo del tejabán°, viendo cómo el agua fría que
40 caía del cielo quemaba aquella cebada amarilla tan recién cortada.

Y apenas ayer, cuando mi hermana Tacha acababa de cumplir doce años, supimos que la vaca que mi papá le regaló para el día de su santo° se la había llevado el río.

El río comenzó a crecer° hace tres noches, a eso de la madrugada. Yo
45 estaba muy dormido y, sin embargo, el estruendo° que traía el río al arrastrarse° me hizo despertar en seguida y pegar el brinco° de la cama con mi cobija° en la mano, como si hubiera creído que se estaba derrumbando° el

*from bad to worse*

*our sadness was beginning to go away; made him mad*

*even a handful*
*take shelter together; roof*

*patron saint's day*

*rise*
*clamor*
*as it dragged by; jump, leap*
*blanket; falling in*

techo de mi casa. Pero después me volví a dormir, porque reconocí el sonido del río y porque ese sonido se fue haciendo igual hasta traerme otra vez el
50 sueño.

Cuando me levanté, la mañana estaba llena de nublazones° y parecía que había seguido lloviendo sin parar. Se notaba en que el ruido del río era más fuerte y se oía más cerca. Se olía, como se huele una quemazón°, el olor a podrido° del agua revuelta°.
55 A la hora en que me fui a asomar°, el río ya había perdido sus orillas°. Iba subiendo poco a poco por la calle real°, y estaba metiéndose a toda prisa° en la casa de esa mujer que le dicen *La Tambora*. El chapaleo° del agua se oía al entrar por el corral y al salir en grandes chorros° por la puerta. *La Tambora* iba y venía caminando por lo que era ya un pedazo de río,
60 echando a la calle sus gallinas para que se fueran a esconder a algún lugar donde no les llegara la corriente.

Y por el otro lado, por donde está el recodo°, el río se debía de haber llevado, quién sabe desde cuándo, el tamarindo° que estaba en el solar de mi tía Jacinta, porque ahora ya no se ve ningún tamarindo. Era el único que
65 había en el pueblo, y por eso nomás° la gente se da cuenta de que la creciente esta° que vemos es la más grande de todas las que ha bajado el río en muchos años.

Mi hermana y yo volvimos a ir por la tarde a mirar aquel amontonadero° de agua que cada vez se hace más espesa° y oscura y que pasa ya muy por
70 encima de° donde debe estar el puente. Allí nos estuvimos horas y horas sin cansarnos viendo la cosa aquella. Después nos subimos por la barranca°, porque queríamos oír bien lo que decía la gente, pues abajo, junto al río, hay un gran ruidazal° y sólo se ven las bocas de muchos que se abren y se cierran y como que quieren decir algo; pero no se oye nada. Por eso nos
75 subimos por la barranca, donde también hay gente mirando el río y contando los perjuicios° que ha hecho. Allí fue donde supimos que el río se había llevado a *la Serpentina,* la vaca esa que era de mi hermana Tacha porque mi papá se la regaló para el día de su cumpleaños y que tenía una oreja blanca y otra colorada y muy bonitos ojos.
80 No acabo de saber° por qué se le ocurriría a *la Serpentina* pasar el río este, cuando sabía que no era el mismo río que ella conocía de a diario°. *La Serpentina* nunca fue tan ataranta da°. Lo más seguro es que ha de haber venido dormida para dejarse matar así nomás° por nomás. A mí muchas veces me tocó° despertarla cuando le abría la puerta del corral, porque si no,
85 de su cuenta°, allí se hubiera estado el día entero con los ojos cerrados, bien quieta° y suspirando°, como se oye suspirar a las vacas cuando duermen.

Y aquí ha de haber sucedido eso de que se durmió°. Tal vez se le ocurrió despertar al sentir que el agua pesada le golpeaba las costillas°. Tal vez entonces se asustó° y trató de regresar; pero al volverse se encontró
90 entreverada y acalambrada° entre aquella agua negra y dura como tierra corrediza°. Tal vez bramó° pidiendo que la ayudaran. Bramó como sólo Dios sabe cómo.

Yo le pregunté a un señor que vio cuando la arrastraba el río si no había visto también al becerrito° que andaba con ella. Pero el hombre dijo que no
95 sabía si lo había visto. Sólo dijo que la vaca manchada° pasó patas arriba° muy cerquita de donde él estaba y que allí dio una voltereta° y luego no

volvió a ver ni los cuernos ni las patas ni ninguna señal de vaca. Por el río rodaban° muchos troncos de árboles con todo y raíces° y él estaba muy ocupado en sacar leña°, de modo que no podía fijarse si eran animales o
100 troncos los que arrastraba.

Nomás por eso°, no sabemos si el becerro está vivo, o si se fue detrás de su madre río abajo. Si así fue, que Dios los ampare° a los dos.

La apuración° que tienen en mi casa es lo que pueda suceder el día de mañana, ahora que mi hermana Tacha se quedó sin nada. Porque mi papá
105 con muchos trabajos había conseguido *la Serpentina,* desde que era una vaquilla°, para dársela a mi hermana, con el fin de que ella tuviera un capitalito° y no se fuera a ir de piruja° como lo hicieron mis otras dos hermanas las más grandes.

Según mi papá, ellas se habían echado a perder° porque éramos muy
110 pobres en mi casa y ellas eran muy retobadas°. Desde chiquillas ya eran rezongonas°. Y tan luego que crecieron les dio por andar° con hombres de lo peor, que les enseñaron cosas malas. Ellas aprendieron pronto y entendían muy bien los chiflidos°, cuando las llamaban a altas° horas de la noche. Después salían hasta de día. Iban cada rato por agua al río y a veces, cuando
115 uno menos se lo esperaba, allí estaban en el corral, revolcándose° en el suelo, todas encueradas° y cada una con un hombre trepado encima°.

Entonces mi papá las corrió° a las dos. Primero les aguantó todo lo que pudo; pero más tarde ya no pudo aguantarlas más y les dio carrera para la calle°. Ellas se fueron para Ayutla o no sé para dónde; pero andan de°
120 pirujas.

Por eso le entra la mortificación a mi papá, ahora por la Tacha, que no quiere que vaya a resultar como sus otras dos hermanas, al sentir que se quedó muy pobre viendo la falta de su vaca, viendo que ya no va a tener con qué entretenerse mientras le da por crecer° y pueda casarse con un hombre
125 bueno, que la pueda querer para siempre. Y eso ahora va a estar difícil. Con la vaca era distinto, pues no hubiera faltado quién se hiciera el ánimo de° casarse con ella, sólo por llevarse también aquella vaca tan bonita.

La única esperanza que nos queda es que el becerro esté todavía vivo. Ojalá no se le haya ocurrido pasar el río detrás de su madre. Porque si así
130 fue, mi hermana Tacha está tantito así de retirado° de hacerse piruja. Y mamá no quiere.

Mi mamá no sabe por qué Dios la ha castigado° tanto al darle unas hijas de ese modo, cuando en su familia, desde su abuela para acá, nunca ha habido gente mala. Todos fueron criados en el temor de Dios y eran muy
135 obedientes y no le cometían irreverencias a nadie. Todos fueron por el estilo°. Quién sabe de dónde les vendría a ese par de hijas suyas aquel mal ejemplo. Ella no se acuerda. Le da vuelta a° todos sus recuerdos y no ve claro dónde estuvo su mal o el pecado de nacerle una hija tras otra con la misma mala costumbre. No se acuerda. Y cada vez que piensa en ellas, llora
140 y dice: «Que Dios las ampare a las dos».

Pero mi papá alega° que aquello ya no tiene remedio. La peligrosa es la que queda aquí, la Tacha, que va como palo de ocote crece y crece° y que ya tiene unos comienzos de senos que prometen ser como los de sus hermanas: puntiagudos° y altos y medio alborotados° para llamar la atención.

---

*Glosses (left margin):*

rolled; roots and all
firewood

Just for that reason
protect
concern

heifer
little bit of money; go out as a prostitute
they had become bad, were ruined
wild
sassy; they took to going around

whistles; late

rolling
naked; mounted on top
chased them away

he chased them down the street; they are

anything to occupy herself with while she grows up

would be willing to

just this far away

punished

that way
She turns over

affirms, maintains
keeps right on growing like a pine tree
pointed; stirred up

145     —Sí —dice—, llenará los ojos a cualquiera donde quiera que la vean. Y
acabará° mal; como que estoy viendo que acabará mal.
    Ésa es la mortificación de mi papá.
    Y Tacha llora al sentir que su vaca no volverá porque se la ha matado el
río. Está aquí, a mi lado, con su vestido color de rosa, mirando el río desde
150 la barranca y sin dejar de llorar. Por su cara corren chorretes° de agua sucia
como si el río se hubiera metido° dentro de ella.
    Yo la abrazo tratando de consolarla, pero ella no entiende. Llora con
más ganas. De su boca sale un ruido semejante al que se arrastra° por las
orillas del río, que la hace temblar y sacudirse° todita, y, mientras, la
155 creciente sigue subiendo. El sabor a podrido° que viene de allá salpica° la
cara mojada° de Tacha y los dos pechitos de ella se mueven de arriba abajo,
sin parar, como si de repente comenzaran a hincharse° para empezar a
trabajar por su perdición.[2]

Juan Rulfo, *El llano en llamas*, Fondo de Cultura Económica, 1953.

*Glosses (left margin):*
- she'll wind up
- little streams
- entered
- similar to the sound that drags
- tremble
- rotten taste; splashes
- wet
- swell

## Notas culturales

[1] *En las «culturas de la pobreza», como las que existen en México y otros países, una de las posibles reacciones del pueblo es aceptar como inevitable lo que no pueden cambiar. Muchos mexicanos, ante una realidad que les parece poco flexible, adoptan una actitud fatalista. En este cuento, la expresión «Es que… » del título sugiere cierto fatalismo: parece decir que «Así es la vida. No hay nada que hacer.» En los Estados Unidos, tal vez por tradición cultural y especialmente por las mejores condiciones económicas, no se nota tanto esta actitud. Históricamente siempre se ha creído en el progreso y se ha expresado la creencia en la eficacia del esfuerzo del individuo para superar sus circunstancias económicas y sociales.*

[2] *Es notable también en este cuento la relación que existe entre el individuo y las cosas, entre la persona y sus posesiones: el destino de Tacha está tan unido a la vida de su vaca y su becerro que se puede decir que está determinado por ellos. Inclusive los pechitos de Tacha la amenazan, porque inexorablemente la conducirán a la prostitución. Su tragedia, que se vincula a las fuerzas ciegas de la naturaleza, parece inevitable y Tacha no tendrá más remedio que resignarse a su destino.*

## Comprensión

**7-3** Conteste Ud. las siguientes preguntas.

1. ¿Cuántos años tiene Tacha?
2. ¿Cómo llegó Tacha a recibir la vaca?
3. ¿Qué le ha pasado a la vaca?
4. ¿Qué olor tiene el agua del río?
5. ¿Adónde fueron el narrador y su hermana para mirar el río?
6. ¿Por qué no podían entender lo que decía la gente?
7. ¿Se sabe lo que le pasó al becerro?
8. ¿Qué dice el narrador al pensar en los dos animales muertos?
9. ¿Por qué le dio su padre la vaca a Tacha?
10. ¿Qué les había pasado a las dos hermanas mayores?
11. ¿Cuál fue la actitud del padre ante lo que habían hecho las dos hermanas?
12. ¿De qué tiene miedo el padre ahora que se ha perdido la vaca?
13. ¿Qué esperanza les queda?
14. ¿Entiende la madre por qué le han resultado tan malas las dos hijas?
15. ¿Qué dice al pensar en ellas?
16. ¿Por qué es peligroso para Tacha su propio cuerpo?
17. ¿Cuál es la reacción de Tacha al sentir que su vaca no volverá?
18. ¿Cómo describe el narrador las lágrimas de ella?
19. ¿Qué tipo de ruido hace Tacha al llorar?
20. ¿Por qué menciona Rulfo los pechitos de Tacha al final?

## Expansión

**7-4 Análisis literario.** Conteste Ud. las siguientes preguntas.

1. Con frecuencia, Rulfo, imitando el uso popular, coloca el adjetivo demostrativo después del sustantivo a que se refiere. Dice, por ejemplo, «la creciente esta» en vez de «esta creciente». Busque Ud. dos ejemplos más de ese uso.
2. En el primer párrafo, ¿qué importancia tiene la muerte de la tía Jacinta en comparación con otras pérdidas que ocurrieron esa misma semana?
3. Describa Ud. el río y el proceso de la inundación.
4. Al comentar la pérdida de la vaca y su becerro, dice el narrador: «Si así fue, que Dios los ampare a los dos.» ¿Quién repite casi la misma frase?
5. El río arrastra los animales. ¿Qué arrastra a las hermanas?
6. Al final del cuento, ¿cómo se unen la descripción de Tacha y la de la naturaleza?
7. Aunque este cuento trata de una situación regionalista, ¿tiene aspectos o ideas universales? ¿Cuáles son?

**7-5 Composición.** Escriba Ud. un párrafo que se relacione con el cuento *Es que somos muy pobres* o con alguna parte del cuento. Use por lo menos cinco de las palabras o expresiones siguientes.

| | | |
|---|---|---|
| antes | en seguida | poco después |
| de pronto | luego | primero |
| después | mientras | tan pronto como |
| en cuanto | | |

**7-6 Minidrama.** Presenten Ud. y otra(s) persona(s) de la clase un breve drama sobre el tema de la pobreza. Algunos temas podrían ser:

1. Varios jóvenes discuten el efecto de la pobreza en su familia.
2. Tacha y su familia: diez años después de la pérdida de la vaca.
3. Tacha y su familia están discutiendo la pérdida de la vaca cuando llega un tío de Tacha con buenas noticias: ¡el padre de Tacha se ha ganado la lotería nacional!

**7-7 Opiniones y actitudes.** Escriba Ud. un párrafo sobre uno de los temas siguientes o explíqueselo a la clase.

1. Los problemas económicos que enfrentamos hoy día.
2. El efecto de la pobreza en nuestras ciudades.
3. Cómo se debe reformar la asistencia social *(welfare)*.

**7-8 Situación.** Preséntele Ud. a la clase el diálogo siguiente: Ud. y un(a) compañero(a) de clase hablan de lo que piensan hacer después de graduarse. Algunas preguntas que posiblemente Uds. se pueden hacer: ¿Qué tipo de trabajo vas a buscar? ¿Es difícil encontrar la clase de empleo que vas a buscar? ¿Hay mucha competencia para encontrar puesto? ¿Tienes experiencia en ese tipo de trabajo? ¿Cuánto esperas ganar? ¿Cuál es tu meta *(goal)* profesional? ¿Es necesario vivir en cierta región del país si encuentras ese tipo de empleo? ¿Te gustaría vivir allí?

# Arte

## Diego Rivera

**D**iego Rivera (1887–1957) es uno de los artistas mexicanos más famosos de la época de la Revolución de 1910. La Revolución influyó mucho en los artistas de este tiempo y provocó un gran cambio en las artes. Los líderes de la Revolución utilizaron el arte pictórico para ponerse en contacto con un pueblo que en su mayoría era analfabeto. De ese modo podían hablar con el pueblo, ofrecerle su ayuda en la lucha, indicarle sus metas y hacerlo consciente del valor de su ciudadanía en una gran nación. Los temas del arte de esta época son sociales y revolucionarios: la pobreza, las condiciones de trabajo, la reforma agraria y los problemas de la gente común —el obrero, el indígena y el campesino.

La expresión más típica de este arte se encuentra en las pinturas murales de los edificios públicos de México, pinturas grandes y, por lo general, realistas. La creación de estas obras ha sido apoyada desde 1922 por el gobierno. En ese año, David Alfaro Siqueiros, otro gran muralista mexicano, dijo que la misión de la pintura social en México era crear obras de gran tamaño y de un realismo absoluto, con nuevas técnicas para atraer la atención del pueblo.

Diego Rivera es tal vez el artista que mejor cumplió con la misión social de los muralistas. En su juventud, el entusiasmo de Rivera por la Revolución le inspiró un profundo interés por conocer la historia de su pueblo. Viajó a todas partes, estudiando todos los aspectos de su patria: sus maravillosos monumentos y artefactos precolombinos; su historia; sus mitos, leyendas y tradiciones; su flora y fauna y, sobre todo, su gente. Rivera vio a sus compatriotas con los ojos de un humanista que quería dar expresión, tanto al sufrimiento y al dolor de entonces, como a la grandeza del pasado prehispánico. También vivió en Europa, donde pasó unos quince años estudiando la larga tradición del arte europeo. El resultado de su ardua labor se manifestó en las grandes obras que produjo entre 1922 y 1957. Su obra maestra es una serie de pinturas murales en el Palacio Nacional de México, cuyo tema es el conflicto entre el indígena y el español. Por primera vez en la historia del arte un artista buscó representar la épica mexicana, y al hacerlo Rivera dejó a la pintura posterior un estilo original, compuesto de lo mexicano y lo moderno, de lo tradicional y lo experimental. No sólo logró comunicar el mensaje de la Revolución, sino que estableció la importancia del muralismo mexicano en la historia del arte.

## Florecimiento de la Revolución ➤

Entre 1926 y 1927 pintó Rivera más de cuarenta pinturas murales en la capilla de la Escuela Nacional de Agricultura en Chapingo. Todas representan, en forma simbólica, el concepto del mundo del artista e incluyen un comentario sobre la revolución social. En esta pintura se ve que la muerte del joven revolucionario hace florecer el árbol que está en el fondo. Es decir, el sacrificio del joven libera la tierra de sus opresores. ¿Qué piensa Ud. de tales sacrificios? ¿Se pueden justificar a veces? ¿Cuándo?

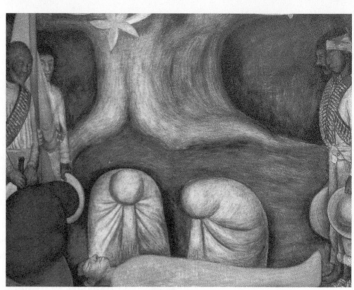

Escuela Nacional de Agricultura en Chapingo, México. Photo courtesy of OAS.

Escuela Nacional de Agricultura en Chapingo, México. Photo courtesy of OAS.

## ◄ El triunfo de la Revolución

Los peones que siguieron a Emiliano Zapata durante la Revolución Mexicana se rebelaron a favor de «pan y tierra». Después de la Revolución empezaron a distribuir la tierra y las cosechas, como se puede ver en esta pintura de Rivera.

¿Cómo se visten los campesinos? ¿Se visten igual los hombres que están más cerca de la mesa? Descríbalos.

## Escuela al aire libre ➤

Una de las metas de la Revolución era combatir la pobreza y el analfabetismo por medio de la educación. Los primeros ejemplos del arte mural y algunas de las mejores obras posteriores se hallan en instituciones educativas. Ya que la mayoría de la población de México no vivía en las ciudades, se reconocía la necesidad de llevar la educación al campo. En este cuadro vemos a una de las maestras rurales que enseñaban a los campesinos, allí donde se encontraban: al aire libre, en el campo.

¿Quiénes son los alumnos de la escuela? ¿Cuántas generaciones se pueden observar en este cuadro?

Diego Rivera, Open Air School, 1932. Lithograph, printed in black. Comp: 12 1/2" X 16 3/8". Collection, The Museum of Modern Art,

## Para comentar

**7-9** Haga Ud. las siguientes actividades.

1. Según lo que hemos visto en las pinturas de Rivera, ¿cuáles son algunos de los problemas que existen en el campo mexicano? ¿Qué soluciones ofrece el pintor?

2. ¿Cómo se puede comparar el tema de *Es que somos muy pobres* con la temática de una de las pinturas de Rivera?

3. La esposa de Rivera, Frida Kahlo, también era artista muy importante que se interesaba mucho por el concepto de la mexicanidad. Su obra también refleja los dolores físicos que sufrió en la vida, así como su actitud hacia la muerte. Busque Ud. informes sobre ella en el Internet y prepare un informe para presentar en la clase.

4. En México, la sociedad influye muchísimo en el arte y la literatura. Comente esta observación, refiriéndose a las obras que ha estudiado.

5. Escriba Ud. un ensayo breve sobre uno de los temas siguientes.
   a. Una película que critica algún aspecto —racial, social, político, económico— de nuestra sociedad.
   b. La responsabilidad social del (de la) artista o del (de la) escritor(a). (¿Basta el arte por el arte o debe tener el (la) artista o el (la) escritor(a) una misión social?)
   c. Lo que se debe hacer para mejorar las condiciones económicas en nuestro país.

# Los movimientos revolucionarios del siglo XX

---

### Literatura

*Un día de éstos,* Gabriel García Márquez

### Arte

José Clemente Orozco y David Álfaro Siqueiros
- La trinchera (1923–1924)
- Hombre en llamas (1938–1939)
- El sollozo

◄ La manifestación política es un arma que el pueblo emplea a veces para protestar contra la injusticia. Describa Ud. la manifestación que se ve aquí. ¿Ha habido manifestaciones políticas en los Estados Unidos? ¿Cuándo? ¿Por qué?

# **Literatura:** *Un día de éstos*

## Enfoque

La pobreza, la injusticia y la desesperación son condiciones que pueden producir conflictos y rebelión. Las grandes revoluciones hispanoamericanas del siglo XX —la mexicana en 1910, la boliviana en 1952 y la cubana en 1959— tuvieron una base popular, compuesta de gente que creía que el gobierno no representaba sus intereses. En la Revolución Mexicana de 1910, por ejemplo, Pancho Villa y Emiliano Zapata fueron apoyados por peones que buscaban escapar de la pobreza en que vivían. En nuestros días los líderes todavía necesitan el apoyo de la gente de las clases obreras si quieren producir verdaderos cambios revolucionarios.

Los medios de comunicación han llevado a la atención de las clases bajas la existencia de una enorme diferencia entre su nivel de vida y el de las clases media y alta. Han aumentado las expectativas tanto del obrero como del campesino. Puesto que pocos gobiernos han podido satisfacer estas expectativas, la posibilidad de una reacción violenta ha aumentado todavía más. Esta situación tiene su aspecto irónico, ya que los gobiernos han entendido bien la importancia de los medios de comunicación y los han utilizado para conseguir el apoyo o, por lo menos, la aceptación del pueblo.

La literatura ha ayudado a atacar las malas condiciones sociales y económicas. Un tema favorito es la violencia que caracteriza las revoluciones y sus repercusiones en la sociedad. El cuento que se incluye aquí, *Un día de éstos,* del colombiano Gabriel García Márquez, ejemplifica las posibilidades literarias del tema de la violencia que ha dominado la política y la vida pública colombianas desde hace medio siglo. Cuando la violencia existe a tal grado, la gente se acostumbra a verla como parte de la vida cotidiana.

○ Trabajen en grupos pequeños.

La primera oración del «Enfoque» menciona tres causas comunes de los conflictos revolucionarios: la pobreza, la injusticia y la desesperación. Con sus compañeros de clase decida el orden de importancia de las tres. Compare sus decisiones con las de los otros grupos de la clase.

## Vocabulario útil

Estudie Ud. estas palabras.

**Verbos**
afeitar *to shave*
pedalear *to pedal*
pulir *to polish*
sacar *to take out*
servirse de (i, i) *to use*

**Sustantivos**
el alcalde *mayor*
la barba *beard*
el brazo *arm*
el diente *tooth*
la escupidera *spittoon*
la fresa *drill*
el gabinete *office*

la gaveta *drawer*
la lágrima *tear*
la mandíbula *jaw*
la muela *molar*
el olor *odor*
la silla *chair*
el sillón *chair, armchair*

**Adjetivos**
anterior *previous*

**Otras palabras y expresiones**
pegar un tiro *to shoot*
la sala de espera *waiting room*

## Para practicar

Complete Ud. con la forma apropiada de una palabra del **Vocabulario útil.**

EMILIO   ¿Cómo fue tu visita al dentista?

CLARA   Bueno, llegué un poco antes de las ocho y tuve que esperar en la _____.
Me dijo la recepcionista que el _____ había llegado inesperadamente.
Tenía la _____ toda hinchada *(swollen)* porque tenía una _____ dañada
*(infected).*

EMILIO   ¿Lo viste entonces?

CLARA   En ese momento, no, pero la señorita me dijo que el dentista no quería
recibirlo, pero el alcalde le dijo que si no lo recibía, le iba a _____.

EMILIO   ¡Qué barbaridad!

CLARA   Tú sabes cómo es. Además, todo el mundo sabe que el dentista y él son
enemigos políticos.

EMILIO   Sí. Me han dicho que el dentista le tiene miedo y por eso tiene un revólver
en la _____ de una mesa en su _____. Ha dicho el dentista que _____
del revólver si fuera necesario.

CLARA   Es verdad. Pero en esa ocasión no pasó nada. Después de un rato salió el
alcalde. Era obvio que no se había _____ por varios días, porque tenía la
_____ muy larga. El dentista le había _____ la muela y el pobre tenía
_____ en los ojos. No dijimos nada y él salió en seguida. Creo que tenía
vergüenza *(he was ashamed).*

## Preparación para la lectura

**8-1** Los artículos y los pronombres son palabras pequeñas pero generalmente es necesario reconocer a qué se refieren. Es importante comprender su significado. ¿A qué se refieren estos pronombres y artículos?

1. Las revoluciones hispanoamericanas del siglo XX —**la** mexicana en 1910, **la** boliviana en 1952 y **la** cubana en 1959— tuvieron una base popular.
2. Hay una enorme diferencia entre su nivel de vida y **el** de las clases media y alta.
3. Los gobiernos han entendido bien la importancia de los medios de comunicación y **los** han utilizado para conseguir el apoyo del pueblo.
4. Cuando la violencia existe a tal grado, la gente se acostumbra a ver**la** como modo natural de proceder.
5. Compare sus decisiones con **las** de los otros grupos de la clase.
6. Llegó su enemigo político al gabinete pero el dentista no quería recibir**lo**.
7. Después de la muerte del abuelo del joven, sus padres **lo** mandaron a Barranquilla.
8. A García Márquez no **le** ha gustado mucho el renombre, ya que esencialmente es un hombre modesto y tímido.

**8-2 Estrategia de repaso.** Recuerde que es importante tratar de adivinar (*guess*) lo que significa una palabra desconocida, según el contexto en que aparece. Pensando en el contexto, trate de adivinar el significado de las palabras subrayadas.

1. Don Aurelio nunca estudió en la universidad y por eso era dentista sin <u>título.</u>
   **a.** *title*          **b.** *document*          **c.** *degree*

2. Parecía no pensar en lo que hacía, pero trabajaba con obstinación, pedaleando en la fresa <u>incluso</u> cuando no se servía de ella.
   **a.** *even*          **b.** *including*          **c.** *inclusive*

3. El dentista abrió por completo la gaveta <u>inferior</u> de la mesa. Allí estaba el revólver.
   **a.** *inferior*          **b.** *lower*          **c.** *middle*

4. Movió el sillón hasta quedar <u>de frente a</u> la puerta, esperando a su enemigo.
   **a.** *back to*          **b.** *facing*          **c.** *in front of*

5. El dentista le movió la mandíbula con una cautelosa <u>presión</u> de los dedos.
   **a.** *apprehension*          **b.** *pension*          **c.** *pressure*

6. El alcalde vio la muela <u>a través de</u> las lágrimas.
   **a.** *crossing*          **b.** *through*          **c.** *traversing*

7. Él buscó su dinero en el <u>bolsillo</u> del pantalón.
   **a.** *pocket*          **b.** *purse*          **c.** *bag*

# Un día de éstos[1]

**G**abriel García Márquez nació en 1928 en Aracataca, un pueblo pequeño en la costa del Caribe, en Colombia. Allí vivió unos ocho años, en la casa de sus abuelos, mientras sus padres vivían en otra parte. Muchos años más tarde, el autor había de recordar esos años como la época más
5 importante de su vida. Su abuelo le contaba historias de la Guerra de los Mil Días (1899–1902) y del legendario General Uribe, historias que el escritor utilizaría después en su famosísima novela *Cien años de soledad,* donde el General se transformaría en la figura del Coronel Aureliano Buendía. Su abuela le contaba muchas cosas sobrenaturales, pero siempre lo hacía en un
10 tono ordinario, como si lo irreal fuera natural. Así de ella aprendió el niño una técnica para narrar cosas que ya de adulto caracterizaría varias de sus obras literarias. La cultura de Aracataca refleja la de la costa: en parte es africana y en parte es hispánica, una mezcla que hace que sea única y exótica. Allí lo real parece ser fantástico y lo fantástico se acepta a veces
15 como real, de modo que muchas de las percepciones de García Márquez en sus novelas se basan en una realidad vívida, ya que son parte de la cultura que lo rodeaba de niño.

Después de la muerte de su abuelo, sus padres mandaron al joven a Barranquilla y después a Zipaquirá, un pueblo cerca de Bogotá, para su
20 educación secundaria. Después estudió leyes, primero en Bogotá y después en Cartagena. Pero en esos años empezó a escribir cuentos y a leer vorazmente, especialmente obras de Kafka y Faulkner. También se hizo periodista, escribiendo primero para *El Universal* de Cartagena y, después, para *El Heraldo* de Barranquilla y *El Espectador* de Bogotá. En 1955 el
25 gobierno hizo que se cerrara *El Espectador.* García Márquez se encontraba en Europa, donde era corresponsal del periódico. Sin fondos ni empleo, se quedó tres años en Europa, escribiendo dos novelas en París y haciendo varios viajes. En 1958 volvió a Colombia y se casó. Después de la revolución cubana en 1959, trabajó para la *Prensa Latina* de Cuba en
30 Bogotá, La Habana y Nueva York.

Durante esos años, García Márquez publicó tres novelas (*La hojarasca, La mala hora* y *El coronel no tiene quien le escriba*) y los cuentos que se incluyen en la colección *Los funerales de la Mamá Grande.*

En 1961 se estableció en México, donde en los años siguientes escribió
35 guiones para cine con el famoso escritor mexicano Carlos Fuentes. En enero de 1965 cuando salía para Acapulco con su familia de vacaciones, se le ocurrió cómo contar *Cien años de soledad.* Volvió a México y durante dos años se dedicó completamente a la creación de esa novela.

La publicación de *Cien años de soledad* en 1967 constituyó un
40 fenómeno extraordinario. En seguida la novela se hizo popular, tanto entre los críticos como entre los lectores generales. Ya han aparecido casi cincuenta ediciones en español y se ha traducido la novela a casi todos los idiomas del mundo. García Márquez recibió el Premio Nobel en literatura (1982), pero no le ha gustado mucho el renombre, ya que esencialmente es
45 un hombre modesto y tímido. Es una novela que tiene muchos niveles de interpretación: se puede estudiar como síntesis de la cultura occidental, como resumen de la historia hispanoamericana o como novela regional entre otros

muchos. Casi todos los críticos han indicado que es la novela más importante
que ha aparecido en Hispanoamérica.

50      En años recientes, García Márquez ha publicado otras novelas *(El otoño
del patriarca, Crónica de una muerte anunciada, El amor en los tiempos del
cólera, El general en su laberinto* y *Del amor y otros demonios)*, dos
volúmenes de cuentos *(La increíble y triste historia de la cándida Eréndira y
de su abuela desalmada* y *Doce cuentos peregrinos)* y varios libros de
55  reportaje y de ensayos.

El cuento que se incluye aquí, *Un día de éstos,* fue publicado en 1962,
en *Los funerales de la Mamá Grande.* La acción tiene lugar en Macondo,
pueblo imaginario que también es el pueblo de *Cien años de soledad.* Es un
cuento que refleja tanto el humor sardónico del autor, como su preocupación
60  por la violencia que, desgraciadamente, ha caracterizado varias épocas de la
historia colombiana.

El lunes amaneció tibio° y sin lluvia. Don Aurelio Escovar, dentista sin
título y buen madrugador°, abrió su gabinete a las seis. Sacó de la
65  vidriera° una dentadura postiza° montada aún en el molde de yeso° y puso
sobre la mesa un puñado° de instrumentos que ordenó de mayor a menor,
como en una exposición°. Llevaba una camisa a rayas°, sin cuello, cerrada
arriba con un botón dorado°, y los pantalones sostenidos con cargadores
elásticos°. Era rígido, enjuto°, con una mirada que raras veces correspondía a
70  la situación, como la mirada de los sordos°.

Cuando tuvo las cosas dispuestas° sobre la mesa rodó° la fresa hacia el
sillón de resortes° y se sentó a pulir la dentadura postiza. Parecía no pensar
en lo que hacía, pero trabajaba con obstinación, pedaleando en la fresa
incluso cuando no se servía de ella.
75      Después de las ocho hizo una pausa para mirar el cielo por la ventana y
vio dos gallinazos° pensativos que se secaban° al sol en el caballete° de la
casa vecina. Siguió trabajando con la idea de que antes del almuerzo volvería
a llover. La voz destemplada° de su hijo de once años lo sacó de su
abstracción.
80      —Papá.
—Qué.
—Dice el alcalde que si le sacas una muela.
—Dile que no estoy aquí.
Estaba puliendo un diente de oro. Lo retiró a la distancia del brazo y lo
85  examinó con los ojos a medio cerrar°. En la salita de espera volvió a gritar
su hijo.
—Dice que sí estás porque te está oyendo.
El dentista siguió examinando el diente. Sólo cuando lo puso en la mesa
con los trabajos terminados, dijo:
90      —Mejor.
Volvió a operar la fresa. De una cajita de cartón° donde guardaba las
cosas por hacer, sacó un puente de varias piezas y empezó a pulir el oro.
—Papá.
—Qué.
95  Aún no había cambiado de expresión.
—Dice que si no le sacas la muela te pega un tiro.

---

*warm*
*early riser*
*glass case; set of false teeth; plaster*
*handful*
*display; striped*
*golden*
*held up by suspenders; skinny*
*deaf people*
*arranged; pushed, moved*
*(fig.) dental chair*

*buzzards; were drying themselves;
ridge of a roof*

*shrill*

*half-closed*

*small cardboard box*

Sin apresurarse°, con un movimiento extremadamente tranquilo, dejó de pedalear en la fresa, la retiró del sillón y abrió por completo la gaveta inferior de la mesa. Allí estaba el revólver.

100 —Bueno —dijo—. Dile que venga a pegármelo.

Hizo girar° el sillón hasta quedar de frente a la puerta, la mano apoyada en el borde° de la gaveta. El alcalde apareció en el umbral. Se había afeitado la mejilla izquierda, pero en la otra, hinchada y dolorida°, tenía una barba de cinco días. El dentista vio en sus ojos marchitos muchas noches de

105 desesperación. Cerró la gaveta con la punta de los dedos y dijo suavemente:

—Siéntese.

—Buenos días —dijo el alcalde.

—Buenos —dijo el dentista.

Mientras hervían° los instrumentos, el alcalde apoyó el cráneo° en el

110 cabezal° de la silla y se sintió mejor. Respiraba un olor glacial. Era un gabinete pobre: una vieja silla de madera, la fresa de pedal, y una vidriera con pomos de loza° Frente a la silla, una ventana con un cancel de tela° hasta la altura de un hombre. Cuando sintió que el dentista se acercaba, el alcalde afirmó los talones° y abrió la boca.

115 Don Aurelio Escovar le movió la cara hacia la luz. Después de observar la muela dañada°, ajustó la mandíbula con una cautelosa presión° de los dedos.

—Tiene que ser sin anestesia —dijo.

—¿Por qué?

120 —Porque tiene un absceso.

El alcalde lo miró en los ojos.

—Está bien —dijo, y trató de sonreír. El dentista no le correspondió°. Llevó a la mesa de trabajo la cacerola° con los instrumentos hervidos y los sacó del agua con unas pinzas° frías, todavía sin apresurarse. Después rodó

125 la escupidera con la punta° del zapato y fue a lavarse las manos en el aguamanil°. Hizo todo sin mirar al alcalde. Pero el alcalde no lo perdió de vista°.

Era una cordal° inferior. El dentista abrió las piernas y apretó° la muela con el gatillo° caliente. El alcalde se aferró en las barras° de la silla,

130 descargó toda su fuerza en los pies° y sintió un vacío helado° en los riñones°, pero no soltó un suspiro°. El dentista sólo movió la muñeca. Sin rencor, más bien con una amarga ternura°, dijo:

—Aquí nos paga veinte muertos, teniente.

El alcalde sintió un crujido de huesos° en la mandíbula y sus ojos se

135 llenaron de lágrimas. Pero no suspiró hasta que no sintió salir la muela. Entonces la vio a través de las lágrimas. Le pareció tan extraña° a su dolor, que no pudo entender la tortura de sus cinco noches anteriores. Inclinado sobre la escupidera, sudoroso, jadeante°, se desabotonó la guerrera° y buscó a tientas el pañuelo° en el bolsillo del pantalón. El dentista le dio un trapo°

140 limpio.

—Séquese las lágrimas —dijo.

El alcalde lo hizo. Estaba temblando. Mientras el dentista se lavaba las manos, vio el cielorraso° desfondado° y una telaraña polvorienta con huevos de araña° e insectos muertos. El dentista regresó secándose las manos.

*Without hurrying*

*He rolled*
*edge*
*swollen and painful*

*were boiling; skull*
*headrest*

*ceramic bottles; cloth curtain*

*dug in his heels*

*infected; pressure*

*did not answer him in kind*
*basin*
*forceps, tweezers*
*tip*
*washbasin*
*didn't take his eyes off him*
*wisdom tooth; grasped*
*forceps; clasped the arms*
*pushed down on his feet with all his strength; icy void; kidneys; didn't ever emit a sigh; bitter tenderness*

*crunch of bones*

*alien, foreign*

*sweating, panting; tunic*
*felt for his handkerchief; rag*

*ceiling; crumbling*
*dusty cobweb with spider's eggs*

145     —Acuéstese —dijo— y haga buches de agua de sal°—. El alcalde se
puso de pie, se despidió con un displicente° saludo militar, y se dirigió a la
puerta estirando las piernas, sin abotonarse la guerrera.
    —Me pasa la cuenta° —dijo.
    —¿A usted o al municipio?
150     El alcalde no lo miró. Cerró la puerta, y dijo, a través de la red
metálica°.
    —Es la misma vaina°.

Gabriel García Márquez, *Un día de éstos*, de *Los funerales de la Mamá Grande*, 1962.

## Nota cultural

[1] *Un día de éstos se publicó en 1962 en la colección de cuentos* Los funerales de la Mamá Grande. *El ambiente del cuento refleja las guerras fratricidas que caracterizaron las luchas entre liberales y conservadores en Colombia entre 1948 y 1958. «La Violencia», como dicen los colombianos al referirse a esas guerras, tuvo un efecto profundo en todo el país, especialmente en los pueblos más pequeños, como vemos en este cuento de García Márquez.*

## Comprensión

**8-3** Conteste Ud. las siguientes preguntas.

1. ¿A qué hora abrió don Aurelio su gabinete?
2. ¿Qué hizo después de arreglar sus instrumentos?
3. ¿Qué le anuncia el hijo de don Aurelio?
4. ¿Cómo reacciona el dentista al saber que el alcalde ha llegado?
5. ¿De qué sufre el alcalde?
6. ¿Cómo amenaza *(threatens)* el alcalde al dentista?
7. ¿Qué busca el dentista antes de dejar entrar al alcalde?
8. Después de sentarse, el alcalde se siente mejor. Pero, ¿cómo reacciona al sentir que se acerca el dentista?
9. ¿Por qué tiene que sacar la muela el dentista sin anestesia?
10. ¿Qué hace el alcalde mientras el dentista hace los preparativos para sacarle la muela?
11. ¿Qué dice el dentista justo antes de sacarla?
12. ¿Cómo reacciona el dentista al ver las lágrimas del otro?
13. El alcalde trata de esconder la debilidad *(weakness)* que ha mostrado durante la operación. ¿Cómo lo hace?
14. ¿Cómo sabemos que el alcalde tiene un control absoluto sobre el pueblo?

# Expansión

**8-4 Análisis literario.** Conteste Ud. las siguientes preguntas.

1. El (la) lector(a) puede identificarse fácilmente con las reacciones del alcalde durante su visita al dentista. Mencione Ud. algunas de las reacciones con las cuales Ud. se identifica.
2. A otro nivel, el cuento puede interpretarse como una lucha política. Indique cómo entra la política en el cuento.
3. Ud. ya sabe que el machismo es muy importante como fenómeno sociopsicológico en el mundo hispánico. ¿Cómo utiliza García Márquez ese concepto en su cuento?
4. ¿Con cuál de los dos hombres se identifica más el autor? Explique su respuesta.
5. *Un día de éstos* es un cuento en el cual se dice menos de lo que realmente pasa. Es decir, hay cosas que están pasando que no se expresan explícitamente en el texto. Comente Ud. sobre esa observación.

**8-5 Descripción.** Escriba dos párrafos sobre cómo reacciona Ud. cuando tiene que visitar al dentista. En el primer párrafo, describa cómo se siente, en qué piensa y lo que hace mientras espera el turno en la sala de espera. En el segundo, describa cómo se siente, en qué piensa y lo que hace mientras el dentista le arregla un diente. También puede indicar cómo reacciona Ud. al salir del gabinete. Aquí tiene Ud. algunas palabras que le pueden ser útiles para su descripción.

| | |
|---|---|
| agarrar *to grasp* | hacerle daño a uno *to hurt someone* |
| ahogarse *to choke* | incómodo(a) *uncomfortable* |
| alivio *relief* | lengua *tongue* |
| ayudante *(m or f) assistant* | nervioso(a) *nervous* |
| doler (ue) *to hurt, ache (a tooth, for example)* | recepcionista *(m or f) receptionist* |
| empastar *to fill (a tooth)* | revista *magazine* |
| empaste *(m) filling* | saliva *saliva* |
| encía *gum (of the mouth)* | tragar *to swallow* |

**8-6 Minidrama.** Presenten Ud. y otra(s) persona(s) de la clase un breve drama sobre el tema de una visita al (a la) dentista. Algunos temas posibles son:

1. Mientras el (la) dentista le empasta un diente a una persona, le hace preguntas filosóficas o políticas que no tienen contestación simple. La pobre persona trata de responder.
2. Una persona visita a un(a) dentista por primera vez. El (La) dentista parece ser muy competente y la persona se siente tranquila mientras el (la) dentista le da la anestesia. Pero mientras el (la) dentista le arregla el diente, la persona lo (la) reconoce. Es…
3. Tres personas están sentadas en la sala de espera de un(a) dentista. Empiezan a conversar. Una de las personas es estoica: no siente ningún dolor mientras el (la) dentista le arregla los dientes. Otra, que fue recepcionista de un dentista, menciona cosas terribles que vio en esa época de su vida. La tercera tiene mucho miedo cuando tiene que ir al dentista. En cierto momento, oyen gritar a la persona que está en el gabinete con el (la) dentista.

**8-7 Opiniones y actitudes.** Escriba Ud. un párrafo sobre uno de los temas siguientes o explíqueselo a la clase.

1. Cómo influyen los medios de comunicación en la política.
2. Aspectos positivos (negativos) del derecho de la libertad de palabra en nuestro país.
3. La violencia en nuestro país: ¿Es un rasgo de nuestra cultura? ¿Qué causas tiene? ¿Qué podemos hacer para disminuirla *(reduce it)*?

**8-8 Situación.** Con un(a) compañero(a) de clase, preséntenle Uds. a la clase un diálogo en el cual discutan la cuestión de la libertad de la prensa. Uno de Uds. cree que hay muchos abusos de esa libertad y cita el ejemplo de reportajes *(reports)* extensos sobre la historia sexual de los políticos, cosa que parece surgir *(emerge)* en casi todas las campañas políticas hoy día y que refleja nuestra tradición puritana. Él (Ella) cree que se presta demasiada atención a eso, ya que el país enfrenta problemas mucho más graves y la prensa debe interesarse más por esos problemas. El otro, al contrario, cree que es justo hacer caso de ese aspecto de la vida de un político. Para él (ella) no es cuestión de actitudes puritanas. Se debe explorar todo aspecto de la personalidad y del carácter de un candidato, ya que eso puede indicar si se puede tener confianza en la persona. Una persona que es inmoral en su vida personal también puede ser capaz de ser inmoral como político.

# Arte

## José Clemente Orozco y David Álfaro Siqueiros

Las cualidades que se asocian con la obra de **José Clemente Orozco** (1883–1949), uno de los tres grandes pintores del muralismo mexicano, son la austeridad, la soledad y la sobriedad. Presenta un mundo sombrío de drama y de luto, un mundo cruel y caótico. Orozco nació en Jalisco (como Juan Rulfo, autor cuya obra ya se ha visto), uno de los estados más pobres de México. Pasó sus años formativos en la ciudad de México. Durante los agitados años de la Revolución Orozco creó una serie de caricaturas en las que criticaba varios aspectos de la Revolución que él había observado personalmente cuando luchó en ella con las fuerzas de Carranza. En las décadas siguientes, Orozco se dedicó al muralismo, creando extraordinarias pinturas murales, tanto en los Estados Unidos como en su país.

Hay ciertos temas que se repiten con frecuencia en la obra de Orozco: la desigualdad, la corrupción y la crueldad; la venalidad y la falsedad de muchos líderes del pueblo; la sumisión nada heroica de las masas que sufren o mueren por ideales que no comprenden y la ingratitud de la humanidad para su mesías, sea Cristo o Quetzalcóatl. Sin embargo, su visión no es totalmente pesimista. Así, por ejemplo, el Prometeo de su pintura *Hombre en llamas* sugiere que algún día ha de nacer un hombre nuevo y puro que tal vez justifique la humanidad. Así es que se puede afirmar que Orozco añade al humanismo del muralismo mexicano un aspecto místico que da a su obra una cualidad única.

De los tres grandes pintores del muralismo mexicano, sólo **David Álfaro Siqueiros** (1896–1974) dedicó gran parte de su vida a las luchas políticas y económicas. Participó personalmente en los movimientos sindicales y luchó en favor de las fuerzas revolucionarias, en México y en España. Siendo estudiante de arte fue encarcelado por su participación en una huelga estudiantil violenta en 1910. En los años siguientes el pintor sufrió períodos de encarcelamiento o de destierro (voluntario o forzado) por su participación en actividades políticas controversiales. Se le ha criticado este aspecto de su vida, ya que no hay duda de que la cantidad, si no la calidad, de su producción artística sufrió como resultado. Pero los mismos móviles de las actividades políticas de Siqueiros —su energía, su dinamismo, su entusiasmo y su agresividad— también resultaron en las grandes innovaciones técnicas con que él contribuyó a la pintura mural. Éstas incluyen la proyección de las figuras hacia adelante, contornos que parecen querer salir de la pared; el énfasis en la acción, en el movimiento; el uso simultáneo de diferentes texturas; el uso de equipos de pintores que emplean aparatos y materiales modernos para trabajar; y el uso de colores y formas con vida propia. La temática de Siqueiros es siempre social: el sufrimiento de la clase obrera; el conflicto entre el socialismo y el capitalismo; el conflicto armado provocado por la desesperación del pueblo ante la corrupción y la decadencia de la sociedad burguesa. Para Siqueiros su arte era como un arma que podría utilizarse en favor del progreso de su pueblo y como un grito capaz de hacer rebelar a los que siempre habían sufrido la injusticia y la miseria.

*Palacio Nacional de México*

David Alfaro Siqueiros, The Sob, 1939. Duco on composition board, 48 1/2" X 24 3/4". Collection, The Museum of Modern Art, New York. Given anonymously.

## ◄ La trinchera (1923–1926)

En esta pintura, que es de la serie que pintó Orozco para la Escuela Preparatoria, el artista retrata la muerte de manera directa, sencilla y austera. Describa Ud. la pintura, indicando el tema y el uso de las formas geométricas que se encuentran en ella.

*La cúpula en el Hospicio Cabañas de Guadalajara*

## ⋏ Hombre —energía (1938)

Aunque el mundo que retrató Orozco en el Hospicio Cabañas de Guadalajara es aparentemente negativo —un mundo en el que triunfan la injusticia, la traición y la corrupción—, en la cúpula del Hospicio representó el pintor una visión puramente espiritual, tremendista, de la creación en las llamas de un hombre nuevo y purificado que tal vez había de justificar la humanidad. El tema se vincula al concepto azteca del hombre que debe ser sacrificado para que siga brillando el sol sobre la humanidad. ¿Cómo describiría Ud. el movimiento de la pintura? ¿Qué relación hay entre la pintura y el edificio?

## ⋏ El sollozo

La angustia y el sufrimiento son temas que aparecen con frecuencia en las obras de Siqueiros. Aquí, el pintor logra captar la esencia de esos sentimientos. En la pintura, ¿qué parte del cuerpo se nota más? ¿Qué otro pintor sabía sugerir la tercera dimensión en sus pinturas?

## Para comentar

**8-9** Haga Ud. las siguientes actividades.

1. ¿Existe alguna relación entre el tema de una de las pinturas de Orozco y el cuento de García Márquez? ¿Cuál es?

2. Busque Ud. en el Internet o en la biblioteca otros ejemplos de las obras de Orozco o de Siqueiros y descríbale a la clase lo que significan.

3. ¿Conoce Ud. la obra de otro artista que haya contribuido a la innovación técnica como lo hizo Siqueiros? ¿Quién es? ¿Cuál es una de sus innovaciones?

4. ¿Hay algunas pinturas murales en la ciudad donde vive Ud.? ¿Dónde se encuentran? ¿Cómo son?

5. Comente Ud. el uso de temas mitológicos en las diversas pinturas que ha estudiado.

6. Escriba Ud. un ensayo breve sobre uno de los temas siguientes.
   a. El gobierno nacional y las artes (¿Debe el gobierno apoyar las artes? Si las apoya, ¿debe tener el derecho de controlarlas?)
   b. La misión de las artes en la ciudad moderna
   c. El muralismo de Thomas H. Benton (Busque Ud. ejemplos de su muralismo en la biblioteca o en el Internet. Describa sus pinturas y su contribución al arte norteamericano.)

# La educación en el mundo hispánico

### Literatura

*La noche de Tlatelolco,* Rosario Castellanos y Elena Poniatowska

### Arte

La Ciudad Universitaria
- Alegoría de México
- El pueblo a la universidad —la universidad al pueblo
- La Biblioteca Central

◀ Aquí se ve una clase de un colegio en Buenos Aires. Describa Ud. a los estudiantes. ¿Qué estudiarán?

# Literatura: *La noche de Tlatelolco*

## Enfoque

Aunque en España el concepto de la autonomía de la universidad tuvo raíces medievales, en la América colonial el estado y la Iglesia ejercían un control riguroso sobre la educación. Sólo en el siglo XIX, después de ganar la independencia, se estableció la idea de que la clave de una verdadera institución educativa superior consistía en su autonomía. En la universidad se había de tener libertad absoluta para investigar, enseñar y aprender. Pero aunque los gobiernos se declaraban a favor de tal autonomía, existía la tendencia de intervenir en la universidad o de suprimir su autonomía si los del gobierno no estaban de acuerdo con las decisiones del cuerpo directivo. Esta situación preparó el terreno para lo que se conoce en Hispanoamérica como la Reforma Universitaria, un movimiento general que comenzó en 1918 en la Universidad de Córdoba, Argentina, y se extendió rápidamente a las otras universidades hispanoamericanas. Entre otras cosas, el manifiesto exigía autonomía política, docente y administrativa de la universidad, participación en su gobierno de profesores y alumnos, libertad de enseñanza e instrucción gratuita.

El mismo impulso que produjo el manifiesto se hizo evidente en México, cuyos líderes revolucionarios incluyeron en la Constitución de 1917 un artículo estableciendo la autonomía de la instrucción superior y de la investigación. Sin embargo, los ideales de la Reforma Universitaria no han impedido choques entre los estudiantes y el gobierno. Uno de esos choques es el que se conoce como *la noche de Tlatelolco,* para referirse a los hechos del 2 de octubre de 1968.

Varios acontecimientos, no muy relacionados entre sí, establecieron el ambiente en que habían de producirse los hechos de Tlatelolco. Fuera del país había el ejemplo de protestas y motines en varias capitales: Tokio, Praga, París, Roma, Santiago. Dentro del país las preparaciones para los Juegos Olímpicos hicieron que la prensa mundial se fijara en México. En julio de 1968 lo que había comenzado como querella callejera entre grupos rivales de estudiantes en la capital resultó en lo que los estudiantes consideraban ser el uso de la fuerza excesiva de la policía. Siguieron las demostraciones estudiantiles, algunas violentas, e intervinieron las fuerzas armadas. La reacción de los estudiantes no se hizo esperar: los estudiantes de la UNAM (Universidad Nacional Autónoma de México) y del IPN (Instituto Politécnico Nacional) formaron el Consejo Nacional de Huelga y en las grandes demostraciones que organizaron había participación no sólo de los estudiantes, sino también de miles de obreros, campesinos y ciudadanos ordinarios. La situación era difícil, ya que los estudiantes eran intransigentes en su oposición a la abrogación de sus derechos civiles, y el gobierno, frente a la publicidad de la prensa mundial, no se atrevía a ceder. El resultado fue la masacre del 2 de octubre que resultó en más de 350 muertos y en centenares de heridos y detenidos. Para agravar la situación el gobierno trató de mantener en secreto el número de muertos. La historia oficial sostenía que los muertos sólo sumaban treinta.

En el año 2001, después de setenta y un años en el poder, el Partido Revolucionario Institucional perdió la presidencia. Durante su campaña electoral, el presidente Vicente Fox prometió abrir los archivos, antes secretos, sobre éste y otros acontecimientos ocurridos durante la época del PRI. Ahora se están investigando. En el año 2002 el expresidente Luis Echeverría se negó a comentar sobre la masacre. En 1968 Echeverría era el ministro del interior y mandaba las fuerzas de seguridad que tomaron parte en la violencia.

Una de las obras más importantes que fue publicada poco después de la confrontación es *La noche de Tlatelolco* (traducida al inglés en 1991 con el título de *Massacre in Mexico*), de Elena Poniatowska, quien nos ofrece un collage de entrevistas, declaraciones, discursos, poesías y reportajes que en su conjunto representan la realidad objetiva y viva de un episodio horrendo.

En la sección sobre arte se presenta un ensayo sobre la Ciudad Universitaria, sitio de la UNAM, una de las universidades más espléndidas del mundo. La originalidad y belleza de su arquitectura y el valor artístico de sus numerosos murales son una afirmación de los valores nacionales y una inspiración para los jóvenes que allí se educan.

○ **Trabajen en grupos pequeños.**

Han ocurrido manifestaciones estudiantiles en los Estados Unidos. Con unos compañeros de clase, hagan Uds. una lista de motivos de protesta de parte de los estudiantes universitarios durante los años recientes. Comparen su lista con las de los otros grupos de la clase.

## Vocabulario útil

Estudie Ud. estas palabras.

### Verbos

disparar *to shoot*
herir (ie) *to wound*
huir *to flee, run away*
impedir (i,i) *to stop, keep from*
lesionarse *to be wounded*
recordar (ue) *to remember*
rodear *to surround*

### Sustantivos

el anuncio *announcement*
el cine *movies*
el (la) corresponsal *correspondent*
el diario *daily newspaper*

el disparo *gunshot*
el edificio *building*
el ejército *army*
el (la) obrero(a) *worker*
la oscuridad *darkness*
el papel *role, part*
el piso *floor*
el relámpago *lightning, flash*
el reportaje *newspaper article*
el soldado *soldier*

### Otras palabras y expresiones

el derramamiento de sangre *bloodshed*

## Para practicar

Complete el párrafo con la forma adecuada de una palabra del **Vocabulario útil.**

Ayer fui al _____ para ver una película sobre la Segunda Guerra mundial. John Wayne hizo el _____ de un general en el _____ de los Estados Unidos. Tuvo que pasar tiempo en el hospital porque _____ en una batalla. El representante del *New York Times*, un _____ de Nueva York, escribió un _____ sobre el general. Tanto el general como el _____ se hicieron famosos.

Complete estas oraciones con una palabra del **Vocabulario útil.**

1. Además de reportajes el diario contiene _____.
2. Frecuentemente tiene reportajes sobre gente que murió de un _____.
3. Parece que un tema favorito de los diarios es el _____ _____ _____ en las calles de la ciudad.
4. Informa también sobre el tiempo y presentan fotos de los _____ de las tormentas.
5. También sirve para cubrir el _____ cuando hay un perrito nuevo en la casa.

## Preparación para la lectura

**9-1** Para adivinar el sentido de una palabra desconocida, puede ser útil considerar si tiene raíz común con otra palabra conocida.

En el **Vocabulario útil,** compare las palabras *disparar* y *disparo*. Las siguientes palabras tienen palabras relacionadas en la lista. Encuentre éstas, adivine su significado y escríbalo en el espacio en blanco.

1. El corresponsal **anunció** que al participar en el **rodeo,** el hombre habría sufrido una **herida** que no es muy buen **recuerdo** de la experiencia. _____ _____ _____
   _____

2. Ya está **oscuro** y es un gran **impedimento** para los que buscan al hombre perdido. _____ _____

3. El periódico sale **diariamente**. _____

**9-2 Estrategia de repaso.**  Recuerde que, aunque son palabras pequeñas, los pronombres y artículos pueden ser importantes para comprender la lectura. ¿A qué se refieren las palabras indicadas en estas oraciones?

1. La sensibilidad que revela en sus novelas también penetra sus poesías. En **ellas** hallamos una nota íntima.
2. Dicen que el ejército tuvo que repeler a tiros el fuego de francotiradores. Prueba de **ello** es que el general José Hernández Toledo recibió un balazo en el tórax.
3. Los cuerpos de las víctimas no pudieron ser fotografiados debido a que los elementos del ejército **lo** impidieron.
4. No muy lejos se desplomó una mujer, no se sabe si lesionada por algún proyectil o a causa de un desmayo. Algunos jóvenes trataron de auxiliar**la** pero los soldados **lo** impidieron.

# La noche de Tlatelolco

La inesperada muerte de **Rosario Castellanos** en 1974 privó a México de la voz que tal vez mejor ha representado la conciencia de la mujer mexicana.

Nacida en la capital en 1925, pasó la autora su niñez y juventud en Chiapas y en Comitán. El sur de México había de ser el escenario de sus
5　mejores novelas, *Balúm-Canán* y *Oficio de tinieblas,* en las que se presenta la miseria atroz en que vive el indígena. La sensibilidad que revela Castellanos en sus novelas también penetra sus poesías. En ellas hallamos, además de su preocupación por el indígena, una nota íntima que nos deja comprender su visión de lo que es auténtico y eterno en la vida humana. El
10　poema *Memorial de Tlatelolco,* por Rosario Castellanos, fue publicado en el libro *La noche de Tlatelolco.*

## Memorial de Tlatelolco

5　La oscuridad engendra° la violencia    *gives birth*
y la violencia pide oscuridad
para cuajar° el crimen.    *(fig.) to hide*
Por eso el 2 de octubre aguardó hasta la noche
para que nadie viera la mano que empuñaba°    *gripped*
10　el arma, sino sólo su efecto de relámpago.

¿Y a esa luz°,    *by that light*
breve y lívida, quién? ¿Quién es el que mata?
¿Quiénes los que agonizan°, los que mueren?    *lie dying*
15　¿Los que huyen sin zapatos?
¿Los que van a caer al pozo° de una cárcel?    *well*
¿Los que se pudren° en el hospital?    *rot*
¿Los que se quedan mudos, para siempre, de espanto°?    *fright, terror*

20　¿Quién? ¿Quiénes? Nadie. Al día siguiente, nadie.
La plaza amaneció barrida°; los periódicos    *swept*
dieron como noticia principal
el estado del tiempo.
Y en la televisión, en el radio, en el cine
25　no hubo ningún cambio de programa,
ningún anuncio intercalado° ni un    *interpolated*
minuto de silencio en el banquete.
(Pues prosiguió el banquete.)

30　No busques lo que no hay: huellas°, cadáveres    *tracks, footprints*
que todo se le ha dado como ofrenda a una diosa,
a la Devoradora de Excrementos.[1]

poke around; is officially recorded
now; I'm touching an open wound
It hurts

No hurgues° en los archivos pues nada consta en actas°.
35 Mas he aquí que° toco una llaga°: es mi memoria
Duele°, luego es verdad. Sangre con sangre
y si la llamo mía traiciono a todos.

Recuerdo, recordamos.
40 Ésta es nuestra manera de ayudar a que amanezca
sobre tantas conciencias mancilladas°,
sobre un texto iracundo°, sobre una reja abierta,
sobre el rostro amparado° tras la máscara
Recuerdo, recordemos
45 hasta que la justicia se siente° entre nosotros.

blemished, dirtied<br>wrathful<br>protected<br><br>is established

Rosario Castellanos (1925–1974) en La noche de Tlatelolco, 1971

## La noche de Tlatelolco (trozo)

Nacida en París, ha vivido **Elena Poniatowska** en México, ciudad natal de
su madre, desde los nueve años. Allí se ha asociado a la revista *Novedades* y
ha publicado más de ocho libros, además de numerosos ensayos y artículos.
5 Su novela *Hasta no verte Jesús mío* ganó el prestigioso premio de Mazatlán
y ha merecido los encomios, tanto de los críticos, como del público. Sus
obras más recientes incluyen *Tinísima,* una biografía novelada de la fotógrafa
radical italiana, Tina Modotti, en 1992 y *Paseo de la Reforma* en 1996, otra
novela de escenario mexicano.
10     *La noche de Tlatelolco,* que se basa en entrevistas y reportajes
acumulados por la autora durante tres años de duro trabajo, le ha ganado
fama mundial. Con fina sensibilidad ha sabido Poniatowska escuchar las
voces de los que atestiguaron los hechos que culminaron en la tragedia del 2
de octubre de 1968. Al leer su testimonio nosotros también escuchamos sus
15 voces y sentimos su indignación. Ha dicho Poniatowska que, para ella,
escribir es «un modo de relacionarse con los demás y quererlos». La
angustia que produjo *La noche de Tlatelolco* es otra expresión de ese querer.

*  *  *

20     *En la primera parte de su reportaje describe la autora el origen de
la masacre que tuvo lugar en la Plaza de las Tres Culturas (también
llamada Tlatelolco, por su nombre indígena) en México el 2 de
octubre de 1968. Los universitarios de la UNAM (Universidad
Nacional Autónoma de México) y del IPN (Instituto Politécnico
25 Nacional), apoyados por centenares de trabajadores y por hombres,
mujeres, niños y viejos que simpatizaban con la causa de los
universitarios, se reunieron en la plaza. Su intención fue protestar
lo que ellos creían ser actos represivos del gobierno federal. Contra
ellos estaban las fuerzas armadas del gobierno —elementos del
30 ejército y de la policía— que, alarmados por la demostración,
habían rodeado la plaza. Repentinamente unas luces de bengala°*

flares

volley of shots was unleashed

immediately following

loudspeaker; safe
hasty withdrawal
terrified

heavy fure; rattling; machine guns

*aparecieron en el cielo y se desencadenó una balacera° que
convirtió el mitin en tragedia. El comentario y los reportajes
citados por Poniatowska atestiguan la confusión y el horror que
resultaron a raíz del° tiroteo inicial.*

35     *…A pesar de que los líderes del CNH [Consejo Nacional de
Huelga] desde el tercer piso del edificio Chihuahua gritaban por el
magnavoz°; «¡No corran compañeros, no corran, son salvas°! ¡No
se vayan, no se vayan, calma!», La desbandada° fue general. Todos
huían despavoridos° y muchos caían en la plaza, en las ruinas*

40     *prehispánicas frente a la iglesia de Santiago Tlatelolco. Se oía el
fuego cerrado° y el tableteo° de ametralladoras°. A partir de ese
momento, La Plaza de las Tres Culturas se convirtió en un infierno.*

*   *   *

demonstrators; warning
announcement

light; armored
bursts

repel by firing
sharpshooters; flat rooftops

bullet wound
surgical operation

in plain clothes; countersign

buzzed, hummed

wound (each other); injured each
other

pinchers
sides

harrangued
flashes

45     En su versión del jueves 3 de octubre de 1968 nos dice *Excélsior:*
«Nadie observó de dónde salieron los primeros disparos. Pero la gran
mayoría de los manifestantes° aseguraron que los soldados, sin advertencia°
ni previo aviso° comenzaron a disparar… Los disparos surgían por todos
lados, lo mismo de lo alto de un edificio de la Unidad Tlatelolco[2] que de la
50 calle donde las fuerzas militares en tanques ligeros° y vehículos blindados°
lanzaban ráfagas° de ametralladora casi ininterrumpidamente…» *Novedades,
El Universal, El Día, El Nacional, El Sol de México, El Heraldo, La Prensa,
La Afición, Ovaciones,*[3] nos dicen que el ejército tuvo que repeler a tiros° el
fuego de francotiradores° apostados en las azoteas° de los edificios. Prueba
55 de ello es que el general José Hernández Toledo que dirigió la operación
recibió un balazo° en el tórax y declaró a los periodistas al salir de la
intervención quirúrgica° que se le practicó: «Creo que si se quería
derramamiento de sangre ya es más que suficiente con la que yo ya he
derramado.» *(El Día,* 3 de octubre de 1968.)

60     Según *Excélsior* «se calcula que participaron 5.000 soldados y muchos
agentes policiacos, la mayoría vestidos de civil°. Tenían como contraseña°
un pañuelo envuelto en la mano derecha. Así se identificaban unos a otros,
ya que casi ninguno llevaba credencial por protección frente a los
estudiantes.

65     «El fuego intenso duró veintinueve minutos. Luego los disparos
decrecieron pero no acabaron.»

    Los tiros salían de muchas direcciones y las ráfagas de las
ametralladoras zumbaban° en todas partes y, como afirman varios
periodistas, no fue difícil que los soldados, además de los francotiradores, se
70 mataran o hirieran entre sí°. «Muchos soldados debieron lesionarse entre sí°,
pues al cerrar el círculo los proyectiles salieron por todas direcciones», dice
el reportero Félix Fuentes en su relato del 3 de octubre en *La Prensa.* «El
ejército tomó la Plaza de las Tres Culturas con un movimiento de pinzas°, es
decir llegó por los dos costados° y 5 mil soldados avanzaron disparando
75 armas automáticas contra los edificios», añade Félix Fuentes. «En el cuarto
piso de un edificio, desde donde tres oradores habían arengado° a la multitud
contra el gobierno, se vieron fogonazos°. Al parecer, allí abrieron fuego
agentes de la Dirección Federal de Seguridad y de la Policía Judicial del
Distrito.

«La gente trató de huir por el costado oriente de la Plaza de Las Tres
80  Culturas y mucha lo logró pero cientos de personas se encontraron con
*held, grasped; with fixed bayonets* columnas de soldados que empuñaban° sus armas a bayoneta calada° y
*in all directions* disparaban en todos sentidos°. Ante esta alternativa las asustadas personas
empezaron a refugiarse en los edificios pero las más corrieron por las
85  callejuelas para salir a Paseo de la Reforma cerca del Monumento a
Cuitláhuac.

*trampled, run over*     «Quien esto escribe fue arrollado° por la multitud cerca del edificio de
*collapsed* la Secretaría de Relaciones Exteriores.» No muy lejos se desplomó° una
*faint* mujer, no se sabe si lesionada por algún proyectil o a causa de un desmayo°.
90  Algunos jóvenes trataron de auxiliarla pero los soldados lo impidieron.

El general José Hernández Toledo declaró después que para impedir
mayor derramamiento de sangre ordenó al ejército no utilizar las armas de
alto calibre que llevaba *(El Día,* 3 de octubre de 1968). (Hernández Toledo
ya ha dirigido acciones contra la Universidad de Michoacán, la de Sonora y
*under his command* 95  la Autónoma de México, y tiene a su mando° hombres del cuerpo de
*parachute corps; best trained* paracaidistas° calificados como las tropas de asalto mejor entrenadas° del
*editor* país.) Sin embargo, Jorge Avilés, redactor° de *El Universal,* escribe el 3 de
*full* octubre: «Vimos al ejército en plena° acción; utilizando toda clase de
armamentos, las ametralladoras pesadas empotradas en una veintena de
*mounted on some twenty jeeps* 100  yips°, disparaban hacia todos los sectores controlados por los
francotiradores.» *Excélsior* reitera: «Unos trescientos tanques, unidades de
asalto, yips y transportes militares tenían rodeada toda la zona, desde
Insurgentes a Reforma, hasta Nonoalco y Manuel González. No permitían
*except after* salir ni entrar a nadie, salvo° rigurosa identificación.» («Se Luchó a Balazos
*determined* 105  en Ciudad Tlatelolco. Hay un Número aún no Precisado° de Muertos y
*scores* Veintenas° de Heridos», *Excélsior,* jueves 3 de octubre de 1968). Miguel
Ángel Martínez Agis reporta: «Un capitán del Ejército usa el teléfono. Llama
a la Secretaría de la Defensa. Informa de lo que está sucediendo: 'Estamos
contestando con todo lo que tenemos…' Allí se veían ametralladoras,
110  pistolas 45, calibre 38 y unas de 9 milímetros». («Edificio Chihuahua, 18
hrs.», Miguel Ángel Martínez Agis, *Excélsior,* 3 de octubre de 1968).

El general Marcelino García Barragán, Secretario de la Defensa
Nacional, declaró: «Al aproximarse el ejército a la Plaza de las Tres Culturas
*exchange of fire* fue recibido por francotiradores. Se generalizó un tiroteo° que duró una hora
115  aproximadamente…

«Hay muertos y heridos tanto del Ejército como de los estudiantes: No
puedo precisar en estos momentos el número de ellos.»

«—¿Quién cree usted que sea la cabeza de este movimiento?
*I wish that* «—Ojalá° y lo supiéramos.
*blame* 120  [Indudablemente no tenía bases para inculpar° a los estudiantes.]
«—¿Hay estudiantes heridos en el Hospital Central Militar?
«—Los hay en el Hospital Central Militar, en la Cruz Verde, en la Cruz
*under arrest* Roja. Todos ellos están en calidad de detenidos° y serán puestos a
*Attorney General* disposición del Procurador General° de la República. También hay detenidos
125  en el Campo Militar número 1, los que mañana serán puestos a disposición
del General Cueto, Jefe de la Policía del DF°.
*Distrito Federal*
*actions, behavior* «—¿Quién es el comandante responsable de la actuación° del ejército?

«—El comandante responsable soy yo (Jesús M. Lozano, *Excélsior,* 3 de octubre de 1968, «La libertad seguirá imperando°. El Secretario de Defensa

130 hace un análisis de la situación.»). Por otra parte el jefe de la policía metropolitana negó que, como informó el Secretario de la Defensa, hubiera pedido la intervención militar en Ciudad Tlatelolco. En conferencia de prensa esta madrugada° el general Luis Cueto Ramírez dijo textualmente: «La policía informó a la Defensa Nacional en cuanto tuvo conocimiento de

135 que se escuchaban disparos en los edificios aledaños a° la Secretaría de Relaciones Exteriores y de la Vocacional 7 en donde tiene servicios permanentes.» Explicó no tener° conocimiento de la ingerencia° de agentes extranjeros en el conflicto estudiantil que aquí se desarrolla desde julio pasado. La mayoría de las armas confiscadas por la policía son de

140 fabricación° europea y corresponden a modelos de los usados en el bloque socialista. Cueto negó saber que políticos mexicanos promuevan° en forma alguna esta situación y afirmó no tener conocimiento de que ciudadanos estadounidenses hayan sido aprehendidos. «En cambio están prisioneros un guatemalteco, un alemán y otro que por el momento no recuerdo.» *(El*

145 *Universal, El Nacional,* 3 de octubre de 1968).

Los cuerpos de las víctimas que quedaron en la Plaza de las Tres Culturas no pudieron ser fotografiados debido a que° los elementos del ejército lo impidieron («Hubo muchos muertos y lesionados anoche», *La Prensa,* 3 octubre de 1968).

150 *[Poniatowska cita a continuación los vanos cálculos del número de muertos, heridos y presos que resultaron de la masacre. Menciona que el diario inglés* The Guardian, *tras una «investigación cuidadosa», indica que había 325 muertos. El número de heridos y detenidos sería mucho mayor aunque nunca fue posible establecer un número exacto.]*

155 Posiblemente no sepamos nunca cuál fue el mecanismo interno que desencadenó la masacre de Tlatelolco. ¿El miedo? ¿La inseguridad? ¿La cólera°? ¿El terror a perder la fachada°? ¿El despecho° ante el joven que se empeña en° no guardar las apariencias delante de las visitas?… Posiblemente nos interroguemos° siempre junto con Abel Quezada. ¿Por qué? La noche

160 triste de Tlatelolco —a pesar de todas sus voces y testimonios— sigue siendo incomprensible. ¿Por qué? Tlatelolco es incoherente, contradictorio. Pero la muerte no lo es. Ninguna crónica nos da una visión de conjunto°. Todos —testigos° y participantes— tuvieron que resguardarse de° los balazos, muchos cayeron heridos. Nos lo dice el periodista José Luis Mejías

165 («Mitin trágico», *Diario de la Tarde, México,* 5 de octubre de 1968): «Los individuos enguantados° sacaron sus pistolas y empezaron a disparar a boca de jarro° e indiscriminadamente sobre mujeres, niños, estudiantes y granaderos… Simultáneamente, un helicóptero dio al ejército la orden de avanzar por medio de una luz de bengala… A los primeros disparos cayó el

170 general Hernández Toledo, comandante de los paracaidistas, y de ahí en adelante°, con la embravecida° tropa disparando sus armas largas y cazando° a los francotiradores en el interior de los edificios, ya a nadie le fue posible obtener una visión de conjunto de los sangrientos sucesos°… Pero la tragedia de Tlatelolco dañó° a México mucho más profundamente de lo que

175 lo lamenta *El Heraldo,* al señalar° los graves perjuicios° al país en su crónica («Sangriento encuentro en Tlatelolco», 3 de octubre de 1968): «Pocos

*will continue to prevail*

*dawn*

*bordering on*

*He explained that he had no; interference, intervention*

*manufacture*
*promoted*

*due to the fact that*

*anger; to lose face; annoyance*
*insists on*
*we will ask ourselves*

*complete picture*
*witnesses; protect themselves from*

*wearing gloves*
*point blank*

*from then on; enraged; hunting*

*events*
*harmed*
*on pointing out; injuries*

minutos después de que se iniciaron los combates en la zona de Nonoalco, los corresponsales extranjeros y los periodistas que vinieron aquí para cubrir los Juegos Olímpicos comenzaron a enviar notas a todo el mundo para

180  informar sobre los sucesos. Sus informaciones —algunas de ellas abultadas°— contuvieron comentarios que ponen en grave riesgo el prestigio de México.»

*lengthy*

Todavía fresca la herida, todavía bajo la impresión del mazazo° en la cabeza, los mexicanos se interrogan atónitos°. La sangre pisoteada° de

*blow (with club)*
*amazed; trampled*

185  cientos de estudiantes, hombres, mujeres, niños, soldados y ancianos se ha secado° en la tierra de Tlatelolco. Por ahora la sangre ha vuelto al lugar de su quietud°. Más tarde brotarán° las flores entre las ruinas y entre los sepulcros°.

*has dried*
*rest; will bud, emerge*
*graves*

Elena Poniatowska, *La noche de Tlatelolco* (trozo), Ediciones Era S.A., 1971.

## Notas culturales

[1] *La Devoradora de Excrementos: La diosa azteca Tlazolteotl, diosa de la tierra y también de la procreación, del pecado carnal y de la confesión. La diosa recibía las confesiones, ya que Tlazolteotl «comía» pecados. Por combinar dicha divinidad, los conceptos de la procreación y del excremento —de lo vital y de lo asqueroso— Tlazolteotl inspira las últimas líneas de este reportaje, donde Elena Poniatowska sugiere que algún día brotarán flores de la sangre que se ha secado en la tierra de Tlatelolco.*

[2] *La plaza está rodeada de edificios de varios pisos; hay ruinas precolombinas, algunas dependencias del gobierno y unidades modernas de viviendas públicas. Representan las culturas indígena, española y mexicana. En la época azteca era el sitio del mercado general de la capital azteca, Tenochtitlan.*

[3] *Excélsior, etc., son nombres de periódicos de la capital. Las partes entre paréntesis son los encabezados, el periodista y la fecha de los artículos periodísticos en la época de la manifestación.*

## Comprensión

**9-3** Conteste Ud. las siguientes preguntas.

1. Según el poema, ¿por qué esperaba la violencia hasta la noche para llegar?
2. ¿Qué es la luz, breve y lívida?
3. ¿Qué significa cuando dice la poeta que en la tele, el radio y el cine no hubo ningún cambio de programa?
4. Si no hay nada en los archivos, ni hay cadáveres, ¿cómo es que no desaparece el incidente?
5. ¿Quiénes se reunieron en la plaza?
6. ¿De qué era prueba, según algunos, la herida del general Hernández Toledo?
7. ¿Qué contraseña llevaban los agentes policíacos vestidos de civil?
8. ¿Por qué cree Félix Fuentes que los soldados y policías se mataron y se hirieron entre sí?
9. ¿Con qué elementos rodearon toda la zona los del ejército?
10. ¿Por qué no pudieron fotografiar los cadáveres en la plaza?
11. ¿Cuántas personas murieron según *The Guardian*?
12. ¿Quiénes informaron al mundo sobre los sucesos de Tlatelolco?

## Expansión

**9-4 Análisis literario.** Conteste Ud. las siguientes preguntas.

1. ¿Qué efecto logra la poeta con la repetición de la segunda estrofa?
2. El poema tiene estos dos versos: «Recuerdo, recordamos.» y «Recuerdo, recordemos». ¿Cuál es la pequeña diferencia entre los dos y qué significa esa diferencia?
3. ¿Qué efecto logra Poniatowska al incluir muchas citas de periódicos y periodistas?
4. ¿Y el efecto de saltar de una persona o periódico a otro, a veces rápidamente y sin palabras de conexión?
5. En un reportaje como éste, ¿tiene importancia o no el «estilo» o la «calidad literaria»? Explique su opinión.

**9-5 Reportaje.** Ud. es un(a) periodista que acaba de entrevistar a un(a) estudiante que participó en el incidente de la Plaza de las Tres Culturas. Escriba un reportaje breve sobre lo que pudo haber dicho el entrevistado.

**9-6 Minidrama.** Presenten Ud. y otra(s) persona(s) de la clase un breve drama sobre uno de los temas siguientes.

1. Lo que les sucedió en una manifestación en que participaron.
2. Unos estudiantes tratan de convencer a otros para que participen en una protesta.
3. Unos estudiantes tratan de convencer a otros para que <u>no</u> participen en una protesta.

**9-7 Opiniones y actitudes.** Prepare una presentación de su opinión personal sobre uno de los siguientes temas.

1. La universidad debe tener autonomía total: ventajas y desventajas.
2. Los estudiantes tienen una responsabilidad especial de protestar contra los males de la sociedad en que viven.
3. Hay algunos aspectos de su universidad que deben ser motivo de protesta estudiantil.

**9-8 Situación.** Con un(a) compañero(a) de clase, preséntenle Uds. a la clase un diálogo en el cual discuten la cuestión de las protestas políticas. Uno de Uds. cree que es su deber *(duty)* emplear todos los métodos para ganar su meta. Hay que parar la actividad política, callar a los políticos con gritos que les impidan dar su discurso. Es aceptable poner obstáculos al comercio, cerrando los negocios, etc. El otro participante cree que las manifestaciones tienen que ser pacíficas y deben servir sólo como modo de captar la atención del público y no para poner obstáculos a la actividad legítima.

Protesta de maestros en México

## ▶ Arte

# La Ciudad Universitaria

Después de la Revolución, un fuerte nacionalismo estimuló la producción de grandes pinturas murales en México, donde maestros como Rivera, Orozco y Siqueiros crearon un verdadero arte nacional y lograron comunicarle al pueblo el mensaje revolucionario a través de sus pinturas en las paredes interiores de numerosos edificios públicos. La segunda etapa de ese gran movimiento había de ser la pintura del exterior de edificios y la integración de ésta a la superficie de grandes masas estructurales. La oportunidad de explorar las posibilidades de esta integración de artes plásticas se presentó cuando en 1946 el gobierno donó un extenso terreno al sur de la capital para la construcción de la Ciudad Universitaria. Con la participación de más de 150 arquitectos, ingenieros y técnicos, la construcción de la parte básica de la Ciudad Universitaria se terminó en unos tres años. Entre los artistas que hicieron importantes contribuciones al proyecto se encontraban no sólo los ya establecidos —Rivera y Siqueiros— sino también otros como **Juan O'Gorman** y **Francisco Eppens** que habían de ganar fama por sus trabajos artísticos en el proyecto universitario.

En su totalidad, la arquitectura de la Ciudad Universitaria es una mezcla curiosa de lo moderno y de lo antiguo, de lo experimental y de lo tradicional. Siguiendo la fuerte tradición barroca del arte hispánico, los creadores de la Ciudad Universitaria insistieron en la integración de las artes y se obsesionaron por la decoración. Otra tradición allí presente es la del arte precolombino, tanto en la impresión de solidez y en el uso de la forma piramidal truncada, como en los motivos ornamentales y en los temas predominantes.

La Ciudad Universitaria representa la culminación de la producción de pinturas murales en México y establece la pintura mural en paredes exteriores como técnica que había de continuarse en México. Como fin de un ciclo de arte y como expresión del concepto del arte al servicio de la nación, el complejo de edificios que componen la Ciudad Universitaria ha de considerarse como monumento en la historia del arte hispanoamericano.

## ◄ Alegoría de México

En una enorme pared de la Facultad de Medicina, Ciudad Universitaria, Francisco Eppens pintó una *Alegoría de México,* que incluye una cabeza de tres caras —representativas del español, del mestizo y del indígena— y varios símbolos de los dioses precolombinos. Las líneas verticales y horizontales de la pintura armonizan perfectamente con las del edificio.

¿Sabe Ud. identificar el símbolo de Quetzalcóatl? ¿el de Tláloc?

## ▲ La Biblioteca Central

Tal vez el edificio más famoso de la Universidad es la Biblioteca Central, una enorme estructura cúbica sin ventanas —sólo con pequeñas aberturas para la ventilación— y con enormes superficies planas. Éstas las decoró O'Gorman con centenares de figuras pequeñas referentes a varias épocas de la historia del mundo y de la historia de México, desde los tiempos precolombinos hasta nuestros días. Consciente del efecto del sol mexicano, que había de convertir un mosaico compuesto de vidrio en un gigante reflector, O'Gorman optó por componer su obra con piedras de cincuenta colores, recogidas en todas partes del país. Así, este edificio sintetiza y combina las varias tendencias del muralismo mexicano: la forma misma del edificio es moderna; el uso de materiales, experimental; la decoración, barroca, y la temática, tradicional. ¿Cuántos símbolos y objetos puede Ud. identificar en el mosaico de O'Gorman?

## ▲ El pueblo a la universidad —la universidad al pueblo

Esta obra de David Alfaro Siqueiros es un ejemplo interesante de la experimentación que tipifica el arte de la Ciudad Universitaria. ¿Cómo describiría Ud. esta pintura mural?

## Para comentar

**9-9** Haga Ud. las siguientes actividades.

1. Describa Ud. con sus propias palabras el edificio de la Biblioteca Central o la pintura mural de la Facultad de Medicina de la Ciudad Universitaria.

2. ¿Cómo se ha empleado el arte en la decoración de la escuela o en la universidad donde Ud. estudia? ¿Es una parte integral de la arquitectura? ¿Le gusta ese uso del arte?

3. ¿Qué importancia tiene la decoración en los edificios públicos? ¿Se puede justificar el gasto de los fondos públicos para tales cosas? ¿Por qué?

4. Busque en el Internet más información sobre los otros magníficos edificios que componen la Ciudad Universitaria de la Universidad Nacional Autónoma de México.

5. Escriba Ud. un ensayo sobre uno de los temas siguientes.
   a. La participación de los estudiantes en la gobernación de la universidad.
   b. Las cualidades de un(a) buen(a) profesor(a).
   c. La cosa más importante que se puede hacer para mejorar la universidad.

# 10

# La ciudad en el mundo hispánico

### Literatura

*La noche boca arriba,* Julio Cortázar

### Arte

El arte internacional de la metrópoli (Joaquín Torres García, Roberto Sebastián Antonio Matta Echaurren, Alejandro Obregón)

- El puerto
- El autobús
- Amanecer en los andes

◄ Describa Ud. lo que se ve en esta foto de Buenos Aires. ¿Qué ventajas ofrecen las ciudades grandes? ¿Qué desventajas tienen?

141

# Literatura: *La noche boca arriba*

## Enfoque

Desde la época de los romanos, la historia de muchos países occidentales se ha vinculado estrechamente con la historia de sus grandes centros urbanos. En muchos países hispánicos se encuentra una gran concentración de poder y energía en la capital. Por ejemplo, casi la cuarta parte de la población total de la Argentina vive en Buenos Aires, y la capital controla el país. Similar es la situación de la Ciudad de México y de otras capitales hispanoamericanas. Es notable que en los Estados Unidos, a diferencia de los otros países, la ciudad capital no es la más grande —ni se compara en tamaño Washington D.C. con Nueva York, Chicago o Los Ángeles. Así que la concentración de poder no es tan fuerte como en la mayoría de los otros países.

Las grandes ciudades hispánicas tienen mucho en común con las otras metrópolis del mundo. Por ejemplo, en ellas se encuentra el capital necesario para pagarles a los artistas y los escritores. Por eso, sea Nueva York, París, Santiago de Chile o Buenos Aires, la ciudad grande casi siempre se destaca por su contribución a las artes. En la literatura de nuestro siglo encontramos varios aspectos de la vida en la metrópoli como, por ejemplo, la deshumanización del individuo producida por las grandes aglomeraciones, el aislamiento del individuo dentro de la masa y la posibilidad de que en la ciudad pueda pasar algo inesperado en cualquier momento. En el cuento de Julio Cortázar que se presenta a continuación todos esos aspectos están presentes, especialmente el último: algo inesperado que le pasa al protagonista.

El arte que se ha desarrollado en los centros urbanos en las últimas décadas refleja, tanto la complejidad del hombre de la metrópoli, como el interés del artista por la obra de sus colegas en otros países. Ejemplos de este arte son las pinturas de Joaquín Torres García, Roberto Antonio Sebastián Matta Echaurren y Alejandro Obregón: tres artistas hispanoamericanos modernos, que han contribuido mucho a la creación de una expresión urbana e internacional.

○ **Trabajen en grupos pequeños.**

Tradicionalmente la sociedad anglosajona ha preferido la vida del campo mientras la europea, y por extensión la hispanoamericana, ha demostrado preferencia por la vida urbana. Con sus compañeros de clase hagan Uds. una lista de las ventajas y desventajas de la vida urbana y la del campo. Comparen su lista con las de los otros grupos de la clase.

## Vocabulario útil

Estudie Ud. estas palabras.

**Verbos**

apurarse *to hurry, to hasten*
doler (ue) *to hurt*
toser *to cough*

**Sustantivos**

la acera *sidewalk*
el alivio *relief*
la cortadura *cut*
el desmayo *fainting spell*
el (la) enfermero(a) *nurse*
el estómago *stomach*
la fiebre *fever*
el mentón *chin*

la motocicleta (la moto) *motorcycle*
el párpado *eyelid*
la pesadilla *nightmare*
la pierna *leg*
el portero *doorman*
la sangre *blood*
el tobillo *ankle*

**Otras palabras y expresiones**

boca arriba *face up*
cielo raso *ceiling*
de golpe *suddenly*
de espaldas *on (one's) back*

## Para practicar

Complete Ud. el siguiente párrafo, usando la forma apropiada de las palabras o expresiones del **Vocabulario útil.**

*Yo estaba en la _____ y hablaba con el _____ del edificio cuando ocurrió el accidente. Fue terrible, como una_____. Supe después que el joven del accidente no se había sentido bien aquella mañana: estaba resfriado y tenía _____ y _____ mucho. Pero tenía una cita y temía llegar tarde también, y por eso iba muy rápido por la calle en su _____ cuando aparentemente sufrió un _____ y _____ se cayó inconsciente al suelo. Como médico, yo _____ a ayudarlo. Él estaba en el suelo, _____. Con _____ vi que aunque había bastante sangre, el joven volvía en sí (was coming to) y no parecía haberse roto ningún hueso. Tenía varias _____ en el mentón y el tobillo, pero aunque esas heridas le _____ al joven, no eran de mayor importancia.*

Indique Ud. la mejor palabra entre paréntesis para completar el párrafo.

*Al comienzo el indígena no (sabía, conocía) por qué lo buscaban los aztecas. Cuando (sabía, supo) que lo buscaban para sacrificarlo a sus dioses, ya era tarde. Lo (capturaron, capturaban) y lo (llevaron, llevaban) al templo. Allí lo (ponían, pusieron) en una mazmorra debajo del templo para esperar su turno. (Hacía, Hizo) calor y no se (podía, pudo) ver nada. Pero sí se (oyeron, oían) los gritos de las víctimas, (lo que, que) le parecía intolerable. Ya (sabía, conocía) que dentro de poco también a él lo matarían.*

## Preparación para la lectura

**10-1** A veces los párrafos literarios sirven otros propósitos además de la simple comunicación. Pueden servir como descripción de la escena para darle el tono a la obra. En este caso la estructura del párrafo puede ser la de una lista de características con poca acción. Lea el primer párrafo de *La noche boca arriba* y haga dos listas de detalles incluidos —una de descripción y otra de acciones. Compare su lista con las de sus compañeros de clase.

| **Acciones** | **Descripción** |
|---|---|
| _____ | _____ |
| _____ | _____ |
| _____ | _____ |
| _____ | _____ |

**10-2 Estrategia de repaso.** Adivine el significado de las palabras indicadas, teniendo en cuenta el contexto. Es un hombre que ha sufrido un accidente en su moto.

*La ambulancia policial llegó a los cinco minutos, y lo subieron a una **camilla de ruedas** blanda donde pudo tenderse a gusto… Lo llevaron a la **sala de radio**, y veinte minutos después, con la **placa** todavía húmeda puesta sobre el pecho como una lápida negra, pasó a la **sala de operaciones**. Alguien de blanco, alto y delgado, se le acercó y se puso a mirar la **radiografía.** Manos de mujer le acomodaban la cabeza, sintió que lo pasaban de una camilla a otra. El **hombre de blanco** se le acercó otra vez, sonriendo, con **algo que le brillaba** en la mano derecha. Le palmeó la mejilla e **hizo una seña** a alguien parado atrás.*

# La noche boca arriba

**J**ulio Cortázar nació en 1914. Su obra más conocida, *Rayuela,* se publicó en 1963. Es una novela representativa de la «nueva novela» hispano-americana, cuya preocupación principal ya no reside en la sociedad como tal (tema de la literatura social antes de la Segunda Guerra mundial), sino en
5 la ética y la metafísica. Es una literatura que usa la fantasía y la imaginación para llegar a una realidad profunda: la que estaba dentro del hombre y que constituye su esencia. Al profundizar en la exploración de sí mismo y al analizar su percepción de la realidad, el nuevo novelista retrataba las cualidades únicas del hispanoamericano y logró así una universalidad nunca
10 alcanzada por generaciones anteriores.

Cortázar nació en Bruselas donde su padre tenía un cargo diplomático. En 1918 la familia se trasladó a Buenos Aires y allí Cortázar estudió y se graduó en la Facultad de Filosofía y Letras de la Universidad Nacional de Buenos Aires. Luego fue al interior y se dedicó a la enseñanza (al nivel secundario y
15 universitario), a la traducción de numerosas obras inglesas y francesas, a la crítica y a la creación de su obra literaria. Al llegar al poder Juan Perón en 1945, Cortázar renunció su puesto académico como expresión de su oposición al dictador y volvió a la capital. Aceptó el cargo de director de la Cámara Argentina del Libro. En 1951 fue a París con una beca del gobierno francés
20 para estudiar la relación entre la prosa y la poesía francesas e inglesas de aquellos años. Desde entonces y hasta su muerte en 1984, Cortázar vivió en París, donde se dedicó a su labor literaria y sirvió de traductor para la UNESCO y varias casas editoriales. Era un hombre internacional, que gozaba de ciudadanía en los dos países, Francia y la Argentina.

25 Las novelas y los cuentos de Cortázar revelan una intensa preocupación por la exploración de la relación entre la realidad y la fantasía y por la condición absurda del hombre moderno. El aspecto caótico de la existencia recibe su expresión máxima en *Rayuela,* novela cuya estructura refleja la incoherencia de la vida. El autor invita al lector a leer los capítulos en
30 cualquier orden, aunque sugiere dos órdenes posibles en el *Tablero de dirección* que se presenta al comienzo del libro. Como se verá en el cuento que se presenta aquí, *La noche boca arriba,* la misma relación entre estructura y tema caracteriza sus cuentos, en los cuales la realidad se convierte constantemente en fantasía, borrando así la línea que las separa.

35
### Y salían en ciertas épocas a cazar enemigos; le llamaban la guerra florida[1]

*lobby*
*next door*
A mitad del largo zaguán° del hotel pensó que debía ser tarde, y se apuró a salir a la calle y sacar la motocicleta del rincón donde el portero de al lado° le
40 permitía guardarla. En la joyería de la esquina vio que eran las nueve menos
*time to spare*
diez; llegaría con tiempo sobrado° adonde iba. El sol se filtraba entre los altos edificios del centro, y él —porque para sí mismo, para ir pensando, no tenía
*purred*
nombre— montó en la máquina saboreando el paseo. La moto ronroneaba°
*whipped*
entre sus piernas, y un viento fresco le chicoteaba° los pantalones.
45 Dejó pasar los ministerios (el rosa, el blanco) y la serie de comercios con
*show windows*
brillantes vitrinas° de la calle Central. Ahora entraba en la parte más
*stretch, route*
agradable del trayecto°, el verdadero paseo; una calle larga, bordeada de

árboles, con poco tráfico y amplias villas que dejaban venir los jardines hasta las aceras, apenas demarcadas por setos bajos°. Quizá algo distraído, pero corriendo sobre la derecha como correspondía°, se dejó llevar° por la tersura°, por la leve crispación° de ese día apenas empezado. Tal vez su involuntario relajamiento le impidió prevenir el accidente. Cuando vio que la mujer parada° en la esquina se lanzaba° a la calzada° a pesar de las luces verdes, ya era tarde para las soluciones fáciles. Frenó° con el pie y la mano, desviándose a la izquierda; oyó el grito de la mujer, y junto con el choque° perdió la visión. Fue como dormirse de golpe.

Volvió bruscamente del desmayo. Cuatro o cinco hombres jóvenes lo estaban sacando de debajo de la moto. Sentía gusto a° sal y sangre, le dolía una rodilla, y cuando lo alzaron° gritó, porque no podía soportar° la presión° en el brazo derecho. Voces que no parecían pertenecer a las caras suspendidas sobre él, lo alentaban° con bromas° y seguridades°. Su único alivio° fue oír la confirmación de que había estado en su derecho al cruzar la esquina. Preguntó por la mujer, tratando de dominar la náusea que le ganaba la garganta. Mientras lo llevaban boca arriba hasta una farmacia próxima, supo que la causante del accidente no tenía más que rasguños° en las piernas. «Usté la agarró° apenas, pero el golpe le hizo saltar la máquina de costado°… » Opiniones, recuerdos, despacio, éntrenlo de espaldas, así va bien, y alguien con guardapolvo° dándole a beber un trago que lo alivió en la penumbra° de una pequeña farmacia de barrio.

La ambulancia policial llegó a los cinco minutos, y lo subieron a una camilla° blanda donde pudo tenderse° a gusto. Con toda lucidez, pero sabiendo que estaba bajo los efectos de un shock terrible, dio sus señas° al policía que lo acompañaba. El brazo casi no le dolía; de una cortadura en la ceja goteaba° sangre por toda la cara. Una o dos veces se lamió° los labios para beberla. Se sentía bien, era un accidente, mala suerte; unas semanas quieto y nada más. El vigilante° le dijo que la motocicleta no parecía muy estropeada°. «Natural», dijo él. «Como que me la ligué encima°… » Los dos se rieron, y el vigilante le dio la mano al llegar al hospital y le deseó buena suerte. Ya la náusea volvía poco a poco; mientras lo llevaban en una camilla de ruedas hasta un pabellón del fondo°, pasando bajo árboles llenos de pájaros, cerró los ojos y deseó estar dormido o cloroformado. Pero lo tuvieron largo rato en una pieza con olor a hospital, llenando una ficha°, quitándole la ropa y vistiéndolo con una camisa grisácea° y dura. Le movían cuidadosamente el brazo, sin que le doliera. Las enfermeras bromeaban todo el tiempo, y si no hubiera sido por las contracciones del estómago se habría sentido muy bien, casi contento.

Lo llevaron a la sala de radio°, y veinte minutos después, con la placa° todavía húmeda puesta sobre el pecho como una lápida° negra, pasó a la sala de operaciones. Alguien de blanco, alto y delgado, se le acercó y se puso a mirar la radiografía°. Manos de mujer le acomodaban la cabeza, sintió que lo pasaban de una camilla a otra. El hombre de blanco se le acercó otra vez, sonriendo, con algo que le brillaba° en la mano derecha. Le palmeó° la mejilla e hizo una seña a alguien parado atrás.

Como sueño era curioso porque estaba lleno de olores y él nunca soñaba olores. Primero un olor a pantano°, ya que a la izquierda de la calzada empezaban las marismas°, los tembladerales° de donde no volvía nadie. Pero

*low hedges*

*was proper; let himself be carried away; smoothness; twitching*

*standing; was plunging; roadway*

*He braked*

*collision*

a *taste like*

*raised; endure; pressure*

*encouraged; jokes; reassurances*

*relief*

*scratches*

*hit*

*jump sideways*

*dustcoat*

*shadow*

*stretcher; stretch out*

*information*

*dripped; licked*

*policeman*

*damaged; Since the whole thing landed on me*

*at the back*

*form*

*grayish*

*x-ray; x-ray picture*

*gravestone*

*x-ray*

*shone; patted*

*marsh*

*swamps; quaking bogs*

composite

had begun their manhunt

el olor cesó, y en cambio vino una fragancia compuesta° y oscura como la
noche en que se movía huyendo de los aztecas. Y todo era tan natural, tenía
100 que huir de los aztecas que andaban a caza de hombre°, y su única
probabilidad era la de esconderse en lo más denso de la selva, cuidando de
no apartarse de la estrecha calzada que sólo ellos, los motecas, conocían.

    Lo que más lo torturaba era el olor, como si aun en la absoluta
aceptación del sueño algo se rebelara contra eso que no era habitual, que
105 hasta entonces no había participado del juego. «Huele a guerra°», pensó,
tocando instintivamente el puñal° de piedra atravesado en su ceñidor° de lana
tejida. Un sonido inesperado lo hizo agacharse° y quedar inmóvil,
temblando. Tener miedo no era extraño, en sus sueños abundaba el miedo.
Esperó, tapado° por las ramas° de un arbusto° y la noche sin estrellas. Muy
110 lejos, probablemente del otro lado del gran lago, debían estar ardiendo
fuegos de vivac°; un resplandor rojizo teñía° esa parte del cielo. El sonido no
se repitió. Había sido como una rama quebrada. Tal vez un animal que
escapaba como él del olor de la guerra. Se enderezó° despacio, venteando°.
No se oía nada, pero el miedo seguía allí como el olor, ese incienso dulzón
115 de la guerra florida. Había que seguir, llegar al corazón de la selva evitando
las ciénagas°. A tientas°, agachándose a cada instante para tocar el suelo más
duro de la calzada, dio algunos pasos. Hubiera querido echar a correr, pero
los tembladerales palpitaban° a su lado. En el sendero en tinieblas, buscó el
rumbo°. Entonces sintió una bocanada° horrible del olor que más temía, y
120 saltó desesperado hacia adelante.

    —Se va a caer de la cama —dijo el enfermo de al lado—. No brinque
tanto, amigazo°.

    Abrió los ojos y ya era de tarde, con el sol ya bajo en los ventanales° de
la larga sala. Mientras trataba de sonreír a su vecino, se despegó casi
125 físicamente de° la última visión de la pesadilla. El brazo, enyesado°, colgaba
de un aparato con pesas y poleas°. Sintió sed, como si hubiera estado
corriendo kilómetros, pero no querían darle mucha agua, apenas para
mojarse los labios y hacer un buche°. La fiebre lo iba ganando despacio y
hubiera podido dormirse otra vez, pero saboreaba° el placer de quedarse
130 despierto, entornados° los ojos, escuchando el diálogo de los otros enfermos,
respondiendo de cuando en cuando a alguna pregunta. Vio llegar un carrito°
blanco que pusieron al lado de su cama, una enfermera rubia le frotó° con
alcohol la cara anterior del muslo° y le clavó una gruesa aguja° conectada
con un tubo que subía hasta un frasco lleno de líquido opalino. Un médico
135 joven vino con un aparato de metal y cuero que le ajustó al brazo sano para
verificar alguna cosa. Caía la noche, y la fiebre lo iba arrastrando°
blandamente a un estado donde las cosas tenían un relieve como de gemelos
de teatro°, eran reales y dulces y a la vez ligeramente repugnantes; como
estar viendo una película aburrida y pensar que sin embargo en la calle es
140 peor; y quedarse.

    Vino una taza de maravilloso caldo° de oro oliendo a puerro, a apio, a
perejil°. Un trocito de pan, más precioso que todo un banquete, se fue
desmigajando° poco a poco. El brazo no le dolía nada y solamente en la ceja,
donde lo habían suturado, chirriaba a veces una punzada caliente y rápida°.
145 Cuando los ventanales de enfrente viraron a manchas° de un azul oscuro,
pensó que no le iba a ser difícil dormirse. Un poco incómodo, de espaldas,

It smells like war
knife; stuck at an angle in his belt
crouch

hidden; branches; bush

bivouac; stained

He stood erect; sniffing the air

swamps; Groping

throbbed
took his bearings; whiff

pal
large windows

he detached himself from; in a cast
weights and pulleys

make a mouthful
enjoyed
half-closed
pushcart
rubbed
thigh; needle

dragging

stood out as through opera glasses

broth
like leeks, celery, and parsley
found itself crumbling
a hot, quick pain sizzled at times
turned to smudges

pero al pasarse la lengua por los labios resecos y calientes sintió el sabor del caldo, y suspiró de felicidad, abandonándose.

150 Primero fue una confusión, un atraer hacia sí° todas las sensaciones por un instante embotadas° o confundidas. Comprendía que estaba corriendo en plena oscuridad, aunque arriba el cielo cruzado de copas de árboles° era menos negro que el resto. «La calzada», pensó. «Me salí de la calzada». Sus pies se hundían en un colchón de hojas y barro°, y ya no podía dar un paso
155 sin que las ramas de los arbustos le azotaran el torso y las piernas. Jadeante°, sabiéndose acorralado° a pesar de la oscuridad y el silencio, se agachó para escuchar. Tal vez la calzada estaba cerca, con la primera luz del día iba a verla otra vez. Nada podía ayudarlo ahora a encontrarla. La mano que sin saberlo él aferraba° el mango° del puñal, subió como el escorpión de los
160 pantanos hasta su cuello, donde colgaba el amuleto protector. Moviendo apenas los labios musitó° la plegaria° del maíz que trae las lunas felices, y la súplica° a la Muy Alta, a la dispensadora de los bienes° motecas. Pero sentía al mismo tiempo que los tobillos se le estaban hundiendo° despacio en el barro, y la espera en la oscuridad del chaparral° desconocido se le hacía
165 insoportable°. La guerra florida había empezado con la luna y llevaba ya tres días y tres noches. Si conseguía refugiarse en lo profundo de la selva, abandonando la calzada más allá de la región de las ciénagas, quizá los guerreros no le siguieran el rastro°. Pensó en los muchos prisioneros que ya habrían hecho. Pero la cantidad no contaba, sino el tiempo sagrado. La caza
170 continuaría hasta que los sacerdotes dieran la señal del regreso. Todo tenía su número y su fin, y él estaba dentro del tiempo sagrado, del otro lado de los cazadores.

Oyó los gritos y se enderezó de un salto°, puñal en mano. Como si el cielo se incendiara en el horizonte, vio antorchas° moviéndose entre las
175 ramas, muy cerca. El olor a guerra era insoportable, y cuando el primer enemigo le saltó al cuello casi sintió placer en hundirle la hoja de piedra en pleno pecho. Ya lo rodeaban las luces, los gritos alegres. Alcanzó a cortar el aire una o dos veces, y entonces una soga° lo atrapó desde atrás.

—Es la fiebre —dijo él de la cama de al lado—. A mí me pasaba igual
180 cuando me operé del duodeno. Tome agua y va a ver que duerme bien.

Al lado de la noche de donde volvía, la penumbra tibia de la sala le pareció deliciosa. Una lámpara violeta velaba° en lo alto de la pared del fondo como un ojo protector. Se oía toser, respirar fuerte, a veces un diálogo en voz baja. Todo era grato° y seguro, sin ese acoso°, sin… Pero no quería
185 seguir pensando en la pesadilla. Había tantas cosas en que entretenerse. Se puso a mirar el yeso° del brazo, las poleas que tan cómodamente se lo sostenían en el aire. Le habían puesto una botella de agua mineral en la mesa de noche. Bebió del gollete°, golosamente°. Distinguía ahora las formas de la sala, las treinta camas, los armarios° con vitrinas°. Ya no debía tener tanta
190 fiebre, sentía fresca la cara. La ceja le dolía apenas, como un recuerdo. Se vio otra vez saliendo del hotel, sacando la moto. ¿Quién hubiera pensado que la cosa iba a acabar así? Trataba de fijar° el momento del accidente, y le dio rabia advertir° que había ahí como un hueco°, un vacío° que no alcanzaba a rellenar. Entre el choque y el momento en que lo habían levantado del suelo,
195 un desmayo o lo que fuera no le dejaba ver nada. Y al mismo tiempo tenía la sensación de que ese hueco, esa nada, había durado una eternidad. No, ni

*pulling into himself*
*blocked up*
*treetops*

*bed of leaves and clay*
*Panting*
*cornered*

*gripped; handle*

*mumbled; supplication*
*prayer; possessions*
*sinking*
*live oak grave*
*unbearable*

*track*

*with a leap*
*torches*

*rope*

*kept vigil*

*pleasant; pursuit*

*plaster*

*neck; greedily*
*cabinets; glass doors*

*to fix*
*it made him angry to notice; void; emptiness*

siquiera tiempo, más bien como si en ese hueco él hubiera pasado a través de algo o recorrido° distancias inmensas. El choque, el golpe brutal contra el pavimento. De todas maneras al salir del pozo° negro había sentido casi un alivio mientras los hombres lo alzaban del suelo. Con el dolor del brazo roto, la sangre de la ceja partida, la contusión en la rodilla; con todo eso, un alivio al volver al día y sentirse sostenido° y auxiliado. Y era raro. Le preguntaría alguna vez al médico de la oficina. Ahora volvía a ganarlo el sueño°, a tirarlo° despacio hacia abajo. La almohada° era tan blanda, y en su garganta afiebrada la frescura del agua mineral. Quizá pudiera descansar de veras, sin las malditas pesadillas. La luz violeta de la lámpara en lo alto se iba apagando poco a poco°.

Como dormía de espaldas, no lo sorprendió la posición en que volvía a reconocerse, pero en cambio el olor a humedad, a piedra rezumante de filtraciones°, le cerró la garganta y lo obligó a comprender. Inútil abrir los ojos y mirar en todas direcciones; lo envolvía una oscuridad absoluta. Quiso enderezarse y sintió las sogas en las muñecas y los tobillos. Estaba estaqueado° en el suelo, en un piso de lajas° helado y húmedo. El frío le ganaba la espalda desnuda, las piernas. Con el mentón buscó torpemente° el contacto con su amuleto, y supo que se lo habían arrancado°. Ahora estaba perdido, ninguna plegaria podía salvarlo del final. Lejanamente, como filtrándose entre las piedras del calabozo, oyó los atabales° de la fiesta. Lo habían traído al teocalli°; estaba en las mazmorras° del templo a la espera de su turno.

Oyó gritar, un grito ronco° que rebotaba° en las paredes. Otro grito, acabando en un quejido°. Era él que gritaba en las tinieblas°, gritaba porque estaba vivo, todo su cuerpo se defendía con el grito de lo que iba a venir, del final inevitable. Pensó en sus compañeros que llenarían otras mazmorras, y en los que ascendían ya los peldaños° del sacrificio. Gritó de nuevo sofocadamente°, casi no podía abrir la boca, tenía las mandíbulas agarrotadas° y a la vez como si fueran de goma° y se abrieran lentamente, con un esfuerzo interminable. El chirriar de los cerrojos° lo sacudió° como un látigo°. Convulso, retorciéndose°, luchó por zafarse° de las cuerdas que se le hundían° en la carne. Su brazo derecho, el más fuerte, tiraba° hasta que el dolor se hizo intolerable y tuvo que ceder°. Vio abrirse la doble puerta, y el olor de las antorchas le llegó antes que la luz. Apenas ceñidos° con el taparrabos° de la ceremonia, los acólitos° de los sacerdotes se le acercaron mirándolo con desprecio°. Las luces se reflejaban en los torsos sudados°, en el pelo negro lleno de plumas. Cedieron° las sogas, y en su lugar lo aferraron° manos calientes, duras como bronce; se sintió alzado°, siempre boca arriba, tironeado° por los cuatro acólitos que lo llevaban por el pasadizo. Los portadores de antorchas iban adelante, alumbrando° vagamente el corredor de paredes mojadas y techo tan bajo que los acólitos debían agachar la cabeza. Ahora lo llevaban, lo llevaban, era el final. Boca arriba, a un metro del techo de roca viva que por momentos se iluminaba con un reflejo de antorcha. Cuando en vez del techo nacieran las estrellas y se alzara frente a él la escalinata° incendiada de° gritos y danzas, sería el fin. El pasadizo no acababa nunca, pero ya iba a acabar, de repente olería el aire libre lleno de estrellas, pero todavía no, andaban llevándolo sin fin en la penumbra roja, tironeándolo brutalmente, y él no quería, pero cómo impedirlo si le habían arrancado el amuleto que era su verdadero corazón, el centro de la vida.

250 Salió de un brinco° a la noche del hospital, al alto cielo raso dulce, a la sombra blanda que lo rodeaba. Pensó que debía haber gritado, pero sus vecinos dormían callados°. En la mesa de noche, la botella de agua tenía algo de burbuja, de imagen traslúcida° contra la sombra azulada de los ventanales. Jadeó°, buscando el alivio de los pulmones, el olvido de esas imágenes que seguían pegadas° a sus párpados. Cada vez que cerraba los ojos las veía

255 formarse instantáneamente, y se enderezaba aterrado pero gozando a la vez del saber que ahora estaba despierto, que la vigilia lo protegía, que pronto iba a amanecer, con el buen sueño profundo que se tiene a esa hora, sin imágenes, sin nada… Le costaba° mantener los ojos abiertos, la modorra° era más fuerte que él. Hizo un último esfuerzo, con la mano sana esbozó° un

260 gesto hacia la botella de agua; no llegó a tomarla, sus dedos se cerraron en un vacío otra vez negro, y el pasadizo seguía interminable, roca tras roca, con súbitas fulguraciones° rojizas, y él boca arriba gimió° apagadamente° porque el techo iba a acabarse, subía, abriéndose como una boca de sombra, y los acólitos se enderezaban y de la altura una luna menguante° le cayó en la cara

265 donde los ojos no querían verla, desesperadamente se cerraban y abrían buscando pasar al otro lado, descubrir de nuevo el cielo raso protector de la sala. Y cada vez que se abrían era la noche y la luna mientras lo subían por la escalinata, ahora con la cabeza colgando° hacia abajo, y en lo alto estaban las hogueras°, las rojas columnas de humo perfumado, y de golpe vio la piedra

270 roja, brillante de sangre que chorreaba°, y el vaivén° de los pies del sacrificado que arrastraban para tirarlo rodando por las escalinatas del norte. Con una última esperanza apretó° los párpados, gimiendo por despertar. Durante un segundo creyó que lo lograría°, porque otra vez estaba inmóvil en la cama, a salvo del balanceo° cabeza abajo. Pero olía la muerte, y cuando

275 abrió los ojos vio la figura ensangrentada del sacrificador que venía hacia él con el cuchillo de piedra en la mano. Alcanzó a cerrar otra vez los párpados, aunque ahora sabía que no iba a despertarse, que estaba despierto, que el sueño maravilloso había sido el otro, absurdo como todos los sueños: un sueño en el que había andado por extrañas avenidas de una ciudad

280 asombrosa°, con luces verdes y rojas que ardían° sin llama° ni humo, con un enorme insecto de metal que zumbaba bajo sus piernas. En la mentira infinita de ese sueño también lo habían alzado del suelo, también alguien se le había acercado con un cuchillo en la mano, a él tendido boca arriba, a él boca arriba con los ojos cerrados entre las hogueras.

Julio Cortázar, *La noche boca arriba* de *Final del juego*, 1966.

## Nota cultural

[1] *El propósito de la guerra florida de los aztecas era proveer prisioneros para los sacrificios a sus dioses. Así, en la batalla, el guerrero no buscaba matar a su enemigo sino llevarlo vivo a Tenochtitlán, donde lo sacrificarían encima de una de las grandes pirámides. Los aztecas creían que en el pasado el mundo había sido creado y destruido por los dioses en cuatro ocasiones. Su propio mundo, el del Quinto Sol, también sería destruido si no ofrecían sacrificios para aplacar a los dioses. La sangre de las víctimas sacrificadas proveía energía para que el sol cruzara el cielo, y así el mundo del Quinto Sol no llegaría a su fin.*

## Comprensión

**10-3** Conteste Ud. las siguientes preguntas.

1. ¿A qué hora salió el joven del hotel?
2. ¿Cómo era el día?
3. ¿Cómo ocurrió el accidente?
4. ¿Qué le pasó a la mujer del accidente?
5. ¿Qué partes del cuerpo le dolían más al joven?
6. ¿Adónde lo llevaron inicialmente?
7. ¿Qué le hicieron en el hospital?
8. En la sala de operaciones, un hombre de blanco se le acercó con algo que brillaba en la mano. ¿Qué sería?
9. Al moteca, ¿por qué le molestó el olor que sentía?
10. ¿Qué buscaban los aztecas?
11. ¿Qué emoción sentía el moteca?
12. En el hospital, ¿qué le habían hecho al brazo del joven?
13. ¿Qué hizo el joven después de tomar el caldo?
14. ¿Qué colgaba del cuello del moteca?
15. ¿Hasta cuándo continuaría la guerra florida?
16. ¿Qué le pasó al moteca después de ver las antorchas?
17. Según el joven del accidente, ¿cómo era el «hueco» por el que pasaba después del accidente?
18. ¿Qué pasó cuando el moteca quiso moverse después de ser atrapado?
19. ¿Qué pasó con su amuleto?
20. ¿Dónde estaba el moteca?
21. ¿Qué pasó cuando se abrió la puerta doble?
22. ¿Adónde lo llevaban los acólitos?
23. ¿Por qué no podía impedirlo?
24. En el hospital, ¿qué pasó cuando el joven quiso tomar la botella de agua?
25. ¿Adónde quería volver el moteca cuando lo sacaron de la mazmorra?
26. ¿Qué tenía el sacrificador en la mano?
27. Según el moteca, ¿cuál fue el sueño maravilloso?

## Expansión

**10-4 Análisis literario.** Conteste Ud. las siguientes preguntas.

1. Como se ha indicado antes, según Jorge Luis Borges la literatura fantástica incluye varios temas básicos. Entre esos temas Borges menciona la contaminación de la realidad por el sueño, el viaje a través del tiempo y el concepto del doble. ¿Cómo utiliza Cortázar estos temas en este cuento?
2. En el cuento hay un vaivén entre el mundo del joven moderno y el del moteca. Los dos mundos se mantienen separados durante la mayor parte del cuento, pero en cierto momento, hacia el final del cuento, se unen los dos mundos en una frase donde al comienzo estamos en el mundo moderno pero pasamos en seguida al mundo de los motecas. ¿Puede Ud. indicar dónde ocurre esto?
3. Hay ciertos paralelos entre los dos mundos del cuento. Por ejemplo, en el mundo del joven del accidente hay un cuchillo (lo tiene el cirujano, es su escalpelo) y en el mundo de los aztecas el sacrificador también tiene un cuchillo. ¿Puede Ud. indicar otros paralelos?
4. ¿Cómo juega Cortázar irónicamente con el concepto del narrador en este cuento?

**10-5 Narración.** Toda narración, por breve que sea, normalmente tiene tres partes. La primera parte describe la situación: cómo era el día, qué hacía la persona, con quién estaba, etc. La segunda parte presenta la complicación: lo que ocurrió, por qué ocurrió, por qué fue interesante o poco común. La parte final o el desenlace describe lo que pasó como resultado de la acción y el efecto que tuvo en el narrador.

Pensando en esta división, escriba Ud. una narración sobre algo real o imaginario que le pasó a una persona en una ciudad grande.

**10-6 Minidrama.** Presenten Ud. y otra(s) persona(s) de la clase un breve drama que incluya ideas o conceptos del cuento *La noche boca arriba*. Algunos temas podrían ser:

1. Un(a) joven trabaja hasta muy tarde por la noche en su oficina en el centro de la ciudad. Al salir del edificio donde trabaja, nota que está muy oscuro y que no hay nadie en la calle. De pronto oye algo extraño…
2. Un(a) joven se sienta en un autobús. Dos personas están sentadas detrás de él (ella). Están hablando de una mujer que acaba de abandonar a su familia. El (La) joven se da cuenta de que hablan de…
3. Un joven recién llegado a la ciudad ha conocido a una mujer. Los dos están en un restaurante y poco a poco, por lo que dice la mujer y por sus acciones, el joven llega a sospechar que realmente no es mujer. ¡Es una pantera en forma de mujer!

**10-7 Opiniones y actitudes.** Escriba Ud. un párrafo sobre uno de los temas siguientes o explíqueselo a la clase.

1. Las ventajas y desventajas de vivir en una ciudad grande como Nueva York, San Francisco o Chicago.
2. Las características de los pueblos pequeños en nuestro país.
3. El decaimiento *(decay)* de las ciudades en nuestro país: causas y soluciones.

**10-8 Situación.** Con un(a) compañero(a) de clase, presente Ud. un diálogo sobre el aislamiento de un individuo que recién se ha mudado *(moved)* a una ciudad grande. Algunas de las cosas que pueden comentar en el diálogo son: ¿Cómo te sentías al llegar a la ciudad? ¿Extrañabas a tus amigos de antes? ¿Te gusta estar solo(a) o prefieres estar con otras personas? ¿Cómo puedes conocer a otras personas en la ciudad? ¿Qué actividades te gustan? ¿Puedes utilizar esas actividades como medio de conocer a otras personas? ¿Hay organizaciones que te puedan ayudar en ese proceso? ¿Esperas vivir en el centro de la ciudad o en los suburbios?

## Arte

# El arte internacional de la metrópoli

En el siglo XX se desarrolló un arte metropolitano, abierto a las nuevas promociones europeas, enterado, tanto de los temas autóctonos como de los internacionales, y consciente de las actitudes y preocupaciones del habitante de los grandes centros urbanos occidentales. Es un arte que cruza las fronteras, y los artistas viajan mucho, llegando a conocerse y a intercambiar ideas y conceptos, siempre en busca de una expresión propia. Aquí presentamos a tres figuras que se destacan en ese arte cosmopolita: **Joaquín Torres García** (1874–1949); **Roberto Sebastián Antonio Matta Echaurren** (1912–2002) y **Alejandro Obregón** (1920– ).

Aunque nació y murió en Montevideo, Uruguay, Torres García pasó muchos años en el extranjero. En su juventud se mudó con su familia a un pueblo pequeño cerca de Barcelona, y, en los años siguientes, pintó muchos cuadros y murales al estilo neoclásico catalán. En 1920 viajó a Nueva York, donde pensaba fabricar juguetes —trenes, barcos, edificios— de madera. Al fallar esa empresa, volvió a viajar, primero a Italia y luego a París, donde, influenciado por Picasso y Mondrian, desarrolló el estilo que le daría fama mundial. El artista se refería a su estilo como a uno de «constructivismo universal». Para él, decir estructura era también decir abstracción: geometría, ritmo, proporción, líneas, planos, la idea del objeto. Las formas geométricas —el círculo, el triángulo, el cuadrado— sugieren orden, la unidad perfecta, el mundo de la razón. La sencillez de sus obras refleja la conciencia del artista de la escultura primitiva, de los diseños de los tejidos peruanos o de las líneas de las antiguas murallas incaicas. También se puede notar en sus pinturas la relación que tienen con los juguetes de madera que había fabricado cuando estuvo en Nueva York y la que tienen con la tipografía y la arquitectura, artes que influyen mucho en este tipo de pintura. Aclamado como maestro al regresar a Montevideo en 1934, propuso Torres García la creación de un nuevo arte americano, primitivo, fuerte y concreto, pero basado en principios abstractos. Sin embargo, los signos o símbolos de tal arte habían de ser tangibles y específicos, reconocibles por todos. Aplicando estos criterios a la obra del artista uruguayo, podemos apreciar la fusión de estilo moderno y símbolos concretos, pero universales que caracterizan su obra.

La vida interior del hombre —el reino de la subsconsciencia— recibe su máxima expresión pictórica en la obra de Roberto Sebastián Antonio Matta Echaurren, conocido pintor surrealista. Nacido en Santiago de Chile, Matta estudió arquitectura en la Universidad Nacional de Chile antes de viajar a París en 1934 para trabajar con el famoso arquitecto Le Corbusier. Pero como siempre le había interesado más la pintura, pronto abandonó la arquitectura y se dedicó al arte pictórico. En París y en Nueva York llegó a conocer a los surrealistas más famosos —Breton, Dalí, Duchamp, Tanguy— y desarrolló un estilo de tipo surrealista aunque muy personal. En general, sus pinturas de esa época son metafísicas y herméticas. Al observarlas, se nota la preocupación de Matta por el espacio —un espacio interno, personal, sin horizonte fijo— y por ciertos símbolos obscuros que parecen flotar en ese ambiente misterioso. En 1948 Matta abandonó Nueva York y volvió a Europa, donde vivió hasta su muerte. La gran época del surrealismo había llegado a su fin y aunque su influencia todavía puede percibirse en las últimas obras del artista, su estilo es más objetivo y hay más preocupación por el «mensaje» de la pintura. Es un tipo de «sociología surrealista», menos abstracto, con formas más reconocibles. Aunque la vida y la obra de Matta son típicas del artista internacionalista, también personifican al nuevo hispanoamericano urbano, cuyos gustos e intereses cosmopolitas traspasan las fronteras de su patria.

La generación siguiente a la de Matta produce un arte en el que se alcanza la unión, ya buscada por Torres García, de temas y propósitos autóctonos y métodos internacionales. El que da ímpetu y forma al nuevo arte es el pintor colombiano Alejandro Obregón. Nacido en Barcelona, de padre colombiano y madre española, estudió Obregón en la Escuela de Bellas Artes de Boston y también en París. La mayor parte de su vida, sin embargo, la ha pasado en Colombia, donde su influencia ha sido enorme en la creación de un ambiente artístico abierto a todos los aspectos de la realidad contemporánea y a todos los métodos del modernismo internacional. Logra Obregón resucitar el interés por el escenario americano, percibido ahora de un modo nuevo y poético. Los valores expresados en su obra son más míticos que históricos, simbólicos en vez de «tropicales». A partir de 1957, el pintor se expresa en ciclos temáticos que se refieren a problemas y valores del hispanoamericano moderno: los cóndores; los estudiantes u otras víctimas que murieron en actos heroicos o defendiendo una causa social; los volcanes; la vegetación de los Andes y de las zonas tropicales de la costa; la violencia; el ambiente marítimo; Ícaro; paisajes para ángeles; sortilegios. También se percibe en su obra la influencia de la luz de Barranquilla (adonde se mudó con su familia cuando él tenía seis años), donde el sol, el mar, la montaña y los animales se hacen sentir con gran fuerza. En *Amanecer en los Andes* el artista logra captar los maravillosos colores de la vegetación de las zonas tropicales, además de la presencia imponente de las montañas.

Joaquín Torres García, The Port, 1942. Oil on cardboard, 31 3/8" X 39 7/8". Collection, The Museum of Modern Art, New York. Inter-American Fund.

### ◄ El puerto

*El puerto* es una obra típica de Torres García, tanto por su abstracción como por la universalidad de sus símbolos. ¿Cuántas formas geométricas pueden identificarse en el cuadro? ¿Cuántos objetos puede Ud. nombrar? ¿Son antiguos algunos de los símbolos? ¿Cuáles? ¿Qué puede significar el sol con cara de hombre? ¿Cómo se refleja aquí el interés del pintor por los juguetes?

Matta (Roberto Sebastián Antonio Matta Echaurren), The Bus, from the portfolio Scénes familières, 1962. Etching, printed in color. Plate: 12 15/16" X 17". Sheet: 19 3/4" X 25 5/8". Collection, The Museum of Modern Art, New York. Inter-American Fund.

### ◄ El autobús

*El autobús,* tema de esta aguafuerte de Matta, tipifica la vida de la metrópoli. Las regulaciones del tráfico rigen el movimiento del hombre, que también se halla encerrado dentro del espacio limitado del vehículo. Aunque las formas son reconocibles, todavía se percibe cierta cualidad de sueño, ambiente preferido por los surrealistas.

*Alejandro Obregón, Amanecer en los Andes. Given as a gift by the government of Colombia to the United Nations, October, 1983.*

### ▲ Amanecer en los andes

Aquí se ven los Andes por la mañana, pintados de oro por los primeros rayos del sol. ¿Cuántos cóndores hay en la pintura? ¿Hay cóndores en los Estados Unidos? ¿Dónde? ¿Qué animal se ve en la parte inferior de la pintura?

## Para comentar

**10-9** Haga Ud. las siguientes actividades.

1. ¿Qué aspectos de la vida del hombre en la metrópoli se encuentran en el cuento de Cortázar y en el aguafuerte de Matta?

2. ¿Cómo influyen la memoria y el subconsciente en las obras de arte que hemos estudiado en esta unidad?

3. Compare Ud. las formas y símbolos de *El puerto* de Torres García con las de *Amanecer en los Andes* de Obregón.

4. Comente Ud. la descripción de la vida urbana que se ha presentado en esta unidad.

5. Escriba Ud. un ensayo sobre uno de los temas siguientes.
   **a.** El problema más grande que enfrentan nuestras ciudades hoy día.
   **b.** Los medios de transporte público: su importancia en la actualidad.
   **c.** Características universales de los grandes centros urbanos.
   **d.** El arte y la metrópoli. (Una posibilidad: busque Ud. en el Internet ejemplos del uso de obras de arte en un gran centro urbano como Nueva York o París.)

# Los Estados Unidos y lo hispánico

## Literatura

Poesía de Nicolás Guillén (Cuba: 1902–1989)
  *Balada de los dos abuelos, Sensemayá*
Poesía de Julia de Burgos (Puerto Rico, 1914–1953)
  *A Julia de Burgos, Desde el Puente Martín Peña*

## Arte

El arte moderno cubano: Mario Carreño, Amelia Peláez, Wifredo Lam

• Tornado
• Pescados
• La manigua (La jungla)

◄ Aunque un puertorriqueño emigre al continente, nunca olvida su tierra natal. Según lo que ve en la foto, ¿por qué desearía regresar a San Juan?

# Literatura: Poesía de Nicolás Guillén (Cuba, 1902–1989) y Poesía de Julia de Burgos (Puerto Rico, 1914–1953)

## Enfoque

Las relaciones entre los Estados Unidos y Latinoamérica siempre han tenido un sabor propio. Tienen un origen común en haber sido colonias de un estado europeo y en haber ganado la independencia en la misma época. Los gobiernos fueron establecidos sobre la base común de una república democrática. Ya para 1825 el Imperio español en América se había reducido a las islas del Caribe: Cuba y Puerto Rico.

A pesar de todas sus características comunes, las relaciones no han sido siempre amistosas, y no lo fueron especialmente en el siglo XX. Ha sido una historia de intervenciones en los asuntos internos de los países, sobretodo en los de Centroamérica y los del Caribe, generalmente con motivo económico o político. Los Estados Unidos ganaron el nombre del «Coloso del Norte» por su dominio del hemisferio.

Hacia fines del siglo XIX, elementos de las colonias del Caribe comenzaron a luchar por la independencia. Los Estados Unidos, por razones de defensa marítima y otros motivos, apoyaron los movimientos separatistas, llegando a entrar en la «Guerra hispanoamericana» en 1898. Un resultado de la guerra, establecido en el Tratado de París del mismo año, fue la cesión de Puerto Rico como colonia norteamericana. A Cuba, en cambio, se le otorgó su independencia después de un período de cuatro años durante el cual la isla fue gobernada por oficiales del ejército de los Estados Unidos.

Debido a la proximidad geográfica y al hecho de que la economía de Cuba en gran parte estaba en manos de norteamericanos, hubo una relación estrecha entre los dos países durante la primera mitad del siglo XX. La situación económica resultó en una relación de dependencia que duró hasta 1959 y el triunfo de la «Revolución del 26 de julio» de Fidel Castro.

Puerto Rico cambió en 1952 de colonia a «Estado Libre Asociado» que le da más autonomía. Los puertorriqueños además de ser ciudadanos, eligen sus gobernadores, están exentos del impuesto federal sobre la renta y dirigen sus propias escuelas (en español). Al mismo tiempo están sujetos a las leyes federales y a sus tribunales. La independencia (o el nacionalismo) y la estadidad (siendo un estado de los EE.UU.) son las otras posiciones políticas que existen. La independencia tiene poco apoyo hoy día pero las otras dos tienden a dividir igualmente los votos.

○ **Trabajen en grupos pequeños.**

Con los compañeros hagan Uds. una lista de lo que saben sobre las relaciones entre los Estados Unidos y los países hispanoamericanos. ¿Cuáles son los asuntos más críticos y los problemas más graves entre las dos regiones hoy día?

# Vocabulario útil

Estudie Ud. estas palabras.

### Verbos

alzar *to raise, raise up*
escoltar *to escort, accompany*
esconderse *to hide (oneself)*
mandar *to govern, control*
morder (ue) *to bite*
soñar (ue) *to dream*

### Sustantivos

el ansia (*f.*) *yearning, longing*
la culebra *snake*
el hambre (*f.*) *hunger*
el llanto *crying, weeping*

el (la) obrero(a) *worker (also adj.)*
el tamaño *size*
el vidrio *glass*
la voz (voces) *voice*

### Adjetivos

desnudo(a) *nude, bare*
roto(a) *broken, torn*

### Otras palabras y expresiones

¡Qué de (barcos)! *What a lot of (ships)!*

## Para practicar

Escriba la forma correcta de una palabra de la lista para completar el siguiente párrafo.

| | | | |
|---|---|---|---|
| alzarse | hambre | obrero | soñar |
| desnudo | llanto | roto | voz |

Los _____ van a unirse porque quieren conseguir más dinero. Lo que reciben ahora no da para comer y sus familias se acuestan con _____ todas las noches y los padres tienen que escuchar el _____ de los niños con hambre. La ropa que tienen los niños está toda _____ y corren por el barrio casi _____. Al unirse pueden _____ con una sola _____ y _____ con una vida mejor.

Empareje la definición con la palabra definida.

**a.** vidrio     **c.** esconderse     **e.** culebra     **g.** morder
**b.** mandar     **d.** ansia     **f.** escoltar

1. _____ ponerse uno donde no lo encuentran los demás
2. _____ material de la mayoría de las botellas
3. _____ serpiente
4. _____ acompañar a alguien
5. _____ herir con los dientes
6. _____ un deseo vehemente
7. _____ dar órdenes

## Preparación para la lectura

**11-1** La oración española tiene más flexibilidad que la inglesa y esto se destaca aún más en la poesía. A veces ayuda reformar la oración con una estructura normal para comprenderla. Escriba estas oraciones o frases con una estructura normal, añadiendo las palabras necesarias.

1. «Lanza con punta *(tip)* de hueso / tambor *(drum)* de cuero y madera: / Mi abuelo negro.»
2. «Pie desnudo, torso pétreo / los de mi negro; / ¡pupilas de vidrio antártico / las de mi blanco!»
3. «y cuando con la tea *(torch)* de las siete virtudes, / tras los siete pecados, corran las multitudes,»
4. «Un ejército de casas / sobre el dolor se acurruca *(curls up)*.»
5. «y uníos a los campesinos, / y a los que en caña se anudan *(join together)*.»

**11-2 Estrategia de repaso.** Recuerde que es útil concentrarse en las palabras claves *(key)*. Lea estas estrofas e identifique las palabras claves.

1. Tú en ti misma no mandas; a ti todos te mandan;
   en ti mandan tu esposo, tus padres, tus parientes,
   el cura, la modista, el teatro, el casino,
   el auto, las alhajas, el banquete, el champán,…

2. ¡Federico!
   ¡Facundo! Los dos se abrazan.
   Los dos suspiran. Los dos
   las fuertes cabezas alzan;
   los dos del mismo tamaño,
   bajo las estrellas altas;
   los dos del mismo tamaño,…

# Poesía de Nicolás Guillén (Cuba, 1902–1989)

El poeta nació en Camagüey, Cuba. Hijo de mulatos, era miembro de una familia pobre. Su padre era obrero y militante político, que fue asesinado cuando Guillén tenía quince años. Como resultado, Guillén tuvo que sufrir muchas privaciones para terminar su educación secundaria. Después, estudió
5 derecho en La Habana y también trabajó de tipógrafo y reportero. En 1930 publicó sus primeros poemas, *Motivos del son*. De ahí en adelante, se dedicó a la poesía, una poesía esencialmente militante, de protesta social y política.

En los poemas de *Motivos del son* Guillén denuncia la situación de los negros cubanos de aquella época. El ritmo y el color de los poemas reflejan
10 la música afrocubana, música que también comunicaba los dolores y las alegrías de la raza. En el segundo libro de sus poesías, *Sóngoro cosongo* (1931), el poeta denuncia la discriminación racial y defiende los derechos de los negros. *Balada de los dos abuelos* y *Sensemayá* aparecen en el tercer libro de sus poemas, *West Indies, Ltd.* (1934). En estos poemas Guillén se
15 dirige a todos los cubanos —a los negros, los blancos y los mulatos. Como se verá, por medio de los dos abuelos Guillén nos ofrece una síntesis de la historia cubana, un comentario íntimo sobre su propia identidad racial y el orgullo que siente hacia su origen mulato. En el segundo poema vemos un ejemplo del uso folclórico de los ritmos y sonidos africanos de un canto que
20 acompaña el rito de matar una culebra. Su significado es menos importante que su sonido como canción.

# Balada de los dos abuelos

5 Sombras que sólo yo veo,
me escoltan° mis dos abuelos.[1]  *escort, accompany*

Lanza con punta de hueso°,  *bone tip*
tambor° de cuero y madera:  *drum*
10 mi abuelo negro.
Gorguera° en el cuello ancho,  *Ruff*
gris armadura guerrera:
mi abuelo blanco.

15 Pie desnudo, torso pétreo°  *stony, like stone*
los de mi negro;
¡pupilas de vidrio antártico
las de mi blanco!

20 Africa de selvas húmedas
y de gordos gangos° sordos...  *metal musical instruments in the shape of a disk*
—¡Me muero!
(Dice mi abuelo negro.)
Aguaprieta de caimanes°,  *Black water with alligators*
25 verdes mañanas de cocos°...  *coconut palms*
—¡Me canso!
(Dice mi abuelo blanco.)

Oh velas de amargo viento,
*burning* galeón ardiendo° en oro…
30 —¡Me muero!
(Dice mi abuelo negro.)
¡Oh costas de cuello virgen
*deceived by glass beads* engañadas de abalorios°…!
—¡Me canso!
35 (Dice mi abuelo blanco.)

*embossed* ¡Oh puro sol repujado°,
*caught in the arc* preso en el aro° del trópico;
oh luna redonda y limpia
40 sobre el sueño de los monos!

¡Qué de barcos, qué de barcos!
*How many* ¡Qué de° negros, qué de negros!
*brilliance of cane* ¡Qué largo fulgor de cañas°!
*whip; slave trader* 45 ¡Qué látigo° el del negrero°!
Piedra de llanto y de sangre,
venas y ojos entreabiertos,
y madrugadas vacías,
*sugar mill* y atardeceres de ingenio°,
50 y una gran voz, fuerte voz,
despedazando el silencio.
¡Qué de barcos, qué de barcos,
qué de negros!

55 Sombras que sólo yo veo,
Me escoltan mis dos abuelos.

Don Federico me grita
*name that means dad* y Taita° Facundo calla;
60 los dos en la noche sueñan
y andan, andan.
*join* Yo los junto°.
—¡Federico!
¡Facundo! Los dos se abrazan.
65 Los dos suspiran. Los dos
*raise* las fuertes cabezas alzan°;
los dos del mismo tamaño,
bajo las estrellas altas;
los dos del mismo tamaño,
*yearning, longing* 70 ansia° negra y ansia blanca,
los dos del mismo tamaño,
gritan, sueñan, lloran, cantan.
Sueñan, lloran, cantan.
Lloran, cantan.
75 ¡Cantan!

Nicolás Guillén, *Balada de los dos abuelos,* Obra poética.

### Nota cultural

[1] *En la primera parte del poema, Guillén describe a los dos abuelos antes de llegar a Cuba, y después, de llegar a la isla. En los versos que siguen, describe la esclavitud en Cuba y se refiere al duro trabajo del esclavo en los campos y en el ingenio de azúcar.*

### Comprensión

**11-3** Conteste Ud. las siguientes preguntas.

1. ¿Por qué dice Guillén que sus abuelos lo acompañan y sólo él los puede ver?
2. ¿Cómo contrasta el poeta la apariencia física de los dos abuelos?
3. Al llegar a la isla, ¿por qué dice el abuelo negro «¡Me muero!» mientras el blanco dice «¡Me canso!»?
4. ¿Cómo se describe la isla?
5. ¿Cómo describe Guillén el trabajo de los esclavos?
6. ¿Es posible saber cuál es el español y cuál el negro? ¿Cómo?
7. En la última parte del poema, ¿cuál parece ser la actitud del poeta hacia sus dos abuelos?
8. Durante la mayor parte del poema hay una alternación entre los dos abuelos. ¿Cómo cambia ese plan en los últimos versos del poema?

# Sensemayá

5  (Canto para matar a una culebra[1])

  ¡Mayombé-bombe-mayombé![2]
  ¡Mayombé-bombe-mayombé!
  ¡Mayombé-bombe-mayombé!

10

  La culebra tiene los ojos de vidrio;
  la culebra viene, y se enreda en un palo°,    *winds itself around a stick*
  con sus ojos de vidrio.
  La culebra camina sin patas°;    *feet*
15  la culebra se esconde en la yerba°;    *grass*
  caminando se esconde en la yerba;
  ¡caminando sin patas!

  ¡Mayombé-bombe-mayombé!
20  ¡Mayombé-bombe-mayombé!
  ¡Mayombé-bombe-mayombé!

  Tú le das° con el hacha°, y se muere;    *hit him; ax*
  ¡dale ya!
25  ¡No le des con el pie, que te muerde,
  no le des con el pie, que se va!

Sensemayá, la culebra,
sensemayá.
30  Sensemayá, con sus ojos,
sensemayá.
Sensemayá, con su lengua,
sensemayá.
Sensemayá, con su boca,
35  sensemayá.

¡La culebra muerta no puede comer;
*whistle*   la culebra muerta no puede silbar°:
no puede caminar,
40  no puede comer!
¡La culebra muerta no puede mirar;
la culebra muerta no puede beber,
*to breath*   no puede respirar°,
no puede morder!
45

¡Mayombé-bombe-mayombé!
*Sensemayá, la culebra...*
¡Mayombé-bombe-mayombé!
*Sensemayá, no se mueve...*
50  ¡Mayombé-bombe-mayombé!
*Sensemayá, la culebra...*
¡Mayombé-bombe-mayombé!
*¡Sensemayá, se murió!*

Nicolás Guillén, *Sensemayá,* Obra poética.

## Notas culturales

[1] *Sensemayá es el título de una canción que se canta tradicionalmente al cazar y matar una culebra. Se canta también como parte del rito mágico del África en ceremonias tales como en las que se mata una culebra grande de papel.*

[2] *Son sílabas utilizadas para su efecto rítmico y onomatopéyico. No tiene significado, excepto tal vez Mayombé que se deriva de mayomba que es una secta religiosa afrocubana. Este uso refleja el elemento folclórico de la poesía leída en voz alta.*

## Comprensión

**11-4** Conteste Ud. las siguientes preguntas.

1. ¿Cómo camina la culebra?
2. ¿Cómo tiene los ojos?
3. ¿Dónde se esconde la culebra?
4. ¿Cuáles son algunas cosas que no puede hacer la culebra muerta?
5. ¿Con qué matan la culebra?

# Poesía de Julia de Burgos
## (Puerto Rico, 1914–1953)

Julia de Burgos nació en el Barrio Santa Cruz en el pueblo de Carolina, Puerto Rico. Era la mayor de siete hijos (sin contar a los seis que murieron de desnutrición) en una familia sumamente pobre. Como la mayor tuvo ciertas responsabilidades para ayudar a los otros. Hizo sus estudios con
5 mucha dificultad económica. Además de la pobreza, sufrió problemas personales como la enfermedad y muerte de su madre, unos matrimonios fracasados, la imposibilidad de tener hijos, el desempleo esporádico debido a la gran depresión mundial, un período de alcoholismo y finalmente la enfermedad (la «neumonía lobular») que le quitó la vida a los 39 años.
10 Murió en Nueva York adonde había migrado en 1940.

Durante la década de 1930 el movimiento nacionalista (a favor de la independencia de la isla) ganó bastante apoyo porque parecía ser una respuesta a los fracasos del régimen colonial. La poeta se unió a este movimiento violento y radical con lazos al comunismo internacional y ganó para siempre la
15 clasificación de rebelde. Sin embargo, con este acto ganó cierto reconocimiento que la sociedad intelectual isleña le había negado hasta ese momento.

Con ese fondo de experiencia no nos sorprende que su obra tienda a concentrarse en la introspección o en las injusticias sociopolíticas (con elemen-
20 tos precursores de feminismo). En el primer poema la poeta se divide en dos para crear una conversación entre su «yo» público y su «yo» más íntimo y creador. El segundo poema es un ejemplo de su poesía «de protesta social». Como en muchas de sus obras de este tipo parece que su crítica social proviene más de su compasión por los que sufren privaciones económicas
25 que por una ideología formal.

# A Julia de Burgos

5 Ya las gentes murmuran que soy tu enemiga
porque dicen que en verso doy al mundo tu yo.

Mienten, Julia de Burgos. Mienten, Julia de Burgos.
La que se alza en mis versos no es tu voz: es mi voz
*dressing* 10 porque tú eres ropaje° y la esencia soy yo;
*stretches* y el más profundo abismo se tiende° entre las dos.

*doll* Tú eres fría muñeca° de mentira social,
*flash* y yo, viril destello° de la humana verdad.
15
*polite* Tú, miel de cortesanas° hipocresías; yo no;
*I bare* que en todos mis poemas desnudo° el corazón.

Tú eres como tu mundo, egoísta; yo no;
*I bet everything* 20 que todo me lo juego° a ser lo que soy yo.

| | |
|---|---|
| *high and mighty* | Tú eres sólo la grave señora señorona°; |
| | yo no, yo soy la vida, la fuerza, la mujer. |
| | |
| *master* | 25 Tú eres de tu marido, de tu amo°; yo no; |
| | yo de nadie, o de todos, porque a todos, a todos |
| | en mi limpio sentir y en mi pensar me doy. |
| | |
| *you curl* | Tú te rizas° el pelo y te pintas; yo no; |
| | 30 a mí me riza el viento; a mí me pinta el sol. |
| | |
| *housewife; submissive* | Tú eres dama casera°, resignada, sumisa°, |
| *tied* | atada° a los prejuicios de los hombres; yo no; |
| *unbridled* | que yo soy Rocinante[1] corriendo desbocado° |
| *sniffing* | 35 olfateando° horizontes de justicia de Dios. |
| | |
| | Tú en ti misma no mandas; a ti todos te mandan; |
| | en ti mandan tu esposo, tus padres, tus parientes, |
| *dressmaker* | el cura, la modista°, el teatro, el casino, |
| *jewels* | 40 el auto, las alhajas°, el banquete, el champán, |
| *what society may say* | el cielo, el infierno, y el qué dirán social°. |
| | |
| | En mí no, que en mí manda mi solo corazón, |
| | mi solo pensamiento; quien manda en mí soy yo. |
| | 45 |
| | Tú, flor de aristocracia; y yo, la flor del pueblo. |
| | Tú en ti lo tienes todo y a todos se lo debes, |
| | mientras que yo, mi nada a nadie se la debo. |
| | |
| *nailed* | 50 Tú, clavada° al estático dividendo ancestral, |
| *cypher; divider* | y yo, un uno en la cifra° del divisor° social, |
| *duel* | somos el duelo° a muerte que se acerca fatal. |
| | |
| *excited* | Cuando las multitudes corran alborotadas° |
| *ashes* | 55 dejando atrás cenizas° de injusticias quemadas, |
| *torch* | y cuando con la tea° de las siete virtudes, |
| *sins* | tras los siete pecados°, corran las multitudes, |
| | contra ti, y contra todo lo injusto y lo inhumano, |
| | yo iré en medio de ellas con la tea en la mano. |

Julia Burgos, *A Julia de Burgos. Poema en veinte surcos,* 1938.

## Nota cultural

[1] *Rocinante es el nombre del caballo de la figura famosa de la literatura española, Don Quijote de la Mancha. También fue el nombre del caballo del padre de Julia.*

## Comprensión

**11-5** Conteste Ud. las siguientes preguntas.

1. ¿Quién es la poeta, la que habla o el «yo» a quien habla?
2. Según la poeta, ¿cuál es la Julia más admirable?
3. ¿Qué significa «Tú eres de tu marido… yo no.»
4. ¿Por qué no se riza el cabello ni se pinta la poeta?
5. ¿Qué sugiere la lista de personas y objetos que mandan en la Julia pública?
6. ¿Cómo contrasta el estado social de las dos Julias?
7. ¿Cómo cambia el tono en las dos últimas estrofas?
8. ¿Qué pronostica la última estrofa?

# Desde el Puente Martín Peña[1]

Tierra rota. Se hace el día
el marco° de la laguna.   *frame*

Un ejército de casas rompe la doble figura de un cielo azul que abastece°   *supplies*
5  a un mar tranquilo que arrulla°.   *coos*

Un ejército de casas
sobre el dolor se acurruca°.   *curls up*

10  Hambre gorda corta° el sueño   *ends*
de enflaquecidas° criaturas   *emaciated*
que no supieron morirse
al tropezar° con su cuna.   *to trip, stumble on*

15  Marcha de anhelos partidos°   *broken dreams*
pica° la calma desnuda   *stings*
donde recuesta° su inercia   *rests*
la adormecida° laguna.   *drowsy*

20  Una canción trepa° el aire   *climb*
sobre una cola° de espuma.   *tail*
Un verso escapa gritando
en un desliz° de la luna.   *slip*
Y ambos retornan heridos
25  por el desdén de la turba°.   *mob*

¡Canción descalza° no vale!   *barefoot*
¡Verso sufrido° no gusta!   *long suffering*
Tierra rota. Fuerza rota
30  de tanto cavar° angustia.   *digging*

| | |
|---|---|
| *past* | Huesos vestidos alertos |
| *grimace* | a una esperanza caduca° |
| *wrinkles* | que le hace mueca° en las almas |
| | y se le ríe en las arrugas°. |
| **35** | |
| | Hacha del tiempo cortando |
| *deprivation* | carne de siglos de ayuna°. |
| | Adentro la muerte manda. |
| | Afuera el hambre murmura |
| *prayer* **40** | una plegaria° a los hombres |
| *enjoy* | que al otro lado disfrutan° |
| *taken from* | de anchos salarios restados° |
| | a hombres obreros que luchan. |
| | |
| *idle arms* **45** | ¿Respuesta? —Brazos parados°. |
| *The tablecloth is useless.* | Sobra el mantel°. No hay industrias. |
| | |
| *Slash* | ¡Obreros! Picad° el miedo. |
| | Vuestra es la tierra desnuda. |
| *Jump* **50** | Saltad° el hambre y la muerte |
| *deep* | por sobre la honda° laguna, |
| *unite with* | y uníos a° los campesinos, |
| *join together* | y a los que en caña se anudan°. |
| | |
| *fists* **55** | ¡Rómpanse un millón de puños° |
| | contra moral tan injusta! |
| | |
| | ¡Alzad, alzad vuestros brazos |
| | como se alzaron en Rusia! |

Julia de Burgos, *Desde el Puente Martín Peña. Poema en veinte surcos*, 1938.

## Nota cultural

[1] *Martín Peña es un barrio pobre de San Juan, la capital de Puerto Rico. Está cerca de la laguna que ocupa un espacio grande en medio de la ciudad. Como en cualquier barrio pobre hay montones de casas. La imagen del ejército de casas es buena cuando se piensa que al amanecer aparecen de repente con la primera luz.*

## Comprensión

**11-6** Conteste Ud. las siguientes preguntas.

1. ¿Qué describen las dos primeras estrofas?
2. ¿Qué es lo que corta el sueño de las criaturas enflaquecidas?
3. ¿Qué características tiene la laguna?
4. ¿Qué les pasa a las canciones y las poesías del barrio?
5. ¿De qué disfrutan los hombres del otro lado?
6. ¿Con quiénes deben unirse los obreros?
7. ¿Qué modelo sugiere la poeta/poetisa para los obreros?

## Expansión

**11-7 Análisis literario.** Conteste Ud. las siguientes preguntas.

**A.** Sobre Guillén:
1. En *Balada...*, ¿cómo puede decir el poeta que sus abuelos muertos lo acompañan?
2. ¿Cómo ha sido la vida de cada uno de los abuelos?
3. ¿Qué efecto tiene el que el poeta deja de hablar de uno y otro y comienza a hablar de «los dos»?
4. ¿Tiene el poema una conclusión negativa o positiva?
5. En *Sensemayá,* ¿qué instrumento imitan las palabras rítmicas?
6. ¿Ud. puede pensar en una interpretación sociopolítica del poema?

**B.** Sobre Julia de Burgos:
1. ¿A quién realmente critica la poeta en *A Julia...*?
2. ¿Qué efecto cree Ud. que logra la poeta con el uso de un «yo» público y uno privado o interior?
3. ¿Cuál es la escena general en *Desde el puente...*?
4. ¿Cómo se describiría la solución que propone?

**11-8 Entrevista.** Imagínese que Ud. va a entrevistar a uno de los dos autores sobre su visión de la sociedad en que vive. Un(a) compañero(a) de clase hará el papel del autor entrevistado.

Ejemplos de preguntas iniciales:

*¿Cómo es la situación racial en Cuba? ¿Cuáles son los elementos que la caracterizan?*

**11-9 Minidrama.** Presenten Ud. y otra(s) persona(s) de la clase un breve drama sobre alguna situación de injusticia en su propio país. Tomen posiciones contrarias sobre casos específicos. Algunos temas posibles: la igualdad de la mujer; la pobreza o su solución en algún caso específico.

**11-10 Opiniones y actitudes.** Escriba Ud. un párrafo sobre uno de los temas siguientes o explíqueselo a la clase.

1. Puerto Rico: ¿debe ser estado, país independiente o seguir como Estado Libre Asociado?
2. El racismo y la inmigración.
3. Las dificultades de la mujer en la sociedad contemporánea.

**11-11 Situación.** Con un(a) compañero(a) de clase, preséntenle Uds. a la clase un diálogo en el cual discutan las relaciones que han existido entre Cuba y los Estados Unidos. Uno de Uds. cree que la política de aislar Cuba era justa. Menciona la relación que existía entre Cuba y la Unión Soviética, el esfuerzo de exportar la revolución a otros países, la falta de derechos humanos en Cuba, la intransigencia de Castro y otros factores que justificaban la política de los Estados Unidos. La otra persona está de acuerdo con algunas de esas observaciones, pero cree que siempre es mejor dialogar que aislar. Cita el ejemplo de los diálogos entre los líderes de los Estados Unidos y la Unión Soviética, diálogos que al cabo resultaron en un cambio profundo en las relaciones entre los dos países. Para esa persona, el aislamiento no es una solución: es parte del problema. (Uds. deben añadir otros argumentos para apoyar su opinión.)

# Arte

## El arte moderno cubano

A principios del siglo XX, el arte cubano era de poca originalidad y de marcada tendencia tradicionalista; sin embargo, en la década de los veinte aparecieron algunos innovadores que buscaban liberarse de los temas y estilos de la generación anterior. Incorporaron al arte cubano los más variados estilos europeos: el surrealismo, el cubismo, el expresionismo, etc. En el caso del arte representativo, muchos motivos son netamente cubanos: el gallo, los animales campestres, el paisaje tropical y especialmente el tema afrocubano. Dentro de este esquema general se encuentra un individualismo muy hispánico, como se puede observar en la obra de los tres artistas que se incluyen aquí: **Amelia Peláez** (1897–1968), **Wifredo Lam** (1902–1982) y **Mario Carreño** (1913– ).

Amelia Peláez inició sus estudios de arte en la Academia de San Alejandro en La Habana, pero el deseo de conocer mejor las nuevas técnicas del arte moderno la llevó primero a Nueva York y después a Francia, donde pasó siete años estudiando y buscando una expresión propia. Al volver a Cuba Peláez presentó una exposición de su obra. Luego se dedicó a pintar objetos domésticos y es aquí donde descubrió su propio estilo. Los motivos decorativos que se mezclan en sus cuadros —plantas, rejas, vidrios de colores, etc.— prestan un aspecto barroco a sus pinturas, vinculándola a una tradición muy arraigada en la cultura hispánica. Aunque también se ha interesado por el arte abstracto, lo que caracteriza su obra y la ha llevado a los mejores museos del mundo es su expresión de la tradición criolla de los pueblos provincianos.

Wifredo Lam, hijo de padre chino y madre mulata, nació en un pueblo interior de Cuba. Su padre, hombre culto y amante de la educación, lo alentó siempre en su carrera de pintor. De su madre aprendió los bailes, canciones y ritos afrocubanos que llegarían a tener una influencia enorme en su obra futura. Lam fue becado por su ciudad natal y fue a Madrid, donde había de pasar unos quince años y llegaría a familiarizarse con la tradición artística europea de la época. Pero sólo años más tarde llegaría a interesarse seriamente por lo que llamó la *cosa negra.* En unas máscaras y esculturas negras que vio por primera vez en Madrid, descubrió Lam otra tradición, suya por derecho de la sangre, y este encuentro le dio mayor conciencia de su persona, de los medios que eran suyos. Al estallar la Guerra Civil española en 1936 Lam fue primero a Barcelona y después a París, donde intimó con Picasso y con los surrealistas, y absorbió técnicas e ideas que habían de influir mucho en su evolución posterior. Picasso se interesó mucho por el cubano, y compartió su entusiasmo por el arte africano. Con la llegada de la Segunda Guerra mundial a Francia, volvió Lam a Cuba, donde en la década de los cuarenta pintó obras de inspiración afrocubana. Tal vez la más importante de esas pinturas es *La manigua (La jungla),* obra neoprimitiva de enorme vitalidad. En ésta el pintor nos presenta las fuerzas irracionales del subconsciente por medio de imágenes surrealistas en las que se mezclan formas semihumanas con las de una vegetación exuberante.

Como Peláez y Lam, Mario Carreño también estudió en la Academia de San Alejandro antes de viajar a Europa. Como Lam, vivió primero en Madrid (1932–1935) y después en París, con una breve estadía en México. Al estallar la Segunda Guerra mundial, Carreño volvió a Cuba, y después estuvo en los Estados Unidos, como profesor de pintura en la New School for Social Research en Nueva York. Hoy día sigue viviendo en el extranjero. La obra de Carreño se divide entre obras representativas de puro tema cubano y obras abstractas. En el cuadro *Tornado* Carreño capta la violencia de los desastres naturales en un estilo caracterizado por la energía y la vitalidad.

En las obras de Peláez, Lam y Carreño vemos una síntesis de lo moderno y lo tradicional, de lo cosmopolita y lo autóctono y de las varias tradiciones culturales donde se halla el genio del artista hispanoamericano contemporáneo.

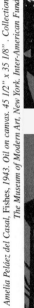

*Mario Carreño, Tornado, 1941. Oil on canvas. 31" x 41". Collection, The Museum of Modern Art, New York, Inter-American Fund.*

## ◄ Tornado

¿Cuántos objetos puede Ud. identificar en este cuadro? ¿En qué sentido es realista la pintura? ¿Se podría interpretar también como pintura surrealista? ¿Hay elementos abstractos? ¿Cuáles son?

*Amelia Peláez del Casal, Fishes, 1943. Oil on canvas. 45 1/2" x 35 1/8". Collection, The Museum of Modern Art, New York, Inter-American Fund.*

## ▲ Pescados

Además de los pescados, ¿qué otros objetos puede Ud. identificar en el cuadro? ¿Hay elementos barrocos en *Pescados?* ¿Cómo es la perspectiva en la pintura?

*Wifredo Lam, The Jungle, 1943. Gouache on paper mounted on canvas, 7' 10 1/4" x 7' 6 1/2". Collection, The Museum of Modern Art, New York, Inter-American Fund.*

## ▲ La manigua (La jungla)

Las leyes de perspectiva indican que los objetos alejados se ven más pequeños que los cercanos y que las líneas paralelas parezcan converger hacia un punto situado en el infinito (punto de fuga). En *La Manigua,* de Wifredo Lam, el pintor parece rechazar ese concepto de la composición; cada parte del cuadro tiene tanta importancia como las otras. En las formas humanas del cuadro no es difícil distinguir tanto la influencia de las máscaras africanas como la de Picasso en su época de *Guernica.* El cuadro en su totalidad puede interpretarse por lo menos en dos niveles: como representación de las danzas (del culto de vudú), presenciadas por el artista, o como representación de las fuerzas poderosas del subconsciente del hombre moderno.

## Para comentar

**11-12** Haga Ud. las siguientes actividades.

1. ¿Cuáles son los principales motivos tropicales representados en los cuadros que hemos visto?

2. Específicamente, ¿qué técnicas modernas han utilizado los pintores en estos cuadros?

3. Comente Ud. sobre el simbolismo usado en una de las obras literarias y en una de las pinturas estudiadas en esta unidad.

4. Busque Ud. en el Internet o en la biblioteca otros ejemplos del arte de Peláez, Lam o Carreño y preséntele a la clase un comentario sobre lo que ha podido encontrar.

5. Escriba Ud. un ensayo sobre uno de los temas siguientes.
   a. Los problemas que va a tener que enfrentar el inmigrante en los Estados Unidos.
   b. Las contribuciones de los afroamericanos a nuestra cultura.
   c. La acción afirmativa en nuestro país.

# La presencia hispánica en los Estados Unidos

## Literatura

*Mi caballo mago,* Sabine Ulibarrí

## Arte

Santos y santeros
- Adán y Eva
- Cristo atado a la columna
- Carreta de la muerte

◄ ¿Dónde están los trabajadores migratorios que se ven en esta foto? ¿Le gustaría a Ud. hacer este tipo de trabajo? ¿Por qué sí o por qué no?

# Literatura: *Mi caballo mago*

## Enfoque

Hoy día, el 12,5% de la población total de los Estados Unidos, o una en cada ocho personas, está formado por gente de origen hispánico. Según el censo del año 2000 suman 32,8 millones de personas. Se dividen en los siguientes grupos: 66,1% mexicanos; 4% cubanos; 9% puertorriqueños; 14,5% centro- y sudamericanos y 6,4% «otros». En algunas regiones este porcentaje de la población es más grande: en el Suroeste, por ejemplo, y en California, Illinois, Nueva York y Florida.

Como son diversas las razones por las cuales estos inmigrantes o descendientes de inmigrantes hispanos viven hoy en los Estados Unidos, también es diversa la actitud que adoptan ante la cultura norteamericana. Algunos, como los cubanos que buscaron refugio en este país después de la revolución de 1959, aceptan la cultura estadounidense. Otros, que se ven incorporados a la fuerza, la rechazan y tienden a defender su cultura original. Tal es el caso de muchos descendientes de puertorriqueños y mexicanos. La actitud de estos últimos, especialmente la de muchos jóvenes de hoy, es el resultado lógico de un proceso histórico que se basó más en la fuerza que en la elección, y que produjo y sigue produciendo antagonismos entre hispanos y anglosajones.

Existen hoy movimientos para mejorar la condición del hispano, y están íntimamente vinculados con otros movimientos de bienestar social y económico que surgieron después de la Segunda Guerra mundial. Sin embargo, había poca actividad organizada entre los hispanos hasta 1965 cuando, bajo la dirección práctica y espiritual de César Estrada Chávez, se proclamó el Plan de Delano en California. El Plan, que reflejaba la solidaridad espiritual e idealista de los campesinos y que se llamó La Causa, rápidamente ganó el apoyo de los habitantes urbanos. Además de Chávez, surgieron otros líderes carismáticos como Reies López Tijerina en Nuevo México y Rodolfo (Corky) Gonzáles en Colorado. Tijerina se dedicó a tratar de recobrar las tierras confiscadas a los hispanos por los anglosajones después de 1848, fecha del Tratado de Guadalupe Hidalgo. Fundó la Alianza Federal de los Pueblos Libres, movimiento que ya no existe hoy, pero cuyo ejemplo ha inspirado a varios abogados que siguen trabajando a favor de los derechos de los habitantes de la región. En Denver y otros centros urbanos, la actividad de Corky Gonzáles ha sido extraordinaria, tanto en la política como en los esfuerzos para mejorar la condición de los pobres de los centros urbanos. Fundó La Raza Unida, partido político cuyo propósito era fomentar los intereses de los chicanos y creó La Cruzada para la Justicia con el fin de preservar su cultura. Hoy día se pone más atención en el aumento del poder político, especialmente al nivel municipal y estatal.

Toda esta actividad de carácter político, económico y social está acompañada de un esfuerzo cultural en las artes como la pintura mural, la música folclórica y la literatura. Se pueden dividir en artes con motivo de protesta y las que siguen las tradiciones culturales como en *Mi caballo mago* de Sabine Ulibarrí.

○ **Trabajen en grupos pequeños.**

Los estereotipos son un peligro constante en el esfuerzo de construir una sociedad justa. Con su compañero(a) de clase haga una lista de características estereotipadas de los latinos en los Estados Unidos y una lista semejante de estereotipos atribuidos a los anglosajones por otros grupos étnicos. Compare sus listas con las de otros grupos de la clase.

## Vocabulario útil

Estudie Ud. estas palabras.

**Verbos**
detener  *to stop, detain*
lanzar  *to throw, launch*
poblar (ue)  *to populate*

**Sustantivos**
la cerca  *fence*
el desafío  *challenge, dare*
el guante  *glove*
la huella  *footprint, track, trace*
la ladera  *hillside*
la llanura  *plain, prairie*
la mancha  *stain, spot of color*
el potrero  *pasture*
el silbido  *whistle, whistling*
el vaquero  *cowboy*

la vereda  *path, trail*
la yegua  *mare*

**Adjetivos**
jadeante  *panting*
tembloroso(a)  *trembling, shaking*
varonil  *manly, courageous*

**Otras palabras y expresiones**
alrededor  *around*
(ni) siquiera  *(not) even*
una y otra vez  *over and over; again and again*
venido(a) a menos  *come down in the world*

## Para practicar

Complete el párrafo con una palabra o una frase del **Vocabulario útil** según la definición entre paréntesis.

El _____ (persona que trabaja con vacas) tuvo que salir a buscar la _____ (caballo hembra) con la _____ (área de color) negra que se había escapado saltando la _____ (construcción que encierra un área) del _____ (lugar de yerba para los animales). Encontrarla era un _____ (obstáculo) para el joven _____ (fuerte como un hombre). En la _____ (camino) se veían claramente las _____ (impresiones) de las patas del caballo. Se _____ (paró) antes de subir la _____ (terreno que sube) que conducía a la _____ (terreno plano). Subió _____ (que sacudía) y al llegar esperó para dejar descansar su caballo _____ (que respiraba fuerte). Miró _____ (a todas partes) mientras dio _____ (repetidamente) un _____ (sonido musical) recio, pero no pudo ver la yegua.

## Preparación para la lectura

**12-1** Lea Ud. el siguiente trozo del cuento que va a aparecer en esta unidad. Subraye las palabras o expresiones que Ud. no entienda. Después, con otra persona de la clase, discutan Uds. lo subrayado para saber si pueden adivinar lo que quiere decir.

*Yo tenía quince años. Y sin haberlo visto nunca el brujo me llenaba ya la imaginación y la esperanza. Escuchaba embobado a mi padre y a sus vaqueros hablar del caballo fantasma que al atraparlo se volvía espuma y aire y nada. Participaba de la obsesión de todos, ambición de lotería, de algún día ponerle mi lazo, de hacerlo mío, y lucirlo los domingos por la tarde cuando las muchachas salen a paseo por la calle.*

*Pleno el verano. Los bosques verdes, frescos y alegres. Las reses lentas, gordas y luminosas en la sombra y en el sol de agosto. Dormitaba yo en un caballo brioso, lánguido y sutil en el sopor del atardecer. Era hora ya de acercarse a la majada, al buen pan y al rancho del rodeo. Ya los compañeros estarían alrededor de la hoguera agitando la guitarra, contando cuentos del pasado o de hoy o entregándose al cansancio de la tarde. El sol se ponía ya, detrás de mí, en escándalos de rayo y color. Silencio orgánico y denso.*

**12-2** Estrategia de repaso. Recuerde usar las palabras que ya sabe para ayudar en adivinar el significado de palabras nuevas. Busque en el **Vocabulario útil** una palabra semejante a cada una de las siguientes y adivine lo que significan estas palabras nuevas.

_____ cercar _____
_____ desafiar _____
_____ jadear _____
_____ manchar _____
_____ pueblo _____
_____ silbar _____
_____ temblar _____

# Mi caballo mago[1]

**Sabine Ulibarrí** (1919–2003) en un pueblo pequeño en el norte del estado de Nuevo México llamado Tierra Amarilla. Es una región poblada por hispanos desde tiempos coloniales y caracterizada por una sociedad principalmente rural que ha gozado de cierta tranquilidad y permanencia.

5     Muchos de sus cuentos, como el que aparece aquí, tratan de la vida de esa región con fuerte tono nostálgico. Dijo el autor en una entrevista «Yo estoy viendo todo ese mundo a través del recuerdo, y el recuerdo suaviza, ennoblece, enriquece la experiencia… Yo vivo con una Tierra Amarilla de mi infancia y de mi juventud… » No sorprende que su libro más leído es la
10     edición bilingüe *Tierra Amarilla*. Otros temas incluyen cuentos con elementos fantásticos y otros basados en tradiciones folclóricas. La experiencia de trabajar en el Ecuador también inspiró un libro *Amor y Ecuador*. Ulibarrí también ha publicado varias colecciones de poesía.

    Además de escritor, Ulibarrí ejerció durante más de treinta y cinco años,
15     su profesión de profesor universitario en la Universidad de Nuevo México en Albuquerque, hasta jubilarse en 1988. Este cargo resultó en la publicación de varios artículos y libros críticos. También ocupó la presidencia de la *American Association of Teachers of Spanish and Portuguese*.

20     Era blanco. Blanco como el olvido°. Era libre. Libre como la alegría. Era la ilusión, la libertad y la emoción. Poblaba y dominaba las serranías° y las llanuras de las cercanías°. Era un caballo blanco que llenó mi juventud de fantasía y poesía.

    Alrededor de las fogatas° del campo y en las resolanas° del pueblo los
25     vaqueros de esas tierras hablaban de él con entusiasmo y admiración. Y la mirada se volvía turbia° y borrosa° de ensueño°. La animada charla se apagaba°. Todos atentos a la visión evocada. Mito del reino° animal. Poema del mundo viril.

    Blanco y arcano°. Paseaba su harén por el bosque de verano en
30     regocijo° imperial. El invierno decretaba° el llano y la ladera para sus hembras°. Veraneaba° como rey de oriente en su jardín silvestre°. Invernaba° como guerrero ilustre que celebra la victoria ganada.

    Era leyenda. Eran sin fin las historias que contaban del caballo brujo°. Unas verdad, otras invención. Tantas trampas°, tantas redes°, tantas
35     expediciones. Todas venidas a menos°. El caballo siempre se escapaba, siempre se burlaba°, siempre se alzaba por encima del dominio de los hombres. ¡Cuánto valedor° no juró ponerle su jáquima° y su marca° para confesar después que el brujo había sido más hombre que él!

    Yo tenía quince años. Y sin haberlo visto nunca el brujo me llenaba ya la
40     imaginación y la esperanza. Escuchaba embobado° a mi padre y a sus vaqueros hablar del caballo fantasma que al atraparlo° se volvía espuma y aire y nada. Participaba de la obsesión de todos, ambición de lotería, de algún día ponerle mi lazo,[2] de hacerlo mío, y lucirlo° los domingos por la tarde cuando las muchachas salen a paseo por la calle.

45     Pleno el verano°. Los bosques verdes, frescos y alegres. Las reses° lentas, gordas y luminosas en la sombra y en el sol de agosto. Dormitaba° yo en un caballo brioso°, lánguido y sutil en el sopor° del atardecer. Era hora ya

*Glosses (left margin):*
- oblivion
- mountains
- environs
- campfires; patios
- hazy; blurry; dream
- was stopped; kingdom
- mysterious
- rejoicing; required
- females; He summered; wild; He wintered
- enchanted
- tricks; nets
- failures
- mocked
- brave soul; bridle; brand
- open-mouthed
- on trapping him
- show him off
- High summer; cattles
- I nodded
- spirited; lethargy

| | |
|---|---|
| *blanket; mess; roundup* | de acercarse a la majada°, al buen pan y al rancho° del rodeo°. Ya los |
| *campfire* | compañeros estarían alrededor de la hoguera° agitando la guitarra, contando |
| | cuentos del pasado o de hoy o entregándose al cansancio de la tarde. El sol |
| *riot* | se ponía ya, detrás de mí, en escándalos° de rayo y color. Silencio orgánico |
| | y denso. |
| *glade* | Sigo insensible a las reses al abra°. De pronto el bosque se calla. El |
| *disconcerts* | silencio enmudece°. La tarde se detiene. La brisa deja de respirar, pero |
| | tiembla. El sol se excita. El planeta, la vida y el tiempo se han detenido de |
| | una manera inexplicable. Por un instante no sé lo que pasa. |
| *make it out* | Luego mis ojos aciertan°. ¡Allí está! ¡El caballo Mago! Al extremo del |
| *engraving* | abra, en un promontorio, rodeado de verde. Hecho estatua, hecho estampa°. |
| *background* | Línea y forma y mancha blanca en fondo° verde. Orgullo, fama y arte en |
| *fiery; invincible* | carne animal. Cuadro de belleza encendida° y libertad varonil. Ideal invicto° |
| *I tremble* | y limpio de la eterna ilusión humana. Hoy palpito° todo aún al recordarlo. |
| *Challenge* | Silbido. Reto° trascendental que sube y rompe la tela virginal de las |
| *erect; flashing; waving* | nubes rojas. Orejas lanzas°. Ojos rayos°. Cola viva y ondulante°, desafío |
| *moving; shiny hoof* | movedizo°. Pezuña tersa° y destructiva. Arrogante majestad de los campos. |
| *mares* | El momento es eterno. La eternidad momentánea. Ya no está, pero |
| | siempre estará. Debió de haber yeguas°. Yo no las vi. Las reses siguen |
| | indiferentes. Mi caballo las sigue y yo vuelvo lentamente del mundo del |
| | sueño a la tierra del sudor. Pero ya la vida no volverá a ser lo que antes fue. |
| | Aquella noche bajo las estrellas no dormí. Soñé. Cuánto soñé despierto |
| | y cuánto soñé dormido yo no sé. Sólo sé que un caballo blanco pobló mis |
| | sueños y los llenó de resonancia y de luz y de violencia. |
| *pasture* | Pasó el verano y entró el invierno. El verde pasto° dio lugar a la blanca |
| *herds; hollows* | nieve. Las manadas° bajaron de las sierras a los valles y cañadas°. Y en el |
| | pueblo se comentaba que el brujo andaba por este o aquel rincón. Yo |
| *inquired; whereabouts* | indagaba° por todas partes su paradero°. Cada día se me hacía más ideal, |
| | más imagen, más misterio. |
| *steamy breath* | Domingo. Apenas rayaba el sol de la sierra nevada. Aliento vaporoso°. |
| | Caballo tembloroso de frío y de ansias. Como yo. Salí sin ir a misa. Sin |
| *saddlebags* | desayunarme siquiera. Sin pan ni sardinas en las alforjas°. Había dormido |
| *kept a good watch* | mal y velado bien°. Iba en busca de la blanca luz que galopaba en mis |
| | sueños. |
| | Al salir del pueblo al campo libre, desaparecen los caminos. No hay |
| *trace; sparkling* | rastro° humano o animal. Silencio blanco, hondo y rutilante°. Mi caballo |
| *(fig.) wake; opening* | corta el camino con el pecho y deja estela° eterna, grieta° abierta, en la mar |
| *white; skilled* | cana. La mirada diestra° y atenta puebla el paisaje hasta cada horizonte |
| | buscando el noble perfil del caballo místico. |
| | Sería mediodía. No sé. El tiempo había perdido su rigor. Di con él. En |
| | una ladera contaminada de sol. Nos vimos al mismo tiempo. Juntos nos |
| | hicimos piedra. Inmóvil, absorto y jadeante contemplé su belleza, su |
| *Sculptured* | arrogancia, su nobleza. Esculpido° en mármol, se dejó admirar. |
| *thrown* | Silbido violento que rompe el silencio. Guante arrojado° a la cara. |
| *command* | Desafío y decreto° a la vez. Asombro nuevo. El caballo que en verano se |
| *moving back and forth* | coloca entre la amenaza y la manada, oscilando° a distancia de diestra a |
| *from right to left* | siniestra°, ahora se lanza a la nieve. Más fuerte que ellas, abre la vereda a las |
| *flight* | yeguas. Y ellas lo siguen. Su fuga° es lenta para conservar sus fuerzas. |

Sigo. Despacio. Palpitante°. Pensando en su inteligencia. Admirando su valentía. Apreciando su cortesía. La tarde se alarga. Mi caballo cebado° a sus anchas.

Una a una las yeguas se van cansando. Una a una se van quedando a un
100  lado. ¡Solos! Él y yo. La agitación interna rebosa° a los labios . Le hablo. Me escucha y calla.

Él abre el camino y yo sigo por la vereda que me deja. Detrás de nosotros una larga y honda zanja° blanca que cruza la llanura. El caballo que ha comido grano y buen pasto sigue fuerte. A él, mal nutrido°, se le han
105  agotado las fuerzas. Pero sigue porque es él y porque no sabe ceder.

Encuentro negro y manchas negras por el cuerpo. La nieve y el sudor han revelado la piel negra bajo el pecho. Mecheros° violentos de vapor rompen el aire. Espumarajos° blancos sobre la blanca nieve. Sudor espuma y vapor. Ansia.
110  Me sentí verdugo°. Pero ya no había retorno. La distancia entre nosotros se acortaba implacablemente. Dios y la naturaleza indiferentes.

Me siento seguro. Desato° el cabestro. Abro el lazo. Las riendas tirantes°. Cada nervio, cada músculo y el alma en la boca. Espuelas° tensas en ijares° temblorosos. Arranca el caballo. Remolineo° el cabestro y lanzo el
115  lazo obediente.

Vértigo de furia y rabia. Remolinos de luz y abanicos° de transparente nieve. Cabestro que silba° y quema en la teja de la silla. Guantes violentos que humean. Ojos ardientes en sus pozos. Boca seca. Frente caliente. Y el mundo se sacude y se estremece. Y se acaba la larga zanja blanca en un
120  ancho charco blanco.

Sosiego° jadeante y denso. El caballo mago es mío. Temblorosos ambos, nos miramos de hito en hito° por un largo rato. Inteligente y realista, deja de forcejar° y hasta toma un paso hacia mí. Yo le hablo. Hablándole me acerco. Primero recula°. Luego me espera. Hasta que los dos caballos se saludan a la
125  manera suya. Y por fin llego a alisarle la crin°. Le digo muchas cosas, y parece que me entiende.

Por delante y por las huellas de antes lo dirigí hacia el pueblo. Triunfante. Exaltado. Una risa infantil me brotaba°. Yo, varonil, la dominaba. Quería cantar y pronto me olvidaba. Quería gritar pero callaba. Era un
130  manojo° de alegría. Era el orgullo del hombre adolescente. Me sentí conquistador.

El Mago ensayaba° la libertad una y otra vez, arrancándome de mis meditaciones abruptamente. Por unos instantes se armaba° la lucha otra vez. Luego seguíamos.
135  Fue necesario pasar por el pueblo. No había remedio. Sol poniente. Calles de hielo y gente en los portales. El Mago lleno de terror y pánico por la primera vez. Huía y mi caballo herrado° lo detenía. Se resbalaba° y caía de costalazo°. Yo lloré por él. La indignidad. La humillación. La alteza° venida a menos. Le rogaba que no forcejara, que se dejara llevar. ¡Cómo me
140  dolió que lo vieran así los otros!

Por fin llegamos a la casa. «¿Qué hacer contigo, Mago? Si te meto en el establo o en el corral, de seguro te haces daño. Además sería un insulto. No eres esclavo. No eres criado. Ni siquiera eres animal.» Decidí soltarlo en el

---

**Left margin glosses:**

Quivering
fed

bubbles

trench
undernourished

Plumes
Foam

executioner

I untie
tight reins; Spurs
flanks; I twirl

fans
whistles

Calm
we stared at each other
to struggle
he backs up
I stroke his mane

grew

a bunch

tested
was started

well-shod; slipped
on his side; arrogance

potrero. Allí podría el Mago irse acostumbrando poco a poco a mi amistad y
145 compañía. De ese potrero no se había escapado nunca un animal.

Mi padre me vio llegar y me esperó sin hablar. En la cara le jugaba una

*spark*

sonrisa y en los ojos le bailaba una chispa°. Me vio quitarle el cabestro al
Mago y los dos lo vimos alejarse, pensativos. Me estrechó la mano un poco
más fuerte que de ordinario y me dijo: «Esos son hombres.» Nada más. Ni
150 hacía falta. Nos entendíamos mi padre y yo muy bien. Yo hacía el papel de
*muy hombre* pero aquella risa infantil y aquel grito que me andaban por

*spoil, ruin*

dentro por poco estropean° la impresión que yo quería dar.

Aquella noche casi no dormí y cuando dormí no supe que dormía. Pues
el soñar es igual, cuando se sueña de veras, dormido o despierto. Al amanecer
155 yo ya estaba de pie. Tenía que ir a ver al Mago. En cuanto aclaró salí al frío a
buscarlo.

El potrero era grande. Tenía un bosque y una cañada. No se veía el Mago
en ninguna parte pero yo me sentía seguro. Caminaba despacio, la cabeza
toda llena de los acontecimientos de ayer y de los proyectos de mañana. De

*I start to run.*

160 pronto me di cuenta que había andado mucho. Aprieto el paso°. Miro
aprensivo a todos lados. Empieza a entrarme el miedo. Sin saber voy
corriendo. Cada vez más rápido.

*I cover*
*hidden*
*sniffing*

No está. El Mago se ha escapado. Recorro° cada rincón donde pudiera
haberse agazapado°. Sigo la huella. Veo que durante toda la noche el Mago
165 anduvo sin cesar buscando, olfateando°, una salida. No la encontró. La
inventó.

*barbed wire*

Seguí la huella que se dirigía directamente a la cerca. Y vi como el rastro
no se detenía sino continuaba del otro lado. El alambre era de púas°. Y había
manchas rojas en la nieve y gotitas rojas en las huellas del otro lado de la
170 cerca.

*knot*
*Sobs*

Allí me detuve. No fui más allá. Sol radiante en la cara. Ojos nublados y
llenos de luz. Lágrimas infantiles en mejillas varoniles. Grito hecho nudo° en
la garganta. Sollozos° espaciosos y silenciosos.

Allí me quedé y me olvidé de mí y del mundo y del tiempo. No sé cómo
175 estuvo, pero mi tristeza era gusto. Lloraba de alegría. Estaba celebrando, por
mucho que me dolía, la fuga y la libertad del Mago, la trascendencia de ese

*indomitable*
*enriched*

espíritu indomable°. Ahora seguiría siendo el ideal, la ilusión y la emoción.
El Mago era un absoluto. A mí me había enriquecido° la vida para siempre.

Allí me halló mi padre. Se acercó sin decir nada y me puso el brazo

*flecks*

180 sobre el hombro. Nos quedamos mirando la zanja blanca con flecos° de rojo
que se dirigía al sol rayante.

*Sabine Ulibarrí*

## Notas culturales

[1] *Mago significa* magic *o* magical. *El autor ha traducido el título como* My Wonder Horse.

[2] *Hay varias palabras relaciondas con la cría del ganado que se han adoptado en inglés debido
a que los anglos aprendieron esta actividad de los mexicanos del suroeste. En este cuento se ven*
laso = lasso; rodeo = roundup *(y los juegos con que se celebra el rodeo);* vaquero = buckaroo;
rancho = ranch *(pero con significado diferente) y* corral. *Otras son la* reata = lariat *y* burro.

## Comprensión

**12-3** Conteste las siguientes preguntas.

1. ¿En qué sentido es un caballo «mago»?
2. ¿Qué efecto tenía en los vaqueros la mención del caballo?
3. ¿Qué resultado tuvieron los vaqueros que trataron de ponerle su marca al caballo?
4. ¿Qué había pasado cuando el joven dice «ya la vida no volverá a ser lo que antes fue»?
5. ¿Por qué cambió el verde pasto a blanca nieve?
6. Describa con sus propias palabras cómo era el pueblo cuando el joven salió el domingo.
7. ¿Con quién estaba el caballo cuando lo encontró el joven?
8. ¿Cómo huyó el caballo?
9. ¿Por qué se sentía verdugo?
10. ¿Con qué atrapa al caballo?
11. ¿Cómo era el caballo al pasar por el pueblo?
12. ¿Qué hizo llorar al joven?
13. ¿Por qué tuvo dificultad en dar la impresión de «muy hombre»?
14. ¿Qué hizo el caballo durante la noche?
15. ¿Cómo se hizo daño al escaparse?
16. ¿Cómo se sentía al comprender que estaba suelto el caballo?

## Expansión

**12-4 Analisis literario.** Conteste las siguientes preguntas.

1. ¿En qué sentido tiene el cuento una estructura «circular»?
2. ¿Qué característica física del caballo se menciona más frecuentemente? ¿Qué otros elementos tienen la misma característica?
3. No hay mujeres en el cuento pero ejercen una influencia. ¿Cuál es su influencia?
4. En varias ocasiones el autor hace descripciones usando oraciones cortas o incompletas. ¿Qué efecto logra con esto?

**12-5 Ensayo.** ¿Cómo se explica que el joven llorara de alegría cuando se dio cuenta de que el caballo se había escapado del potrero? ¿Cómo podía estar feliz en tales circunstancias? Escriba un ensayo sobre este tema.

**12-6 Minidrama.** Presenten Ud. y otra(s) persona(s) de la clase un breve drama sobre uno de los temas siguientes.

1. La conversación que tiene el joven con su padre sobre el caballo después del fin del cuento.
2. Una conversación entre el joven y un amigo de su misma edad sobre por qué quiere domar el caballo.

**12-7 Opiniones y actitudes.** Escriba Ud. un párrafo sobre uno de los temas siguientes o explíqueselo a la clase.

1. Las diferencias entre la actitud de un inmigrante y la de una persona de Tierra Amarilla que vive en los Estados Unidos como resultado de una guerra contra México.
2. Los elementos culturales y las personas latinas muy populares hoy día.
3. La situación de los inmigrantes sin documentos en los Estados Unidos.

**12-8 Situación.** Con un(a) compañero(a) de clase, preséntenle Uds. a la clase un diálogo sobre si se debe o no establecer el inglés como la lengua oficial de los Estados Unidos. Uno de Uds. cree que sí se debe. Insiste en que el hablar un solo idioma es esencial si se quiere mantener la unidad del país. Como hay tantos inmigrantes de países hispánicos, es más importante que nunca insistir en que aprendan el idioma. También, es esencial para que obtengan puestos en la industria o en el comercio. Deben aprender inglés lo antes posible y abandonar el uso del español si quieren ser buenos ciudadanos. La otra persona también cree que deben aprender inglés, pero no cree que se deba establecer el inglés como lengua oficial, ya que eso puede dar la impresión de que la cultura anglosajona es superior a otras culturas. Además, es importante mantener la diversidad en nuestro país y la diversidad no impide la unidad del país. Como nuestra participación en el mercado mundial es tan importante hoy día, debemos estimular el estudio de lenguas y culturas extranjeras. La presencia en nuestro país de personas que saben hablar dos o más idiomas es algo positivo, no negativo. (Uds. pueden añadir más argumentos originales.)

# ➤ Arte

## Santos y santeros

Durante los siglos XVIII y XIX, la religión era muy importante para los pueblos del norte de Nuevo México y del sur de Colorado, como lo demostraron las artes populares de la región. No sólo las iglesias, sino muchas casas particulares tenían santos patrones, y muchos ríos, montañas y sierras recibieron nombres religiosos. Se crearon muchas obras artísticas en honor a santos, representándolos en forma realista, siguiendo una larga tradición española. Así lo divino se representaba por medio de lo real, y lo simbólico era comprensible cuando se le daba expresión física.

A causa de la falta de sacerdotes, debido en parte a la escasa población, a comienzos del siglo XIX se formaron en esta parte del país confraternidades religiosas como, por ejemplo, la Sociedad de Nuestro Padre Jesús Nazareno (luego llamada Los Hermanos Penitentes de la Tercera Orden de San Francisco). Era función de los *penitentes* mantener la fe, ayudar a los necesitados —a las viudas y a los huérfanos, por ejemplo— confortar a los moribundos y enterrar a los muertos. En cada pueblo se estableció una *morada* o casa en la que se reunía la confraternidad para servicios religiosos. Allí se guardaban los objetos que se empleaban en los servicios y procesiones de la confraternidad. Entre los objetos creados por los artistas y artesanos del pueblo para la morada siempre había pinturas o esculturas de imágenes religiosas que los creyentes llamaban *santos*. La creación de tales imágenes no era original de estas regiones, sino que continuaba una costumbre tradicional española. Las funciones de los santos también eran tradicionales: algunos servían de santo patrón a un pueblo; otros satisfacían necesidades especiales del creyente. Para el pueblo, el término *santo* incluía pinturas y esculturas de imágenes religiosas. Para referirse solamente a las esculturas, que frecuentemente eran talladas en madera, se empleaba la palabra *bulto*. Los bultos más comunes eran los que se usaban durante las procesiones y ceremonias de Semana Santa: representaciones de la Pasión de Cristo, la figura de la Dolorosa y varias figuras de la Muerte.

Como obras de arte, los bultos son la expresión más extraordinaria del arte popular que se haya producido dentro de las fronteras de los Estados Unidos. Técnicamente es impresionante la ingeniosidad del santero, que los fabricaba del material que tenía a mano en su pueblo aislado. Con frecuencia, él mismo cortaba los árboles para sus bultos y preparaba muchos de sus colores con los minerales y las plantas de la región. Aunque el tamaño de los bultos variaba mucho, los que representaban a Cristo y que frecuentemente se empleaban en la Semana Santa eran del tamaño de un hombre y tenían los brazos móviles, para poder ser usados en la representación de varios momentos de la Pasión.

Después de 1900 los santos fueron reemplazados por las esculturas y pinturas que se fabricaban en el este de Estados Unidos y que se hicieron populares en aquella época. Sin embargo, la tradición no desapareció totalmente. Los santeros modernos de Nuevo México, como **George López** (1900– ), de Córdova, y **Patrocinio Barela** (1908–1964), de Taos, ya no pintan sus bultos ni los crean exclusivamente para el uso de la morada o la iglesia de su pueblo. Pero todavía se siente en sus obras la devoción y el ascetismo que irradian los bultos antiguos y que caracterizaban a la gente que los creó.

## ⋏ Adán y Eva

Esta obra, de George López, se compone de tres partes: las figuras de Adán y Eva, el Diablo en forma de culebra en el árbol y el cerco con su follaje. A López se le debe el renacer del arte del santero, arte al que se dedicaban sus antepasados y por el que también se interesan sus parientes, muchos de los cuales continúan la tradición hoy día. ¿Qué es lo que Eva le ofrece a Adán?

## ⋏ Cristo atado a la columna

Esta escultura de Cristo, por un santero anónimo del siglo XIX, representa el sufrimiento de Cristo de una manera directa y realista. El bulto está articulado, de modo que es posible moverle los hombros y los codos. Se ha alcanzado el realismo al utilizar el tronco de un pino para la columna. El alargamiento de la figura, rasgo típico de los bultos, le da mayor dignidad y majestuosidad. ¿Qué pintor español también alargaba las figuras en sus pinturas?

Courtesy of the Anne Evans Collection, Denver Art Museum, Denver, Colorado.

### ◄ Carreta de la muerte

Tallada por *José Inez Herrera* en El Rito, Nuevo México, a fines del siglo XIX, la figura de doña Sebastiana (la Muerte) mira maliciosamente al espectador. El arco y la flecha sustituyen a la guadaña que se ha utilizado mucho en las representaciones europeas de la muerte, y reflejan la amenaza constante de las tribus de indios. La carreta de la muerte simbolizaba el triunfo de la muerte después de la Crucifixión y antes de la Resurrección. También sugiere la vanidad de todas las cosas mundanas, concepto este muy medieval. ¿Qué impresión produce esta figura en el espectador? ¿En qué sentido es realista la figura?

### Para comentar

**12-9** Haga Ud. las siguientes actividades.

1. ¿Qué es lo que uno debe saber para apreciar el arte de los santeros?

2. Con frecuencia el revolucionario moderno percibe a Cristo como a una persona revolucionaria, actitud que parece reflejar las preocupaciones y sentimientos de ese tipo de persona. ¿Cómo lo percibió El Greco? ¿Cuál fue la percepción de los santeros de Nuevo México?

3. ¿Qué actitudes del hispano del suroeste se reflejan en su literatura y arte?

4. Busque Ud. en el Internet o en la biblioteca más ejemplos del arte de los santeros y preséntele a la clase un comentario sobre lo que ha podido encontrar.

5. Escriba Ud. un ensayo sobre uno de los temas siguientes.
   a. Comparaciones y contrastes entre el arte y la literatura de los hispanos del suroeste y el arte y la literatura de los afroamericanos.
   b. La presentación del hispanoamericano en la televisión y en el cine.
   c. La importancia de la diversidad en nuestra cultura.

# Vocabulario

# Vocabulario

This vocabulary does not include articles, possessive adjectives, pronouns, numbers, or exact cognates. The gender of nouns is listed except for masculine nouns ending in **-o** and feminine nouns ending in **-a, -dad, -tad, -tud,** or **-ión.** Adverbs ending in **-mente** are not listed if the adjectives from which they are derived are included.

## Abbreviations

*adj* adjective
*adv* adverb
*Am* American
*auxil* auxiliary
*conj* conjunction
*dim.* diminutive
*f* feminine

*fig* figurative
*m* masculine
*n* noun
*pl* plural
*prep* preposition
*s* singular

## A

**abajo** below, down; bottom
**abalorio** glass bead
**abandonar** to abandon
**abanico** fan; *fig* fan-shaped
**abastecer** to supply
**abertura** opening
**abierto(a)** open; opened
**abismo** abyss, gulf, chasm
**ablución** ablution
**abofetear** to slap
**abogado(a)** lawyer
**aborto** abortion
**abotonar** to button
**abra** glade
**abrasar** to burn
**abrasivo** *n* abrasive
**abrazado(a)** embracing, hugging
**abrazar** to embrace
**abril** *m* April
**abrir** to open; **abrir cauce** to open a path
**abrogación** abrogation, repeal
**abrumado(a)** crushed, overwhelmed
**abruptamente** abruptly
**absceso** abscess
**absoluto(a)** absolute
**absorber** to absorb
**absorto(a)** engrossed
**abstracción** abstraction

**absurdo(a)** absurd
**abuelo(a)** grandfather, grandmother; **los abuelos** grandparents
**abultado(a)** bulky, massive, big; lengthy
**abundancia** abundance; plenty
**abundar** to abound; **abundar en** to be full of
**aburrido(a)** bored, boring
**aburrir** to bore; **aburrirse** to become bored, to get bored
**abuso** abuse
**acá** here
**acabar** to end, finish; **acabar de** to have just; **acabar por** to end by, to finally . . . ; **acabarse** to run out, to be exhausted
**academia** academy
**acalambrado(a)** with cramps
**acariciar** to caress
**acaso** perhaps
**acatado(a)** respected, revered, obeyed
**acceder** to accede, give in
**accidente** *m* accident
**acción** action
**acelerado** *fig* "speed" trip
**acelerar** to speed up, accelerate
**aceptable** acceptable
**aceptación** acceptation, acceptance
**aceptar** to accept

**acequia** channel, ditch

**acera** sidewalk

**acerbo(a)** harsh, acid

**acerca (de)** about, regarding

**acercarse (a)** to draw near, approach

**acertar (a)** to succeed in; to be able; to decide; to get right

**achaque** *m* failing; tribulation

**aclamar** to acclaim

**aclarar** to clarify; to dawn; to reveal

**acólito** acolyte

**acometer** to try

**acomodado(a)** comfortable, well-to-do; *fig* at home with

**acomodar** to place, put; to adjust

**acompañar** to accompany, go along

**acongojado(a)** grieved, afflicted

**aconsejar** to advise

**acontecer** to happen

**acontecimiento** event

**acordar** to agree

**acordarse (de)** to remember

**acordeón** *m* accordion

**acorralado(a)** cornered

**acortar(se)** to shorten

**acoso** pursuit; harassment

**acostarse** to lie down; to go to bed

**acostumbrarse** to grow accustomed

**acribillar** to pierce, perforate

**acta** *m* legal document, declaration

**actitud** attitude

**actividad** activity

**acto** act; **en el acto** there and then

**actuación** action, behavior

**actual** current, present, contemporary

**actualidad** present time

**actuar** to act

**acudir** to go, come, come up; to have recourse, seek help from

**acueducto** aqueduct

**acuerdo** agreement; **de acuerdo con** in agreement with; **estar de acuerdo** to agree

**acumulado(a)** accumulated

**acumulación** accumulation

**acurrucado(a)** curled up

**Adán** Adam

**adecuado(a)** appropriate; adequate

**adelante** ahead; **de ahí en adelante** from then on

**adelanto** advancement, progress

**además** moreover, besides; **además de** in addition to

**adentrarse** to enter

**adentro** within, inside

**adicional** additional

**adinerado(a)** wealthy

**adiós** good-bye

**adivinación** divination

**adivinar** to foretell, divine; to guess

**adivinasus (adivinanzas)** prophecies, fortune-tellings

**adivino(a)** soothsayer, fortuneteller

**adjetivo** adjective

**administrador(ra)** administrator

**administrar** to administer; to give

**administrativo(a)** administrative

**admiración** admiration

**admirador(ra)** admirer

**admirar** to admire; to cause surprise

**admitir** to admit

**adoctrinar** to indoctrinate

**adolescente** *adj* adolescent

**adoptar** to adopt

**adoquinar** to pave

**adorador(ra)** worshipper

**adorar** to adore, worship

**adormecido(a)** drowsy

**adornar** to adorn

**adorno** adornment, decoration

**adquisición** acquisition

**adulto** adult

**adverbio** adverb

**advertencia** warning, notice

**advertir** to notice

**afán** *n* urge

**afectación** affectation

**afectar** to affect

**afeitar** to shave

**aferrar** to clasp; **aferrarse en** to clasp

**afición** fondness, inclination

**aficionado(a)** fond of

**afiebrado(a)** feverish

**afirmación** affirmation; statement

**afirmar** to affirm; *fig* to dig in

**afirmativo(a)** affirmative

**afligidísimo(a)** very afflicted, very upset

**aforrar** to line

**afortunado(a)** fortunate

**afrenta** outrage, affront

**africano(a)** African

**afroamericano(a)** Afro-American

**afrocubano(a)** Afro-Cuban
**afrontar** to confront, face
**afuera** outside
**agachar** to lower; **agacharse** to stoop, squat, bend over, to crouch
**agarrar** to grasp; to hit
**agarrotado(a)** clenched
**agazapar(se)** to hide
**agencia** agency
**agente** *m* or *f* agent
**agitación** agitation
**agitado(a)** agitated; excited
**agitador(ra)** agitator
**agitar** to wave; **agitar la guitarra** to play the guitar
**aglomeración** agglomeration
**agónico(a)** in agony; agonizing
**agonizante** *adj* dying
**agonizar** to be dying
**agosto** August
**agotar** to run out
**agradable** pleasant
**agradar** to please, be pleasing to
**agradecer** to thank for, be grateful for
**agrario(a)** agrarian
**agravar** to aggravate, make more serious
**agraz: en agraz** quite short
**agregar** to add
**agresividad** aggressiveness
**agrícola** agricultural
**agricultor(ra)** agriculturist, farmer
**agricultura** agriculture
**agua** water
**aguacero** heavy shower
**aguafuerte** *f* etching
**aguamanil** *m* washbasin
**aguantar** to endure, "stand"
**aguaprieta** black water
**aguardar** to wait for; to await
**agudo(a)** sharp, penetrating, shrill
**águila** eagle
**aguja** needle
**agujero** hole
**ahí** there; **de ahí en adelante** from then on; **por ahí** over there
**ahito(a)** stuffed, full; disgusted
**ahogado(a)** drowned person
**ahogar** to smother; to quench; **ahogarse** to choke
**ahumado(a)** smoky, smoke-filled
**aindiado(a)** Indian-looking
**aire** *m* air; **al aire libre** open air

**aislamiento** isolation
**aislar** to isolate
**ajeno(a)** another's, foreign
**ajustar** to adjust; to fit
**ala** wing
**alabar** to praise
**alambrado** wire fence
**alambre** *m* wire; **alambre de alumbrado** power line
**alardear (de)** to brag (about being)
**alargación** lengthening, elongation
**alargar(se)** to lengthen, increase
**alarmar** to alarm
**alba** dawn
**alberca** tank, pool
**alborotado(a)** turbulent, excited, stirred up
**alcahueta** procurer, go-between
**alcaide** *m* jailor, warden
**alcalde** *m* mayor
**alcanzar** to achieve, overtake, reach; **alcanzar a** to succeed in
**alcoholismo** alcoholism
**aledaño(a) (a)** bordering, adjacent (to)
**alegar** to allege, affirm
**alegoría** allegory
**alegórico(a)** allegorical
**alegrarse (de)** to be glad (of)
**alegre** happy, joyous
**alegría** joy, gaiety
**alejado(a)** distant
**alegar** to remove to a distance; to go (far) away
**alejarse** to move away, recede
**alemán(a)na** German
**Alemania** Germany
**alentar** to encourage
**alerto(a)** alert
**alfombra** carpet
**alforja** saddlebag
**algo** something; somewhat
**alguien** someone
**alguno(a)** some, any
**alhaja** jewelry
**alianza** alliance
**alienado(a)** alienated
**aliento** *n* breath
**alimentación** nutrition
**alimentar** to feed, nourish
**alimento** food
**alisarse** to smooth
**alistar** to prepare

**aliviar** to alleviate, relieve
**alivio** alleviation, mitigation; relief
**allá** there; **más allá** further over; **más allá de** beyond
**allegados** upon arriving
**allí** there
**alma** soul
**almacén** *m* store, grocery store; bar
**almohada** pillow
**almorzar** to have lunch
**almuerzo** lunch
**alrededor (de)** around
**Altagracia** *m* All-Mighty
**alternación** alternation
**alternar** to alternate
**alternativa** alternative
**alternativo(a)** *adj* alternative
**alteza** arrogance
**altiplano** plateau, tableland
**altivo(a)** arrogant
**alto(a)** high, tall; **en voz alta** aloud; **en alto** on high; **las altas horas** the late hours; **lo alto** the high part; **hacer alto** to stop; **pasar por alto** to overlook
**altura** height
**alucinógeno(a)** hallucinogenic
**aludir** to allude, to refer
**alumbrado** light, power
**alumbrar** to light
**alusión** allusion
**alzar** to raise
**ama** mistress of the house; **ama de casa** housewife
**amable** likeable, amiable, nice
**amago** sign
**amainado(a)** lessened, subsided
**amanecer** to dawn; to be at daybreak; *n m* dawn
**amaneramiento** mannerism
**amar** to love
**amargo(a)** bitter
**amarillo(a)** yellow
**amarrar** to tie
**ambición** ambition
**ambicioso(a)** ambitious
**ambiente** *m* atmosphere; environment
**ámbito** limits, area
**ambos(as)** both
**ambulante** walking, strolling; **vendedor(ra) ambulante** *m* traveling salesperson, peddler

**amenaza** threat
**amenazante** threatening
**amenazar** to threaten
**ametralladora** machine gun
**amistad** friendship
**amistoso(a)** friendly, amicable
**amo(a)** master, mistress
**amontonadero** enormous pile, hoard
**amontonado(a)** piled up
**amor** *m* love; **amores** love affair
**amoroso(a)** *adj* love
**amparado(a)** sheltered, protected
**amparar** to protect
**amparo** protection, shelter; support
**ampollado(a)** blistered
**amuleto** amulet
**analfabetismo** illiteracy
**analfabeto(a)** illiterate
**análisis** *m* analysis
**analítico(a)** analytical
**analizar** to analyze
**ancho** broad, wide; ample; **a sus anchas** as one pleases, freely
**anciano(a)** old
**andaluz(a)** Andalusian
**andanza** wandering; event
**andar** to go, go around; to walk; to be; **¡anda!** come on now!; **andar a caballo** to ride horseback
**anécdota** anecdote
**anegado(a)** drowned, flooded
**anestesia** anesthesia
**anglo(a)** person of English descent
**anglosajón(ona)** Anglo-Saxon
**ángulo** angle
**angustia** anguish
**angustiado(a)** sorrowful
**anhelar** to desire, wish
**anhelo** desire, wish
**anillo** ring
**ánima** soul
**animación** animation
**animado(a)** lively, animated
**ánimo** spirit; **estado de ánimo** mood; **hacerse el ánimo de** to be willing to
**aniquilado(a)** annihilated
**anoche** last night
**anodino(a)** anodyne
**anónimo(a)** anonymous
**anormalidad** abnormality
**ansia** desire, anxiety

**antagonismo** antagonism, ill will

**antártico(a)** Antarctic

**ante** before; to; confronted with, in the presence of

**antebrazo** forearm

**antecedente** *m* antecedent

**antepasado** ancestor

**anterior** previous; before; front

**antes** before, first; **antes de** before

**anticipar** to anticipate

**antigüedad** antiquity

**antiguo(a)** ancient, old

**antojarse** to fancy, take a notion to; to occur to one

**antología** anthology

**antorcha** torch

**antropología** anthropology

**antropomorfo(a)** anthropomorphic

**anudar** to tie, knot; to join

**anular** to annul, make void, cancel

**anunciado(a)** foretold

**anunciar** to announce

**anuncio** announcement

**añadir** to add

**añejo(a)** old, aged, stale

**año** year; **cumplir... años** to reach one's ... birthday; **hace años** years ago; **tener... años** to be ... years old

**apacible** peaceful

**apagadamente** in a muffled way

**apagar** to turn off; **apagarse** to become mute, become silent; to go out (light)

**aparato** apparatus

**aparecer** to appear, show up

**aparente** apparent

**aparición** appearance; ghost

**apariencia** appearance

**apartado(a)** out-of-the-way, distant, remote

**apartamento** apartment

**apartarse** to move away

**apedrear** to stone

**apegado(a)** attached

**apellido** surname, family name

**apenas** scarcely, hardly, only

**aperitivo** apéritif, drink

**apio** celery

**aplacar** to placate

**aplaudir** to applaud

**aplauso** applause

**aplicado(a)** hard-working, industrious

**aplicarse** to be applied

**apogeo** apogee, height

**aportar** to contribute

**aposentar** to house

**aposento** room; house; lodging

**apostado(a)** posted

**apostrofar** to apostrophize

**apoyado(a)** supported, leaning

**apoyar** to support; to lean down; to rest; **apoyarse** to lean; to support oneself

**apoyo** support

**apreciación** appreciation

**apreciado(a)** esteemed

**apreciar** to appreciate, hold in esteem

**aprehendido(a)** apprehended

**aprender** to learn; **aprender de memoria** to memorize

**aprendiz** *m* apprentice

**aprendizaje** *m* apprenticeship

**aprensivo(a)** apprehensive

**apresurarse** to hurry

**apretar** to press down, weigh heavily; to be oppressive; to clench, squeeze; to grasp; **apretarse** to press oneself; **apretar el paso** to speed up

**aprisa** fast

**aprobar** to approve; to pass (a course)

**aprontarse** to get ready

**apropiado(a)** appropriate

**aprovechar(se) (de)** to take advantage of

**aproximadamente** approximately

**aproximarse** to approach, move near

**apto(a)** fit

**apuntar** to make note of; to point

**apuración** worry, trouble, misfortune

**apurarse** to hurry, hasten

**aquel(lla)** that; **aquél, aquélla** the former; **aquello** that (neuter)

**aquí** here

**aquiescencia** acquiescence

**árabe** Arab, Arabian

**aragonés(esa)** Aragonese

**araña** spider

**árbol** *m* tree

**arbusto** bush

**arca** *f* ark; chest

**arcángel** *m* archangel

**arcano** *n* arcane, mysterious

**arco** archery bow; bridge (of the nose); arch

**archivo** archive

**arder** to burn
**ardiente** ardent; burning
**arduo(a)** arduous
**areítos** *(indigenous language)* songs and dances
**arena** sand
**arengar** to harangue
**arete** *m* earring
**argentino(a)** Argentine, Argentinian
**argumento** argument
**aridez** *f* drought; aridity, barrenness
**árido(a)** arid, dry
**aristocracia** aristocracy
**arma** arm, weapon
**armado(a)** armed
**armadura** armour
**armamento** armament
**armar** to mount, prepare
**armario** closet
**armonía** harmony
**armonioso(a)** harmonious
**armonizar** to harmonize
**aro** ring, plug
**aromo** acacia (flower)
**arpa** harp
**arqueológico(a)** archeological
**arqueólogo(a)** archeologist
**arquitecto(a)** architect
**arquitectónico(a)** architectural
**arquitectura** architecture
**arraigado(a)** rooted
**arrancar** to pull out, pull off; to pull away
**arrastrar** to drag, drag away
**arrebatar** to carry off, snatch
**arreglar** to arrange; to fix; **arreglarse** to take care of oneself
**arriba** up, upward; top; on top
**arribar** to arrive
**arrimado(a)** sheltered
**arrogancia** arrogance
**arrogante** arrogant, proud
**arrojar** to throw
**arrollar** to sweep away, carry along; to trample
**arroyo** brook, small stream
**arroz** *m* rice
**arruga** *n* wrinkle
**arrugar** to wrinkle
**arruinar** to ruin
**arrullar** to sing a lullaby

**arte** *m* or *f* art
**artefacto** artifact
**arteria** artery
**artesano(a)** artisan
**articulado(a)** articulated
**artículo** article
**artificio** artifice
**artista** *m* or *f* artist
**asado(a)** roasted
**asaltar** to assault; to occur (an idea)
**asalto** assault
**ascender** to ascend
**ascetismo** asceticism
**asegurar** to assure, maintain; to make secure; to assert; **asegurarse** to make sure
**asentar** to sharpen, whet; to base
**asentarse** to settle (down)
**asentir** to assent
**aseo** neatness; cleanliness
**asesinar** to murder, kill
**asesinato** murder
**asesino** murderer
**asfalto** asphalt
**así** so, thus, therefore
**asiento** seat
**asimétrico(a)** asymmetrical
**asimilación** assimilation
**asimilarse** to assimilate
**asistencia social** welfare
**asistir** to attend
**asociar** to associate
**asoleado(a)** sunny
**asolearse** to sun oneself; *fig* to dry in the sun
**asomadita** peep; **darse una asomadita** to take a peep
**asomar** to peep, take a look
**asombrado(a)** surprised
**asombrar** to surprise, astonish; **asombrarse** to be astonished at
**asombro** astonishment, surprise
**asombroso(a)** astonishing
**aspecto** aspect
**áspero(a)** rough
**asqueroso(a)** nasty, nauseating
**astro** star
**astrología** astrology
**astronomía** astronomy
**astrónomo(a)** astronomer
**astucia** cunning, wit

**astuto(a)** cunning
**asumir** to assume
**asunto** affair; **asuntos internos** internal affairs
**asustado(a)** frightened
**asustarse** to get frightened, become frightened
**atabel** *m* drum
**atacar** to attack
**ataque** *m* attack
**atar** to tie
**atarantado(a)** foolish, dumbfounded
**atardecer** *m* dusk, late afternoon
**atareado(a)** busy
**ataúd** *m* coffin, casket
**atención** attention; **prestar atención** to pay attention
**atender** to attend; to take care of, tend to
**ateneo** athenaeum
**atento(a)** attentive
**ateo(a)** atheist
**aterrado(a)** terrified
**atestiguar** to bear witness
**atónito(a)** astonished, amazed
**atorarse** to choke, be choked
**atormentado(a)** tormented
**atracción** attraction
**atractivo(a)** attractive
**atraer** to attract
**atrapar** to catch
**atrás** behind
**atravesado(a)** stuck at an angle; pierced
**atravesar** to cross
**atreverse (a)** to dare to
**atrevido(a)** bold, daring
**atrevimiento** *n* daring
**atribuir** to attribute
**atributo** attribute
**atroz** *adj* atrocious
**aturdido(a)** rattled, confused
**aullar** to yell, howl
**aumentar** to increase
**aumento** increase
**aun** even
**aún** yet, still
**aunque** although, though; even if
**aurora** dawn
**ausentarse** to absent oneself
**ausente** absent
**austeridad** austerity
**austero(a)** austere

**auténtico(a)** authentic
**autobiográfico(a)** autobiographic
**autobús** *m* bus
**autóctona(a)** autochthonous, aboriginal, native
**autodeterminación** self-determination
**automático(a)** automatic
**automóvil** *m* automobile
**autonomía** autonomy
**autónomo(a)** autonomous
**autor(ra)** author, authoress
**autoridad** authority
**autosuficiente** self-sufficient
**auxiliar** to help, assist
**auxilio** help
**avanzado(a)** advanced
**avanzar** to advance
**avaricia** avarice
**ave** *f* bird
**avenida** avenue
**aventura** adventure
**aventurar** to venture
**averiguar** to inquire about
**avión** *m* airplane
**avisar** to inform; to warn of; to advise
**aviso** warning
**avivar** to awaken; **avive el seso** *fig* be alert
**ayer** yesterday
**ayuda** help, assistance
**ayudante** assistant, aide
**ayudar** to help, assist
**ayuna** *n* fast
**ayuntamiento** municipal government
**ayuntarse** to join together
**azadón** *m* hoe
**azar** *m* risk, chance, hazard, probability of chance
**azotar** to whip
**azote** *m* whip
**azotea** flat roof
**azteca** Aztec
**azúcar** *m* sugar
**azul** blue
**azulado(a)** bluish
**azulejo** tile

# B

**Babia: estar en Babia** to be daydreaming, have one's mind somewhere else

**bachillerato** high school baccalaureate

**badana** dressed sheepskin, leather strap

**bailar** to dance

**bailarina** ballerina

**baile** *m* dance

**bajar** to lower, go down; to become less;
　　**bajarse** to get off

**bajel** *m* ship, vessel

**bajo(a)** *adj* low, soft; *prep* beneath,
　　under; **en voz baja** in a whisper

**bajorrelieve** *m* bas-relief

**bala** bullet

**balacera** volley

**balada** ballad

**balanceo** swaying

**balazo** bullet wound, shot

**balcón** *m* balcony

**baldosa** tile

**banco** bank; bench

**bandera** flag

**banquete** *m* banquet

**baño** bath

**barba** beard

**barbaridad: ¡qué barbaridad!** what the
　　dickens!

**bárbaro(a)** barbarous

**barbero** barber

**barbilla** point of the chin

**barca** boat

**barco** ship

**barra** rod, bar; arm (of chair)

**barraca** hut, cabin

**barranca** ravine, gorge

**barrer** to sweep

**barrera** gap

**barrido(a)** swept up

**barrio** neighborhood, section, or district
　　of a city

**barro** mud, clay

**barroco(a)** baroque

**basarse (en)** to be based (on)

**base** *f* basis

**básico(a)** basic

**bastante** enough, quite

**bastar** to be enough, be adequate

**bastón** *m* cane, staff

**basura** garbage

**bata** dressing gown, robe

**batalla** battle

**batir** to beat, whip

**baúl** *m* chest, trunk

**bautismo** baptism

**bayoneta** bayonet

**beber** to drink

**bebida** drink

**beca** scholarship

**becado(a)** granted a scholarship

**becerro** calf

**béisbol** *m* baseball

**belleza** beauty

**bello(a)** beautiful, pretty

**bellota** acorn

**bendición** blessing

**bendito(a)** blessed

**beneficio** welfare office; benefit

**benévolo(a)** benevolent

**bengala: luz de bengala** flare

**besar** to kiss

**beso** kiss

**Biblia** Bible

**bíblico(a)** biblical

**biblioteca** library

**bien** well; very; **más bien** rather; **bienes**
　　*n m pl* possessions

**bienestar** *m* well-being

**bienvenido** welcome

**bilingüe** *adj* bilingual

**billete** *m* ticket; banknote

**biografía** biography

**bisnieto(a)** great-grandson, great-grand-
　　daughter

**blanco: en blanco** *adj* blank

**blando(a)** soft

**blindado(a)** armored

**bloque** *m* block

**bobo(a)** fool; *adj* silly

**boca** mouth; **a boca de jarro** point-
　　blank; **boca arriba** face up

**bocanada** whiff

**boda** wedding

**boicot** *m* boycott

**bola** ball

**bolillo** white bread; *fig* **gringo**

**boliviano(a)** Bolivian

**bolsa** bag

**bolsillo** pocket

**bolsón** *m* shopping bag

**bonachón, -na** good-natured, kind

**bonaerense** *adj* of Buenos Aires

**bondad** goodness

**bonito(a)** pretty

**boquera** corner of the mouth

**boquete** *m* opening; spot
**boquiabierto(a)** open-mouthed
**borde** *m* edge
**bordeado(a)** bordered
**borracho(a)** drunken
**borrar** to erase
**borroso(a)** vague, murky, blurry
**bosque** *m* woods
**bosquejar** to sketch
**bostezar** to yawn
**bota** boot, shoe
**botar** to kick (throw) out
**bote** *m* can, jar; boat
**botella** bottle
**botica** drugstore, pharmacy
**botón** *m* button
**bóveda** vault, dome
**boxeador** *m* boxer
**boxeo** boxing
**bracero** field hand, day laborer
**bramar** to bellow
**bravo(a)** brave; ill-tempered, ferocious
**brazo** arm
**breve** short, brief
**bribón, -na** rascal, scoundrel
**brigada** brigade
**brillantez** *f* brilliance
**brillar** to shine
**brillo** brilliance, brightness, lustre
**brincar** to leap
**brinco** leap; **pegar el brinco** to leap
**brioso(a)** spirited
**brisa** breeze
**británico(a)** British
**brocha** brush
**broma** joke
**bromear** to joke
**bronce** *m* bronze
**brotar** to gush, issue, produce; to germinate, bud
**bruja** witch
**brujería** witchcraft
**brujo** wizard, sorcerer
**buche: hacer buches** to gargle
**budismo** Buddhism
**buen, bueno(a)** good; well
**buey** *m* ox
**búho** owl
**bulto** bulk; statue
**burbuja** bubble
**burgués, -esa** bourgeois

**burguesía** bourgeoisie
**burlador(ra)** trickster, mocker
**burlarse (de)** to make fun (of), mock
**burlón(ona)** *adj* mocking
**burocracia** bureaucracy
**busca: en busca de** in search of
**buscar** to seek, look for, try to
**búsqueda** search
**butaca** armchair, seat
**buzón** *m* letter box, letter drop

## C

**cabal** real
**caballero** gentleman
**caballete** *m* ridgepole
**caballo** horse; **a caballo** on horseback
**cabaña** hut, cottage, cabin
**cabello** hair
**caber** to fit; **caber en suerte** to fall to the lot of; **no me cabe duda** I have no doubt
**cabestro** halter
**cabeza** head
**cabezal** *m* headrest
**cabo** extremity, tip; **al cabo** in the end; **al cabo de** after; **llevar a cabo** to carry out
**cacerola** basin
**cacto** cactus
**cada** each, every; **cada cual** each, every one, everybody
**cadáver** *m* corpse, cadaver
**cadena** chain
**cadera** hip
**cadete** *m* cadet
**caduco(a)** decrepit, ancient
**caer** to fall; **caerle mal** to be unbecoming; to dislike
**café** *m* café; coffee; *adj* brown
**caimán** *m* alligator
**caja** box
**cajón** *m* box, chest; booth, office
**calabozo** prison
**calado(a)** fixed
**calavera** skull
**calceta** stocking; **hacer calceta** to knit
**calcular** to calculate; to estimate
**cálculo** estimate
**caldera** broiler
**caldo** broth

**calendario** calendar

**calibre** *m* caliber

**calidad** quality

**caliente** hot

**calificado(a)** qualified; classified

**callado(a)** quiet

**callar** to silence, be silent; **callarse** to be silent, shut up; **tan callando** so silently

**calle** *f* street; **calle abajo** down the street

**callejero(a)** *adj* street

**callejuela** small street, lane

**calmar** to calm

**calor** *m* heat; **hacer calor** to be hot

**calvinista** *n* and *adj* Calvinist(ic)

**calzada** roadway

**cama** bed

**cámara** chamber; camera

**camastro** old bed, cot

**cambiar** to change

**cambio** change; **en cambio** on the other hand

**camilla** stretcher

**caminar** to walk; to travel; to go

**camino** road, path; **camino de** on the way to, in the direction of; **en camino** on the road

**camisa** shirt

**campanilla** bell

**campaña** campaign

**campesino(a)** peasant

**campestre** rural, rustic

**campo** country, countryside, field

**camposanto** cemetery

**canario** canary

**cancel** *m* curtain

**canciller** *m* chancellor

**canción** song

**candado** padlock

**candidato** candidate

**cándido(a)** simple, candid

**cano(a)** white

**canoa** canoe

**cansado(a)** tired

**cansancio** tiredness

**cansarse** to get tired, tire oneself

**cantante** *m* or *f* singer

**cantar** to sing

**cantera** quarry

**cantidad** quantity

**cantor(a)** singer

**canturrear** to hum

**caña** sugar cane

**cañada** hollow, stream bed

**caño** pipe, conduit

**caos** *m* chaos

**caótico(a)** chaotic

**capa** cape; layer, level

**capacidad** capacity

**capataz** overseer, foreman

**capaz** capable

**capilla** chapel

**capital** *m* capital, money; *f* capital city

**capitalito** small amount of money

**capitán** captain

**capítulo** chapter

**capricho** caprice, whim

**caprichoso(a)** whimsical, capricious

**captar** to capture

**cara** face

**carabela** caravel, sailing vessel

**carabinero** carabineer, guard

**carácter** *m* character

**característico(a)** characteristic

**caracterizar** to characterize

**carajo** heck, damn

**carbón** *m* coal, carbon, charcoal

**carcajada** burst of laughter

**cárcel** *f* jail

**carecer** to lack

**carencia** lack, deprivation, deficiency

**carente (de)** lacking (in)

**cargadores** *m pl* suspenders

**cargar** to carry

**cargo** position, post

**carguero** pack horse; cargo boat

**Caribe** *m* Caribbean

**caricatura** caricature

**caricia** caress

**cariño** affection

**carismático(a)** charismatic

**carne** *f* meat, flesh

**carrera** career, course, race; **dar carrera** to chase

**carreta** cart, wagon

**carrito** pushcart

**carro** cart

**carta** letter

**cartel** *m* sign, placard

**cartero** mail carrier

**cartón** *m* pasteboard, cardboard

**cartucho** roll

**casamiento** marriage

**casar** to marry; **casarse** to get married

**cascabel** *m* bell

**cáscara** peel

**cascarrabias** *m* irritable person

**casco** shell; main house

**casero(a)** *adj* home, homemade

**casi** almost

**caso** case; **hacer caso de** to pay attention to

**castellano** Castilian, Spanish

**castigar** to punish

**castigo** punishment

**Castilla** Castile

**castillo** castle

**casualidad** coincidence

**casuarina** Australian pine

**catástrofe** *f* catastrophe

**catear** to search

**catedral** *f* cathedral

**catedrático(a)** professor

**catolicismo** Catholicism

**católico(a)** Catholic

**cauce** *m* river-bed; **abrir cauce** to open a path

**caucho** rubber

**caudal** great

**causa** cause; **a causa de** because of

**causante** *m* or *f* causer, originator

**causar** to cause

**cauteloso(a)** cautious

**cautividad** captivity

**cavador(ra)** digger

**cavar** to think about, meditate on

**caverna** cavern

**cavidad** cavity

**cayado** shepherd's crook

**caza** game; hunting; **a caza de** hunting

**cazador(ra)** hunter

**cazar** to hunt

**cebada** barley, fodder

**cebado(a)** fed

**cebolla** onion

**ceder** to cede, yield; to give up

**ceja** eyebrow

**cejar** to slacken, let up

**cejijunto(a)** having eyebrows that meet

**celda** cell

**celebrar** to celebrate, hold

**célebre** famous

**celeste** *adj* sky-blue, celestial

**cementerio** cemetery

**cena** supper

**ceniza** ash

**censo** census

**censura** censure

**centavo** cent

**centenar** *m* hundred

**céntrico(a)** downtown, central

**centro** center

**centroamericano(a)** Central American

**ceñido(a)** girded

**ceñidor** *m* belt

**ceño** forehead

**cepillo** brush

**cera** wax

**cerámica** ceramic

**cerca (de)** near; about

**cercado(a)** surrounded

**cercanía** vicinity, nearby area

**cercano(a)** near

**cercar** to fence in; to surround

**cerco(a)** *n* fence, wall

**ceremonia** ceremony

**cero** zero

**cerrado(a)** thick; closed

**cerrar (ie)** to close, turn off; **cerrar con llave** to lock

**cerro** hill

**cerrojo** bolt

**certeza** certainty

**certificado** certificate

**cerveza** beer; **fabricador(ra) de cerveza** brewer

**cesar** to cease

**cesión** cession, transfer

**césped** *m* grass

**chacra** farm

**chal** *m* shawl

**champán** *m* champagne

**chapaleo** splatter, splash

**chaparral** *m* live oak grove

**charco** puddle, pool

**charla** chat, conversation

**charlar** to chat

**chico(a)** small; **chica** girlfriend

**chicotear** to whip

**chiflido** shrill whistling sound

**chileno(a)** Chilean

**chillar** to screech

**chino(a)** Chinese

**chirriar** to sizzle; to squeak

**chis (¡ah chis!)** sneezing sound
**chispa** spark
**chiste** *m* joke
**chochear** to dote; to become senile
**chocho(a)** doddering
**choque** *m* collision, clash
**chorrear** to trickle
**chorrete** *m* trickle, stream
**chorro** jet, stream, spurt
**cicatrizar** to heal
**ciclo** cycle
**ciego(a)** blind
**cielo** sky, heaven
**cielorraso (cielo raso)** ceiling
**ciénaga** swamp
**ciencia** science
**cien(to)** hundred; **por ciento** percent
**científico(a)** scientific; *n m* or *f* scientist
**cierto(a)** certain, a certain; **por cierto** to be sure
**ciervo** stag
**cifra** number, figure
**cigarrillo** cigarette
**cigarro** cigar
**cimiento** foundation
**cincel** *m* chisel
**cincuentona** fifty-ish
**cine** *m* movies, movie theater
**cinta** ribbon
**cintura** waist
**cinturón** *m* belt
**ciprés** *m* cypress
**circo** circus
**círculo** circle
**circundar** to surround, circle
**circunstancia** circumstance
**circunvecino(a)** surrounding
**cirio** candle
**cita** date; quotation
**citar** to quote, cite
**ciudad** city
**ciudadanía** citizenship
**ciudadano(a)** citizen
**civil** *m* or *f* civilian
**civilización** civilization
**civilizado(a)** civilized
**civilizador(a)** *adj* civilizing
**clamoroso(a)** clamorous, noisy
**claridad** clarity
**claro(a)** clear
**clase** *f* class, kind

**clásico(a)** classic
**clasificar** to classify
**clausurar** to close
**clavar** to nail; to fix; to stick in
**clave** *f* key
**clavo** nail, hook
**cliente** *m* or *f* client, customer
**clima** *m* climate
**cloroformado(a)** chloroformed
**CNH (Consejo Nacional de Huelga)** National Strike Council
**cobarde** *m* coward
**cobardía** cowardice
**cobija** cover, blanket
**cobrar** to collect, gather
**cobre** *m* copper
**cocer (ue)** to cook
**cocina** kitchen
**cocinar** to cook
**cocinero(a)** cook
**coco** coconut palm
**coche** *m* car; coach
**códice** *m* codex, original manuscript
**codo** elbow
**cofradía** confraternity, brotherhood
**coger** to pick up, seize, grasp, take, pick, catch onto
**coherente** coherent
**coincidir** to coincide
**cola** tail
**colaboración** collaboration
**colaborar** to collaborate
**colcha** bedspread, quilt
**colchón** *m* mattress, bed, cushion
**colección** collection
**coleccionar** to collect
**colecta** collection
**colegio** school; high school
**cólera** anger, wrath; *m* cholera
**colgar** to hang
**colina** hill
**colmar** to heap, fill; **colmar el plato** *fig* to bother too much
**colmillo** eyetooth; fang
**colocar** to put, place
**colombiano(a)** Colombian
**Colón** Columbus
**colonia** colony
**colorado(a)** red; **ponerse colorado(a)** to blush
**coloso** colossus, giant

**columna** column

**comandancia** command post, frontier command

**comandante** commander

**combate** *m* combat

**combatir** to combat, fight

**combinación** combination

**combinar** to combine

**comedia** play; **paso de comedia** short one-act play

**comedor** *m* dining room

**comentar** to comment

**comentario** commentary

**comenzar (ie)** to begin

**comer** to eat; **comerse** to eat up; **dar de comer** to give food to

**comercial** commercial

**comerciante** *m or f* businessperson, merchant

**comercio** business, commerce

**comestibles** *m pl* food, foodstuffs

**cometer** to commit

**cómico(a)** comic

**comida** meal, food

**comienzo** beginning; **al comienzo** at (in) the beginning

**comisaría** commissary, police station

**comisión** commission

**como** how, as, like, about; **¿cómo?** what? how? why? what did you say?; **¿cómo no?** why not?; **¡cómo no!** of course, naturally!

**cómodo(a)** comfortable

**compañero(a)** companion, mate, friend

**compañía** company; **en compañía de** in the company of

**comparación** comparison

**comparado(a)** comparative

**comparar** to compare

**compartir** to share

**compasión** compassion

**compatriota** *m or f* compatriot

**competencia** competition

**competente** competent

**complacencia** complacency

**complacido(a)** with pleasure, with satisfaction

**complejidad** complexity

**complejo(a)** complex; *n m* complex

**completar** to complete

**complicación** complication

**componer** to compose; **componerse** to consist

**comportar** to behave

**composición** composition

**compositor(a)** composer

**compra** purchase; **hacer compras** to go shopping

**comprador(ra)** buyer

**comprar** to buy

**comprender** to understand

**comprensión** comprehension

**comprobar (ue)** to verify, confirm

**compuesto(a)** composed; composite

**común** common

**comunicación** communication

**comunicar** to communicate

**comunidad** community

**comunión** communion

**comunismo** communism

**con** with, by; **con que** so, then, so then; **con tal que** provided that; **con todo** nevertheless

**concebir (i)** to conceive

**concentración** concentration

**concentrar(se)** to concentrate

**concepto** concept

**concernir** to concern

**conciencia** conscience, consciousness

**concierto** concert

**concluir** to conclude, end, finish

**concretar** to manifest; to express concretely

**concreto(a)** concrete

**concurrente** *m or f* one in attendance, spectator

**concurso** contest

**conde** *m* count

**condenado(a)** condemned, damned

**condescendencia** condescension

**condición** condition

**conducir** to lead

**conducto: por conducto de** through

**conectar** to connect

**conexión** connection

**confeccionar** to make, confect

**conferencia** conference

**conferir** to confer

**confesar (ie)** to confess

**confesión** confession

**confianza** confidence

**confirmar** to confirm

**confiscado(a)** confiscated

**conflicto** conflict

**conformar** to conform; **conformarse con** to resign oneself to

**confraternidad** confraternity, brotherhood

**confrontación** confrontation

**confrontar** to confront

**confundir** to confuse

**confuso(a)** confused

**conga** kind of dance

**congregarse** to gather

**conjetura** conjecture

**conjunto** whole, aggregate; collection; joint; **de conjunto** whole, complete

**conmemorar** to commemorate

**conmover** to move; **conmoverse** to be moved

**conocer** to know; to meet; **dar a conocer** to make known

**conocimiento** knowledge

**conque** *conj* so; **conqué** *n m* anything with which, the wherewithal

**conquista** conquest

**conquistador(a)** *m* conqueror; *adj* conquering

**conquistar** to conquer

**consciente** conscious

**consecuencia** consequence

**conseguir (i)** to obtain, attain, get

**consejero(a)** adviser, counselor

**consejo** counsel, advice; council; **celebrar consejo** to hold a council

**consentir (ie)** to consent

**conservador(a)** conservative

**conservar** to conserve

**considerar** to consider

**consistencia** firmness, solidity, substance

**consistir (en)** to consist (of)

**consolar (ue)** to console

**consolidar** to consolidate

**consonante** *m* consonant

**constante** *adj* constant

**constar** to be evident; **me consta** I recall, I know; **constar en** to be recorded in

**constatar** to verify, confirm

**constitución** constitution

**constituir** to constitute

**construcción** construction, building, edifice

**constructivismo** constructivism

**construir** to construct

**consuelo** consolation

**consulta** consultation, conference

**consultar** to consult, confer

**consumir** to consume

**consumo** consumption

**contabilidad** bookkeeping, accounting

**contaminación** contamination; pollution

**contaminado(a)** contaminated

**contar (ue)** to tell; to count

**contemplar** to contemplate

**contemporáneo(a)** contemporary

**contener (ie)** to contain

**contenido** content

**contento(a)** happy, content

**contentura** contentment

**contestación** answer

**contestar** to answer

**contexto** context

**contigo** with you

**contienda** struggle, dispute

**continente** *m* continent

**contingente** *m* contingent, share

**continuación** continuation; **a continuación** below

**continuar** to continue

**continuo(a)** continuous

**contorno** outline

**contra** against

**contracción** contraction

**contradicción** contradiction

**contradictorio(a)** contradictory

**contraído(a)** contracted

**contrario(a)** contrary, opposite; **al contrario** on the contrary; **por lo contrario** on the contrary

**Contrarreforma** Counter-Reformation

**contrarrestar** to stop, counter

**contraseña** countersign

**contrastar** to contrast

**contraste** *m* contrast

**contratista** *m* or *f* contractor

**contribución** contribution

**contribuir** to contribute

**controlar** to control

**contusión** bruise

**convencer** to convince

**convencimiento** conviction

**convencional** conventional

**convenir (ie)** to agree; to be suitable; **conviene que** it is best, it is convenient

**convento** convent, monastery

**converger** to converge

**conversación** conversation

**conversacional** conversational

**conversar** to converse

**convertir (ie)** to convert; **convertirse en** to change into, become

**convincente** *adj* convincing

**convivencia** coexistence

**convivir** to live together

**convulso(a)** convulsed

**conyugal** conjugal

**copa** top of a tree

**copiar** to copy

**copioso(a)** copious

**copla** type of poetry

**coraje** *m* courage, bravery; anger; **dar coraje** to make angry

**corazón** *m* heart

**corbata** necktie

**cordal** *m* wisdom tooth

**corderita** lamb

**Corea** Korea

**corneta** *m* bugler

**coronación** coronation

**coronel** *m* colonel

**corporación** corporation

**corredizo(a)** slippery; **tierra corrediza** quicksand

**corredor** *m* corridor

**corregir (j)** to correct

**correo** post office

**correr** to run; to spread; to run off

**correspondencia** correspondence

**corresponder** to belong, match; to answer in kind; to be proper

**corresponsal** *m* correspondent

**corretear** to rove, ramble, race around

**corrida (de toros)** bullfight

**corrido** type of popular song

**corriente** current, ordinary; running; *n f* current, air; **más de lo corriente** more than usual

**corromper** to corrupt

**corrupción** corruption

**cortesía** courtesy, manners

**cortadura** cut

**cortar** to cut, cut off; **cortar por lo sano** *fig* to take quick action

**corte** *f* court; *n m* cutting

**cortejo** cortege, procession

**cortesano(a)** courtier

**cortina** curtain

**corto(a)** short

**cosa** thing

**cosecha** harvest; **de su propia cosecha** of your own

**cosificación** turning into an object

**cosificar** to turn into an object

**cosmología** cosmology

**cosmopolita** *adj* cosmopolitan

**cosquilleante** tickling; upsetting

**cosquilleo** tickling sensation

**costa** coast

**costado** side; **de costado** sideways

**costal** *m* bag

**costalazo: de costalazo** on one's side

**costar (ue)** to cost; **costarle a uno** to be hard for one

**costilla** rib

**costrado(a)** streaked, caked

**costumbre** *f* custom; **de costumbre** usual, usually

**cráneo** skull, cranium

**creación** creation

**creador(ra)** creator; *adj* creative

**crear** to create

**crecer** to grow; **va como palo de ocote, crece y crece** keeps right on growing like a pine tree

**crecido(a)** large

**creciente** *f* flood, swell of waters

**credencial** *f* credential

**creencia** belief

**creer** to believe; **ya lo creo** I should say so

**crespo(a)** curly

**Creta** Crete

**creyente** *m* or *f* believer; **creyente a puño cerrado** firm believer

**criada** maid

**criado(a)** servant

**criar** to raise (a crop; to bring up (a child)

**criatura** creature, child, created one

**crimen** *m* crime

**crin** *f* mane

**criollo(a)** Creole

**crispación** twitching

**cristal** *m* crystal, glass

**cristalería** glassware

**cristianismo** Christianity

**cristiano(a)** Christian
**Cristo** Christ
**crítica** criticism
**criticar** to criticize
**crítico(a)** critic
**crónica** chronicle
**cronista** *m* or *f* chronicler
**cronología** chronology
**cronológico(a)** chronological
**croquis** *m* sketch
**crucificar** to crucify
**crucifijo** crucifix
**crueldad** cruelty
**crujido** crunch
**crujir** to creak
**cruz** *f* cross
**cruzada** crusade
**cruzar** to cross; to intermingle
**cuaderno** notebook; exercise book
**cuadra** block
**cuadrado(a)** square
**cuadrilátero** quadrilateral; ring (boxing)
**cuadro** painting, picture
**cuajar** *fig* to hide
**cual** which, such as, as, what; **cada cual** each one; **lo cual** which
**cualidad** quality
**cualquier(ra)** any, some one, whichsoever, whosoever; **un cualquiera** a nobody
**cuán** how (funny, pretty, etc.)!
**cuando** when; **cuando menos** at least; **de vez en cuando** from time to time
**cuanto(a)** how much, how long; **unas cuantas** a few; **cuantos** all those who
**cuarto** room; *adj* **cuarto(a)** fourth
**cuatrocientos(a)s** four hundred
**cubano(a)** Cuban
**cúbico(a)** cubic
**cubierta** deck (of a ship)
**cubierto(a)** covered
**cubismo** cubism
**cubista** *m* or *f* cubist
**cubo** bucket
**cubrir** to cover
**cuchara** spoon
**cuchilla** mountain, mountain ridge
**cuchillo** knife
**cuello** neck; collar
**cuenta** account, bill; count; **darle cuenta** to render an account; **darse cuenta de** to realize; **de su cuenta** on her own; **hagan de cuenta** just imagine; **pasar la cuenta** to send the bill
**cuentista** *m* or *f* storyteller, writer of short story
**cuento** story; **sacar a cuento** to drag in, mention
**cuerda** cord
**cuerno** horn
**cuero** leather, hide
**cuerpo** body, main part, corps
**cuesta** slope; **a cuestas** on one's shoulders
**cuestión** question
**cueva** cave
**cuidado** care; **con cuidado** carefully; **poner cuidado** to pay attention; **tener cuidado** to be careful
**cuidadoso(a)** careful
**cuidar (de)** to take care (of); **cuidar de** to be careful to
**cuita** care, concern, trouble
**cuitado** poor wretch
**culebra** snake
**culminación** culmination
**culminar** to culminate
**culpable** guilty
**cultivar** to cultivate
**cultivo** culture; growing
**culto(a)** cultured; *n m* cult
**cultura** culture
**cumpleaños** *m* birthday
**cumplir** to keep (a promise), fulfill; to perform; **cumplir... años** to reach one's . . . birthday
**cuna** cradle
**cura** *m* priest
**curación** cure
**curandero** medicine man
**curar** to cure
**curato** parish
**curiosear** to poke around, take a look at
**curioso(a)** curious
**cursar** to circulate; to study; to run
**cursiva: letra cursiva** italics
**curso** course
**curtiduría** tannery
**curtir** to tan (hides)
**curva** curve
**cuyo(a)** whose

# D

**dádiva** gift, contribution
**dama** lady
**danza** dance (style or type)
**danzar** to dance; to whirl
**dañado(a)** infected
**dañar** to harm
**dañino(a)** destructive
**daño: hacer(se) daño** to harm (oneself)
**dar** to give; **dar a** to face; **dar con** to encounter; find; **dar de comer** to give food to; **dar en** to strike; **dar los primeros pasos** to take the first steps; **dar vuelta** to turn around; **darle cuenta** to render an account; **darse a conocer** to make oneself known; **darse cuenta de** to realize; **darse por** to consider oneself; **darse una asomadita** to take a peep; **les dio por** they took a fancy to; **que se dan en el campo** which are found in the country
**darwinismo** Darwinism
**dato** datum
**debajo** beneath; **debajo de** beneath, under
**deber** to owe, ought, must; *n m* duty; **debido a que** due to the fact that
**débil** weak
**debilidad** weakness
**debilitado(a)** weakened
**década** decade
**decadencia** decadence
**decaer** to decay
**decaimiento** decay
**decidir** to decide
**decir (i)** to say, tell; **es decir** that is to say; **querer decir** to mean
**declaración** declaration
**declarar** to declare
**decoración** decoration
**decorar** to decorate
**decorativo(a)** decorative
**decrecer** to diminish
**decretar** to require
**decreto** decree; command, order
**dedicar** to dedicate
**dedo** finger; **al dedillo** perfectly; **dedo gordo** thumb
**defecto** defect
**defender** to defend
**defensa** defense

**definición** definition
**definido(a)** definite; defined
**definir** to define
**definitivo(a)** definitive
**deformidad** deformity
**defraudar** to cheat, defraud; to disappoint
**degollar** to slit a throat
**deificación** deification
**dejar** to let, allow, permit; to leave; **dejar de** to stop (doing something)
**delante (de)** before, in front of
**deleitar** to delight
**deleite** *m* delight
**deletrear** to spell
**delgado(a)** slender
**delicado(a)** delicate
**delicioso(a)** delicious
**demás** other; **lo demás** the rest; **los demás** others
**demasiado(a)** too much
**demócrata** *m or f* democrat
**democrático(a)** democratic
**demonio** devil; demon
**demorar** to delay, hold up; **demorarse** to dally
**demostración** demonstration
**demostrativo(a)** demonstrative
**denso(a)** dense
**dentadura** set of teeth
**dentista** *m or f* dentist
**dentro (de)** within, inside of
**denuncia** denunciation
**denunciar** to denounce
**dependencia** outbuilding, quarters; office; dependency
**depender (de)** to depend (on)
**dependiente** *adj* dependent
**deporte** *m* sport
**depositar** to deposit
**depresión** depression
**deprimido(a)** depressed
**derecha** right
**derecho** right, law; *adj* straight
**derivado(a)** derived
**derivar(se)** to derive (be derived)
**derramamiento** shedding
**derramar** to shed; to scatter
**derredor: al derredor de** around
**derrota** defeat
**derrotar** to defeat

**derrumbar** to tumble down, fall down, knock down
**desabotonar** to unbutton
**desafiar** to challenge
**desafío** challenge, duel
**desagradable** unpleasant
**desagradar** to displease
**desaliento** discouragement, dejection
**desalmado(a)** heartless
**desalojar** to empty out, evacuate
**desangrarse** to bleed
**desanimarse** to get discouraged
**desaparecer** to disappear
**desaprobar (ue)** to disapprove
**desarrollar** to develop
**desarrollo** development
**desasociado(a)** disassociated
**desastre** *m* disaster
**desastroso(a)** disastrous
**desatar** to untie
**desayunar(se)** to have breakfast
**desayuno** breakfast
**desbandada** disbandment, disorder, flight
**desbaratar** to destroy, break into pieces
**desbocado(a)** uncontrollable
**desbordarse** to overflow, flood
**descalzo(a)** barefoot(ed)
**descansar** to rest
**descanso** rest
**descargar** to ease, lighten; to clear; to discharge
**descendencia** descendants
**descender (ie)** to descend
**descendiente** *m* or *f* descendant
**descolgar** to take down
**desconfiar (de)** to distrust
**desconocer** to be unacquainted with
**desconocido(a)** unfamiliar, unknown
**descontrolado(a)** uncontrolled
**descortés** rude, discourteous
**describir** to describe
**descripción** description
**descriptivo(a)** descriptive
**descubierto(a)** discovered
**descubridor(ra)** discoverer
**descubrir** to discover; **descubrirse** to take off one's hat
**desde** from, since
**desdén** *m* disdain
**desdeñar** to disdain
**desdichado(a)** wretched, unhappy

**desear** to desire, want
**desempleo** unemployment
**desencadenar** to break loose, break out
**desencuentro** lack of contact, lack of encounter
**desengañado(a)** disillusioned
**desenlace** *m* denouement, conclusion
**deseo** desire
**deseoso(a)** desirous
**desesperación** despair, desperation
**desesperado(a)** desperate
**desesperanza** despair, hopelessness
**desfilar** to parade, march
**desflorado(a)** tarnished, violated
**desfondado(a)** crumbling
**desgarrado(a)** rending
**desgracia** disgrace, disfavor, misfortune
**desgraciado(a)** unfortunate, unhappy
**deshacer** to undo, destroy; **deshacerse** to fall apart
**deshecho(a)** taken apart; undone
**deshilachado(a)** ravelled, threadbare
**deshojado(a)** stripped of leaves
**deshumanización** dehumanization
**deshumanizado(a)** dehumanized
**desierto** desert
**designar** to designate
**desigual** *adj* irregular
**desigualdad** inequality
**desilusión** disillusion
**desilusionar** to disillusion
**desinteresado(a)** disinterested
**desligar** to disassociate
**desliz** *n m* slip up, mistake
**deslizarse** to slip, glide
**deslumbrar** to dazzle
**demarcado(a)** delineated
**desmayado(a)** exhausted
**desmayo** fainting spell
**desmejorar** to decline, become worse; *fig* to get more and more edgy
**desmigajar** to crumble
**desnudo(a)** naked, nude
**desnutrición** malnutrition
**desolación** desolation
**desolado(a)** desolate
**desorbitado(a)** out of focus
**desorientación** disorientation, confusion
**despacio** slowly
**despachar** to dispatch, send, dismiss; to gulp down

**despacho** store; office

**despavorido(a)** terrified

**despecho** anger, despair, scorn

**despedazar** to cut or tear to pieces

**despedida** farewell

**despedirse** to say good-bye

**despegar** to pull off; **despegarse** to detach oneself from

**despertar (ie)** to awaken; **despertarse** to wake up

**despierto(a)** awake

**despliegue** *m* deployment

**desplomarse** to collapse, topple over

**despojado(a)** despoiled, stripped

**despreciado(a)** scorned, despised

**desprecio** scorn, contempt

**desprovisto(a) (de)** lacking in

**después** after, afterwards; **después de** afterward

**destacarse** to stand out

**destello** flash

**destemplado(a)** shrill

**destierro** exile

**destinado(a)** destined

**destino** destiny

**destreza** skill

**destrozar** to destroy

**destrucción** destruction

**destructivo(a)** destructive

**destructor(a)** destructive

**destruir** to destroy

**desvanecerse** to disappear

**desvarío** whim, caprice

**desventaja** disadvantage

**desventura** misadventure

**desviarse** to swerve

**detallado(a)** detailed

**detalle** *m* detail

**detallista** detail-oriented

**detención** detention, arrest

**detener(se) (ie0** to stop

**detenido(a)** arrested

**determinado(a)** determined, specific

**detrás (de)** behind

**deudo** relative

**devoción** devotion

**devolver** to return

**devorador(ra)** devourer

**devorar** to devour

**DF (Distrito Federal)** Federal District

**día** *m* day; **al día siguiente, al otro día** on the next day; **de día** by day; **hoy en día, hoy día** nowadays

**diablo** devil

**diabólico(a)** devilish

**dialecto** dialect

**dialogar** to carry on a dialogue

**diálogo** dialogue

**diamante** *m* diamond

**diario(a)** daily; *n m* newspaper; **de a diario** from everyday life

**diarrea** diarrhea

**dibujante** *m* or *f* cartoonist

**dibujar** to sketch

**dibujo** sketch

**dicho(a)** mentioned; said

**dichoso(a)** blessed

**diciembre** *m* December

**dictador(ra)** dictator

**diente** *m* tooth; **entre dientes** muttering

**diestro(a)** skillful, clever

**diestra** right; right hand

**dieta** diet

**diez: de a diez** ten-cent coin

**diferencia** difference

**diferenciar** to differentiate

**diferente** different

**difícil** *m* or *f* difficult

**dificultad** difficulty

**dificultar** to make difficult

**difundir** to spread (ideas, information)

**dignidad** dignity

**digno(a)** worthy

**diligencia** diligence; business, errand

**diluvio** flood, deluge

**diminutivo(a)** diminutive

**diminuto(a)** tiny

**dinámico(a)** dynamic

**dinamismo** dynamism

**dinero** money

**dios(a)** god, goddess

**diplomacia** diplomacy

**dirección** direction; address; office

**directivo(a)** governing

**dirigir** to direct, send; **dirigir la palabra** to speak, address someone; **dirigirse** to go

**discernir** to discern

**disciplina** discipline; *pl* scourge

**discreto(a)** discreet

**discriminación** discrimination
**discurso** speech
**discutible** disputable, questionable
**discutir** to discuss, argue
**diseño** design
**disfrazar** to disguise
**disfrutar** to enjoy
**disgustarse** to get upset
**disimular** to dissimulate
**disiparse** to dissipate
**disminuir** to reduce, lessen
**disparar** to shoot
**disparate** *m* nonsense, absurdity
**disparo** shot
**dispensador(a)** dispenser
**dispensar** to excuse
**disperso(a)** scattered
**displicente** peevish; indifferent
**disponerse (a)** to get ready to
**disponible** available
**disposición** disposition
**dispuesto(a)** arranged
**disputar** to dispute
**distancia** distance
**distinción** difference
**distinguir** to distinguish
**distintivo(a)** distinctive
**distinto(a)** different
**distorsionado(a)** distorted
**distraer** to distract
**distribuir** to distribute
**distrito** district
**diversidad** diversity
**diverso(a)** diverse, different
**divertirse (ie)** to enjoy onself, have a
  good time
**dividendo** dividend
**dividir** to divide
**divinidad** divinity
**divino(a)** divine
**divisar** to perceive
**divorciarse** to get divorced
**divulgar** to divulge, make known
**doble** double; *n m* double
**docena** dozen
**docente** *adj* instructional
**docto(a)** learned, erudite
**doctorarse** to receive a doctorate
**doctrina** doctrine
**documento** document
**dólar** *m* dollar *(esp. U.S.)*
**doler** to hurt

**dolor** *m* pain, ache; grief
**dolora** short, dramatic poem (genre created by Campoamor)
**dolorido(a)** painful
**Dolorosa** Mater Dolorosa, Sorrowing
  Mary
**domar** to tame
**domesticar** to domesticate
**domicilio** domicile, residence
**dominar** to dominate
**domingo** Sunday
**dominio** domination
**don** title for a gentleman, used only with
  given or Christian name
**donar** to grant
**donde** where; **¿a dónde?** (to) where?
  where to?; **¿de dónde?** where from?;
  **¿en dónde?** where?
**doña** title for a lady, used only with
  given or Christian name
**dorado(a)** gilded, golden
**dormido(a)** asleep, sleeping
**dormir (ue)** to sleep; **dormirse** to fall
  asleep
**dormitar** to nod off
**dormitorio** bedroom
**dorso** back
**dos: los dos** both
**drama** *m* drama
**dramático(a)** dramatic
**dramatismo** dramatic quality
**dramatizar** to dramatize
**dramaturgo(a)** dramatist
**duda** doubt; **sin duda** certainly, doubt-
  less
**dudar** to doubt
**dudoso(a)** doubtful
**duelo** duel; sorrow
**dueño(a)** owner, possessor
**dulce** *adj* sweet; *n m* candy
**dulzón(ona)** sweetish
**duodeno** duodenum
**duque** *m* duke
**durante** during
**durar** to last
**duro(a)** hard

## E

**eco** echo
**economía** economy
**económico(a)** economic

**echar** to throw, throw out, cast; **echar a** to begin to; **echar a perder** to ruin; **echarse encima** to throw oneself on

**edad** *f* age; **Edad Media** Middle Ages

**edénico(a)** pertaining to Eden

**edición** edition

**edificio** building, structure

**editorial** publishing; *n f* publishing house

**educación** education

**educado(a)** educated

**educador** *m* educator

**educar** to educate

**educativo(a)** educational

**efectivo** cash; **en efectivo** in cash

**efecto** effect

**efectuarse** to take place

**eficacia** efficacy, efficiency

**eficaz** efficient

**egoísta** *adj* selfish

**eje** *m* axis

**ejecución** execution

**ejecutar** to execute

**ejecutivo(a)** executive

**ejemplar** *m* copy

**ejemplificar** to exemplify

**ejemplo** example

**ejercer** to exercise

**ejercicio** exercise

**ejercitarse** to practice

**ejército** army

**elástico(a)** elastic

**elección** choice; election

**electricista** electrician

**elegancia** elegance

**elegante** elegant

**elegía** elegy

**elegir (i)** to choose; to elect

**elemento** element

**elevado(a)** high, lofty, grand

**elevar** to raise, elevate, increase

**eliminar** to eliminate

**elocución** elocution

**elogiar** to praise

**elongación** elongation

**elongar** to elongate

**elusivo(a)** elusive

**emaciado(a)** emaciated

**embalgo (embargo): sin embalgo (embargo)** nevertheless, however

**embalsamado(a)** embalmed

**embobado(a)** open-mouthed, astonished

**embotado(a)** blocked up

**embravecido(a)** enraged

**embrutecer** to brutalize

**embustero(ra)** cheat, trickster

**emigrante** *m* emigrant

**emigrar** to emigrate

**emoción** emotion

**emocional** emotional

**empapado(a)** soaked

**emparejar** to match, pair up

**empastar** to fill (a tooth)

**empaste** *m* filling

**empeñarse (en)** to persist (in)

**emperador** *m* emperor

**empezar** to begin

**empleado(a)** employee

**emplear** to employ; to use

**empleo** job, work

**empotrado(a)** mounted

**emprender** to undertake, engage in

**empresa** enterprise, undertaking

**empujar** to push, shove

**empuñar** to grip, clutch

**enajenación** alienation

**enamorado(a)** lover, sweetheart; *adj* in love; **estar enamorado(a) de** to be in love with

**enamorarse (de)** to fall in love (with)

**encabezado** *n* headline

**encabezar** to head, lead

**encajar** to fit, join

**encaminarse** to move, head toward

**encanto** charm, delight, glamour

**encarcelamiento** imprisonment

**encarcelar** to imprison

**encarnado(a)** red

**encender (ie)** to light

**encendido(a)** fiery, lit up

**encerrar** to enclose

**encerrarse** to lock oneself up, close oneself up

**encía** gum

**encima** above; **por encima de** above, over

**enmudecer** to disconcert

**encogido(a)** shrunken, withered

**encomendar (ie)** to commend; to entrust to

**encomio** *n* praise

**encontrar (ue)** to find; **encontrarse** to find oneself, be; to meet

**erigir** to erect, raise
**erótico(a)** erotic
**errado(a)** mistaken
**erróneo(a)** erroneous, wrong
**esbelto(a)** slender
**esbozar** to sketch
**escalera** stairway
**escalinata** stairway
**escalofrío** chill
**escalón** *m* stair
**escalonado(a)** gradual
**escalpelo** scalpel
**escándalo** commotion, tumult; riot (of color)
**escapar(se)** to escape
**escarapela** cockade, badge
**escarchado(a)** frosted, freezing
**escarlata** scarlet
**escarmentar** to be taught by experience, learn a lesson
**escarnecido(a)** mocked
**escarpado(a)** steep
**escaso(a)** meager
**escena** scene
**escenario** setting, stage
**escepticismo** skepticism
**esclarecido(a)** illustrious
**esclavitud** slavery
**esclavo** slave
**escoger** to chose
**escolar** *adj m* or *f* school; *n m* or *f* student
**escoltar** to escort, accompany
**escombro** rubbish
**esconder(se)** to hide (oneself)
**escopeta** shotgun
**escorpión** *m* scorpion
**escribir** to write
**escrito(a)** written
**escritor(ra)** writer
**escritura** writing
**escuchar** to listen (to)
**escuela** school
**esculpido(a)** sculpted
**escultor(ra)** sculptor, sculptress
**escultórico(a)** sculptural
**escultura** sculpture
**escultural** sculptural
**escupidera** spittoon
**escupir** to spit
**esencia** essence

**esencial** essential
**esfuerzo** effort
**esmeralda** emerald
**esmerarse** to take pains with
**esmero** careful attention; **con esmero** painstakingly
**eso** that; **eso que** in spite of the fact that; **por eso** therefore, for that reason, on that account
**Esopo** Aesop
**espacio** space
**espacioso(a)** slow, deliberate; spacious, roomy
**espada** sword
**espalda** back, shoulders; **de espaldas** on (one's) back
**espantar** to frighten
**espanto** fright; horror; astonishment
**España** Spain
**español(a)** *adj* Spanish; *n* Spaniard
**españolismo** love for Spanish things
**esparcir** to scatter
**especial** special
**especialidad** specialty
**especializado(a)** specialized
**especie** *f* species, kind
**específico(a)** specific
**espectáculo** spectacle
**espectador(ra)** spectator
**espejo** mirror
**esperanza** hope
**esperanzoso(a)** desirous, hoping for
**esperar** to hope; to expect; to wait
**espeso(a)** dense, thick
**espiar** to spy
**espina** thorn
**espiral** spiral
**espíritu** *m* spirit
**espiritual** spiritual, of the spirit
**espiritualidad** spirituality
**espléndido(a)** splendid
**espoleta** fin
**esporádico(a)** sporadic
**esposo(a)** spouse
**espuela** spur
**espuma, espumarajo** foam
**esqueleto** skeleton
**esquema** *m* scheme, plan
**esquina** corner
**esquirol** *m* strikebreaker, "scab"
**estabilidad** stability

**establecer** to establish
**establecido(a)** established
**establo** estable
**estación** season; station
**estadía** stay
**estadidad** statehood
**estadista** *m* statesman
**estado** state; **estado de ánimo** mood
**estadounidense (estadunidense)** *adj* and *n* (citizen) of the United States
**estallar** to break out
**estampa** print
**estampilla** (postage) stamp
**estancia** ranch
**estanciero(a)** rancher, owner of an **estancia** (large ranch)
**estanque** *m* pool
**estantigua** phantom, hobgoblin
**estanza** mansion, state
**estaqueado(a)** staked out
**estar** to be; **estar de acuerdo** to agree; **estar para** to be about to; **estar por** to be for; to favor
**estatal** *adj* state
**estático(a)** static, fixed
**estatua** statue
**este** *m* east
**estela** ship's wake
**estera** mat (on the floor)
**estereotipar** to stereotype
**estereotipo** stereotype
**estética** aesthetics
**estético(a)** aesthetic
**estilo** style; **por el estilo** that way
**estima** esteem
**estimado(a)** esteemed
**estimular** to stimulate
**estímulo** stimulus
**estirar** to stretch
**estoicismo** stoicism
**estoico(a)** stoic
**estómago** stomach
**estopa** tow, burlap
**estorbar** to disturb; to impede
**estornudar** to sneeze
**estornudo** sneeze
**estranjero(a) (extranjero[a])** foreign; *n* foreigner
**estrategia** strategy
**estrato** stratum
**estrechar** to squeeze; **estrechar la mano a** to shake the hand of

**estrecho(a)** close, narrow
**estregar** to rub
**estrella** star
**estrellar** to smash
**estremecer** to make tremble; **estreme-cerse** to tremble
**estricto(a)** strict
**estrofa** stanza
**estropeado(a)** damaged
**estropear** to damage
**estructura** structure
**estructural** structural
**estruendo** roar, din
**estuco** stucco
**estudiante** *m* or *f* student
**estudiantil** *adj* student
**estudiar** to study
**estudio** study
**estupefacto(a)** stupefied
**estupidez** *f* stupidity
**estúpido(a)** stupid
**etapa** stage
**eternidad** eternity
**eterno(a)** eternal
**ética** ethics
**etimología** etymology
**etimológicamente** etymologically
**étnico(a)** ethnic
**Europa** Europe
**europeo(a)** European
**Eva** Eve
**evaluación** evaluation
**evangelio** gospel
**evidencia** evidence
**evidente** *adj* evident
**evitar** to avoid
**evocación** evocation
**evocar** to evoke
**evolución** evolution
**evolucionista** evolutionary
**exacto(a)** exact
**exaltado(a)** excited; extremist
**exaltar** to exalt
**examen** *m* examination
**examinar** to examine
**excavar** to dig, excavate
**excelente** excellent
**excepto** except
**excesivo(a)** excessive
**exceso** excess
**exitarse** to become excited, worked up
**exclamar** to exclaim

**excluir** to exclude
**exclusivamente** exclusively
**excremento** excrement
**excursión** excursion, trip
**excusar** to pardon
**exento(a)** exempt
**exigir** to demand
**exiguo(a)** small, scanty
**exilio** exile
**existencia** existence
**existencial** existential
**existencialista** existentialist
**existir** to exist
**éxito** success
**exorcizar** to exorcise
**expedición** expedition
**expectativa** expectation
**experiencia** experience
**experimentación** experimentation
**experimentar** to experience
**expirar** to expire, to die
**explanada** platform, esplanade
**explicación** explanation
**explicar** to explain
**explícito(a)** explicit
**exploración** exploration
**explorador(ra)** explorer
**explorar** to explore
**explosivo(a)** explosive
**explotación** exploitation
**explotador(ra)** exploiter
**exponente** *m* exponent
**exponerse** to expose oneself
**exportar** to export
**exposición** exposition, show, display
**expresar** to express
**expresión** expression
**expresionismo** expressionism
**expresionista** expressionist
**exquisito(a)** exquisite
**éxtasis** *m* ecstasy
**extender (ie)** to extend
**extenso(a)** extensive
**extenuado(a)** emaciated
**extinguido(a)** extinguished
**extraer** to extract
**extramuros** *adv* outside (a town); **de extramuros** from outside
**extrañar** to miss; **no es de extrañar** it is not surprising
**extrañeza** surprise, wonderment

**extraño(a)** strange
**extraordinario(a)** extraordinary
**extremadamente** extremely
**extremo(a)** *adj* extreme; **extremo** *n* end

# F

**fábrica** factory; structure
**fabricación** making, fabrication; make
**fabricante** *m* manufacturer, maker
**fabricar** to make, manufacture
**fábula** fable
**fabular** to make up
**facción** surface; feature
**fácil** easy
**facilidad** facility, ease
**facilitar** to facilitate
**facultad** faculty
**fachada** façade; face
**faena** labor, task
**faja** band, sash, girdle
**fajar** to fight
**fallar** to fail
**falsedad** falseness
**falso(a)** false
**falta** lack; **hacer falta** to need
**faltar** to be lacking; **falta poco** it won't be long
**fama** fame, reputation
**familia** family
**familiar** *adj* family
**familiarizarse** to familiarize oneself
**famoso(a)** famous
**fanatismo** fanaticism
**fantasía** fantasy
**fantasma** *m* ghost
**fantástico(a)** fantastic
**farol** *m* lamp, street light, lantern
**fascinante** fascinating
**fascinar** to fascinate
**fase** *f* phase
**fastidiar** to annoy, bother
**fatalismo** fatalism, determinism
**fatalista** fatalist
**fatiga** fatigue, anxiety
**favor** *m* favor; **a (en) favor de** in favor of; **por favor** please
**favorecer** to favor
**faz** *f* face
**fe** *f* faith ; **a la fe** by my faith
**fealdad** ugliness

**fecha** date
**fecundidad** fertility
**fecundo(a)** fecund, fertile
**feliz** happy
**femenino(a)** feminine
**feminismo** feminism
**fenómeno** phenomenon
**feo(a)** ugly
**ferocidad** ferocity
**feroz** ferocious
**ferrocarril** *m* railroad
**ferrocarrilero** railroad worker
**fértil** fertile
**festín** *m* feast, banquet
**festivo(a)** festive
**feudalismo** feudalism
**ficción** fiction
**ficha** form
**fiebre** *f* fever
**fiel** *adj* faithful
**fierecilla** shrew
**fiesta** party, celebration
**figura** figure
**fijar** to fix; **fijarse** to stick; **fijarse (en)** to notice
**fijo(a)** fixed, specific
**fila** line
**filo** edge
**filosofía** philosophy
**filosófico(a)** philosophical
**filósofo(a)** philosopher
**filtración** seepage
**filtrar** to filter
**fin** *m* end; **a fin de que** so that, in order that; **al fin** at last; **a fines de** at the end of; **en fin** finally; **por fin** finally
**final** *m* end, ending
**finca** farm
**fincar** to pin; to wager
**fingir** to feign, pretend
**fino(a)** fine
**firma** signature
**firmamento** firmament
**firme** firm; **estar en lo firme** to be sure, be positive
**físico(a)** physical
**flaco(a)** thin, skinny; weak
**flaqueza** weakness
**flecha** arrow
**flechar** to shoot arrows
**fleco** fleck, spot

**flexibilidad** flexibility
**flor** *f* flower
**florecer** to flourish
**florecimiento** flowering
**florido(a)** flowery
**flotar** to float
**fogata** bonfire, campfire
**fogonazo** powder flash
**folklórico(a)** folkloric
**follaje** *m* foliage
**folleto** pamphlet, booklet
**fomentar** to foment, encourage
**fondo** back, bottom, background, depths; fund
**fonético(a)** phonetic
**fontana** fountain
**forastero(a)** stranger
**forcejar, forcejear** to struggle
**forma** form, shape
**formación** formation; education
**formar** to form
**formativo(a)** formative
**foro** back (of a stage)
**fortaleza** fort
**fortuna** fortune, luck
**forzar (ue)** to force
**forzoso(a)** necessary
**foto** *f* photo
**fotocopia** photocopy
**fotografía** photograph; photography
**fotografiado(a)** photographed
**fotográfico(a)** photographic
**fotógrafo(a)** photographer
**fracasar** to fail
**fracaso** failure
**fragancia** fragrance
**fragante** fragrant
**frágil** fragile
**fragilidad** fragile nature
**fragor** *m* noise, clamor
**francamente** frankly
**francés, -esa** *adj* French; *n* French person
**Francia** France
**francotirador(ra)** sniper
**frasco** bottle
**frase** *f* phrase, sentence
**fratricida** fratricidal
**fray** friar
**frazada** blanket
**frecuencia** frequency; **con frecuencia** frequently

**frecuente** frequent
**frenar** to brake
**frenesí** *m* frenzy, madness
**frente** *f* forehead; **frente** *adv* in front, opposite; **frente a** opposite, *fig* in the face of; **de frente a** facing; **en frente de** in front of
**fresa** drill
**fresco(a)** fresh, cool
**frescura** coolness
**frijol** *m* bean
**frío(a)** cold; **hace frío** it is cold
**fritura** fritter
**frondoso(a)** leafy
**frontera** border
**frotar** to rub
**fruición** enjoyment, delight
**frustración** frustration
**fruto(a)** fruit (**fruto** is used in a figurative sense only)
**fuego** fire; **abrir fuego** to open fire
**fuente** *f* fountain; source
**fuera** out, outside
**fuerte** strong; *fig* stubborn
**fuerza** force, strength; **a fuerza de** by the strength of; **a la fuerza** by force
**fuga** flight, escape; **punto de fuga** vanishing point
**fugaz** fleeting
**fulano** so-and-so
**fulgor** *m* brilliance
**fulguración** flash
**fumar** to smoke
**función** function, performance
**funcional** functional
**funcionar** to function, work
**funcionario** functionary, official
**funda** holster
**fundador(a)** founder
**fundar** to found
**fundirse** to fuse, blend
**fúnebre** dark, gloomy
**funerales** *m pl* funeral
**fungir (de)** to act (as)
**furia** fury
**furioso(a)** furious
**furtivamente** slyly, furtively
**fusilamiento** shooting, execution
**fusilar** to shoot
**fútbol** *m* football, soccer

## G

**gabinete** *m* office
**gafas** *f pl* glasses
**galán** *m* gallant, lover
**galeón** *m* galleon
**galería** gallery, corridor
**gallardo(a)** brave, gallant
**gallina** hen
**gallinazo** buzzard
**gallo** rooster
**galopar** to gallop
**galope** *m* gallop
**galpón** *m* shed
**gama** doe
**gana** desire; **de buena gana** willingly; **dar la gana** to feel like; **de mala gana** unwillingly; **tener ganas** to feel like
**ganado** cattle, livestock
**ganar** to win, earn; to fill
**gango** muscial instrument in the shape of a disk
**garganta** throat
**garra** claw
**garrote** *m* garrote, club
**garrucha** pulley
**garza** heron
**gasfíter** *m* plumber
**gasolinera** gas station
**gastado(a)** worn, worn out
**gastar** to spend
**gastarse** to waste away; *fig* to grow dim
**gasto** expenditure
**gatillo** forceps
**gato(a)** cat
**gaucho** Argentine cowboy
**gaullista** Gaullist
**gaveta** drawer
**gemelo(a)** twin; *n m pl* glasses
**genealogía** genealogy
**generación** generation
**generacional** *adj* generation
**generalizarse** to become general
**género** kind, genre; **género humano** mankind
**generoso(a)** generous
**genio** genius
**gente** *f* people
**gentil** *adj m* or *f* elegant, exquisite
**gentileza** elegance
**genuino(a)** genuine

**geográfico(a)** geographic
**geometría** geometry
**geométrico(a)** geometric
**gerente** *m* manager
**germen** *m* source
**gesto** facial expression; gesture
**gigante** *m* giant
**gigantesco(a)** gigantic
**gigantón(ona)** big giant
**gimnasia** physical training
**gimnasio** gymnasium
**Ginebra** Geneva; **ginebra** gin
**girar** to roll
**glifo** glyph
**globo** globe; balloon
**gloria** glory
**glorificar** to glorify
**glotón(ona)** gluttonous
**gobernación** government
**gobernador(ra)** governor
**gobernar (ie)** to govern
**gobierno** government
**golfo** gulf
**Gólgota** Golgotha
**gollete** *m* neck (of a bottle)
**golondrina** *f* swallow
**goloso(a)** having a sweet tooth
**golpe** *m* blow; stroke; **daba golpecitos**
  he (she) tapped; **de golpe** suddenly
**golosamente** greedily
**golpear** to strike, hit
**goma** rubber
**gordo(a)** fat; strong, large; **dedo gordo**
  thumb
**gorguera** ruff
**gorrión** *m* sparrow
**gorro** cap
**gota** drop
**gotear** to drip
**gotera** leak
**gozar (de)** to enjoy
**grabado** engraving
**gracias** thanks
**grado** degree
**graduarse** to graduate
**granadero** grenadier
**grande** big; adult
**grandeza** greatness
**grandiosamente** magnificently, grandly
**granizo** hail, hailstorm
**grano** grain, kernel

**granuja** *m* rogue
**grasiento(a)** greasy, oily
**gratitud** gratitude
**grato(a)** pleasant
**gratuito(a)** free
**grave** *adj* serious
**gravedad** gravity
**Grecia** Greece
**griego(a)** *n* or *adj* Greek
**grieta** crevice
**gringo(a)** Anglo-Saxon; foreign
**gris** gray
**grisáceo(a)** grayish
**gritar** to shout, cry out, scream
**gritería** shouting
**grito** shout, scream; **a gritos** *fig* buckets
**grosero(a)** coarse, crude
**grúa** derrick
**grueso(a)** thick; *n m* thickness
**grumo** curd, cluster, blob
**gruñir** to grunt
**grupo** group
**gruta** cavern, grotto
**guadaña** scythe
**guante** *m* glove
**guarda** *m* or *f* guard
**guardapolvo** dustcoat
**guardar** to keep, reserve; maintain
**guarida** den, lair
**guatemalteco(a)** Guatemalan
**guerra** war
**guerrera** tunic
**guerrero(a)** warrior
**guerrillero(a)** guerrilla
**guía** *m* or *f* guide
**guión** *m* script
**guiso** stew
**guitarra** guitar
**guitarreada** guitar contest
**gula** gluttony
**gustar** to be pleasing to; to like; **gustarle**
  **a uno** to like
**gusto** taste, pleasure; **gusto a** taste like

# H

**haber** *auxil verb* to have; **haber de** to
  have (to), must; **hay** there is, there are;
  **hay que** one must
**habilidad** skill, ability
**habitación** room, habitation

**habitacional** *m* housing development
**habitante** *m* or *f* inhabitant
**habitar** to inhabit, dwell
**hablar** to speak
**hacendado(a)** landholder, rancher
**hacer** to do, make; **hace buen tiempo** the weather is good; **hace frío** it is cold; **hacer buches** to gargle; **hacer calceta** to knit; **hacer caso de** to pay attention to; **hacer daño** to harm; **hacer de cuenta** to pretend; **hacer falta** to be lacking; to be missing; to be necessary; **hacer una mala jugada** to play a dirty trick; **hacer un papel** to play a role; **hacer una reverencia** to bow; **hacerla de** to play the part of
**hacerse** to become (a professor, etc.), get (rich, etc.)
**hacha** hatchet, axe
**hacia** *prep* toward; about
**hacienda** ranch, farm; herd
**hada** fairy
**hado** fate
**halagar** to flatter
**hallar** to find
**hallazgo** discovery
**hambre** *f* hunger; **tener hambre** to be hungry
**hambriento(a)** hungry
**harén** *m* harem
**harmonizar** to harmonize
**harto(a)** sufficient, full; *fig* tired, fed up
**hasta** until, even
**hazaña** deed, feat
**hebilla** buckle
**hecho** deed, fact; past part of **hacer**
**hediondo(a)** stinking
**helado(a)** frozen
**helicóptero** helicopter
**hemisferio** hemisphere
**hembra** female (usually with animals)
**henchir** to fill
**hender** to go through
**heredado(a)** inherited
**herencia** inheritance; heritage
**herida** wound
**herido(a)** wounded person
**herir** to wound
**hermandad** brotherhood
**hermano(a)** brother, sister
**hermético(a)** hermetic

**hermoso(a)** beautiful
**hermosura** beauty
**héroe** *m* hero
**heroico(a)** heroic
**herrado(a)** shod (as a horse)
**herramienta** tool
**hervir (ie)** to boil
**hielo** ice
**hierba** weed; herb
**hierro** iron
**higiene** *m* hygiene
**hijo(a)** son, daughter; child
**hilar** to spin
**hilera** row, line
**hilo** thread
**hincado(a)** kneeling
**hinchar** to swell
**hipo** hiccough; sob
**hipocresía** hypocrisy
**hispánico(a)** Hispanic
**hispano(a)** Hispanic, Spanish
**Hispanoamérica** Spanish America
**hispanoamericano(a)** Spanish American
**histeria** hysteria
**historia** history; story
**historiador(ra)** historian
**histórico(a)** historical
**hito: mirar de hito en hito** to stare, look fixedly
**hogar** *m* home
**hoguera** campfire
**hoja** leaf, blade; page; sheet (of paper)
**hojarasca** leaf storm
**hojear** to leaf through
**hola** hello, hi
**holandés, -esa** *adj* Dutch; *n* Dutch person
**hombre** *m* man
**hombro** shoulder
**homenaje** *m* homage
**Homero** Homer
**homogeneidad** homogeneity
**hondo(a)** deep
**honrado(a)** honorable, of high rank
**honrar** to honor
**hora** hour; **a altas horas de la noche** late at night; **a toda hora** at all hours, all the time
**horadar** to bore, pry
**horda** horde
**horizonte** *m* horizon
**horóscopo** horoscope

**horrendo(a)** horrendous, hideous
**horripilante** horrifying
**horrorizado(a)** horrified
**hospicio** hospice, hospital, asylum
**hospitalario(a)** *adj* hospitable
**hostil** hostile
**hoy** today; **hoy día** nowadays
**hoyo** hole, excavation
**hueco** void, hollow
**huelga** strike
**huella** track, trace
**huerta** vegetable garden
**huertano** gardener, orchardman
**hueso** bone
**huésped** *m* or *f* guest
**huesudo(a)** bony, big-boned
**huevo** egg
**huir** to flee, run away
**humanidad** humanity
**humanista** *m* or *f* humanist
**humano(a)** human; **ser humano** human
    being
**humear** to smoke, give off smoke
**humedad** humidity
**humedecer** to moisten, dampen;
    **humedecerse** to become wet, become
    moist
**húmedo(a)** humid
**humilde** humble
**humillación** humiliation
**humo** smoke
**humorada** humorous poem (genre writ-
    ten by Campoamor)
**humorístico(a)** humorous
**hundimiento** sinking
**hundir** to sink
**húngaro(a)** Hungarian
**huracán** *m* hurricane
**hurgar** to stir, poke into, dig around into
**hurtar** to steal

# I

**Ícaro** Icarus
**ícono** icon
**idealista** idealistic
**idéntico(a)** identical
**identidad** identity
**identificación** identification
**identificar** to identify
**ideología** ideology

**idioma** *m* language
**iglesia** church
**ignorante** ignorant
**ignorar** to not to know, be ignorant of
**igual** equal; **por igual** equally
**igualdad** equality
**ijar** *m* flank (of a horse)
**ilimitado(a)** unlimited
**iluminar** to illuminate, cast light on
**ilusión** illusion, *fig* hope
**ilustrar** to illustrate
**ilustrativo(a)** illustrative
**ilustre** illustrious, famous
**imagen** *f* image
**imaginación** imagination
**imaginar** to imagine
**imaginario(a)** imaginary
**imborrable** indelible
**imitar** to imitate
**impaciente** impatient
**impedimento** impediment
**impedir (i)** to prevent, hinder
**imperar** to prevail
**imperfecto** imperfect; *n* imperfect tense
**imperio** empire
**impermeable** *m* raincoat; *adj* impervious
**ímpetu** *m* impetus
**impetuoso(a)** impetuous
**implacablemente** relentlessly
**imponente** imposing
**imponer** to impose
**importancia** importance
**importar** to be important, matter
**importe** *m* cost, price
**importunación** harassment
**importunidad** importunity, entreaty
**imposible** impossible
**imposición** imposition
**impreciso(a)** imprecise
**impresión** impression
**impresionante** impressive
**impresionar** to impress
**impresionista** impressionist
**impreso** print
**improvisado(a)** improvised
**improvisador** *m* improviser
**improviso(a)** unexpected; **de improviso**
    unexpectedly
**imprudente** imprudent
**impuesto** tax
**impulso** impulse

**inactividad** inactivity
**inanimado(a)** inanimate
**incaico(a)** Incan
**incendiarse** to catch on fire
**incendiado(a) (de)** on fire (with)
**incertidumbre** *f* uncertainty
**incienso** incense
**incierto(a)** uncertain
**incinerador** *m* incinerator
**incitar** to incite
**inclinar** to incline, bend, **inclinarse** to stoop, bend over, bow
**incluir** to include
**inclusive** including
**incluso** *adv* even, including
**incoherencia** incoherence
**incoherente** incoherent
**incomodar** to disturb, trouble, inconvenience
**incómodo(a)** uncomfortable
**incompetencia** incompetence
**incompleto(a)** incomplete
**incomprensible** incomprehensible
**incomprensión** incomprehension, lack of comprehension
**inconcluso(a)** unfinished
**incongruencia** incongruence
**inconsciencia** unconsciousness
**inconsciente** unconscious
**incontenible** unrestrainable
**incorporación** incorporation
**incorporar** to incorporate; **incorporarse** to sit up, get up; to join
**increíble** incredible
**inculpar** to blame, accuse
**inculto(a)** uncultured
**indagar** to investigate
**indeciso(a)** hesitant
**indefenso(a)** defenseless
**indelincuente** innocent
**independencia** independence
**independiente** independent
**Indias** Indies, original name given to the New World
**indicación** indication
**indicar** to indicate
**indicio** indication
**indiferencia** indifference
**indiferente** indifferent
**indígena** *m or f* indigenous, native; *(Am)* Indian

**indignación** indignation
**indignado(a)** angry, indignant
**indignidad** indignity
**indio(a)** Indian
**indiscriminadamente** indiscriminately
**individualidad** individuality
**individualizar** to individualize
**individuo** *n* individual
**indócil** unruly
**indomable** indomitable
**indudablemente** undoubtedly
**industria** industry
**inequívoco(a)** unequivocal, unmistakable
**inercia** inertia
**inerte** inert
**inesperado(a)** unexpected
**inexorablemente** inexorably
**infancia** infancy, childhood
**infanta** princess
**infantil** *adj* infant, baby
**infatigable** untiring
**inferior** inferior, lower
**infierno, inferno** hell
**infinito(a)** infinite; *n m* infinite
**inflar** to inflate
**influencia** influence
**influenciar** to influence
**influir** to influence
**influyente** influential
**información** information
**informar** to inform
**informe** *m* report
**ingeniería** engineering
**ingeniero(a)** engineer
**ingenio** (mechanical) apparatus; sugar mill
**ingeniosidad** ingenuity
**ingenuidad** candor
**ingerencia** meddling, interference
**Inglaterra** England
**inglés, -esa** *adj* English; *n m* English (language)
**ingratitud** ingratitude
**ingrato(a)** ingrate, ungrateful
**inhumano(a)** inhuman
**inicial** initial
**iniciar** to begin, initiate
**ininterrumpidamente** uninterruptedly
**injusticia** injustice
**injusto(a)** unjust
**inmediatamente** immediately

**inmensidad** immensity
**inmenso(a)** immense
**inmigración** immigration
**inmigrante** *m or f* immigrant
**inmigrar** to immigrate
**inmoral** immoral
**inmortalidad** immortality
**inmortalizar** to immortalize
**inmóvil** *adj* immobile
**inmovilidad** immobility
**inmueble** *m* immovable (real) property
**innecesario** unnecessary
**innovación** innovation
**innovador(ra)** *m* innovator
**inocencia** innocence
**inocente** innocent
**inolvidable** unforgettable
**inoportuno(a)** ill-timed
**inquieto(a)** restless, uneasy
**inquietud** *f* concern
**Inquisición** Inquisition
**inscribir** to enroll, register
**insecto** insect
**inseguridad** insecurity
**insensible** insensitive
**insensibilidad** hard-heartedness, insensitivity
**inservible** useless
**insignificante** insignificant
**insistir** to insist
**insolencia** insolence
**insoportable** *adj* unbearable
**inspiración** inspiration
**inspirar** to inspire
**instalar** to install
**instantáneamente** instantaneously
**instante** *m* instant; **al instante** instantly, at once
**instintivo(a)** instinctive
**instinto** instinct
**institución** institution
**instrucción** instruction
**instruir** to instruct
**instrumento** instrument
**insulto** insult
**integración** integration
**integrar** to integrate, be included in
**intelectual** intellectual
**inteligencia** intelligence
**inteligente** intelligent
**intención** intention; **con intención** slyly

**intencionado(a)** meaningful
**intensidad** intensity
**intenso(a)** intense
**intento** attempt
**interacción** interaction
**intercalado(a)** inserted, interpolated
**intercambiar** to exchange
**intercambio** exchange
**interceptar** to intercept
**interés** *m* interest
**interesante** interesting
**interesar** to interest; **interesarse por** to be interested in
**interferencia** interference
**internacional** international
**internacionalismo** internationalism
**internarse** to go far in
**interno(a)** interior, internal
**interpretación** interpretation
**interpretar** to interpret
**interrogar** to question
**interrumpido(a)** interrupted
**intervención** intervention, operation
**intervenir (ie)** to intervene, interfere
**intimidad** intimacy
**intimidar** to intimidate
**íntimo(a)** intimate
**intolerancia** intolerance
**intrahistoria** intrahistory
**intransigencia** intransigence
**intransigente** intransigent
**introducción** introduction
**introspección** introspection, looking inward
**intuición** intuition
**inundación** flood
**inútil** useless
**invadir** to invade
**invasor(ra)** invader
**invención** invention, made-up story
**inventar** to invent, create
**inventario** inventory
**invernar** to winter, spend the winter
**inversión** investment
**investigación** investigation; research
**investigar** to investigate
**invicto(a)** invincible
**invierno** winter
**invitar** to invite
**invocador(ra)** invoker
**invocar** to invoke

**IPN (Instituto Politécnico Nacional)**
National Polytechnical Institute
**ir** to go; **irse** to go away
**iracundo(a)** angry
**irlandés, -esa** Irish, Irishman (woman)
**ironía** irony
**irónico(a)** ironical
**irracional** irrational
**irradiar** to radiate
**irreal** unreal
**irresponsable** irresponsible
**irreverencia** irreverence
**irritarse** to get (become) irritated
**isla** island
**isleño(a)** *adj* island; *n* islander
**isleta** small island
**Italia** Italy
**italiano(a)** Italian
**izquierdo(a)** left; **a la izquierda** on the left

## J

**jabalí** *m* wild boar
**jabón** *m* soap, lather
**jadeante** panting
**jadear** to pant
**jadeo** panting
**jamás** *adv* never, ever
**japonés, -esa** Japanese
**jaqueca** *m* headache, migraine
**jáquima** bridle
**jarabe** *m* popular dance
**jardín** *m* garden; **jardín zoológico** zoo
**jarra** jar; **en jarras** akimbo
**jarro** jug; **a boca de jarro** point-blank; **olía a jarro nuevo** smelled like a new clay jug
**jaula** cage
**jeder: heder** to stink
**jefe** *m* chief, boss, leader
**jeroglífico** hieroglyph
**jilguero** linnet, goldfinch
**jilotear** to form ears (corn)
**jinete** *m* horseman
**joder: que se joda ante** *fig.* to hell with
**jodienda** awful thing
**jornalero(ra)** day laborer
**joven** *m* or *f* young
**joya** jewel
**joyería** jewelry store

**joyero(a)** jeweler
**jubilarse** to retire
**júbilo** joy
**juego** game, gambling game; interplay; **juego de manos** sleight of hand
**jueves** *m* Thursday
**juez** *m* judge
**jugadera** prank
**jugador(ra)** player; gambler
**jugar (ue)** to play (a game or sport); to gamble; **jugar a (de) (ue)** to pretend to be
**jugo** juice
**juguete** *m* toy
**juicio** judgment
**julio** July
**jumear** to lie hidden
**jungla** jungle
**junio** June
**juntar** to join, connect, unite, pull together; **juntarse** to join with; to copulate; to assemble
**junto(a)** united, joined, together; **junto a** bedside; **junto con** together with; **junto** *adv* near
**juntura** joining
**jurar** to swear
**jurídico(a)** juridical; legal
**jurisprudencia** jurisprudence, law
**justicia** justice
**justificar** to justify
**justo(a)** exact, very; just
**juvenil** juvenile
**juventud** youth
**juzgar** to judge

## K

**kepis** kepi, military cap

## L

**laberinto** labyrinth
**labio** lip
**labor** *f* small farm
**labrador(ra)** farmer, peasant
**labrar** to carve; to make; to cut; to work (stone)
**ladera** hillside
**lado** side; **por otro lado** on the other hand; **por todos lados** on all sides

ladrar  to bark
ladrillo  brick
ladrón(ona)  thief
lago  lake
lágrima  tear
laguna  lake, lagoon
laja  slab
lamentación  lamentation
lamentar  to lament
lamer  to lick
lámpara  lamp, light
lana  wool
langosta  locust
lánguido(a)  listless
lanzar  to emit, throw, hurl; to vomit; **lanzarse**  to plunge
lanzas: **orejas lanzas**  ears erect
lápida  tablet, gravestone
lápiz  *m*  pencil
lapso  lapse, time
largar  to leave; **largarse**  to go away
largo(a)  long; **a lo largo de**  through, throughout, along; **largamente**  for a long time
lástima  pity
lastimarse  to wound oneself, hurt oneself
lastimoso(a)  pitiful, sad
latido  beating, throb
latigazo  lash
látigo  whip
latino(a)  Latin (American)
latinoamericano(a)  Latin American
latir  to beat
lavar  to wash; **lavarse**  to wash, wash up
lazo  lasso; tie, connection
leal  loyal
lecho  bed
lector(ra)  reader
lectura  reading
leer  to read
legendario(a)  legendary
legítimo(a)  legitimate
legua  league
lejano(a)  distant
lejos  *adj*  far, far away; **a lo lejos**  in the distance
lengua  tongue; language
lenguaje  *m*  language
lente  *m* or *f*  lens; magnifying glass
lento(a)  slow
leña  firewood

león  *m*  lion
lesionar  to wound, injure
letra  letter; **letra cursiva**  italics; **al pie de la letra**  literally
letrero  sign
levantar  to life, raise; to take (census); **levantarse**  to get up
leve  *adj*  light
ley  *f*  law
leyenda  legend
liberación  liberation
liberar  to free, liberate
libertad  liberty
librar  to free; **librarse**  to be freed
libre  free
librepensador(ra)  freethinker
libro  book
licenciado(a)  lawyer
liceo  lyceum
licor  *n m*  liquor
líder  *m*  leader
liebre  *f*  hare (rabbit)
lienzo  canvas
liga  league
ligar  to tie; to suspend
ligero(a)  light (weight, food, clothing, etc.)
limitación  limitation
limitar  to limit
límite  limit
limón  *m*  lemon
limonero  lemon tree
limosna  alms
limpiar  to clean; **limpiar de hierba**  to weed
limpieza  cleaning
limpio(a)  clean
linchamiento  lynching
lindar (con)  to border (on)
lindo(a)  pretty
línea  line
liquen  *m*  lichen
líquido(a)  liquid; *n m*  liquid
lírico(a)  lyric
lisonja  flattery
lisonjear  to flatter
lista  list, roll
listo(a)  ready
literario(a)  literary
literatura  literature
liviano(a)  light
lívido(a)  livid

**llaga** wound

**llama** flame

**llamar** to call; **llamarse** to be called, be named

**llano(a)** level, flat

**llano** plain

**llanto** weeping

**llanura** plain

**llave** *f* key; **cerrar con llave** to lock; **echar llave a** to lock

**llegada** arrival

**llegar** to arrive; **llegar a (conocer)** to come to (know); **llegar a saber** to find out

**llenar** to fill

**lleno(a) (de)** filled (with), full

**llevar** to carry, take; to wear; to lead; to lift; **llevarse** to carry away

**llorar** to cry, weep

**lloroso(a)** tearful

**llover** to rain

**lluvia** rain

**lobo** wolf

**loco(a)** crazy

**locura** madness

**lodo** mud

**lógico(a)** logical

**lograr** to succeed (in), achieve

**longevidad** longevity

**losa** flagstone, grave, gravestone

**losar** to pave

**lotería** lottery

**loza** ceramic

**lucero** bright star

**lucha** struggle

**luchar** to struggle

**lucidez** *f* lucidity

**lucir** to show off

**luego** then, afterward, next, later; **luego de** after; **luego luego** right away; **tan luego que, luego que** as soon as

**lugar** *m* place; **tener lugar** to take place

**lujo** luxury; **de lujo** deluxe

**lujoso(a)** luxurious

**lujurioso(a)** lustful

**lumbre** *f* fire, light

**luminoso(a)** luminous

**luna** moon

**luto** mourning; **de luto** in mourning

**luz** *f* light; **luz de bengala** flare; **salir a luz** to come out, appear, be published

# M

**machismo** virility, manliness

**madera** wood

**madre** *f* mother

**madrugada** morning, dawn

**madrugador(ra)** early riser

**madurar** to ripen

**maestro(a)** master; *n* teacher

**magia** magic

**mágico(a)** magic

**magisterio** mastery

**magnavoz** *m Mex.* loudspeaker

**magnífico(a)** magnificent

**mago** magician, wizard; **los Reyes Magos** the Magi

**magullar** to mangle

**maíz** *m* corn

**maizal** *m* cornfield

**majada** shelter

**majestad** majesty

**majestuosidad** majesty

**majestuoso(a)** majestic

**mal** *adv* badly, wrongly; *n m* evil, harm, illness, wrong; **de mal en peor** from bad to worse; **menos mal** just as well

**maldecir (i)** to curse

**maldición** curse

**maldito(a)** cursed

**maleza** underbrush

**malhumorado(a)** ill-humored

**maliciosamente** maliciously

**malo(a)** bad, evil; sick

**malón** *m* sudden attack by Indians

**maltratado(a)** abused, ill-treated

**maltrecho(a)** badly off, battered

**malvado(a)** wicked

**malvivir** to live badly

**mamarracho** grotesque figure

**mampostería** masonry

**manada** *n* herd

**mancebo** youth, young man

**mancha** spot, stain; smudge

**manchado(a)** spotted

**manchar** to stain

**mancillado(a)** soiled

**mandar** to command; to control; to govern; to send

**mandíbula** jaw

**mando** command

**manejar** to drive, handle

**manera** manner, way

**manerista** *adj* mannerist
**mango** handle
**manguera** hose
**manifestación** manifestation, demonstration
**manifestante** *m* demonstrator
**manifestar (ie)** to manifest, demonstrate
**manifiesto** manifest
**manigua** jungle
**mano** *f* hand; **mano de trabajo** worker
**manojo** handful, bunch
**manso(a)** gentle
**manta** sign
**mantel** *m* tablecloth
**mantener (ie)** to maintain, to hold; to keep; **mantenerse** to live (on)
**mantenimiento** food, provisions
**mantequilla** butter
**mantilla** swaddling clothes
**manuscrito** manuscript
**manzana** apple; Adam's apple
**mañana** tomorrow; morning; **el día de mañana** tomorrow; **por la mañana** in the morning; **todas las mañanas** every morning
**mapa** *m* map
**máquina** machine
**maquinalmente** mechanically
**mar** *m or f* sea
**maravilla** wonder, marvel; **a las mil maravillas** wonderfully well
**maravilloso(a)** marvellous, wonderful
**marca** brand name; cattle brand
**marcado(a)** marked
**marcador** *m* sign
**marcar** to strike; to show (time); to mark
**marcial** *adj* martial
**marco** framework; frame
**marcha** march
**marchito(a)** withered
**marea** tide
**margen** *m* margin
**mariachi** *m Mex.* street singer
**marido** husband
**marinero(a)** sailor
**marino(a)** marine
**mariposa** butterfly
**marisma** swamp
**marítimo(a)** maritime, naval
**mármol** *m* sculpture, marble

**maroma** cable, rope; acrobatics
**marrón** brown
**marroquí** *adj* Moroccan; *n m or f* Moroccan
**marrullero(ra)** trickster, wheedler
**martes** *m* Tuesday
**martillazo** blow with a hammer
**martillo** hammer
**mártir** *m* martyr
**marzo** March
**mas** *conj* but, yet
**más** more, most; **más allá** beyond; **más bien** rather; **más que nada** more than anything; **más tarde** later; **más vale que** it is better that; **nada más** only, just that
**masa** dough, mass
**masacre** *f* massacre
**mascar** to chew
**máscara** mask
**mascullar** to mumble
**mata** plant
**matadero** slaughterhouse
**matanza** slaughter, massacre
**matar** to kill
**matemáticas** *usually pl* mathematics
**matemático(a)** mathematician
**materia** matter; course; **en materia de** as regards, in the matter of; **rendir una materia** to take a course
**material** *m* supplies
**maternidad** maternity
**materno(a)** maternal
**matiz (-ces)** *f* hue, shade
**matorral** *m* thicket
**matraca** wooden rattle
**matrimonio** matrimony, marriage
**máximo(a)** maximum
**maya** *adj* Mayan
**mayo** May
**mayor** greater, larger; older, adult
**mayoría** majority
**mayormente** especially, any, very many
**mazazo** blow with a club
**mazmorra** dungeon
**mazorca** ear (of corn)
**mecanismo** mechanism
**mechero** plume (of steam)
**mechón** *m* lock (of hair)
**mediano(a)** middling

**mediante** by means of, through

**medicina** medicine

**médico(a)** doctor

**medida** measure; **a medida que** as, according as; **en gran medida** in large part

**medio(a)** mid-, middle, mean; *n m* means; thirty (time-telling); **a medias** obscurely; **a medio** half; **de en medio** middle; **en medio de** in the middle of, amid; **por medio de** through

**mediocridad** mediocrity

**mediodía** *m* noon

**medir** to measure

**meditación** meditation

**meditar** to meditate

**mediterráneo(a)** *adj* Mediterranean

**mejicano(a)** Mexican

**mejilla** cheek

**mejor** better, best; **a lo mejor** perhaps, maybe; **lo mejor** the best part

**mejoramiento** improvement

**mejorar** to improve

**melancolía** melancholy

**melancólico(a)** *adj* melancholy

**memoria** memory; **hacer memoria** to search one's memory; **saber de memoria** to know by heart

**mención** mention

**mencionar** to mention

**mendigo(a)** beggar

**menester** *m* duty, task

**menguante** *adj* waning

**menina** young lady-in-waiting

**menor** least, less, youngest; minor; smaller

**menos** less, least; **cuando menos** at least; **menos mal** just as well; **por lo menos** at least

**menospreciar** to scorn, despise

**mensaje** *m* message

**mentado(a)** famous

**mente** *f* mind

**mentir** to lie

**mentira** lie

**mentón** *m* chin

**menudo(a)** small

**mercader(ra)** merchant

**mercado** market

**merced** *f* favor

**merecer** to deserve

**mero(a)** mere; **hasta mero** just, right up to

**mes** *m* month

**mesa** table, desk; **poner la mesa** to set the table

**Mesías** *m* Messiah

**mestizo(a)** half-breed, mixed blood

**meta** goal

**metafísico(a)** metaphysical; *n f* metaphysics

**metáfora** metaphor

**metafórico(a)** metaphoric

**metálico(a)** metallic

**meter** to put in, introduce; **meterse** to get involved

**meticulosamente** meticulously

**metódico(a)** methodical

**método** method

**metro** meter

**metrópoli** *f* metropolis

**metropolitano(a)** metropolitan

**mexicano(a)** Mexican

**mexicanoamericano(a)** Mexican-American

**mezcla** mixture; mortar

**mezclar** to mix

**mezquita** mosque

**microcósmico(a)** microcosmic

**miedo** fear; **dar miedo** to create fear; **tener miedo** to be afraid

**miel** *f* honey

**miembro** *m or f* member

**mientras (que)** while, as long as

**miércoles** *m* Wednesday

**miga** crumb

**migrar** to migrate

**migratorio(a)** migratory

**mil** thousand

**milagro** miracle

**milagroso(a)** miraculous

**milímetro** millimeter

**militante** *m or f* militant

**militar** *adj* military; *n m or f* military

**milla** mile

**millón** *m* million

**millonario(a)** millionaire

**milpa** *Mex.* cultivated land, system of cultivation

**mimar** to spoil, indulge

**mina** mine

**minero(a)** miner

**ministro** minister (of a govt. cabinet)
**minoría** minority
**minotauro** minotaur
**minuciosamente** precisely, thoroughly
**minúsculo(a)** tiny
**minuto** minute
**mirada** glance, look
**mirador** *m* window, observation point
**mirar** to look (at)
**mirón** *m* spectator, bystander
**misa** mass
**miseria** misery, poverty
**misericordia** pity
**misión** mission
**mismo(a)** same, equal; **ahora mismo** right now; **ella misma** she herself
**misterio** mystery
**misterioso(a)** mysterious
**misticismo** mysticism
**místico(a)** mystic(al)
**mitad** *f* half; middle; **en mitad de** in the middle of
**mítico(a)** mythical
**mitin** *m* rally
**mito** myth
**mitología** mythology
**mixto(a)** mixed
**mocedad** youth
**mochica** Peruvian Indian group
**mocho(a)** maimed; cut off
**modelar** to model
**modelo** model, pattern
**modernismo** modernism
**moderno(a)** modern
**modesto(a)** modest
**modificación** modification
**modificar** to modify
**modista** *m* or *f* modiste; dressmaker
**modo** way, means, manner; **de modo que** so that; **de todos modos** at any rate
**modorra** drowsiness; sleeping sickness
**mofar** to mock, jeer; **mofarse de** to make fun of, jeer at
**mohoso(a)** rusty
**mojar** to wet; **mojarse** to get wet
**molde** *m* mold
**molestar** to bother; **no se molesten** don't take the trouble
**molesto(a)** annoyed
**molido(a)** ground (up)

**momentáneo(a)** momentary
**momento** moment
**monarca** *m* or *f* monarch, king, queen
**moneda** coin
**monja** nun
**mono** monkey
**monólogo** monologue
**monopolio** monopoly
**monotonía** monotony
**monstruo** monster
**monstruoso(a)** monstrous
**montado(a)** mounted
**montaña** mountain
**montañero(a)** *n* mountaineer
**montar** to ride; mount (begin)
**monte** *m* mountain
**montón** *m* pile; heap
**monumento** monument
**morada** dwelling
**morado(a)** purple
**moraleja** moral (of a story)
**mordaz** biting, sarcastic
**morder** to bite; **morderse** to bite (one's tongue, etc.)
**moreno(a)** brown, dark
**morir (ue)** to die; **morirse** to die
**moro(a)** *n* Moor; *adj* Moorish
**mortaja** shroud
**mortificación** mortification, humiliation
**mortificar** to mortify; **mortificarse** to get upset
**mosaico** mosaic
**mostrar (ue)** to show
**moteca** Moteca Indian
**motín** *m* riot
**motivar** to motivate
**motivo** motive, motif
**motocicleta (moto)** *f* motorcycle
**movedizo** mobile, moving, movable
**mover (ue)** to move; **moverse** to move (oneself)
**movible** movable
**móvil** changeable
**movilidad** mobility
**movimiento** movement
**mozo(a)** young man, woman; **buen mozo** good-looking (young man)
**muchacho(a)** boy, girl
**mucho(a)** much, a great deal; long (time); *pl* many; *adv* much, very much, a great deal

**mudanza** move
**mudarse** to move
**mudo(a)** mute, silent
**mueble** *m* piece of furniture
**mueca** *n* grimace
**muela** molar
**muelto(a) (muerto[a])** *adj* dead; *n* dead person
**muerte** *f* death
**muestra** sample, model, copy, trace
**mugriento(a)** filthy
**mujer** *f* woman; wife
**mulato(a)** mulatto
**multiplicar** to multiply
**multitud** multitude
**mundano(a)** worldly
**mundial** *adj* world, world-wide
**mundo** world; **correr mucho mundo** to travel a lot
**municipio** town government
**muñeca** wrist; dummy, doll
**muralismo** muralism
**muralista** *m* or *f* muralist
**muralla** wall
**murciélago** bat
**murmurar** to murmur
**muro** wall
**músculo** muscle
**musculoso(a)** muscular
**museo** museum
**musgo** moss
**música** music
**musicalidad** musicality
**músico** musician
**musitar** to mumble
**muslo** thigh
**mustio(a)** wilted, withered
**musulmán(a)na** Moslem, Mussulman
**mutilación** multilation
**mutilante** mutilating
**mutilar** to mutilate
**muy** very

# N

**nacer** to be born
**nacimiento** birth
**nación** nation
**nacional** national
**nacionalismo** nationalism
**nada** *adj* nothing; *adv* nothing, not at all

**nadar** to swim
**nadie** no one, nobody
**nahua** *m* Nahuatl (Aztec language)
**naranjo** orange tree
**nariz** *f* nose
**narración** narration
**narrador(ra)** narrator
**narrar** to narrate
**narrativo(a)** *adj* narrative; *n f* narrative, story
**natural** *m* native, nature
**naturaleza** nature
**naufragar** to be shipwrecked
**naufragio** shipwreck
**navaja** razor, blade
**Navidad** Christmas
**navideño(a)** pertaining to Christmas
**nazareno(a)** Nazarene
**necesario(a)** necessary
**necesidad** necessity
**necesitar** to need
**necio(a)** fool, silly
**negar (ie)** to refuse, deny
**negativa** refusal
**negativo(a)** negative
**negocio** business
**negrero(ra)** slave trader
**negritud** blackness
**negro(a)** black, dark
**negrura** blackness
**neoclásico(a)** neoclassic
**neoprimitivo(a)** neo-primitive
**neoyorquino(a)** *adj* New York
**nervio** nerve
**nervioso(a)** nervous
**netamente** purely
**neumonía lobular** pneumonia
**neutro(a)** neuter
**nevado(a)** snow-capped; *fig* snowy white
**nicaragüense** Nicaraguan
**nicho** niche
**nido** nest
**nieve** *f* snow
**nihilismo** nihilism
**ninfa** nymph
**ninguno(a)** none, not any, not one
**niñera** nursemaid
**niñez** *f* childhood
**niño(a)** boy, girl, child
**nítido(a)** clear, bright
**nivel** *m* level

**nobleza** nobility

**noche** *f* night; **de noche** or **por la noche** at night; **esta noche** tonight

**Nochebuena** Christmas Eve

**nomás** just; no sooner; **nomás por nomás** just like that

**nombre** *m* name

**nopal** *m* kind of cactus

**noreste** *m* northeast

**Normandía** Normandy

**noroeste** *m* northwest

**norte** *m* north

**norteamericano(a)** North American (used for a person or thing from the United States)

**nostálgico(a)** nostalgic

**nota** note

**notar** to note

**noticia** notice; *pl* news

**novedad** novelty, newness

**novela** novel

**novelista** *m* or *f* novelist

**novelizar** to novelize, make a novel of

**noviazgo** courtship

**noviembre** *m* November

**novio(a)** boyfriend, suitor, bridegroom; girlfriend, bride

**nube** *f* cloud

**nublado(a)** cloudy

**nublazón** *m* storm cloud

**nuca** nape (of neck)

**nudo** knot

**nuevo(a)** new; **de nuevo** again, once more

**nuez** *f* pecan

**número** number

**numeroso(a)** numerous

**nunca** never, not ever

**nutrir** to nourish, feed

## Ñ

**ñoco(a)** one-handed

## O

**obedecer** to obey

**obediente** obedient

**objetivo(a)** objective; *n m* objective

**objeto** object

**oblicuo(a)** oblique

**obligar** to oblige

**obligatorio(a)** obligatory

**óbolo** obolus; *fig* money, support, contribution

**obra** work, act; **obra maestra** masterpiece

**obrar** to work, labor

**obrero(a)** working, of workers; *n m* or *f* worker

**obsceno(a)** obscene

**observación** observation

**observador(ra)** observer

**observar** to observe

**obsesión** obsession

**obsesionado(a)** obsessed

**obsesionarse (por)** to be obsessed (by)

**obstáculo** obstacle

**obstante: no obstante** nevertheless; in spite of

**obstinación: con obstinación** obstinately

**obstinado(a)** obstinate

**obtener (ie)** to obtain

**obvio(a)** obvious

**ocasión** occasion

**occidental** western

**occidente** *m* west; **Occidente** the West

**océano** ocean

**ocioso(a)** idle

**ocote** okote pine

**octosilábico(a)** octosyllabic (having eight syllables)

**octubre** *m* October

**ocultadora** concealer

**ocultar** to hide

**ocupación** occupation

**ocupado(a)** busy, occupied

**ocupar** to occupy

**ocurrencia** occurrence; witticism; new idea

**ocurrir** to occur

**odiar** to hate

**odio** hatred

**odisea** odyssey

**oeste** *m* west

**ofender** to offend

**oficial** official; *n m* official

**oficina** office

**oficio** trade, job, occupation

**ofrecer** to offer

**ofrenda** offering, gift

**oír** to hear

**ojalá (y)** I wish
**ojear** to glimpse
**ojo** eye
**ola** wave
**oler** *m* to smell
**olfatear** to sniff the air
**olfato** sense of smell
**olímpico(a)** Olympic
**olor** *m* odor, smell
**oloroso(a)** fragrant, smelling like
**olvidar(se) (de)** to forget
**olvido** forgetfulness, oblivion
**omitir** to omit
**ondulante** *adj* wavy
**onomatopéyico(a)** onomatopoeic
**opaco(a)** opaque
**opalino(a)** opaline
**operación** operation, transaction, deal
**operar** to operate
**opinar** to be of the opinion
**oponerse** to oppose
**oportunidad** opportunity
**oposición** opposition
**opresión** oppression
**optar** to choose, opt
**óptico(a)** optical
**optimista** optimistic
**opuesto(a)** opposed, opposite
**oración** sentence
**orador** *m* or *f* orator
**oratorio(a)** oratorical
**orden** *f* command; religious order; *m* order
**ordenar** to order, command; to arrange
**ordinario(a)** ordinary
**oreja** ear
**orfanato** orphanage
**orfebre** *m* goldsmith, silversmith
**orfebrería** gold or sliver work
**orgánico(a)** organic
**organización** organization
**organizar** to organize
**órgano** organ
**orgullo** pride
**orgulloso(a)** proud
**oriental** eastern, oriental
**oriente** *m* east, orient; **Oriente** the East, the Orient
**origen** *m* origin
**originalidad** originality
**originar** to originate

**orilla** river-bank
**oriundo(a)** native, coming from
**ornamentación** ornamentation
**oro** gold
**ortodoxo(a)** orthodox
**osado(a)** bold
**osar** to dare
**oscilar** to oscillate
**oscurecer** to grow dark
**oscuridad** darkness
**oscuro(a)** dark
**ostentar** to show off
**otoño** autumn
**otorgado(a)** granted, given
**otro(a)** other, another, the other; **al otro día** the next day; **el uno al otro** each other; **otra vez** again; **por otra parte** on the other hand; **unos a otros** each other
**ovación** ovation
**oveja** sheep

# P

**pa'(para)** for, in order to
**pabellón** *m* pavilion
**paciente** *m* or *f* patient
**pacificador(ra)** *n* peacemaker
**pacífico(a)** peaceful
**pacto** pact
**padre** *m* father; *pl* parents
**padrenuestro** Lord's prayer
**pagano(a)** pagan
**pagar** to pay (for)
**página** page
**pago** pay
**país** *m* country, region, nation
**paisaje** *m* landscape
**paisajista** *adj* landscape
**paisano(a)** compatriot
**paja** straw
**pájaro** bird
**pala** stick, paddle
**palabra** word
**palacio** palace
**pálido(a)** pale
**palique** *m* chitchat, small talk
**palma** palm
**palmada: dar palmadas** to slap
**palmar** *m* palm grove; oasis
**palmear** to pat

**palmera** palm (tree)

**palmo** hand, palm

**palo** wood, stick

**paloma** dove

**palpar** to touch

**palpitante** *adj* throbbing

**palpitar** to throb

**pampa** *Argentina* plain

**pan** *m* bread

**pánico** *n* panic

**pantalón** *m* trousers, pants

**pantano** marsh

**panteísmo** pantheism

**panteón** *m* pantheon

**pantera** panther

**pantomimo(a)** pantomimist

**pañuelo** handkerchief

**Papa** *m* Pope

**papá** *m* father, papa

**papel** *m* paper; role; **hacer un papel** to play a role

**par** *m* pair; **a par del alma** deeply

**para** for, in order to; towards; so that, to the end that; **de un lado para otro** from one side to the other; **para siempre** forever; **ser para tanto** to be important

**parábola** parable

**paracaidista** *m* or *f* parachutist

**parada** stop

**paradero** whereabouts

**parado(a)** standing; stopped

**paradoja** paradox

**paradójicamente** paradoxically

**paraguas** *m s* umbrella

**paraíso** paradise

**paralelo(a)** parallel

**paralizar** to paralyze

**parar** to stop; **pararse** to stand up; to stop

**parca** fate

**parecer** to seem, look; **al parecer** apparently; *n m* opinion; **cambiar de parecer** to change one's mind; **parecerse a** to resemble

**parecido(a)** *adj* similar; *n m* resemblance

**pared** *f* wall

**pareja** pair, couple

**paréntesis** *m* parenthesis

**pariente -ta** relative, relation

**parir** to give birth

**parisiense** *adj* Parisian

**paro** work stoppage

**párpado** eyelid

**parque** *m* park

**párrafo** paragraph

**parroquiano(a)** parishioner

**parsimoniosamente** economically; slowly

**parte** *f* part, portion; place; **de parte de** on the part of; **en gran parte** mostly; **en (a) todas partes** everywhere; **por otra parte** on the other hand; **por parte alguna** anywhere

**participación** participation

**participante** *m* or *f* participant

**participar** to participate

**particular** particular, private, personal

**partidario(a)** partisan

**partido** party; district; township; game (match)

**partido(a)** *adj* gone away, parted

**partir** to leave; to cut; **a partir de** starting from; **partir de** to be fired from

**pasadizo** passageway

**pasado** past

**pasaje** *m* passage

**pasar** to pass; to spend time; to happen; **pasa que** it happens that; **pasar hambre** to suffer hunger; **pasar por alto** to overlook; **¿qué pasa?** what's the matter?; **se la pasa** he (she) spends his (her) time

**pasear(se)** to stroll, walk, ride

**paseo** walk, promenade

**pasión** passion

**pasivo(a)** passive

**paso** sketch; step, footstep; **dar los primeros pasos** to take the first steps; **de paso** in passing, on the way

**pasta** paste, dough

**pastilla** pill

**pasto** grass; pasture

**pastor(ra)** shepherd

**pastoril** pastoral

**pastura** pasture

**pata** foot (of an animal)

**patata** potato

**patear** to stamp

**paternidad** paternity

**patilla** side whiskers

**patria** fatherland

**patriarca** *m* patriarch
**patrimonio** patrimony
**patriota** *m* patriot
**patrocinar** to sponsor
**patrón(ona)** *m* patron, patroness, boss
**patullado(a)** trampled; **patullada** tramping feet
**pausa** pause
**pavimento** pavement
**pavo** turkey
**payaso** clown
**paz** *f* peace
**pecado** sin
**pecador(ra)** sinful; *n m* or *f* sinner
**pecho** breast, chest
**pedalear** to pedal
**pedazo** piece; **hacer pedazos** to tear to pieces
**pedernal** *m* flint
**pedir (ie)** to ask for
**pedrería** precious stones
**pegar** to glue; to beat, to strike; to hit; **pegar el brinco** to leap; **pegar(se) un tiro** to shoot (oneself)
**peinarse** to comb one's hair
**pelandrín (pelantrín)** *m* farmer
**peldaño** stair
**pelea** fight
**pelear(se)** to fight
**película** film
**peligro** danger
**peligroso(a)** dangerous
**pelo** hair
**pelota** ball
**peluca** wig
**peludo(a)** shaggy, hairy
**peluquería** barber shop
**pena** pain, sorrow; **no valer la pena** not to be worthwhile
**penar** to suffer
**pender** to hang
**pendiente** *adj* hanging, pending; absorbed
**penetración** penetration
**penetrante** penetrating
**penetrar** to penetrate
**península** peninsula
**penitencial** penitential
**penitente** *m* penitent
**penoso(a)** painful
**pensador** *m* thinker

**pensamiento** thought
**pensar (ie)** to think; to intend; **pensar en** to think about
**pensativo(a)** pensive
**penumbra** shadow
**peña** rock, mountain
**peón** *m* day laborer
**peor** worse, worst; **de mal en peor** from bad to worse
**pepita** nugget; pip, distemper in fowls
**pequeño(a)** small, little
**percepción** perception
**percibir** to perceive
**perder (ie)** to lose; **echar a perder** to spoil, ruin; **perder de vista** to lose sight of
**perdición** perdition, ruin
**pérdida** loss
**perdiz** *f* partridge
**perdonar** to pardon
**perdurable** lasting, everlasting
**perdurar** to last long; to remain
**perecer** to perish
**peregrinación** pilgrimage; wandering
**peregrino(a)** strange, odd
**perejil** *m* parsley
**perezoso(a)** lazy, idle
**perfección** perfection
**perfeccionar** to perfect
**perfil** *n* profile
**perfumado(a)** perfumed
**periódico** newspaper
**periodismo** journalism
**periodista** *n m* or *f* journalist
**período** period
**perjuicio** injury, damage
**perla** pearl
**permanecer** to stay, remain
**permanencia** permanence
**permanente: servicio permanente** 24-hour service
**permiso** permission
**permitir** to permit, allow
**pero** but, except, yet
**perpetuo(a)** perpetual
**perplejo(a)** perplexed
**perro(a)** dog
**perseguir (i)** to pursue; to persecute
**persona** person
**personaje** *m* personage, literary character
**personalidad** personality

**personificación** personification

**personificar** to personify

**perspectiva** perspective

**pertenecer** to belong, pertain

**pertenencia** belonging

**pesa** weight

**pesadilla** nightmare

**pesado(a)** heavy

**pesadumbre** *f* grief, affliction

**pesar** *m* sorrow; grief; **a pesar de** in spite of

**pescado** fish

**pescador(a)** fisherman (woman)

**pescar** to catch (fish), fish

**pesimismo** pessimism

**peso** monetary unit

**pestaña** eyelash

**pétalo** petal

**pétreo(a)** stony, like stone

**petróleo** kerosene

**pez** *m* fish

**pezuña** hoof

**piadoso(a)** pious, merciful

**picado(a)** annoyed

**picar** to burn (sun); to sting; to slash

**picaresco(a)** *adj* rogue

**pícaro** rogue

**pictórico(a)** pictorial

**pie** *m* foot; **a pie** on foot; **al pie de la letra** literally; **ponerse de pie** to stand up

**piedra** stone; **piedra de moler** grinding stone

**piel** *f* skin, hide

**pierde** *m* loss; **no hay pierde** none gets lost

**pierna** leg

**pieza** room; piece

**pileta** swimming pool

**pillo** rascal, rogue, "bad guy"

**pincel** *m* brush

**pino** pine tree

**pintar(se)** to paint; to wear makeup

**pintor(ra)** painter

**pintoresco(a)** picturesque

**pintura** painting

**pinzas** *f pl* pincers, tweezers

**piña** pineapple

**pique** sinking

**piramidal** pyramidal

**pirámide** *f* pyramid

**pirata** *m* pirate

**piruja** prostitute

**piso** floor

**pisoteado(a)** trampled

**pistola** pistol

**pitada** drag, puff

**pizarra** slate, blackboard

**placa** plate, picture

**placer** *m* pleasure

**plagiar** to plagiarize

**plancha** sheet, plate

**planchar** to iron

**planeamiento** planning

**planeta** *m* planet

**planetario** planetarium

**plano(a)** level, smooth; *n m* level plane

**plantado(a)** planted

**plata** silver

**plateresco(a)** plateresque

**platero** silversmith

**plática** chat, talk, discussion

**plato** dish

**platónico(a)** platonic

**playa** beach

**plazo** time (limit)

**plegar** to crease, fold

**plegaria** prayer, supplication

**pleito** lawsuit, dispute

**plenitud** plenitude

**pleno(a)** full

**pliego** sheet

**pliegue** *m* fold, crease

**pluma** feather

**población** population

**poblador(ra)** populator, settler

**poblar** to populate

**pobre** *adj m* or *f* poor; *n m* or *f* poor person

**pobreza** poverty

**poco(a)** little, few, small; **al poco rato** in a short while; **falta poco** it won't be long; **poco a poco** little by little; **por poco** almost

**pochi** *m* or *f* name for Californian

**poder (ue)** to be able, can; **puede que** it is possible that; *n m* power

**poderoso(a)** powerful

**podrido(a)** rotten

**poema** *m* poem

**poesía** poetry, poem

**poeta** *m* poet; **poetisa** poetess

**poético(a)** poetic; *n f* poetics
**polea** pulley
**policía** *f* police; *m* policeman
**policíaco(a)** *adj* police
**policial** referring to detective stories
**polígloto(a)** polyglot
**politécnico(a)** polytechnic
**político(a)** political; *n f s* politics; policy;
  *n m* politician
**politizar** to politicize
**polvadera: polvareda** cloud of dust
**polvo** dust; snuff
**polvoriento(a)** dusty
**pomo** bottle
**pompa** splendor; pump
**poner** to put, place; **poner la mesa** to
  set the table; **ponerse** to put on; to
  become; **ponerse de pie** to stand up;
  **ponerse de rodillas** to kneel
**poniente** *adj* setting
**popularidad** popularity
**populoso(a)** populous
**por** by, through, toward, for; **estar por** to
  be in favor of; **por aquí** around here;
  **por el estilo** like that, of that sort; **por
  encima de** above; **por eso** therefore;
  **por favor** please; **por fin** finally; **por
  la tarde** in the afternoon; **por las
  dudas** just in case; **por lo contrario**
  on the contrary; **por lo general** generally; **por lo menos** at least; **por lo
  tanto** therefore; **por medio de**
  through; **por otra parte** on the other
  hand; **por parte alguna** anywhere;
  **por parte de** on the part of; **por poco**
  almost; **¿por qué?** why?; **por
  supuesto** of course; **por todos lados**
  from all sides; **por ventura** by chance
**porcentaje** *m* percentage
**poro** pore
**porque** because
**porqué** *m* reason
**porquería** filth
**portada** portal
**portador(ra)** bearer
**portal** *m* doorway
**portar** to carry; **portarse** to behave
**porteño(a)** *adj* of Buenos Aires
**portero(ra)** doorkeeper
**portón** *m* inner front door
**portugués, -esa** Portuguese

**pos: en pos de** after, in pursuit of
**posado(a)** perched, resting
**posdata** *f* postscript
**poseer** to possess
**posesión** possession
**posguerra** *adj* postwar
**posibilidad** possibility
**posible** possible
**posición** position
**positivo(a)** positive
**pósito** public granary
**posterior** later, lower
**postizo(a)** false
**postular** to postulate
**póstumamente** posthumously
**potrero** pasture
**pozo** well; pool (of water)
**práctica** practice
**practicar** to practice; to perform
**práctico(a)** practical
**prado** meadow; lawn
**preámbulo** preamble
**precaución** precaution
**precio** price
**precioso(a)** precious
**precipicio** precipice
**precipitar** to rush
**precisamente** precisely
**precisar** to need; to determine
**preciso(a)** exact, accurate, precise
**precolombino(a)** pre-Columbian
**predecesor(ra)** predecessor
**predecir** to predict
**predicar** to preach
**predilección** predilection
**predilecto(a)** favorite
**predominar** to predominate
**prefacio** preface
**preferencia** preference
**preferir (ie)** to prefer
**pregunta** question
**preguntar** to ask (a question)
**prehispánico(a)** pre-Hispanic
**prehistórico(a)** prehistoric
**prejuicio** prejudice
**prematuro(a)** premature
**premio** prize
**premonición** premonition
**prensa** (printing) press
**preñado(a)** pregnant; full
**preocupación** preoccupation, concern

**preocupado(a)** preoccupied, worried
**preocupar (se)** to worry; **preocuparse (por, de)** to worry (about); to get involved with
**preparación** preparation
**preparar** to prepare
**preparativo** preparation
**preparatorio(a)** preparatory
**presencia** presence
**presenciado(a)** witnessed
**presentación** presentation, introduction
**presentar** to present, introduce
**presentir (ie)** to foresee, anticipate
**preservar** to preserve
**presidencial** presidential
**presión** pressure
**preso(a)** *n* prisoner
**préstamo** loan
**prestar** to lend; **prestar atención** to pay attention
**prestigio** prestige
**prestigioso(a)** renowned
**presto** quickly
**presumido(a)** pretentious
**presumir** to presume
**presupuesto** budget
**pretender** to try
**pretextar** to give as a pretext
**prevenir (ie)** to prevent
**previo(a)** previous
**prieto** black man
**primario(a)** primary
**primavera** spring
**primero(a)** first; **el primero inferior** first grade; **primero** *adv* first
**primitivo(a)** primitive
**primo(a)** cousin
**primogénito(a)** first-born
**primor** *m* finery
**príncipe** *m* prince
**principiar** to begin
**principio** principle; beginning; **a principios de** at the beginning of; **al principio** at first
**prisa** haste; **a toda prisa** quickly, hastily
**prisión** prison
**prisionero(ra)** prisoner
**privación** privation, deprivation
**privar** to deprive
**probar (ue)** to try, try out; to taste, sample

**problema** *m* problem
**procedencia** origin
**proceder** to proceed
**procesión** procession
**proceso** process
**proclamar** to proclaim
**procreación** procreation
**procurador** *m* attorney
**producción** production
**producir** to produce
**producto** product
**profano(a)** profane (of this world)
**profecía** prophecy
**profesional** professional
**profeta** *m* prophet
**profetizar** to prophesy
**profundidad** depth, profundity
**profundizar** to deepen, go deep into
**profundo(a)** profound, deep
**profuso(a)** profuse
**programado(a)** programmed
**progreso** progress
**prohibir** to prohibit
**prólogo** prologue
**prolongación** prolongation
**prolongar** to prolong
**promesa** promise
**prometedor(a)** *adj* promising
**Prometeo** Prometheus
**prometer** to promise
**prominente** prominent
**promoción** promotion
**promontorio** promontory, hill
**promover** to promote
**pronombre** *n* pronoun
**pronosticar** to predict, foretell
**pronto** *adv* soon, quickly; **de pronto** suddenly
**pronunciar** to pronounce
**propiciar** to propitiate; to promote
**propicio(a)** favorable
**propiedad** property
**propio(a)** own, of one's own
**proponer** to propose
**proporción** proportion
**propósito** purpose
**prosa** prose
**proseguir** to continue
**prosista** *m* or *f* prose writer
**prosperidad** prosperity
**próspero(a)** prosperous

**prostitución** prostitution
**prostituir** to prostitute
**prostituta** prostitute
**protagonista** *m or f* protagonist
**protección** protection
**protector(a)** protective
**proteger** to protect
**proteína** protein
**protesta** protest
**protestante** *m or f* Protestant
**protestar** to protest
**prototipo** prototype
**provecho** profit; **buen provechito** may it benefit you, prosit
**proveer** to provide
**provenir (ie)** to arise (from), come from, originate
**provincia** province
**provinciano(a)** provincial
**provocador(ra)** provoker
**provocar** to provoke
**proximidad** proximity, nearness
**próximo(a)** next; near; **próximo a** about to
**proyección** projection
**proyectar** to plan
**proyectil** *m* projectile
**proyecto** plan; project
**proyector** *m* projector
**prudencia** prudence
**prueba** proof
**psicología** psychology
**psicológico(a)** psychological
**púa** barb; **alambrado (alambre) de púa** barbed wire
**publicación** publication
**publicar** to publish; to make known
**publicidad** ad; publicity
**público(a)** public; *n m* audience, (the) public
**pudrir** to rot
**pueblero** city man
**pueblo** small town, people; the working class
**puente** *m* bridge
**puero** leek
**puerta** door, gate
**puerto** port
**puertorriqueño(a)** Puerto Rican
**pues** *adv* well, then; *conj* since
**puesta** setting

**puesto** position, post, place; **puesto que** since
**pugnar** to struggle, fight
**pulcritud** neatness, tidiness
**pulcro(a)** neat, graceful
**pulir** to smooth, polish
**pulmón** *m* lung
**pulsar** to finger
**pulsera: reloj de pulsera** *m* wrist watch
**pulso** pulse
**punta** tip
**puntiagudo(a)** sharp-pointed
**puntillista** pointillist
**punto** point, dot, period; **a punto de** to be about to; **al punto** immediately, at once; **en un punto** in a flash; **puntito** fleck; **punto de fuga** vanishing point; **punto de vista** point of view
**punzada** sharp pain
**puñado** handful
**puñal** *m* dagger
**puñetazo** blow with fist, punch
**puño** fist
**pupila** pupil
**purificado(a)** purified
**purificador(a)** purifying
**puritano(a)** Puritan
**puro(a)** pure; only
**purpúreo(a)** purple

## Q

**que** that, which, who, whom, than, when; **qué** what, what a, which, how; **¿por qué?** why?; **¿qué de?** how many?; **¿qué hay? ¿qué pasa?** what's the matter?; **¿qué tal?** how goes it?
**quebrado(a)** chipped
**quebrar (ie)** to break
**quedal (quedar)** to be left
**quedar(se)** to remain, stay; **quedarle bien** to come out well
**quedo(a)** soft, quiet
**quehacer** *n m* duty, work
**queja** complaint, moan
**quejarse** to complain
**quejido** moan
**quejumbroso(a)** grumbling
**quemar** to burn
**quemazón** *f* fire
**querella** fight, quarrel

**querer (ie)** to love; to want, wish; **querer decir** to mean; *n m* love

**quien** who, whom, whoever, which, whichever

**quieto(a)** quiet, silent, undisturbed

**quietud** quietness, tranquility

**química** chemistry

**quinta villa** manor house

**quinto(a)** fifth

**quirúrgico(a)** surgical

**quitar** to take away; **quitarse** to take off, remove; **quitársele a uno** to go away (illness)

**quizás** perhaps

# R

**rabia** anger, fury

**racimo** cluster

**racismo** racism

**radiante** bright, radiant

**radio (la radiografía)** *f* X-ray

**ráfaga** gust, burst

**raíz** *f* root; **a raíz de** right after; **con todo y raíces** roots and all

**rama** branch

**ramaje** *m* mass of branches

**ramo** bouquet; (palm) branch; **Domingo de Ramos** Palm Sunday

**rampa** ramp

**rancho** hut, shack; mess hall

**rango** rank

**rapé** *m* snuff

**rápido(a)** fast, rapid

**raquítico(a)** feeble

**raro(a)** rare, strange

**rascacielos** *m* skyscraper

**rasgo** characteristic; adornment

**rasguño** scratch

**raspado(a)** scratched up

**rastro** track, vestige

**rastrojo** stubble

**rato** short time, while; **al poco rato** in a short while; **cada rato** every so often; **de rato en rato** from time to time

**ratón** *m* mouse

**raya: a rayas** striped

**rayante: sol rayante** rising sun, breaking dawn

**rayar** to make rays, shine

**rayo** bolt of lightning, ray; **ojos rayos** flashing eyes

**rayuela** hopscotch

**raza** race; cultural group or people

**razón** *f* reason; **tener razón** to be right

**reacción** reaction

**reaccionar** to react

**real** real, royal, main

**realidad** reality

**realista** *adj* realistic

**realización** accomplishment

**realizar** to accomplish; to carry out

**realzar** to elevate, heighten

**reanudar** to resume

**rebanada** slice

**rebaño** flock

**rebelarse** to rebel

**rebelde** *m* or *f* rebel

**rebelión** rebellion

**rebosante** overflowing, dripping

**rebosar** to well up; to flow

**rebotar** to bounce

**rebozo** shawl

**receloso(a)** distrustful

**recepcionista** *m* or *f* receptionist

**rechazar** to reject

**recibir** to receive

**recién** *adv* recently; **recién antes** just before

**reciente** *adj* recent

**recinto** district

**recio(a)** strong

**recipiente** *m* recipient

**reclamar** to complain

**reclinar** to recline

**recobrar** to recover

**recodo** turn, angle

**recoger** to gather, pick up, collect

**reconciliar** to reconcile

**reconocer** to recognize

**reconocible** recognizable

**reconocimiento** recognition

**reconquistar** to reconquer

**recordar (ue)** to remember; to remind; to awaken

**recorrer** to peruse; to run back; to run around

**recorrido** route

**recostado(a)** leaning, reclining

**recostar (ue)** to lean, recline

**recrudecer** to get worse

**rectificar** to rectify, adjust

**rectoría** rectory, rector's office

**recuerdo** memory

**recular** to recoil, draw back
**recuperar** to recover
**recurso** recourse
**red** *f* net, network; **red metálica** screen
**redactar** to write; to edit
**redactor(ra)** editor
**redención** redemption
**redimir** to redeem
**redondo(a)** round; **en redondo** round
**reducir** to reduce
**reemplazar** to replace
**referencia** reference
**referente** *adj* referring
**referirse (a) (ie)** to refer (to)
**refinado(a)** refined
**reflejar** to reflect
**reflejo** reflection
**reflexionar** to think, reflect
**reforma** reform; **Reforma** Reformation
**reformador(a)** *adj* reform(ing)
**reformar** to reform
**refrán** *m* proverb, saying
**refrescante** refreshing
**refugiado** refugee
**refugiarse** to take refuge
**refugio** refuge
**refunfuñar** to growl, grumble
**regalar** to give a present
**regalo** gift
**regañar** to scold
**regar (ie)** to water
**regazo** lap
**régimen** *m* regime
**región** region
**regionalista** *m or f* regionalist
**regir (i)** to control
**registrar** to register
**registro** search
**regla** rule; **por regla** square, straight
**regocijo** *n* rejoicing
**regresar** to return
**regreso** return
**regulación** rule (traffic)
**regularidad** regularity
**rehusar** to refuse
**reina** queen
**reino** kingdom, reign
**reír(se)** to laugh
**reiterar** to reiterate
**reja** grating, railing
**rejuvenecer** to grow young

**relación** relation, narrative
**relacionar** to relate
**relajamiento** relaxation
**relámpago** lightning
**relatar** to relate
**relativamente** relatively
**relato** narrative, account, story
**releer** to read again
**relieve** *m* relief
**religioso(a)** religious
**reloj** *m* watch; **reloj de pulsera** wrist watch
**rellenar** to fill
**rematado(a)** ending
**remedio** remedy
**remendado(a)** patched, mended
**remirar** to look at again
**remolinear** to twirl
**remolino** whirlwind; cowlick
**remontar** to go back to, date from
**remoto(a)** remote
**remover (ue)** to remove
**renacentista** *adj* Renaissance
**renacer** *m* rebirth
**renacimiento** Renaissance
**rencilla** grudge
**rendija** crack
**rendir (i)** to take (a course); to render
**renombre** *m* fame
**renta** income
**renunciar** to renounce, refuse
**reñir** to quarrel
**repartidor(ra)** distributor, sorter
**repartir** to distribute
**repasar** to stroke; to spend; to review
**repaso** review
**repeler** to repel
**repente: de repente** suddenly
**repentino(a)** sudden
**repercusión** repercussion
**repercutir** to reverberate
**repertorio** repertoire
**repetición** repetition
**repetidamente** repeatedly
**repetir(i)** to repeat, do again
**replicar** to answer, reply
**reponer** to reply
**reportaje** *m* report, reporting
**reportar** to report
**reportero(ra)** reporter
**representación** representation

**representar** to represent
**represión** repression
**represivo(a)** repressive
**reproche** *m* reproach
**reproducción** reproduction
**reproducir** to reproduce
**república** republic
**repugnante** repugnant
**repujado(a)** embossed
**reputación** reputation
**requerir (ie)** to require
**res** *f* head of cattle
**resbalar** to slip, slide
**rescatar** to rescue
**reseco(a)** very dry
**reservación** reservation
**resfriado: estar resfriado** to have a
    cold
**resguardarse (de)** to protect oneself
    (from)
**resguardo** refuge
**residencia** dormitory; residence
**residir** to reside
**resignarse** to resign oneself
**resistencia** resistence
**resistirse** to resist
**resolana** patio
**resolución** resolution
**resolver (ue)** to resolve
**resonancia** stirring, echo
**resonar** to echo
**resorte** *m* spring
**respaldado(a)** backed up
**respectivamente** respectively
**respetar** to respect
**respeto** respect
**respetuoso(a)** respectful
**respirar** to breathe
**resplandor** *m* light, radiance
**responder** to respond, answer
**responsabilidad** responsibility
**responsable** *adj* responsible
**respuesta** response
**resquebrajado(a)** cracked
**restado(a)** taken from
**restaurán** *m* restaurant
**restaurar** to restore
**restitución** restitution
**resto** rest, piece; *pl* remains
**resuelto(a)** resolved, determined
**resultado** result

**resultar** to result, turn out; **resultar en**
    to lead to
**resumen** *m* summary; **en resumen** in
    brief, in short
**resumir** to sum up, summarize
**resurrección** resurrection
**retirar** to retire; to take back, move
**reto** *n* challenge
**retobado(a)** surly, wild
**retocar** to retouch
**retorcerse** to convulse, writhe, squirm
**retorcido(a)** twisted
**retórico(a)** rhetorical
**retornar** to return
**retorno** return
**retratar** to depict, portray; **retratarse** to
    have one's picture taken
**retratista** *m or f* portrait painter
**retrato** portrait
**retribución** retribution
**reunión** meeting
**reunir** to gather, collect; **reunirse** to
    meet
**revelar** to reveal
**reverencia** bow
**revés** *m* reverse; **al revés** upside down,
    inside out, backward
**revista** magazine
**revolcarse** to wallow
**revolución** revolution
**revolucionario(a)** revolutionary
**revolver** to stir
**revuelto(a)** stirred up
**rey** *m* king
**reyes** *m pl* king and queen; kings; Magi
**rezar** to pray
**rezongar** to grumble, mutter
**rezongón(ona)** grumbler, mutterer; sassy
**rezumante** *adj* oozing
**ribeteado(a)** lined
**rico(a)** rich
**ridículo(a)** ridiculous
**riel** *m* rail
**rienda** rein
**riesgo** risk
**rígido(a)** rigid
**riguroso(a)** strict, tough
**rima** rhyme
**rimador(ra)** rhymer
**rimar** to rhyme
**rincón** *m* corner

**riñón** *m* kidney
**río** river
**ripostar** to reposte
**riqueza** wealth
**risa** laughter
**risco** cliff
**ristra** string
**rítmico(a)** rhythmic
**ritmo** rhythm
**rito** rite
**ritualista** ritualistic
**rizar(se)** to curl (hair)
**robado(a)** stolen
**roca** rock
**roce** *m* touch
**rodar** to roll
**rodear** to surround
**rodilla** knee; **ponerse de rodillas** to kneel
**rogar** to beg; to pray
**rojizo(a)** reddish
**rojo(a)** red
**rol** *m* role
**rollizo(a)** plump, sturdy
**Roma** Rome
**romano(a)** Roman, esp. of ancient Rome
**romper** to break, burst, tear up; **romper a** to burst out
**ron** *m* rum
**ronco(a)** hoarse
**ronda** circle
**rondar** to patrol; to walk at night
**ronronear** to purr
**ropa** clothing
**ropaje** *m* covering
**ropero** closet
**rosa** rose
**rosado(a)** pink
**rosal** *m* rosebush
**rosario** rosary
**rostro** face
**roto(a)** broken, torn
**rotular** to label; to address
**rótulo** sign
**rozar** to border on
**rubio(a)** blonde
**rudimentario(a)** rudimentary
**rudo(a)** rough, unpolished
**rueda** circle, wheel
**rugoso(a)** wrinkled
**ruidazal** *m* clamor
**ruido** noise

**ruina** ruin
**rumbo** direction
**ruta** route
**rutilante** *adj* sparkling

## S

**sábado** Saturday
**sábana** sheet
**saber** to know, know how (to); **a saber** to wit, namely
**sabiduría** wisdom; knowledge
**sabio(a)** wise; wise person
**sabor** *m* taste, flavor
**saborear** to enjoy, relish
**sabroso(a)** savory, tasty
**sacar** to take out, pull out; **sacar a cuento** to drag in, mention
**sacerdocio** priesthood
**sacerdote** *m* priest
**sacerdotisa** priestess
**saciar** to satiate
**sacrificar** to sacrifice
**sacrificio** sacrifice
**sacudir** to beat, dust off; to shake; **sacudirse** to shake oneself
**sádico(a)** sadist
**sagrado(a)** sacred
**sainete** *m* one-act farce
**sal** *f* salt
**sala** room, living room; **sala de espera** waiting room
**salado(a)** salty
**salario** salary
**saldo** balance sheet
**salida** exit; **a la salida** on leaving
**salina** salt pit
**salir** to leave, go out; to turn out
**salón** *m* hall
**salpicar** to splash
**saltar** to jump, leap
**salto** leap
**salud** *f* health
**saludar(se)** to greet each other
**saludo (de despedida)** wave (of goodbye)
**salvación** salvation
**salvaje** savage
**salvar** to save; to overcome
**salvo(a)** safe; **salvo** *conj* except; *prep* without; **a salvo de** safe from

San (*abbreviation of* Santo), Santo(a) Saint; santo saint's day
sanar to get well
sandalia sandal
sangrar to bleed
sangre *f* blood
sangriento(a) bloody
sanguinario(a) cruel, bloodthirsty
sanguíneo(a) red, blood-colored
sanguinoso(a) bloody, cruel
sano(a) healthy; cortar por lo sano to take quick action
santero(ra) maker of images of saints
santiguar(se) to bless; to make the sign of the cross
saña wrath
sañudo(a) wrathful, angry
saquito small bag
sarape *m* serape, shawl
sardina sardine
sardónico(a) sardonic
sastrería tailor's shop; men's fashions
sátira satire
satisfacción satisfaction
satisfacer to satisfy
satisfecho(a) satisfied
Saturno Saturn
secar to dry
sección section
seco(a) dry
secretaría office (of the secretary)
secretario(a) secretary
secreto(a) secret; *n m* secret
secta sect
secundario(a) secondary
sed *f* thirst; tener sed *f* to be thirsty
seda silk
sedentario(a) sedentary
sedicioso(a) seditious
seductor(a) seductive
seguida succession; en seguida at once
seguido(a) in a row; *adv* often
seguir to keep on, continue; to follow; to remain
según according to
segundo(a) second; *n m* second
seguridad certainty; security; reassurance; con seguridad surely
seguro(a) sure, certain; safe
selección selection
seleccionar to select

sello (postage) stamp
selva jungle
semana week; fin de semana *m* weekend
semejante similar, such
semejanza similarity
semidiós *m* demigod
semilla seed
senado senate
sencillez *f* simplicity
sencillo(a) simple
sendero path
seno breast
sensación sensation
sensibilidad sensibility; sensitivity
sensible sensitive
sensitivo(a) sensitive
sentado(a) seated, sitting
sentar to seat; to establish; sentarse to sit down
sentencia sentence
sentenciado(a) sentenced
sentido sense; en todos sentidos in all directions; in every way
sentimiento sentiment, feeling
sentir(se) (ie) to feel, feel like; to regret
seña sign, signal; señas information
señal *m* sign, signal
señalar to point out
señor sir, Mr., lord
señora lady, Mrs., mistress
señorío domain, lordship
señorona *adj* high and mighty
separar to separate
separatista *adj m or f* separatist, secessionist
sepulcro grave
sepultar to bury
sepultura tomb, grave
sequía drought
ser to be; to exist; *n m* being; ser humano human being
sera basket
sereno(a) serene
seriamente seriously
serie *f* series
serio: en serio seriously, serious
serpiente *f* serpent
serranía highland
servicio service; servicios restrooms
servidor *m* servant

**servir (i)** to serve; **no sirve** it is not good; **servir de** to serve as; **servirse de** to use; **servir para** to be good for

**seso** brain; **avive el seso** be alert

**sete** *m* hedge

**setentón(ona)** seventy or so

**setiembre** *m* September

**sevillano(a)** Sevillian

**sicología (psicología)** psychology

**sicológico(a)** psychological

**siembra** sowing, sowed field

**siempre** always; **para siempre** forever

**sierra** mountain range

**siesta** afternoon nap

**sigla** abbreviation by initials

**siglo** century

**significación** significance

**significado** meaning

**significar** to mean

**significativo(a)** significant

**signo** sign

**siguiente** *adj* following

**sílaba** syllable

**silbato** whistling

**silbar** to whistle

**silbido** whistle

**silencio** silence

**silencioso(a)** silent

**silla** chair; saddle

**sillón** *m* armchair

**silogismo** syllogism

**silvestre** *adj* wild

**simbólico(a)** symbolic

**simbolismo** symbolism

**simbolizar** to symbolize

**símbolo** symbol

**simbología** symbology

**simpatía** sympathy

**simpatizar** to sympathize

**simultáneo(a)** simultaneous

**sin** without; **sin embargo** however, nevertheless

**sinagoga** synagogue

**sinceridad** sincerity

**sindical** *adj* syndical, union

**sindicato** labor union

**siniestra** *n* left; left hand

**singularmente** singularly

**sino** but, but rather, except, also; **no sólo... sino también** not only . . . but also

**sinónimo** synonym

**síntesis** *f* synthesis

**sintetizar** to synthesize, summarize

**siquiera** at least, though; **ni siquiera** not even

**sirviente** *m* servant

**sistema** *m* system

**sistemático(a)** systematic

**sitio** place; site

**situación** situation

**situar** to locate, situate, place

**snobismo** snobbism

**soberanía** sovereignty

**soberano(a)** sovereign; *n m* sovereign

**soberbio(a)** superb, grand

**sobrar** to be excessive; to be unnecessary; to have more than enough; to have left over

**sobre** on, upon, over, above, about; *n m* envelope

**sobremesa** after-dinner conversation

**sobrenatural** supernatural

**sobrepasar** to surpass

**sobresalir** to excel

**sobresaltar** to frighten, startle

**sobresalto** shock, sudden fear

**sobretodo** overcoat

**sobrevivencia** survival

**sobrevivir** to survive

**sobriedad** sobriety

**sobrino(a)** nephew, niece

**sobrio(a)** sober

**socialista** socialist

**sociedad** society

**socioeconómico(a)** socioeconomic

**sociología** sociology

**sociopolítico(a)** sociopolitical

**sociosicológico(a)** social-psychological

**socorro** succor, aid

**sofisticado(a)** sophisticated

**sofocadamente** in a muffled way

**soga** rope

**sol** *m* sun; **hacer sol** to be sunny; **puesta del sol** sunset

**solar** *m* house; drying area

**soldado(a)** soldier

**soleado(a)** sunny

**soledad** solitude, loneliness

**soler (ue)** to be in the habit of, accustomed to

**solicitado(a)** solicited

**solidaridad** solidarity

**solidarizarse** to make common cause, maintain solidarity

**solidez** *f* solidity, strength

**solitario(a)** solitary

**solo(a)** alone, unaccompanied, single

**sólo** *adv* only; **no sólo... sino también** not only . . . but also

**soltar (ue)** to release, drop; to emit

**soltero(a)** bachelor, unmarried

**solución** solution

**solucionar** to solve

**sollozo** sob

**sombra** shadow

**sombrero** hat

**sombrilla** parasol

**sombrío(a)** gloomy

**sometido(a)** subjected

**son** *m* sound; Cuban folk song and dance

**sonar (ue)** to sound, ring; **¿le suena?** does it sound familiar?; **sonarse** to blow one's nose; **sonar la puerta** to knock on the door

**soneto** sonnet

**sonido** sound

**sonreído(a)** smiling

**sonreír** to smile

**sonriente** *adj* smiling

**sonrisa** smile

**soñar (con) (ue)** to dream (about)

**soñoliento(a)** sleepy

**sopa** soup

**soplar** to blow

**sopor** *m* lethargy

**soportar** to endure

**sorbo** "drag," sip

**sordo(a)** deaf; dull

**sorprender** to surprise

**sorpresa** surprise

**sortilegio** sorcery

**sosiego** calm

**sospechar** to suspect

**sospechoso(a)** suspicious

**sostener (ie)** sustain, support

**Soviética: Unión Soviética** Soviet Union

**suave** gentle, soft; great

**suavizar** to smooth, to make gentle

**subconsciencia** subconscious

**subido(a)** raised, located, or placed high

**subir** to raise; to get on; to go up, climb; to rise

**súbitamente** suddenly

**subjetivo(a)** subjective

**submarino** submarine

**subrayar** to underline

**substancia** substance

**subterráneo(a)** underground

**subtítulo** subtitle

**suburbio** suburb

**subvencionado(a)** subsidized

**subversivo(a)** subversive

**suceder** to happen

**sucesivo(a)** successive; **en lo sucesivo** hereafter, in the future

**suceso** event

**sucintamente** succinctly

**sucio(a)** dirty

**sucumbir** to succumb

**sudado(a)** sweaty

**sudamericano(a)** South American

**sudar** to sweat

**sudario** shroud

**sudoeste** *m* southwest

**sudor** *m* sweat

**sudoroso(a)** sweaty, sweating

**suegro** father-in-law

**sueldo** salary

**suelo** ground, soil

**sueño** dream, sleep

**suerte** *f* luck, fortune; **caber en suerte** to fall to the lot of; **de tal suerte que** in such a way that

**suficiente** sufficient

**sufrimiento** suffering

**sufrir** to suffer; to undergo

**sugerir (ie)** to suggest

**sugestivo(a)** suggestive

**suicidarse** to commit suicide

**sujetar** to subject

**sujeto(a)** *adj* subject

**sumar** to add up to

**sumisión** submission

**sumiso(a)** submissive

**sumo(a)** great, high, supreme; **a lo sumo** at most

**suntuoso(a)** sumptuous

**superado(a)** obsolete

**superar** to rise above, overcome; to exceed

**superficie** *f* surface

**superior** *adj* superior, upper, higher

**supersónico(a)** supersonic

**superstición** superstition
**supersticioso(a)** superstitious
**súplica** supplication, prayer
**suplicar** to ask for; to pray for; to beseech
**suponer** to suppose
**suprimir** to suppress
**supuesto: por supuesto** of course
**sur** *m* south
**suramericano(a)** South American
**surco** furrow
**sureste** *m* southeast
**surgir** to arise, come forth, emerge, appear
**suroeste** *m* southwest
**surrealismo** surrealism
**surrealista** *m* surrealist
**suspirar** to sigh
**suspiro** sigh
**sustancia** substance
**sustentar (se)** to sustain; to be sustained; held up
**sustento** food, sustenance
**sustituir** to substitute (for)
**susto** fright
**sutil** subtle
**sutileza** subtlety
**suturar** to suture

**T**

**tablero** table
**tableteo** rattling
**tablón** *m* slab, plank
**taburete** *m* stool
**Taita** *m* Daddy, Papa *(indigenous language)*
**tajada** stab
**tal** such, such a; **tal vez** perhaps
**tallador(ra)** carver, sculptor
**talladura** carving
**tallar** to carve
**taller** *m* workshop
**talón** *m* heel
**tamaño** size
**tamarindo** tamarind
**tambor** *m* drum
**tambora** bass drum
**tampoco** either, neither
**tan** as, so; **tan luego que** as soon as
**tanque** *m* tank

**tanto(a)** so great, as much, so much; *adv* so much, as much; **en tanto que** while; **por lo tanto** therefore; **son las tantas** it is late; **tantito así** this close; **tanto... como** both . . . and; **tantos(a)s** so many
**tapa** lid, cover
**tapado** coat; *adj* hidden
**taparrabos** *m s* loincloth
**tarde** *f* afternoon; *adv* late, too late; **de tarde en tarde** seldom, occasionally; **más tarde** later; **por la tarde** in the afternoon
**tardío(a)** late, tardy
**tarea** task; assignment
**taza** cup
**tea** torch
**teatral** theatrical
**teatro** theater
**techo** roof, ceiling
**techumbre** *f* ceiling
**técnica** technique
**técnico(a)** technical; *n m* technician
**tecnológico(a)** technological
**teja** (Amer) cantle (raised rear part) of a saddle
**tejabán** *m* roof; rustic shed
**tejido** woven cloth, textile; *adj* woven
**tela** piece of cloth
**telaraña** cobweb
**teléfono** telephone
**telepático(a)** telepathic
**telescopio** telescope
**telón** *m* curtain, backdrop
**tema** *m* theme
**temática** *n* thematics, choice of themes; *adj* **temático(a)** thematic
**tembladeral** *m* quaking bog
**temblar** to tremble
**tembloroso(a)** trembling
**temer** to fear
**temeroso(a)** fearful; timid
**temor** *m* fear
**templado(a)** moderate, pleasant; smooth; **mal templado** in a bad mood
**templar** to tune
**temple** *m* temper, mood
**templo** temple
**temporada** spell, period of time
**temporal** *m* storm
**temprano** early

**tendencia** tendency

**tender (ie)** to tend; to stretch out

**tenebroso(a)** dark, gloomy

**tener (ie)** to have; **¿qué tienes?** what's wrong?; **tener... años de edad** to be . . . years old; **tener cuidado** to be careful; **tener dolor de cabeza** to have a headache; **tener en poco** to have a low regard for, despise; **tener ganas de** to feel like; **tener hambre** to be hungry; **tener lugar** to take place; **tener miedo** to be afraid; **tener muchos años** to be very old; **tener presente** to visualize; **tener que** to have to; **tener que ver con** to have to do with; **tener razón** to be right; **tener sed** to be thirsty

**tenso(a)** tense

**tentar** to tempt

**tentativa** attempt

**teñir** to tinge

**teocali** *m* Aztec temple

**teología** theology

**teólogo(a)** theologian

**teoría** theory

**tercero(a)** third

**terminar** to end, finish

**término** term

**ternura** tenderness

**terrenal** *adj* earthly

**terreno** terrain; plot, parcel of land

**territorio** territory

**terso(a)** shiny, glossy

**tersura** smoothness

**tertulia** social gathering for conversation

**tesis** *f* dissertation, thesis

**tesorero(a)** treasurer

**tesoro** treasure

**testigo** witness

**testimonio** testimony

**texto** text

**textura** texture

**tibio(a)** tepid, lukewarm

**tiempo** time; tense; **al mismo tiempo** at the same time; **de hacía tiempo** of long ago; **en mucho (poco) tiempo** in a long (short) while

**tienda** store, shop

**tientas: a tientas** in a groping manner

**tierno(a)** tender

**tierra** earth, land

**tigre** *m* tiger

**timbre** *m* stamp; bell

**tímido(a)** timid

**tinaja** large earthen jar

**tinieblas** *f pl* darkness

**tinta** ink

**tío(a)** uncle, aunt

**típico(a)** typical

**tipificar** to typify

**tipo** type

**tipografía** typography

**tipógrafo** typographer

**tiranía** tyranny

**tirante** *adj* tight

**tirar** to shoot; to pull, to throw; **tirar a** to tend toward; **tirarse** to throw oneself

**tiro** shot; **a tiros** by shooting; **pegar un tiro** to shoot

**tironeado(a)** hauled

**tironear** to haul

**tiroteo** skirmish, volley of shots

**titiritero(ra)** puppeteer

**titular** *n m* headline

**titularse** to be entitled

**título** title; degree

**tiza** chalk

**tiznado(a)** sooty

**toa (toda)** all

**tobillo** ankle

**tocar** to play (an instrument); to touch; **tocarle a uno** to be one's turn

**todavía** still, yet; **todavía no** not yet

**todo(a)** all, each, everything; **con todo y raíces** roots and all; **de todo** something of everything; **de todos modos** at any rate; **del todo** completely; **todo el mundo** everyone; **todos los años** every year; **todos los días** every day

**tolteca** *adj* Toltec Indian

**tomar** to take; to drink; **¡toma!** go on, now

**tomo** volume

**tonelada** ton

**tono** tone, quality

**tontera** foolish thing

**tontería** foolishness, nonsense

**tonto(a)** fool

**tórax** *m* thorax

**torcer** to bend, twist; **torcer el gesto** to make a face

torcido(a) bent
torero(ra) bullfighter
tormenta storm
torno: en torno a around
toro bull
torre f tower
torrente m torrent
torpemente dully; clumsily
tortuga turtle
tortura torture
torturar to torture
tosco(a) coarse, rough
toser to cough
totalidad totality
trabajador(ra) worker
trabajar to work
trabajo work; con muchos trabajos with great effort
tradición tradition
tradicional traditional
tradicionalista m or f traditionalist
traducción translation
traducir to translate
traductor(ra) translator
traer to bring
tráfico traffic
tragar to swallow
tragedia tragedy
trago swallow
traición treason, treacherous act
traicionar to betray
traicionero(a) treacherous
traidor(ra) traitor
trama plot
trampa trap
tranquilidad tranquility
tranquilo(a) tranquil
transeúnte m passer-by
transformar to transform
transición transition
transitar to travel, walk
transitoriedad transitory nature
transitorio(a) transitory
transmitir to transmit
transparente transparent
transportar to transport
transporte m transportation, transport
tranvía m streetcar
trapo rag
tras after, behind
trascendencia importance

trascender (ie) to transcend
trascordado(a) forgetful, mistaken
trasformar to transform
trasladarse to move; to adjourn; to go to
traslúcido(a) translucent
traspasar to go beyond; to cross
tratado treaty
tratar to treat, discuss; tratar de to deal with; to try to; tratarse de to be a matter of
trato commerce; deal, pact
través: a través de across, through
trayecto trip
trazo outline
tremendista tremendist: referring to description intended to shock
tremendo(a) tremendous
tren m train
trepar to climb, mount, clamber
triángulo triangle
tribu f tribe
tribulación tribulation
tribuna tribunal
tribunal m court
tributo tribute
trilogía trilogy
trinchera trench
triste sad
tristeza sadness, sad thing
triunfante triumphant
triunfar to triumph
triunfo triumph
trizado(a) broken
trocito (dim. trozo) small piece, bit
trompeta trumpet
tronco trunk
trono throne
tropas troops
tropero trooper, cattle driver
tropezar to stumble
trozo excerpt, fragment, piece
trueno thunder
truncado(a) truncated
tubo tube; pipe
tullido(a) crippled
tumba tomb
tuna prickly pear (cactus)
tunante m rascal
túnica tunic
turba n crowd

**turbar** to disturb, upset
**turbio(a)** hazy
**turno** turn

## U

**ubicación** location, placement
**último(a)** last; **por último** finally
**ultraísmo** ultraism (art movement)
**ultratumba** beyond the grave
**umbral** *m* threshold
**UNAM (Universidad Nacional Autónoma de México)** the Autonomous National University of Mexico
**único(a)** only, unique
**unidad** unity, unit
**unificar** to unify
**Unión Soviética** Soviet Union
**unir** to unite
**universidad** university
**universitario(a)** of or relating to university; *n m* or *f* university student
**universo** universe
**unos(a)s** some; **unos a otros** each other; **unos cuantos, unos pocos** a few
**urbanidad** urbanity; sophistication
**urbano(a)** *adj* urban, city
**urbe** *f* metropolis
**urgido(a)** pressed, motivated
**usar** to use
**uso** use
**útil** useful
**utilitario(a)** utilitarian
**utilizar** to utilize

## V

**vaca** cow
**vacaciones** *f pl* vacation
**vaciar** to pour out, empty; to hollow
**vacío(a)** empty; *n m* void; emptiness
**vago(a)** vague; *n m* loafer, tramp
**vaho** vapor, steam
**vaina** *fig* thing
**vaivén** *m* fluctuation, inconstancy; swaying
**valedor(ra)** brave soul
**valenciano(a)** Valencian
**valentía** courage, bravery

**valer** to be worth; **más valía** it would have been better; **no valer la pena** not to be worthwhile
**validez** *f* validity
**válido(a)** valid
**valiente** valiant, brave
**valija** suitcase
**valle** *m* valley
**valor** *m* value; valor, bravery
**vanidad** vanity
**vano(a)** vain
**vapor** *m* steam
**vaporoso(a)** steamy
**vaquero(a)** cowboy, cowgirl
**vaquilla** heifer
**variación** variation
**variar** to vary, mix
**variedad** variety
**varios(a)s** various, several
**varón** *m* male (person)
**varonil** *adj* manly, courageous
**vasallo** vassal
**vaso** glass
**vecindad** vicinity, neighborhood; quality of being a neighbor
**vecino(a)** neighboring; *n* neighbor
**vega** flat lowland
**vegetación** vegetation
**vehículo** vehicle
**veintena** score (twenty)
**vejez** *f* old age
**vela** candle
**velado(a)** veiled
**velar** to watch over, keep vigil
**velocidad** velocity
**vena** vein
**venado** deer
**venalidad** venality, mercenariness
**vencer** to conquer
**vendedor(a)** salesperson
**vender** to sell
**Venecia** Venice
**veneno** poison
**veneración** veneration
**venerar** to venerate
**vengador(ra)** avenger
**vengar** to avenge
**venido(a) a menos** come to nothing, come down in the world
**venir (ie)** to come

**venta** sale
**ventaja** advantage
**ventana** window
**ventanal** *m* large window
**ventear** to sniff the air
**ventilación** ventilation
**ventura** luck; **por ventura** by chance
**ver** to see; **tener que ver con** to have to
   do with
**veranear** to spend the summer
**verano** summer
**veras** *f pl* truth; **de veras** in earnest;
   really
**verbo** verb
**verdad** truth
**verdadero(a)** real, true
**verde** green
**verdoso(a)** greenish
**verdugo** executioner
**verdulero(a)** greengrocer
**verdura** vegetable
**verdusco(a)** dark greenish
**vereda** path, sidewalk
**vergüenza** shame; **tener vergüenza** to
   be ashamed
**verificación** verification
**verificar** to verify
**verso** verse, line (of poetry)
**verter (ie)** to reveal; to spill
**vestido** dress
**vestir (i)** to dress; **vestir de** to dress as
**veterinaria** veterinary science
**vez** *f* time; turn; **a la vez** at the same
   time; **a su vez** in its turn; **a veces** at
   times; **de vez en cuando** from time to
   time; **dos veces** twice; **en vez de**
   instead of; **otra vez** again; **tal vez**
   perhaps; **una vez** once
**vía** road, route
**viajar** to travel
**viaje** *m* trip; **de viaje** on a trip
**viajero(a)** traveler
**víbora** viper
**vibrar** to vibrate
**vicioso(a)** vicious
**víctima** victim
**victoria** victory
**vida** life; **¡por vida!** by Jove!; **ganarse**
   **la vida** to earn one's living
**vidriera** store window; glass case

**vidrio** glass
**viejo(a)** old, elderly; *(colloquial)* old
   man (father), old lady (mother)
**viento** wind; **mirando a los cuatro vien-
   tos** *fig* looking off into space
**vientre** *m* abdomen, belly
**viga** beam
**vigilia** wakefulness
**vigoroso(a)** vigorous
**vincular** to join, connect; **vincularse (a)**
   to be connected to, be joined to
**vínculo** tie, bond
**vino** wine
**viña** vineyard
**violación** rape
**violar** to rape
**violencia** violence
**violento(a)** violent
**violeta** violet
**virar** to turn
**virgen** *f* virgin
**viril** *adj* virile
**virtud** virtue
**visaje** *m* grimace, "face"
**visigodo(a)** Visigoth
**visita** visit, visitor
**visitante** *m* or *f* visitor
**visitar** to visit
**vista** view, sight, vision; **perder de vista**
   to lose sight of
**vitalidad** vitality
**vitrina** show window; glass door
**vivac** *m* bivouac
**víveres** *m pl* provisions, foodstuffs
**viveza** vividness
**vívido(a)** vivid, lively
**vivienda** dwelling, house
**vivir** to live, dwell; **modo de vivir** way
   of living
**vivo(a)** alive, bright (colors), lively
**vocabulario** vocabulary
**vocacional** vocational (school)
**volante** *m* leaflet
**volar (ue)** to fly
**volcán** *m* volcano
**voltearse** to turn around
**voltereta** tumble
**volumen** *m* volume
**voluntad** will, good will; **de voluntad**
   voluntarily

**voluntario(a)** voluntary
**volver (ue)** to return; **volver a...** to . . .
again; **volver la mirada** to turn one's
glance; **volverse** to turn around; to
become, get
**voraz** voracious
**voto** vote; oath
**voz** *f* voice; **correr la voz** to be said, to
be rumored; **en voz alta** aloud; **en voz
baja** in a whisper, in a low voice
**vudú** *m* voodoo
**vuelta** turn, **dar vuelta** to turn
**vueltos: ojos vueltos** eyes turned up (as
in death)
**vulpeja** bitch fox

## Y

**ya** already
**yacer** to lie
**yegua** mare
**yema** tip (of a finger)

**yerba** weed, grass
**yerno** son-in-law
**yerto(a)** stiff, rigid
**yeso** plaster
**yip** *m* jeep

## Z

**zafarse** to escape
**zaguán** *m* lobby
**zamarrear** to shake
**zanahoria** carrot
**zanja** gully, trench
**zapatero(ra)** shoemaker
**zapato** shoe
**zarandear** to shake, move, keep on the go
**zarzuela** muscial comedy
**zas** "whish" sound
**zona** zone, area of study
**zoológico(a)** zoological
**zorro** fox
**zumbar** to buzz

# Credits

## Photo Credits

**2** © Mitch Diamond/Index Stock Imagery. **14** *top left:* © Beryl Goldberg; *bottom left:* © Nik Wheeler/CORBIS; *right:* © Robert Frerck/Odyssey Productions. **16** Watercolor by © Stuart and Scott Gentling. **27** *both:* Asociacion de Amigos del Templo Mayor, A.C.; photographer Salvador Guilliem Arroyo. **28** *left:* Aztec, c. 1400. Museo Missionario Etnologico, Vatican Museums, Vatican State, Copyright Scala/Art Resource, NY; right: Asociacion de Amigos del Templo Mayor, A.C.; photographer Salvador Guilliem Arroyo. **30** © Robert Frerck/Odyssey Productions. **44** *top:* Greco, El (1541–1614). *Burial of Count Orgaz.* S. Tome, Toledo, Spain. © Giraudon/Art Resource; bottom: The Bettmann Archive/CORBIS. **45** The Metropolitan Museum of Art, H.O. Havemeyer Collection, Bequest of Mrs. H.O. Havemeyer, 1929. (29.100.6) Photograph © 1992 The Metropolitan Museum of Art. **46** © Suzanne Murphy-Larronde/DDB. **58** *left:* Pablo Picasso, *Seated Saltimbanque with Boy*, (1905), Opaque and transparent watercolor, and charcoal; 23 5/8" x 18". The Baltimore Museum of Art: The Cone Collection, formed by Dr. Claribel Cone and Miss Etta Cone of Baltimore, Maryland BMA 1950.270. **58** *right: The First Steps* by Pablo Picasso © Estate of Pablo Picasso/Artists Rights Society (ARS), New York/Yale University Art Gallery,New Haven, CT. Photograph © Peter Willi/Superstock. **59** Pablo Picasso, Spanish, 1881-1973, *Mother and Child*, 1921, oil on canvas, 142.9 x 172.7 cm, Gift of Maymar Corporation, Mrs. Maurice L. Rothschild, Mr. And Mrs. Chauncey McCormick, 1954.270, reproduction, The Art Institute of Chicago. **60** © Benelux Press/Index Stock Imagery. **78** *top:* Diego Rodrgiuez de Silva y Velazquez, *La vieja cocinera*, 1618, The National Galleries of Scotland; *bottom:* Velazquez, Diego Rodriquez (1599–1660). *Las Meninas*, 1656. Oil on canvas, Museo del Prado, Madrid, Spain. © Scala/Art Resource, NY. **79** Velazquez, Diego Rodriquez (1599–1660). *Aesop*, c. 1639–1640. Oil on canvas. Museo del Prado, Madrid, Spain. © Scala/Art Resource, NY. **80** © 2003 Peter Menzel Photography. **93** *top:* Goya y Lucientes, Francisco de (1746–1828). *The Family of Charles IV.* Museo del Prado, Madrid, Spain. © Giraudon/Art Resource, NY; *bottom:* Goya, *The Third of May*, 1808 (1814). Museo del Prado, Madrid, Spain. © Scala/Art Resource, NY. **94** Goya y Lucientes, Fracisco e (1746-1828). *Saturn devouring his children.* Museo del Prado, Madrid, Spain. © Scala/Art Resource, NY. **96** © AP/Wide World Photos. **108** *top and center:* Escuela Nacional de Agricultura en Chapingo, Mexico. Photo courtesy of OAS; *bottom:* Diego Rivera, © Banco de Mexico Trust. *Open Air School*, 1932. Lithograph printed in black, composition: 12" x 16 3/8". The Musem of Modern Art, NY, Gift of Abby Aldrich Rockefeller. Licensed by Scala/Art Resource, NY. **110:** © Robert Frerck/Odyssey Productions. **122:** top: *Trinchera*, 1923-1926. Medium: Fresco, Jose Clemente Orozco, © Clemente V. Orozco. Escuela Nacional Preparatoria San Ildefonso, Mexico City, D.F., Mexico. Copyright Schalkwijk/Art Resource, NY; *bottom:* *Hombre-energia*, 1938. Medium: Fresco, Jose Clemente Orozco, © Clemente V. Orozco. Hospicio Cabanas, Guadalajara, Jalisco, Mexico. Copyright Schalkwijk/Art Resource, NY; right: David Alfaro Siqueiros, (1896–1974) © VAGA, NY. The Sob. 1939. Enamel on composition board, 48" x 24". Given anonymously. (490.1941) The Museum of Modern Art, NY, USA./Licensed by Scala/Art Resource, NY. **124** © 2003 Peter Menzel Photography. **136** © Sergio Dorantes/CORBIS. **138** *top left:* © 2003 Peter Menzel Photography; bottom left: © Susan Van Etten; right: © Corbis RF. **140** © Yann Arthus-Bertrand/CORBIS **155** *top:* Joaquin Torres Garcia, *The Port*, 1942. The Museum of Modern Art, NY. Inter-American Fund. Licensed by Scala/Art Resource, NY; *bottom:* Matta-Echaurren, Roberto. (1911–2002) © ARS New York. *The Bus*, 1962. The Museum of Modern Art, New York. Inter-Ameican Fund. Licensed by Scala/Art Resource, NY. **156** Alejandro Obregon, *Amanecer en los Andes.* Given as a gift by the government of Colombia to the United

Nations, October 1983. **158** © Robert Frerck/GETTY. **174** *top left:* Mario Carreno, *Tornado*, 1941. The Museum of Modern Art, New York. Inter-American Fund. Licensed by Scala/Art Resource, NY; *bottom left:* Amelia Pelaez del Casal, (1896–1968). *Fishes*. The Museum of Modern Art/Licensed by Scala/Art Resource, NY; *right:* Wilfredo Lam (1902–1982). *The Jungle*, 1943. Inter-American Fund. The Museum of Modern Art, New York. Licensed by Scala/Art Resource, NY. **176** © Inga Spence/Index Stock Imagery. **188** *both:* Courtesy of the Denver Art Museum, Denver, Colorado. **189** Courtesy of the Anne Evans Collection, Denver Art Museum, Denver, Colorado.

## Text Credits

**7–10** Don Juan Manuel, *El Conde Lucanor* (excerpt). **20–23** Núñez Cabeza de Vaca, *Los naufragios* (excerpt). **36** Anonymous, *Poema nahua.* **37** Jorge Manrique, *Coplas por la muerte de su padre* (excerpt). **38** Anonymous, *Soneto.* **39** Sor Juana Inés de la Cruz, *Sonetos.* **40** Rubén Darío, *Lo fatal.* **41** Miguel de Unamuno, *Salmo I* (excerpt). **51–54** Ana María Matute, "Don Payasito" cuento perteneciente a la obra *Cuentos de la Artámila,* © Ana María Matute, 1956, reprinted with permission. **66–74** Serafín y Joaquín Álvares Quintero, *Mañana de sol,* Paso de comedia, reprinted with permission. **85–89** Jorge Luis Borges, "El evangelio según Marcos" de *El informe de Brody* © 1970 by J.L. Borges, reprinted with permission. **101–104** Juan Rulfo, "Es que somos muy pobres" de *El llano en llamas,* Fondo de la Cultura Económica, 1953, reprinted with permission. **115–118** Gabriel García Márquez, "Un día de éstos" cuento perteneciente a la obra *Los funerals de la Mamá Grande,* © Gabriel García Márquez, 1962, reprinted with permission. **129–130** Rosario Castellanos, "Memorial de Tlatelolco" en Elena Poniatowska, *La noche de Tlatelolco,* Ediciones Era, S.A., 1971, reprinted with permission. **130–134** Elena Poniatowska, *La noche de Tlatelolco,* Ediciones Era, S.A., 1971, reprinted with permission. **145–150** Julio Cortázar, "La noche boca arriba" cuento pertenciente a la obra *Final del juego,* © Herederos de Julio Cortázar, 1956, reprinted with permission. **163–166** Nicolás Guillén, *Balada de los dos abuelos* y *Sensemayá* en *Obra poética,* reprinted with permission of the Agencia Literaria Latinoamericana, La Habana, Cuba. **167–170** Julia de Burgos, *A Julia de Burgos* y *Desde el Puente Martín Peña* © Lic. María Consuelo de Burgos. **181–184** Sabine Ulibarrí, *Mi caballo mago,* reprinted with permission from the University of New Mexico Press.